Anne Stillman
le procès

Louise Lacoursière

Anne Stillman
le procès

Libre Expression

Libre Expression

Données de catalogage avant publication (Canada)
Lacoursière, Louise
Anne Stillman : le procès
ISBN 2-89111-854-5
1. Stillman, Anne U – Romans, nouvelles, etc. I. Titre.
PS8573.A277A86 1999 C843'.54 C99-940888-7
PS9573.A277A86 1999
PQ3919.2.L32A86 1999

AVERTISSEMENT

Bien que les noms de quelques personnages aient été changés, les événements décrits dans cette biographie romancée sont authentiques.

Visitez le site Internet de l'auteure à l'adresse suivante :
www.louise_lacoursiere.ecc.qc.ca

Maquette de la couverture
FRANCE LAFOND
Infographie et mise en pages
SYLVAIN BOUCHER

Libre Expression remercie le gouvernement canadien (Programme d'aide au développement de l'industrie de l'édition), le Conseil des Arts du Canada et la Société de développement des entreprises culturelles du soutien accordé à ses activités d'édition dans le cadre de leurs programmes de subventions globales aux éditeurs.

Éditions Libre Expression
2016, rue Saint-Hubert
Montréal (Québec) H2L 3Z5

Dépôt légal :
3e trimestre 1999

ISBN 2-89111-854-5

À mes trois princes,
Pierre, Jean-François et Nicolas.

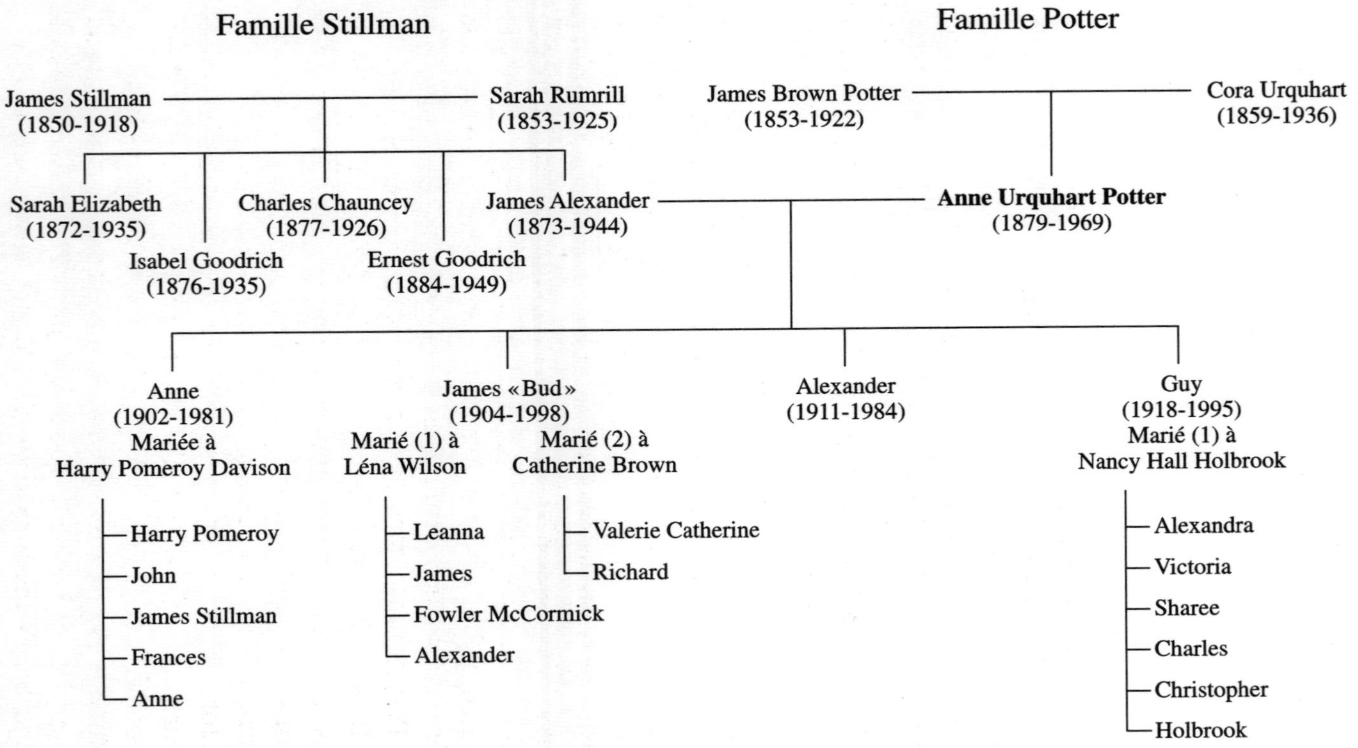

Famille Stillman
Famille Potter
James Stillman
(1850-1918)
Sarah Rumrill
(1853-1925)
James Brown Potter
(1853-1922)
Cora Urquhart
(1859-1936)
Sarah Elizabeth
(1872-1935)
Isabel Goodrich
(1876-1935)
Charles Chauncey
(1877-1926)
Ernest Goodrich
(1884-1949)
James Alexander
(1873-1944)
Anne Urquhart Potter
(1879-1969)
Anne
(1902-1981)
Mariée à
Harry Pomeroy Davison
Harry Pomeroy
John
James Stillman
Frances
Anne
James «Bud»
(1904-1998)
Marié (1) à
Léna Wilson
Leanna
James
Fowler McCormick
Alexander
Marié (2) à
Catherine Brown
Valerie Catherine
Richard
Alexander
(1911-1984)
Guy
(1918-1995)
Marié (1) à
Nancy Hall Holbrook
Alexandra
Victoria
Sharee
Charles
Christopher
Holbrook

1

Le jeudi 10 mars 1921

Depuis quelques semaines, l'hebdomadaire *Town Topics* insinue qu'un banquier bien connu de Wall Street connaît de graves difficultés. John Kennedy Winkler ne s'intéresse habituellement pas aux potins, mais ce chasseur de nouvelles flaire là une grosse affaire. À dix heures trente, il quitte la gare Grand Central de la 42e Rue à New York pour White Plains. De source sûre, il a appris qu'un représentant de la Justice doit y faire une importante déclaration. Les yeux rivés sur ses notes, il refuse de se mêler aux autres journalistes montés dans le train en même temps que lui. Son esprit vagabonde.

À dix-sept ans, Winkler a quitté Camden, en Caroline du Sud, sur un coup de tête. Ambitieux et déterminé, il désirait se tailler une carrière dans le monde journalistique. «Trop jeune! Pas assez d'expérience! Tu n'auras aucune chance!» lui disait-on pour le décourager de la grande ville. Pourquoi n'assurerait-il pas la relève au magasin général, comme son père et son grand-père l'avaient fait avant lui?

Pourtant, quelques mois après son arrivée dans la métropole, son rêve était devenu réalité et, depuis plus de douze ans, il appartient à la grande famille de William Randolph Hearst. Au seuil de la trentaine, il peut se vanter d'être maintenant à la tête du peloton au *New York American*.

John K. Winkler est intuitif, certes, mais il n'est malheureusement pas le seul à avoir lu les entrefilets du *Town Topics*. À son arrivée à White Plains, il note qu'une bande de journalistes et de photographes, représentant les principaux quotidiens de la côte Est, sont déjà regroupés en face du palais de justice. Winkler se dirige vers Walter Brown, son vis-à-vis du *New York Tribune*. La compétition est forte entre eux, mais John respecte son adversaire, un chroniqueur de talent. Son apparence habituellement soignée laisse vraiment à désirer aujourd'hui. Le costume empoussiéré et les cheveux en bataille, Walter lui rappelle les cantonniers qui se multiplient ces temps-ci sur les routes de l'État.

Récemment, son confrère s'est laissé convaincre d'acheter une Ford T qui devait résoudre ses problèmes d'horaire tout en lui accordant une grande liberté dans ses déplacements. Depuis, que d'ennuis ! Winkler écoute la complainte d'un homme frustré, irrité, fatigué. Ce matin, Walter a mis plus de trois heures pour parcourir une trentaine de kilomètres, avec une crevaison et quelques pannes en prime !

Loin de compatir à ses déboires, Winkler le taquine en évoquant la fiabilité du train, voire celle du cheval ! La nature joviale de Walter reprend le dessus et, observant l'attroupement, il constate :

– Alors, John, si je comprends bien, nous suivons encore la même piste ?

– Indubitablement... Cher collègue, choisir White Plains pour entreprendre une poursuite judiciaire ne laisse-t-il pas supposer que les protagonistes désirent à tout prix garder l'affaire secrète ?

Composée presque exclusivement d'hommes portant pour la plupart de longs manteaux sombres cintrés à la taille, la foule se fait de plus en plus dense, de plus en plus impatiente. À quelques jours du printemps, un froid humide les pénètre jusqu'aux os.

À quatorze heures, un officiel annonce que le juge Joseph Morschauser les rencontrera sous peu. Il invite les gens de la presse à entrer dans le palais de justice. Comme d'habitude, tous sont fouillés. Les appareils photographiques confisqués, mais minutieusement identifiés, s'empilent dans l'armoire à la droite du garde. Journalistes et photographes se dirigent ensuite vers une pièce sombre aux murs recouverts de lambris.

Il leur faut patienter jusqu'à quinze heures pour qu'enfin le juge daigne se manifester. À peine le magistrat au visage rond et au ventre rebondi prend-il place derrière une grande table de chêne patinée que déjà des questions fusent de toutes parts. Le juge Morschauser enlève ses lunettes cerclées d'or, lève la main droite pour apaiser le tumulte et, sans autre préambule, présente à l'assemblée une chronologie d'événements.

– Messieurs, le 13 septembre 1920, James A. Stillman, président de la National City Bank de New York, a déposé une demande de divorce ici même à White Plains. M. Stillman allègue que des incidents incriminant son épouse, Anne Urquhart Stillman, se sont produits entre 1916 et 1919 à sa propriété du Canada tout comme à celle de Pleasantville. De plus, M. Stillman désire prouver que Guy Stillman, âgé de vingt-huit mois, n'est pas son fils légitime et que cet enfant ne peut donc prétendre à sa succession. Le 22 décembre dernier, des témoins indiens et canadiens-français ont comparu à New York devant l'arbitre que j'ai moi-même désigné, le juge Daniel J. Gleason. Enfin, le samedi 5 mars, à Poughkeepsie, comté de Dutchess, les avocats de Mme Stillman ont présenté une contre-attaque ou, si vous préférez, une défense et demande reconventionnelle. La défenderesse nie catégoriquement les accusations portées contre elle, conteste tous les témoignages entendus à l'audience de décembre et exige que les droits de son fils Guy soient reconnus et respectés *in extenso*. De plus, elle demande que son mari lui verse une pension alimentaire non pas de cinq mille dollars, comme il le fait présentement, mais de dix mille dollars par mois. Les avocats de la défenderesse évaluent à vingt-cinq mille dollars les frais de cour devant être octroyés. J'ai nommé maître John E. Mack gardien des droits de l'enfant. Voilà, messieurs, ce que je peux vous dire aujourd'hui. Des questions ?

Un vacarme assourdissant emplit la pièce. Impassible, le magistrat reprend la maîtrise de la salle simplement en gardant le silence. Puis, il autorise la première question.

– Monsieur le juge, pouvez-vous nous expliquer comment cette histoire a pu être gardée secrète aussi longtemps ? Cette cause n'a-t-elle pas été portée à l'attention de la Justice il y a plus de six mois ?

– Vous êtes du *New York Tribune*, n'est-ce pas ? Pourriez-vous me rappeler votre nom ?

– Walter Brown, monsieur le juge.

– Monsieur Brown, dans le comté de Dutchess comme dans celui de Westchester, aucun document n'est tenu d'être enregistré dans ce genre d'action, tant et aussi longtemps que le jugement n'a pas été rendu. Dans la cause qui nous intéresse, nous n'en sommes pas encore là. C'est évident qu'en choisissant un endroit comme Poughkeepsie ou White Plains plutôt que New York on s'assure d'une plus grande discrétion. Toutefois, les règles du jeu ont été changées samedi dernier. En effet, pour que les avocats d'Anne Urquhart Stillman puissent présenter une défense et demande reconventionnelle, les avocats des deux parties devaient consentir à rendre la cause publique.

Tout en prêtant une oreille distraite aux propos du juge, Winkler se remémore la nomination de James Alexander Stillman à la présidence de la National City Bank en juin 1919. On appelait le nouvel élu « Stillman le jeune » pour le différencier de son père, le génial James Stillman. Une fois la cérémonie d'investiture terminée, plutôt que de sortir par l'entrée principale, James Alexander avait quitté la salle par une porte latérale pour éviter, selon toute apparence, de répondre aux questions des journalistes.

Cet homme fuit la publicité comme la peste, tout comme John D. Rockefeller qui a longtemps siégé au conseil d'administration de la National City Bank. Fondateur de la Standard Oil, entreprise qui contrôlait quatre-vingt-dix pour cent des raffineries américaines, Rockefeller a dû, en 1890, dissoudre son empire pétrolier dans le cadre de la loi antitrust. Lorsque le père de James Stillman présidait la National City Bank, les frères Rockefeller, William et John Davison, y investirent des sommes colossales. C'est ainsi que la National City Bank fut surnommée la Standard Oil Bank.

Même si le divorce est légalement reconnu, Winkler sait bien qu'il est loin d'être accepté. Voilà pourquoi Stillman a tout mis en œuvre pour garder son histoire secrète. La nouvelle, lorsqu'elle sera connue, aura l'effet d'une bombe, autant pour les Stillman et pour Wall Street que pour toute la haute société de New York.

Son attention est soudainement retenue par une question de James Sheean du *Daily News*.

– Monsieur le juge, quels avocats représentent les Stillman ?

– Maîtres Delancey Nicoll et Cornelius J. Sullivan pour M. Stillman et maîtres George W. Wickersham, John B. Stanchfield et John F. Brennan pour Mme Stillman.

Tout en griffonnant quelques notes, Winkler constate que le combat ne sera pas de taille. Sullivan ne perd pas, il écrase. L'issue du procès est prévisible malgré l'équipe d'avocats prestigieux qui conseillent l'épouse.

Winkler demande la parole.

– Monsieur le juge, quels sont les revenus annuels de James Stillman ?

– Monsieur Winkler, lorsque la question a été posée à ses avocats samedi dernier, ils ont déclaré que les gains bruts de leur client pour l'année dernière se chiffraient à huit cent mille dollars, mais qu'ils avaient été réduits à deux cent quarante mille dollars, une fois les taxes et les impôts payés.

Flatté que l'honorable Joseph Morschauser se souvienne de son nom, Winkler le remercie avec déférence. Huit cent mille dollars peuvent-ils fondre de la sorte ? Le fisc est gourmand, mais à ce point, cela lui semble exagéré. La femme du banquier réclame la moitié des présumés revenus nets de son mari en pension alimentaire. Quelle sorte de femme peut affronter avec autant de mordant ce colosse de la finance ? Sans compter qu'il a les meilleurs avocats de New York à son service. Winkler se promet d'interviewer Anne Stillman dans les plus brefs délais.

Des gains annuels de huit cent mille dollars ! John est impressionné. Même le président américain ne gagne que le dixième de cette somme ! L'ouvrier moyen, lui, doit se contenter de mille cinq cents dollars par année pour faire vivre toute sa famille. Stillman appartient vraiment à un autre monde !

En guise de conclusion, le juge Morschauser informe les gens de la presse que les prochaines audiences se tiendront à Poughkeepsie, le samedi 12 mars à dix heures.

Dans le désordre le plus complet, les journalistes récupèrent leur matériel confisqué et se précipitent vers la sortie. Certains composent leur texte mentalement, tandis que d'autres griffonnent sur un bout de papier ce qui deviendra la nouvelle du jour dans les principaux quotidiens de l'Amérique et de plusieurs capitales européennes.

* * *

Dès qu'il met les pieds dans son minuscule appartement du 9 State Street, Winkler se rue vers le téléphone et compose le Columbus 7000.

Dixième sonnerie ! « Que font-ils au *New York American* ? Et eux qui se targuent d'être accessibles vingt-quatre heures sur vingt-quatre », se dit-il en soupirant. Finalement, il réussit à joindre sa voisine de bureau, Anna Dunlap.

– Tu as appris la nouvelle ?

– Comment veux-tu que je ne la connaisse pas ! On ne parle que de cela ici depuis que tu as téléphoné cet après-midi. On t'a réservé la une, deux colonnes pleine page dans l'édition de six heures. Encore la une, John !

– Ton tour viendra, Anna, tu verras. En attendant, j'aurais besoin d'un coup de main. Accepterais-tu de fouiller nos archives afin d'y dénicher le plus de renseignements possible concernant la famille de James Alexander Stillman et celle de sa femme ? Je passerai à mon bureau ce soir, mais j'ignore à quelle heure. Qu'en dis-tu ?

– Cela me changera des chiens et des chats perdus. Comprends-tu qu'après six mois aux faits divers j'en aie marre, John ? Je te ferai cette recherche avec grand plaisir et je déposerai tout ce que j'aurai trouvé sur ta table de travail.

Winkler apprécie vraiment Anna. Rattachée à la division des informations générales, cette ex-étudiante en droit s'est vu confier peu de responsabilités depuis son arrivée au *New York American*. Pourtant, il est convaincu qu'elle possède l'étoffe d'une grande journaliste.

* * *

Winkler tente de connaître les réactions du juge Gleason, du gardien Mack et des avocats Sullivan et Stanchfield. Le téléphone a beau être une invention géniale, il ne réussit qu'à récolter l'irritant «aucun commentaire». Sa quête d'information est désastreuse. John tente également de joindre Anne ou James Stillman à leur résidence de ville au 270 Park Avenue, mais sans succès. Le serviteur des Stillman ne lui fournit qu'un mince indice : Pleasantville.

L'impatience gagne Winkler et il sait pertinemment que seule l'action parviendra à le calmer. Il ramasse son porte-documents et son imperméable, puis, au pas de course, remonte Broadway et saute dans un taxi.

– Vous avez quelques heures devant vous ?

– Vous avez de quoi payer ?

L'entente est vite conclue. La voiture se dirige plein nord, vers le petit village où les Stillman ont érigé leur maison de campagne. Le journaliste a du mal à garder son calme, il est survolté. Il griffonne cent questions, imagine mille réponses.

À vingt heures trente, le taxi entre dans la petite municipalité de Pleasantville. Winkler et le chauffeur s'arrêtent au poste de police où le chef Poth les renseigne obligeamment. Les Stillman possèdent effectivement un domaine, du nom de Mondanne, à Pocantico Hills et il jouxte la propriété de John D. Rockefeller.

«En plus d'avoir siégé au conseil d'administration de la National City Bank, Rockefeller est le voisin de Stillman ici ! D'autres liens les unissent-ils ?» se demande Winkler.

Le taxi bifurque sur un chemin étroit et fortement boisé. Aucune propriété en vue. Au moment où le chauffeur s'apprête à rebrousser chemin, Winkler aperçoit deux gardes en uniforme devant une imposante grille de fer forgé.

Le journaliste met pied à terre et demande où se trouve la maison de James A. Stillman. John réussit à comprendre que le banquier ne possède pas une, mais une dizaine de maisons ici. Le plus grand des deux gardiens l'interpelle sans ménagement :

– L'accès est interdit, partez !

– Je désire voir Mme Stillman. Elle m'attend.

– Madame n'est plus ici.

Après plusieurs minutes de palabres, Winkler utilise un argument de poids pour obtenir les renseignements qu'il désire. Discrètement, un billet de cinq dollars transite vers le plus sympathique.

C'est un bon placement. Winkler apprend en un rien de temps que la veille, un chauffeur a conduit Anne Stillman et ses fils cadets de Mondanne à Lakewood au New Jersey. Deux nurses les ont précédés dans un autre véhicule rempli de malles et de paquets.

Un bruit inattendu fait sursauter Winkler. À la lueur du fanal au gaz posé sur un pilier de clôture, il aperçoit les yeux brillants d'un cerf. À force de côtoyer des humains inoffensifs, ces animaux sont devenus curieux et insouciants. Le garde donne une pomme au journaliste, qu'il offre à l'animal. À sa grande surprise, le cerf s'approche et vient croquer le fruit dans sa main. Puis, observant distraitement le cervidé, Winkler demande au garde ce que veut dire Mondanne.

– En français, cela signifie le monde d'Anne.

Pourquoi n'y a-t-il pas pensé ? Il a pourtant appris cette langue à l'école. Ainsi, cet immense domaine couvrant plus de trois cent cinquante acres a été dédié à Anne Urquhart Stillman.

* * *

Le rez-de-chaussée du 238 William est occupé par les presses et le service d'expédition du *New York American* tandis que les bureaux de l'administration et la salle de rédaction se trouvent à l'étage. Winkler traverse le nuage de fumée qui flotte à mi-hauteur de cette immense pièce, bourdonnante d'activité à toute heure du jour et de la nuit. Il est probablement le seul journaliste de la division des nouvelles à ne pas allumer cigarette sur cigarette quand il rédige. Une impressionnante dose de café noir chaque jour suffit à le rendre fonctionnel.

Il a à peine trois heures devant lui pour rédiger son article, en tenant pour acquis qu'on lui accordera le délai maximal avant l'impression. De voir Anna toujours à l'œuvre lui redonne courage.

Les yeux brillants d'excitation, la jeune femme lui fait un compte rendu de ses trouvailles. L'épouse de Stillman est la fille du banquier James Brown Potter. Sa famille est inscrite sur la liste des quatre cents membres de la haute société de New York. Sa mère, Cora Urquhart, fut la première femme de sa classe à monter sur les planches. Après des débuts forts remarqués à New York, elle a poursuivi sa carrière d'actrice en Angleterre, puis en France et même en Orient.

Vivement, Anna poursuit :

– J'ai trouvé un article datant de 1892 qui relate sa prestation devant l'empereur du Japon ! Mme Potter porte toujours le nom de son ex-mari, même si celui-ci lui a intenté une action en justice afin qu'elle y renonce. James Brown Potter a obtenu le divorce au Rhode Island en 1900. Imagine ! Un divorce il y a plus de vingt ans ! Le tribunal n'a siégé que trente-cinq minutes pour régler cette affaire alors qu'aucune des parties n'était présente. Accusée d'avoir déserté le foyer conjugal, Cora vit en Europe depuis. James B. Potter a obtenu la garde légale de sa fille unique, affectueusement surnommée Fifi, et, occasionnellement au cours de son enfance, la jeune fille a visité sa mère en Angleterre. La petite et son papa ont presque toujours vécu à Tuxedo Park, un développement résidentiel pour richards à une cinquantaine de milles au nord de New York. La fortune des Potter date de quelques générations.

La jeune Anne a fait ses débuts dans la société à Newport en 1898, une très bonne place pour dénicher un prétendant fortuné. C'est d'ailleurs là qu'elle a rencontré James Alexander Stillman et, en 1901, après quelques mois de fréquentations, ils se sont mariés. Lui avait la richesse, elle, en plus de sa fortune personnelle, la «noblesse». Un oncle de la jeune épouse, Henri C. Potter, l'archevêque épiscopalien de New York, a présidé la cérémonie. Plus de deux mille invitations ont été envoyées à cette occasion. On disait d'Anne, à cette époque, qu'elle avait l'esprit vif et qu'elle excellait dans tous les sports. Comme son mari, elle adorait les grands espaces et la vie en plein air. C'est tout ce que j'ai trouvé pour la décrire! Depuis son mariage, à part sa présence à quelques réceptions mondaines, elle se fait discrète. Cependant, elle a pris une part active dans le combat des suffragettes, et j'ai une photo à l'appui.

La jeune femme tend à John un cliché pris au théâtre Maxime Elliot où Anne Stillman a personnifié «l'Esprit de la liberté». Anna explique à son collègue :

– Le groupe Equal Franchise fut l'instigateur de cette manifestation. Cette association combattit férocement afin d'obtenir le suffrage universel illimité; leur mot d'ordre : une personne, un vote. Regarde cette autre photo. Elle montre un portrait de Mme Stillman réalisé par Elizabeth Gowdy Baker. Qu'elle est belle, n'est-ce pas? En fouillant dans le registre social, j'ai aussi découvert que Guy, le benjamin de la famille, n'y est pas enregistré.

– Stillman renie cet enfant, tu te souviens?

– Je ne comprends pas qu'il conteste sa légitimité plus de deux ans après sa naissance. Et pourquoi cet homme demande-t-il le divorce? Il risque de ruiner sa carrière! John, qu'est-ce qui peut bien le pousser à agir de la sorte?

– Je me suis fait les mêmes réflexions. Il y a anguille sous roche.

Anna donne ensuite quelques détails sur la vie de James Alexander Stillman. Né à New York en 1873, il fut diplômé de Harvard en 1896, où il s'est démarqué par son adresse sportive, notamment dans l'équipe de rameurs. Deux ans après avoir obtenu son diplôme, il a commencé à travailler au bas de l'échelle, comme caissier, à la National City Bank. En 1919, il a succédé à Frank A. Vanderlip comme président. Surnommé «l'homme du silence» par ses pairs de Wall Street, le banquier siège à une quinzaine de conseils d'administration dans le pays, dans des secteurs aussi diversifiés que les assurances, les chemins de fer, la finance et l'agriculture. Membre en règle d'une dizaine de clubs prestigieux, James Alexander Stillman partage ses temps libres entre la navigation et le golf.

Impressionné par l'abondance et la qualité des renseignements colligés par Anna, Winkler ne se gêne pas pour vanter les mérites de sa compagne avant de reprendre ses questions.

– Que dit-on du père de Stillman?

– Voilà justement la dernière personne dont je voulais te parler! James Stillman père a présidé les destinées de la National City Bank de 1891 à 1909 et ses performances n'ont jamais été égalées. Après sa démission et jusqu'à sa mort en 1918, il a conservé un poste important au conseil d'administration de «sa» banque. À son décès, ses cinq enfants se sont partagé quarante millions de dollars! Incroyable, n'est-ce pas? La plus grosse part a été léguée à ses trois fils : James Alexander, Charles Chauncey et le docteur Ernest. Ces sommes faramineuses ont été placées dans un trust, mais je ne connais pas les règles pour qu'ils puissent en disposer. Ses deux filles, Isabel et Sarah, toutes deux mariées à un Rockefeller, ont hérité du reste.

– Tu veux me répéter cela? Quels Rockefeller?

– Il s'agit de William Goodsell et de Percy Avery, tous deux fils de William Rockefeller, frère de John D.

– En plus de traiter des affaires ensemble, les Stillman et les Rockefeller auraient scellé leur alliance en unissant leur progéniture? Tu te rends compte, Anna, de la signification de cette découverte? Jamais un problème domestique n'a encore entaché la réputation de cette richissime famille ! Stillman sera certainement soumis à d'énormes pressions pour étouffer le scandale.

La jeune femme acquiesce, sans toutefois en rajouter, car elle tombe de fatigue. Elle met de l'ordre sur son bureau, enfile son manteau et salue John, qui la remercie sincèrement pour son aide.

– Tiens-moi au courant de tous les détails de cette cause, ce sera ma plus belle récompense. Bon travail, John !

Ce n'est pas la première fois que Winkler couvre les péripéties d'un divorce, et les seuls qui font la manchette sont, bien entendu, ceux des gens riches ou célèbres, ou les deux à la fois. John Kennedy Winkler ne connaît pas grand-chose aux problèmes matrimoniaux, si ce n'est ce qu'on lui en dit. Il est toujours célibataire, par abstention plus que par choix, se plaît-il à dire, ajoutant à l'intention de ceux qui le questionnent : « L'écriture, mon épouse, et mes enquêtes, mes maîtresses, me comblent… pour l'instant. »

Cette réflexion en fait sourire plus d'un, car Winkler adore la compagnie des femmes. Qui pourrait croire, alors, que cet homme, en apparence si sûr de lui, ayant à son actif nombre de succès tant professionnels que personnels, doute profondément de son talent, et de sa capacité à émouvoir le sexe opposé, craignant maladivement l'échec ? Combien de fois John s'est-il conforté dans des situations amoureuses impossibles pour ne pas risquer un refus ? Combien de fois a-t-il fait la une ? Il ne saurait le dire. Pourtant, chaque fois qu'il s'apprête à écrire, il appréhende le résultat. Cruellement !

John veut mettre de l'ordre dans ses pensées. Il doit d'abord et avant tout museler son angoisse. Grâce à la recherche d'Anna, il espère intéresser ses lecteurs en leur faisant mieux connaître les antagonistes de cette cause. Il se promet d'enquêter sur le terrain dès demain et, guidé par son intuition, il espère trouver plus et mieux.

Winkler pose les mains sur sa fidèle Underwood qu'il manie comme un virtuose. Il appelle sa muse, puis laisse les mots naître sous ses doigts.

2

Le vendredi 11 mars 1921

Ce matin, Winkler est fatigué mais satisfait. Normalement, son horloge biologique fonctionne au quart de tour et il peut se passer de réveil. Mais comme aucune entorse à son horaire n'est permise aujourd'hui, une désagréable sonnerie le tire du lit. Ses activités de la journée sont chronométrées à la minute près. Premier objectif : rencontrer maître Cornelius J. Sullivan, surnommé «le moine».

Il longe Battery Park. La fraîcheur du matin alliée au vent du large le fait frissonner. Il y a foule devant tous les kiosques à journaux. Les grands quotidiens étalent la demande de divorce des Stillman en première page. Chaque fois qu'il fait la une, Winkler ne peut s'empêcher de s'arrêter à un de ces édicules, de repérer son quotidien et de savourer le fruit de son labeur pendant quelques instants. Il roule ensuite le journal sous son bras, remet trois pièces d'un cent au marchand et lui souhaite une excellente journée. Aujourd'hui aussi le rituel est accompli et, sans savoir pourquoi, le journaliste a l'impression de conjurer encore une fois le mauvais sort. Il reprend ensuite son trajet en direction du 61 Broadway.

Jamais Winkler n'a pu s'habituer aux bruits assourdissants des rues de New York. La cacophonie des cris des charretiers mêlés aux avertisseurs des automobiles lui fait parfois regretter la quiétude de son Camden natal. Son oreille est agressée, mais son œil se régale. Plusieurs de ses compatriotes vivent et travaillent au cœur de la ville, les yeux rivés sur le pavé. Winkler, lui, ne cesse de s'émerveiller. Il admire le travail génial des architectes qui ont contribué à faire de New York la première cité verticale de la terre. Le Woolworth Building, l'édifice le plus haut du monde, le fascine encore huit ans après son achèvement. Il domine toute la métropole de ses cinquante-cinq étages et son style néogothique lui a valu le surnom de «cathédrale du commerce», une véritable symphonie de pierre et de verre.

John approche maintenant de la firme de maître Delancey Nicoll, logée dans un immeuble d'une vingtaine d'étages. On y accède par un hall où lustres de cristal, colonnes de marbre d'Italie et portes d'ascenseurs en cuivre contribuent à donner au visiteur une impression de faste et de richesse.

À cette heure matinale, seulement deux ou trois personnes se déplacent à pas feutrés dans les bureaux du célèbre cabinet d'avocats, décorés et meublés avec ce qu'il y a de mieux. Winkler présente sa requête au secrétaire de maître Sullivan et, à sa grande satisfaction, l'avocat accepte de le recevoir sur-le-champ.

Winkler connaît la réputation de maître Sullivan, mais c'est la première fois qu'il se trouve en sa présence.

– Si vous vous engagez à taire vos sources, monsieur Winkler, je peux vous apprendre quelques détails intéressants.

L'incisif «sans commentaire» de la veille s'est métamorphosé radicalement. Sullivan se servira de la plume du journaliste pour divulguer des informations qu'il lui serait impossible de faire connaître ouvertement. En retour, Winkler aura une exclusivité. L'avocat reprend la parole quand le reporter l'assure de sa discrétion.

– Toute femme digne de ce nom aurait accepté ce qui a été offert à Mme Stillman. Parce qu'il s'agit d'une petite fortune, vous savez! Combien d'hommes ont des revenus de soixante mille dollars par année? Et surtout, combien de femmes? Qu'elle ait levé le nez sur une offre aussi généreuse prouve sa mauvaise foi. Cette femme…

Winkler savait que maître Sullivan menait une vie ascétique, entièrement consacrée à sa profession et aux œuvres de Dieu. Sa misogynie n'étant un secret pour personne, elle crève les yeux en ce moment! L'avocat poursuit, dédaigneux :

– Anne Urquhart Stillman a totalement changé les règles du jeu. Dans la défense et demande reconventionnelle déposée samedi dernier, elle ose contester des évidences. Nous avons en main plusieurs déclarations sous serment dûment signées par d'honnêtes témoins affirmant qu'elle s'est commise à maintes reprises avec un guide, moitié indien, moitié canadien-français, du nom de Frédéric K. Beauvais. La propriété de mon client, située à Grande-Anse sur les bords de la rivière Saint-Maurice dans la province de Québec, fut le théâtre de ces événements honteux. Leur liaison aurait duré plus de quatre ans. Une femme de sa classe, tromper son mari avec un vulgaire indigène, quelle ignominie !

– Comment avez-vous…

– Nous avons engagé des détectives. Des personnes soucieuses que justice soit rendue nous ont tout révélé.

– Où se trouve ce guide présentement ?

– Nous savons que cet individu a travaillé pendant quelque temps chez Abercrombie et Fitch, sur Madison Avenue, ici même à New York. D'après nos sources, il serait cependant retourné à la sauvagerie.

– Pouvez-vous me donner une description de cet homme ?

– Les détectives en donnent le signalement suivant : vingt-six ans, mesurant six pieds, mince de taille et large d'épaules, yeux noirs, cheveux droits et foncés. On dit aussi qu'il est illettré.

Quelqu'un du *New York American* doit trouver ce Beauvais ! Winkler imagine déjà l'impact d'un article relatant une rencontre avec le guide indien soupçonné d'être l'amant d'Anne Stillman et le père du jeune Guy !

Maître Sullivan explique au journaliste qu'il est possible de contester la légitimité d'un enfant né dans les liens du mariage si le mari démontre, hors de tout doute, qu'il n'a pas consommé l'acte pendant la période précédant la grossesse. Il doit également prouver l'infidélité de sa femme au cours de cette même période. Dans ce cas, l'enfant peut être déclaré illégitime. C'est en se basant sur l'article 1760 du Code civil de l'État de New York que Sullivan a présenté une action en désaveu de paternité et qu'il a nommé le jeune Guy co-défendeur.

Une foule de questions se bousculent dans la tête de Winkler. Comment leur sera-t-il possible de prouver, hors de tout doute, qu'il n'y a eu aucun rapport intime pendant la période de la conception de l'enfant ? Le couple vivait-il séparé ? Maître Sullivan affirme détenir des preuves irréfutables. Haineux, il ajoute :

– La femme Stillman a eu le culot de nier toutes ces flagrantes accusations devant le juge Morschauser ! À cause du type de défense qu'elle a choisi, le sceau du secret a été brisé de façon grotesque.

Les vives réactions de maître Sullivan surprennent Winkler. Le célèbre avocat semble faire de ce procès une affaire personnelle.

– J'ai promis à M. Stillman que nous aurions gain de cause, et nous vaincrons, n'ayez crainte. Ces renseignements vous intéressent-ils ? Publiez-les !

* * *

John imagine son prochain article, en première page : « Loin au nord de la province de Québec, entouré de grands espaces sauvages, le petit hameau de Grande-Anse s'étend sur les rives de la rivière Saint-Maurice. Tout près de ce village, le camp de chasse de James A. Stillman, millionnaire bien connu, a été l'hôte… » Ou encore : « Une histoire dramatique associant Wall Street, la 5e Avenue et les vastes étendues boréales… » Un titre accrocheur pour un bon reportage !

Avec un peu de chance, Winkler pourra faire paraître ces informations inédites dans l'édition de cet après-midi. Il lui faut consulter Michael Bradford, le directeur de la salle de rédaction. Seul, il ne pourra couvrir toute l'affaire. Beaucoup trop de gens à rencontrer, beaucoup trop d'endroits à visiter. Un homme de la trempe de James A. Stillman se trouvant dans une position aussi embarrassante devient implacable si la presse fait un faux pas.

* * *

Que ce soit le lundi matin, le samedi soir ou le dimanche, le directeur de la salle de rédaction s'active inlassablement, tantôt grincheux, tantôt suave, toujours hyperactif; la fatigue ne semble pas avoir de prise sur lui. Tous se demandent combien de temps il pourra soutenir ce rythme infernal. Winkler n'a pas encore franchi la porte du bureau de son patron que celui-ci l'interpelle d'une voix forte :

– Alors, John, quoi de neuf?

– Michael, je te prédis que le procès de James Stillman contre Anne et Guy Stillman sera le combat judiciaire le plus spectaculaire jamais vu! J'ai tenté sans succès de rencontrer maître George W. Wickersham, pour avoir le point de vue d'un des avocats d'Anne Stillman. Par contre, je sors à peine du bureau de maître Cornelius J. Sullivan et le moine a été exceptionnellement loquace. Michael, ce sera le procès du siècle! Tous les ingrédients sont réunis : un enfant, un Indien, une femme de la haute société, un magnat de la finance! Il faudrait rapidement organiser un plan d'action et mettre plus de monde sur cette affaire. Tu devrais convoquer Gene Fowler, nous aurions grandement besoin de lui. Et que dirais-tu, Michael, si Anna était aussi de l'équipe?

– Tu as déjà tout planifié! Me demanderas-tu également une partie de mon salaire? ajoute Michael, amusé. Allez, vieux, assieds-toi et, ensemble, nous déciderons de ce qu'il convient de faire.

* * *

Michael Bradford discute avec animation de l'affaire Stillman avec Gene Fowler, Anna Dunlap et John Winkler. Ce dernier est prié de leur raconter en détail tout ce qu'il a appris depuis le début de son enquête, puis Bradford intervient avec énergie :

– Il faut absolument aller au Canada et retrouver le guide indien. Je crois que cette mission est taillée pour toi, Gene, puisque tu es le seul de l'équipe à parler couramment le français.

Sans hésitation, Gene Fowler rétorque :

– Je pars quand ?

– Dès que cette réunion aura pris fin. Et vous, Anna, que pensez-vous de la suggestion de John concernant Poughkeepsie ?

– J'ai déjà en main l'horaire des chemins de fer. Je peux encore m'y rendre dès aujourd'hui afin d'être sur place pour l'audience publique de demain.

– Ça me va. Comment vois-tu la suite des événements, John ?

– Je crois que Gene devrait se rendre chez Abercrombie et Fitch avant son départ. Il pourrait y recueillir de précieux renseignements. Hill, leur gérant, préside la loge des francs-maçons de Pleasantville... Ce renseignement peut servir, on ne sait jamais. Quant à moi, je veux rencontrer Anne Urquhart Stillman, qui séjourne présentement à Lakewood.

Gene rit de bon cœur.

– On te reconnaît bien là, John Kennedy Winkler ! Pendant que j'irai voir le Peau-Rouge, monsieur fera le galant, comme d'habitude ! Michael, il paraît que, malgré ses quarante ans, la femme du président de la National City Bank est d'une beauté ravissante. Il semble qu'elle a toujours la même vivacité, le même dynamisme qui faisaient les délices de son entourage lorsqu'elle était une débutante. Tu ne dois pas ignorer cela, John ? Ton petit côté séducteur irlandais se réveille ?

– Un peu de sérieux, messieurs, dit Michael qui connaît fort bien ses poulains. Vous avez tous du pain sur la planche. Je veux le *New York American* en tête dans toute cette histoire. Vous me ferez un rapport journalier. Télégraphiez vos articles dans les meilleurs délais et soyez à la hauteur de votre réputation ! Bonne chance !

* * *

Dans beaucoup de grandes villes américaines, l'architecture des palais de justice, des parlements, des bureaux de poste et des banques est semblable à celle des temples grecs alors que les façades des gares rappellent celles des bains romains. La gare de Poughkeepsie ne fait pas exception.

À la tombée du jour, Anna débarque du train, une toute petite valise à la main. La jeune femme a appris à se débrouiller avec un minimum de bagages. Elle remonte Main Street à la recherche d'un gîte pour la nuit. Propreté et sécurité, c'est tout ce qu'elle demande.

Un écriteau attire son attention : «Chambre et pension Bowdoin». Faite de bois ouvré agrémenté de fleurs peintes, l'enseigne est éclairée par une petite lampe au gaz. Anna monte sur le balcon qui court en façade et se prolonge sur le côté droit de la maison. Portes et fenêtres sont habillées de dentelle. L'endroit lui semble chaleureux.

Une dame dans la soixantaine l'accueille puis l'invite à visiter «sa» chambre. Au passage, Anna remarque quelques personnes, assises face au foyer de la salle de séjour, un livre ou un tricot à la main. Tout respire le calme et la sérénité. Son journal lui assure une allocation convenant parfaitement à des endroits comme celui-ci; pas besoin de chercher plus longtemps.

* * *

Gene Fowler sourit en repensant à la tête de Winkler quand il a fait référence à son sang irlandais. Il n'en a jamais parlé à son confrère, mais il a lui-même une partie de ses racines en Irlande. En fait, son véritable nom est Eugène Devian. Il est né à Denver, trente et un ans plus tôt, d'un père français et d'une mère moitié irlandaise, moitié hollandaise. Veuve, puis remariée à George Fowler, celle-ci a toujours encouragé son fils à poursuivre ses études. Il a fréquenté l'université du Colorado pendant quelque temps. À cette époque, il a adopté le patronyme de son beau-père, qu'il admire sincèrement.

Son tempérament fougueux et imprévisible l'a entraîné plus d'une fois dans des aventures rocambolesques. Étudiant, Gene Fowler n'avait pas de voiture, ce qui ne l'empêcha pas de parier avec des copains qu'il pouvait traverser tout Denver, l'accélérateur au plancher. C'était un gars de parole. Un jour, il vola une auto dont la seule place libre était celle du conducteur. Toute sa vie, il se souviendra des cris affolés de ses quatre passagers. Il gagna son pari, mais fut expulsé de l'université dès le lendemain.

C'est au *Denver Post* que Gene Fowler s'est vraiment initié au métier de journaliste. Après quelques années, il aspira à de plus grands défis. En 1915, il migra vers la grande ville et rejoignit l'équipe du *New York American*. Peu de temps après, il tomba follement amoureux d'Agnès Hubbard, avec qui il se maria quelques mois plus tard. Pour Gene comme pour Agnès, la famille constitue une valeur importante. Personne ne s'étonne que, déjà, Gene Fowler ait quatre bouches à nourrir.

Gene passe en coup de vent à son appartement pour prendre ses bagages et il quitte New York à destination de Montréal par le train de dix-sept heures. Il ne se questionne même plus sur sa manie de toujours s'asseoir sur la banquette faisant face à son point de départ.

Cet après-midi, il a rencontré Frederick Hill chez Abercrombie et Fitch, qui, non sans réticence, a accepté de répondre à ses questions. Fred Beauvais a été engagé le 17 février 1920 comme vendeur au rayon des articles de chasse et pêche. En guise de références, Beauvais avait mentionné avoir travaillé au Québec pour Anne Stillman. Cependant, il n'a remis aucun document ou lettre l'attestant. Il accomplissait du bon travail, sans zèle. Le 20 avril suivant, l'Indien disparut sans laisser d'adresse, sans même aviser son supérieur. L'appel de la forêt fut-il irrésistible pour cet homme des bois ?

Hill trouve étrange que certains journaux comparent son ancien employé à un Adonis. « Quand on a vu un guide métis, on les a tous vus. Frédéric Beauvais n'a rien de particulier, rien de mieux, rien de moins que tous ceux de cette race. »

Seul dans son compartiment, Gene s'installe confortablement. Avec bien peu de matériel, il s'apprête à rédiger son premier article sur l'affaire Stillman.

* * *

Winkler a voyagé dans un train du New Jersey Southern Railroad à destination de Lakewood. Il n'a aucun mal à se trouver une voiture qui l'amènera de la gare, sur Mammouth Avenue, à sa maison de chambres de la 10e Rue.

Les habitants de Lakewood sont déjà au fait des dernières nouvelles de la métropole et le journaliste apprend sans peine qu'Anne Stillman est logée au *Laurel-in-the-Pines*, juste en face du lac Carasaljo, sur North Lake Drive. Il s'agit du plus luxueux et du deuxième plus gros hôtel de la place, après le *Lakewood Inn*. Des pins centenaires dominent les dizaines de cheminées du *Laurel-in-the-Pines*, vestiges d'une époque où les foyers palliaient l'absence de chauffage central. Clôtures, gardiens et chiens de haute taille protègent cet immense domaine contre les curieux. Depuis le matin, de nombreux journalistes font le pied de grue devant l'entrée principale, malgré leurs nombreuses tentatives pour soudoyer les gardes.

Après un souper frugal, Winkler révise une dernière fois l'article qu'il a rédigé à toute vapeur avant son départ. Ce texte paraîtra dans la première édition de samedi. Minutieusement, John prépare ensuite un scénario dont le premier acte consiste à convaincre Anne Stillman de lui accorder une entrevue.

3

Le samedi 12 mars 1921

Anna se réveille tôt, heureuse de se retrouver à Poughkeepsie, comblée par le nouveau mandat qui lui est confié. Enfin un événement important à couvrir, un article digne de ce nom à rédiger! Pour ajouter à sa félicité, un rayon de soleil se faufile à travers la dentelle pour dessiner de fines arabesques sur les murs de sa chambre. Toute à sa joie, elle goûte ce court moment de solitude avant de se joindre aux autres pensionnaires pour le petit-déjeuner.

Vers les neuf heures, elle quitte la pension Bowdoin et remonte Main Street jusqu'au palais de justice du comté de Dutchess, dans Market Street. Déjà, un nombre impressionnant de curieux se pressent devant l'entrée principale de l'édifice.

Dès que le signal est donné, Anna est entraînée par la cohue jusqu'à la salle d'audience où elle s'installe aux premières loges. Ses voisins lui confient spontanément les raisons qui les ont incités à venir ici, deux heures à l'avance. La plupart avouent leur désir de voir Anne Stillman, tout simplement. Son mari aussi, bien sûr, mais surtout Anne Stillman. Pour mener un tel combat, pour affronter un homme aussi puissant, cette femme doit posséder une grande force de caractère, affirment-ils.

Maître Sullivan croyait jeter l'opprobre sur Anne Stillman en mettant en lumière les actes dont il l'accuse. Mais voilà que se dessine un mouvement spontané afin de soutenir la mère qui lutte pour préserver les droits de son enfant. Tous les commentaires recueillis par Anna le confirment.

À onze heures précises, le juge Morschauser fait son entrée, s'installe à sa table et étale quelques documents devant lui. Après plusieurs minutes d'attente, il demande au greffier :

– Y a-t-il quelqu'un dans la salle pour produire l'amendement prévu par la défense d'Anne Urquhart Stillman et pour lequel la cour est convoquée ?

– Pas encore, Votre Seigneurie.

Le juge se penche de nouveau sur ses dossiers.

Un homme en uniforme se fraie péniblement un chemin jusqu'au greffier pour lui murmurer quelques paroles à l'oreille. Discrètement, ce dernier s'adresse au juge qui, d'une voix forte, avise ensuite les gens que la cause est remise. Il invite les journalistes à le suivre dans une salle attenante, mais il a du mal à se faire entendre, car l'assistance exprime bruyamment son mécontentement.

Si Anna pouvait se le permettre, elle en ferait autant ! Elle aura au moins l'occasion d'entendre le juge, qui a la réputation de ne jamais expédier les points de presse auxquels il participe. D'ailleurs, depuis qu'il a accédé à la magistrature, il fait excellente figure dans les quotidiens du grand New York, abondamment représentés aujourd'hui. De bonne grâce, il explique :

– Comme vous le savez déjà, il était prévu que les deux parties se présentent ici à onze heures. On vient de m'aviser qu'il n'en sera rien. De deux choses l'une : ou les avocats préparent un règlement hors cour, ou ils veulent éviter la foule du samedi. Il est possible qu'à la suite d'une entente les avocats des Stillman aient convenu d'attendre à mardi pour comparaître. Je siégerai alors à White Plains. Des questions ?

Mark Cutters du *Poughkeepsie Eagle News* s'assure que les audiences de White Plains seront également publiques. Morschauser lui précise toutefois que, lorsque des témoins seront entendus, le huis clos sera exigé, comme ce fut le cas en décembre dernier lors des audiences présidées par le juge Daniel Gleason.

Morschauser donne ensuite la parole à Jos Davis du prestigieux *New York Times*. Cet écrivain talentueux est reconnu de tous ses confrères.

– Est-ce courant, Votre Honneur, d'entendre une cause comme celle-ci, abstraction faite de la condition sociale des deux parties ?

– Monsieur Davis, qu'un enfant de deux ans doive défendre ses droits de lignage, voilà ce qui rend cette cause si particulière. Il s'agit d'un précédent dans ma juridiction.

Des commentaires surgissent de toutes parts. Morschauser impose le silence et donne la parole à James Sheean, un grand rouquin du *Daily News,* qui désire plus de détails sur le type de défense choisi par la femme du banquier.

Le juge affirme qu'en plus de nier toutes les accusations dont elle est la cible l'épouse accuse à son tour son mari d'infidélité. Les avocats de la défenderesse déposeront sous peu une déclaration sous serment dévoilant le nom d'une femme désignée comme co-intimée.

Un murmure de surprise parcourt l'assemblée. La cause prend du piquant ! Un grand gaillard à l'allure de cow-boy demande d'une voix de stentor :

– Monsieur le juge, je suis James R. Kelly du *Chicago Daily Tribune*. Qu'arrivera-t-il, Votre Honneur, s'il est prouvé que l'homme et la femme ont tous deux été infidèles ?

– Selon notre Code civil, si les deux parties sont reconnues coupables, la cour refusera de prononcer le divorce. Précisons que James Stillman l'a demandé en septembre 1920 et que son épouse a fait de même samedi dernier. Nous connaissons dorénavant les causes de leur requête respective.

Comme plusieurs de ses collègues, Anna croit que le bagage génétique du benjamin des Stillman doit bien présenter des évidences ! Le père présumé n'est-il pas indien ? Ne pourrait-on pas prouver la paternité de James Stillman ou de Frédéric Beauvais en se basant sur la loi de Mendel ? demande-t-elle au juge, après s'être identifiée comme il se doit.

Au même moment, maître John E. Mack, le défenseur des droits du jeune Guy Stillman, fait son entrée dans la salle, les bras chargés de documents. Autant les rondeurs du juge Morschauser sont apparentes, autant l'avocat surprend par ses traits anguleux. Ses yeux, marqués de cernes, laissent présager un travailleur acharné. Le juge fait remarquer au nouveau venu que cette question est faite sur mesure pour lui.

Maître Mack explique à l'assistance que les lois de l'hybridation énoncées par Gregor Mendel se sont avérées exactes pour les organismes peu évolués. Cependant, compte tenu du nombre et de la nature des combinaisons génétiques chez les humains, une extrême prudence est requise avant de tirer quelque conclusion que ce soit.

Un homme se glisse à côté d'Anna et demande la parole.

– Walter Brown du *New York Tribune*. Qu'arriverait-il si, malgré tous vos efforts, l'illégitimité de l'enfant était prouvée ?

– Il perdrait tous ses droits et intérêts dans les propriétés et les biens légués par ses ancêtres paternels ainsi que ses droits d'héritier direct à la succession de James Stillman. En plus d'être privé d'une fortune colossale, l'enfant ne pourrait plus porter le nom de Stillman.

Tous ceux qui connaissent maître John E. Mack, amis ou ennemis, soutiennent qu'il est un exemple d'intégrité. De plus, il choisit minutieusement les causes dans lesquelles il s'investit. C'est pourquoi son engagement dans celle-ci est éloquent et plaide déjà en faveur de l'enfant.

Le juge Morschauser met fin au point de presse en soulignant qu'il restera disponible tout le reste de la journée, jusqu'en soirée s'il le faut, au cas où les avocats des Stillman se manifesteraient. Il rappelle, à ceux qui s'étonnent, qu'en de tels cas aucun avis préalable des avocats n'est requis par la loi. Lui ne fait que respecter les impératifs de sa fonction.

Walter Brown quitte la salle aux côtés d'Anna et lui propose de trouver un endroit pour se restaurer. Tout en descendant Main Street, Walter s'enquiert de Winkler, surpris de ne pas le voir à Poughkeepsie. La jeune femme lui donne suffisamment de précisions pour satisfaire sa curiosité, mais pas trop, toutefois, pour ne pas trahir le filon de son collègue.

– J'ai lu, non sans une pointe d'envie, que notre ami Winkler a divulgué en primeur l'identité de l'amant présumé d'Anne Stillman. Je lui lève mon chapeau !

– Winkler a toute mon admiration, croyez-moi ! ajoute Anna. N'est-ce pas extraordinaire, ce mouvement presque instinctif des gens en faveur de cette femme ?

– Plus qu'extraordinaire, c'est phénoménal ! Il est rare de constater une telle manifestation spontanée.

– La menace qui plane sur l'enfant joue pour beaucoup dans cette histoire. La foule s'est laissé émouvoir par le combat d'une mère.

– Cette attitude va à l'encontre des habitudes populaires, renchérit Walter Brown. Stillman a formellement accusé sa femme d'infidélité et le public a presque occulté cette éventualité pour ne mettre en évidence que le courage de la mère voulant protéger son enfant !

– La vague de sympathie dont nous avons constaté l'ampleur ce matin est d'autant plus surprenante que, d'ordinaire, les femmes sont très habiles à se dénigrer mutuellement. L'épisode des suffragettes en est un bon exemple. En consultant les journaux de 1909 et de 1910 dans l'espoir de trouver plus de détails sur l'engagement d'Anne Stillman dans cette cause, j'ai lu nombre de témoignages où les dames s'opposaient au vote des femmes de façon beaucoup plus virulente que la majorité des hommes de l'époque.

Ce constat dérange encore profondément Anna. Hier encore, une femme ne pouvait aspirer à autre chose qu'à la cuisine ou au cloître. Et rien n'est encore gagné, elle en sait quelque chose ! Pour obtenir et conserver son poste de journaliste, elle a dû lutter et doit encore le faire quasi quotidiennement. Sa condition de femme lui pèse parfois.

Malgré la gentillesse de Walter, il n'est pas question d'aborder ce sujet de discussion avec lui. Elle le connaît à peine, après tout.

D'un commun accord, les deux journalistes s'arrêtent à la pension Bowdoin, où ils partagent le repas de midi. Puis, confortablement installés dans la salle de séjour, ils discutent du cas Stillman et échangent leurs points de vue sur les dossiers chauds de l'heure. Aucun d'eux n'ose quitter Poughkeepsie avant le départ du dernier train pour New York au cas où les avocats des Stillman se présenteraient. Malheureusement, leur attente reste vaine.

* * *

Vingt fois, Winkler a cru trouver la formule idéale, vingt fois une boule de papier a été lancée à la poubelle. Ou le mot lui paraît simpliste, ou la lettre lui semble maladroite. Comment cette simple requête peut-elle tant l'embêter? John dépose sa plume et arpente sa petite chambre nerveusement.

Comment atteindre une dame de la classe d'Anne Stillman, plongée dans une situation aussi dramatique? Il ne connaît rien d'elle! Une photographie confirme son appui à la cause des suffragettes, comme preuve de son engagement social. Un portrait la présente parée comme une princesse, richement vêtue, dégageant fermeté et énergie. Comment occupe-t-elle ses journées? Aime-t-elle la lecture? Les arts? Est-elle hautaine? Chaleureuse? Le journaliste scrute de nouveau la photo. Il a déjà entendu nombre de commentaires sur sa beauté, son dynamisme et sa vivacité d'esprit, mais il ne peut faire abstraction du portrait qu'en a fait l'avocat de son mari, maître Sullivan.

Winkler opte finalement pour une note succincte à laquelle il joint l'original dactylographié de son dernier article et une copie du même article paru ce matin, en première page du *New York American*. Anne Stillman appréciera-t-elle sa notoriété, le style sobre de son texte et sa façon d'y présenter le guide indien?

* * *

Gene Fowler s'est assoupi, à moitié étendu sur la banquette. Quand trois autres passagers ont envahi son compartiment, vers deux heures du matin, il a dû s'asseoir. Après de multiples arrêts, le journaliste, fourbu, arrive enfin à Montréal plus de douze heures après son départ de New York.

Pour la première fois de sa vie, Gene met les pieds dans la «métropole française d'Amérique». Ces dernières années, il a si peu parlé français qu'il s'inquiète un peu. Le journaliste a imaginé en détail son premier dialogue et il a même griffonné quelques notes pour se rappeler certains mots clés, au cas où sa mémoire lui ferait défaut.

Quelle n'est pas sa surprise d'être accueilli par un sonore «*Welcome to Montreal, Sir! May I carry your luggage?*» Une situation analogue se répète avec le chauffeur de taxi.

Un immense nuage bas et compact enveloppe Montréal. Une pâleur blafarde baigne les rues de l'ouest de la ville et cette pâleur contraste avec le vacarme des tramways dont les roues de métal grincent bruyamment sur les rails encastrés dans la chaussée.

Au journal, on lui avait recommandé un modeste hôtel au pied du mont Royal. Dès l'entrée, une petite boulotte l'accueille, en anglais elle aussi. Fowler s'étonne que Montréal puisse encore mériter le titre de «métropole française».

De l'hôtel, Gene fait un nombre incalculable d'appels téléphoniques, sans pour autant trouver la moindre trace de Fred Beauvais. Il joint finalement le curé de la réserve iroquoise de Caughnawaga, située sur la rive sud du fleuve Saint-Laurent, juste en face de Montréal. Le père Joseph Gras, le seul de sa paroisse à avoir le téléphone, lui réserve un accueil froid, cassant, et refuse de répondre à ses questions. C'est malheureusement la première personne avec qui il peut éprouver son français.

Lors de sa visite chez Abercrombie et Fitch, à New York, Frederick Hill lui a révélé que, chaque printemps, Fred Beauvais s'enfonçait dans les bois. Peut-être, cette année, n'en est-il pas ressorti! Malgré sa fatigue, le journaliste décide de reprendre le train en direction de Trois-Rivières, ville située à environ cent trente kilomètres au nord-est, et de dépister Beauvais à partir de là. De toute façon, il veut interroger tous les Canadiens français et les Indiens qui, en décembre dernier, ont témoigné en faveur de James Stillman.

Pour ce faire, Gene devra remonter le cours de la rivière Saint-Maurice jusqu'au domaine des Stillman près de La Tuque. Professionnel jusque dans les moindres détails, il consigne tout et il n'oublie surtout pas d'écrire son compte rendu à l'intention de Bradford, le directeur de la salle de rédaction. Hier, il a produit un article lilliputien; aujourd'hui, son enquête n'a donné aucun résultat. Il est déçu, certes, mais aucunement découragé.

* * *

Confortablement assis sur le siège arrière d'une luxueuse limousine, à l'abri des regards indiscrets, John Winkler traverse la ligne des curieux massés devant le *Laurel-in-the-Pines* et contourne l'édifice principal, capable d'accueillir plus de quatre cent cinquante invités.

Par l'entremise d'un messager, John a reçu un mot d'Anne Stillman qui le convoquait à son hôtel à peine quelques heures après qu'il lui eut acheminé sa requête. Son chauffeur l'a pris en charge à la station-service de la rue Lexington. Personne ne doit apprendre qu'elle accepte de le recevoir, une discrétion absolue est exigée. Les ordres sont directs, sans équivoque.

Le chauffeur l'escorte jusqu'à la porte d'une suite fastueuse. Une domestique le prie d'attendre dans un salon dont les murs et les parquets sont recouverts de pin noueux. Un feu crépite dans la cheminée et une atmosphère feutrée enveloppe la pièce.

À peine a-t-il le temps de s'asseoir qu'Anne Stillman fait son entrée. Aucune photographie ne peut rendre justice à la grâce et à la distinction qui se dégagent de cette femme. Winkler la contemple, incapable de dissimuler son admiration. Il est sidéré par son air de jeunesse, inhabituel chez une femme de quarante ans. Coiffés avec originalité, ses cheveux noirs encadrent un visage au teint légèrement hâlé. Pas de rouge, pas de fard, aucun bijou. Une robe simple ajoute à l'impression qu'on se fait instantanément d'elle : directe, sophistiquée, mais sans attitude affectée. Un sourire franc illumine son visage aux traits fins et harmonieux. Winkler se lève d'un bond et la salue avec déférence.

– Madame, je suis honoré que vous ayez accepté de me recevoir.

Elle l'invite à se rasseoir et prend place face à lui.

– Monsieur Winkler, je vais mettre les cartes sur table immédiatement. Je ne veux pas que vous publiiez quoi que ce soit de notre conversation, je ne veux pas de photographie, j'accepte simplement de parler avec vous.

– Vous pouvez me faire confiance, madame.

Elle rétorque d'une voix douce, mais ferme :

– La confiance, cher monsieur, cela se mérite.

La partie ne sera pas facile. Anne Stillman est sans contredit une personne charmante, mais Winkler pressent chez elle une nature forte. Il lui faut pourtant la convaincre que sa proposition sera aussi avantageuse pour elle que pour lui.

– Madame, croyez-vous à la puissance des journaux, à leur influence sur l'opinion publique ?

– En quoi cela peut-il être pertinent dans les circonstances ?

– Votre mari détient le pouvoir et l'argent, et vous, la sympathie du public.

– Comment pouvez-vous affirmer cela ?

– J'ai parlé à une collègue présente ce matin à Poughkeepsie où une foule impressionnante a envahi le palais de justice, attendant impatiemment votre venue. Notre correspondante nous a assurés que toutes les personnes interviewées admiraient votre combat.

– Eh bien ! Croyez-moi, je suis agréablement surprise ! Dans ce contexte, je suis sensible à vos arguments. Peut-être pourrais-je vous offrir quelques renseignements pour mieux faire comprendre ma cause…

Pour la première fois depuis le début de l'entretien, Winkler sent chez son interlocutrice un intérêt soudain. Au risque de lui déplaire, il profite de cette ouverture.

– Si je suis bien documenté, je pourrais mettre votre point de vue en évidence dans mon journal et, ainsi, contrebalancer les forces qui s'opposent à vous. Le *New York American* est l'un des quotidiens les plus réputés en Amérique, vous savez ?

Le journaliste cherche à lire dans le regard d'Anne Stillman l'effet de ses paroles. De toute évidence, elle pèse le pour et le contre.

– Vous avez divulgué avec finesse et délicatesse l'existence de Fred Beauvais. Vous avez préservé ma réputation, je vous en suis reconnaissante.

Aucun sentiment de culpabilité n'est perceptible chez elle quand elle prononce le nom de Beauvais. L'Indien a-t-il réellement été son amant? Elle ne nie rien, elle n'avoue rien. Winkler sent bien qu'elle n'a de comptes à rendre à personne. Elle poursuit de sa voix modulée :

– Ce qui arrive à ma famille est horrible, inimaginable. Vous devez savoir qu'au cours des six derniers mois j'ai fait tout ce qui était humainement possible pour garder l'affaire secrète, tout en étant consciente que mon mari avait beaucoup plus à perdre que moi si le procès devenait public. Sachez que, s'il avait voulu entendre raison au sujet de Guy, jamais je n'aurais évoqué son infidélité. Il est inconcevable qu'il le renie.

– Qu'est-ce qui peut bien motiver votre mari à agir de la sorte?

– Une autre femme, monsieur Winkler! Une femme qui se sent menacée par la véritable famille de James Stillman. Je vais vous confier le nom de certaines personnes, mais jamais vous ne devrez faire connaître votre source.

– Ne craignez rien, madame. Dans mon métier, de telles requêtes sont monnaie courante.

Anne Stillman sourit, marquant clairement qu'un pacte est possible entre eux.

– Vous connaissez l'aversion de mon mari pour la publicité?

Winkler hoche la tête, surpris qu'au cœur de tous ses problèmes elle parle encore de James Stillman avec obligeance.

– Vous pourriez bientôt dévoiler l'identité d'une personne clé dans cette triste histoire, si vous la retrouvez et prouvez ses liens avec mon mari. Mes détectives ont perdu sa trace depuis quelques semaines. Il serait intéressant pour vous de vous rendre au 64 de la 86e Rue Est et de vous renseigner sur le couple Leeds. Voici une photo de mon mari. Demandez aussi à l'intendant de l'immeuble s'il connaît cet homme.

Des petits pas résonnent sur le parquet de bois. Un enfant entre en courant dans le salon. Il tire une locomotive au bout d'une corde, mais elle s'est renversée dans sa course. La nurse arrive à sa suite, s'excuse de l'intrusion et, au moment où elle lui met la main sur l'épaule, le petit garçon éclate d'un rire communicatif.

– Viens ici, Guy, dit tendrement Anne Stillman. Je te présente monsieur Winkler.

L'enfant, presque un bébé, tend sa main potelée à John, surpris qu'un si petit garçon ait spontanément un tel geste. Une épaisse chevelure blonde comme les blés ourle un visage ouvert et sympathique. Ses grands yeux – il ne peut dire s'ils sont bleu ou vert foncé – expriment la joie de vivre. «Cet enfant n'a rien d'un Indien», pense Winkler. Guy redresse sa locomotive de bois, la nurse lui prend la main et tous deux quittent la pièce, le grincement de l'engrenage des roues en bruit de fond.

– C'est son jouet préféré ! James, mon fils aîné que l'on surnomme Bud, lui en a fait cadeau la semaine dernière. Depuis, aucun autre jouet n'a d'intérêt pour lui, explique la mère en souriant.

D'un regard pénétrant, elle observe le journaliste quelques instants, puis ajoute :

– Eh bien ! monsieur Winkler, vous souhaitiez me rencontrer, voilà chose faite. Nous avons conversé et je vous ai même fait part de renseignements privilégiés. Quelles sont vos intentions ?

– Dès demain, j'irai m'enquérir du couple Leeds !

* * *

Entre Montréal et Trois-Rivières, d'imposants bancs de neige bordent la voie ferrée. Le blanc s'étire à perte de vue. Sporadiquement, le fleuve Saint-Laurent offre toute sa splendeur au regard des voyageurs. Malgré la beauté de ce paysage de neige, Gene Fowler somnole et sa tête dodeline au gré des traverses de chemin de fer.

Il s'éveille juste à temps pour contempler un magnifique coucher de soleil sur le lac Saint-Pierre. Cet élargissement du fleuve lui rappelle une mer intérieure. Les derniers rayons s'accrochent aux immenses blocs de glace se mouvant vers l'aval.

En dépit de son profond attachement à sa femme, Agnès, et de sa passion pour le journalisme, ses obligations familiales et professionnelles lui pèsent parfois. Il apprécie se retrouver seul dans un endroit étranger, découvrir, apprivoiser, se sentir libre. Ne rendre de comptes à personne, ne serait-ce que pour quelques heures, le remplit d'aise.

Le train s'arrête à la gare de la rue Champflour, au moment où le ciel vire au noir. Dès que Gene quitte son wagon, une forte odeur assaille ses narines, aussi intense, aussi désagréable que le remugle. Un vent du nord-est le fait grelotter. Il resserre son foulard et se dirige vers le préposé aux bagages, qui l'accueille cordialement :

– Vous avez fait bon voyage, monsieur ?

Enfin, du français. Malgré son fort accent, Gene Fowler répond fièrement :

– Oui, merci ! Pourriez-vous me conseiller un bon hôtel, pas trop loin d'ici ?

– D'ordinaire, les Américains vont au *Château de Blois*. C'est chic et très bien tenu. Par contre, si vous voulez connaître une place plus simple et pas mal plus animée, allez chez Arthur, à l'*Hôtel Dufresne*. Les deux sont à peine à cinq minutes de voiture.

Gene éternue à plusieurs reprises. Ce n'est pourtant pas le temps d'être malade ! L'employé de la gare le regarde, compatissant.

– Dès votre arrivée à l'hôtel, je vous conseille de prendre une bonne « ponce » pour vous réchauffer le canadien !

Honnêtement, Gene se rend compte qu'il ne maîtrise pas tout à fait cette langue. La prononciation des Canadiens français ne lui facilite pas la tâche non plus. On l'avait mis en garde ! Leur façon de s'exprimer s'apparente beaucoup plus au français qui avait cours dans certaines provinces françaises du XVIIe siècle qu'à la langue parlée en France présentement.

Gene devine plus qu'il ne comprend ce petit homme affable. Cependant, ses conseils lui semblent judicieux.

Le journaliste sait pertinemment que la prospérité d'une ville est directement proportionnelle au nombre de ses cheminées d'usine et, ici, de multiples colonnes de fumée blanche ou grise s'élèvent bien haut dans le ciel. Et lui qui croyait arriver dans une bourgade !

Gene monte dans le premier des taxis alignés devant la gare et demande à voir le *Château de Blois*, puis l'*Hôtel Dufresne*. Il opte finalement pour ce dernier, même s'il doit y sacrifier un peu de confort et beaucoup de luxe. Le petit hôtel au coin des rues des Forges et Royale lui paraît plus propice pour glaner les renseignements qu'il recherche.

Arthur Dufresne, le propriétaire de l'établissement, lui fait remplir la fiche d'inscription. Il l'invite ensuite à aller déposer ses effets dans sa chambre, puis à venir s'installer à une table du *grill-room*.

Gene Fowler ressent âprement la fatigue du voyage. Pire, sa congestion nasale s'amplifie. Arthur Dufresne lui demande en souriant :

– Alors, monsieur Fowler, que puis-je vous servir ?

– Quelque chose qui pourrait me soulager ! dit-il d'une voix nasillarde.

– Dans ce cas, attendez, j'ai ce qu'il vous faut !

Il revient quelques minutes plus tard, deux grogs fumants à la main.

– C'est la tournée du propriétaire ! Voici le meilleur remède pour «casser» votre grippe : une «ponce» au gin. Si vous le permettez, je vous accompagne. Bienvenue en Canada, monsieur Fowler ! lui dit-il en frappant sa tasse contre celle de Gene. Qu'est-ce qui nous vaut l'honneur de votre visite ?

Gene observe ce visage franc au sourire coquin. Il prend une lampée du liquide odorant et grimace sous l'effet de la surprise. Drôlement corsé ! Le journaliste veut amadouer l'hôtelier avant de lui révéler le but de son séjour dans la vallée du Saint-Maurice. Par expérience, Gene sait pertinemment que rien ne vaut une question pour éluder une autre question.

– Quand j'ai débarqué du train, j'ai remarqué qu'une drôle d'odeur imprègne l'atmosphère ici. Y a-t-il des sources sulfureuses à proximité ?

– Monsieur Fowler, vous a-t-on déjà dit que l'argent n'a pas d'odeur ? Eh bien, c'est absolument faux ! Lorsque vous êtes arrivé à Trois-Rivières, vous avez senti l'odeur de l'argent, l'odeur des usines de pâte à papier ! Notre population a plus que doublé avec l'implantation des grandes entreprises papetières qui embauchent des centaines et des centaines d'ouvriers. Saviez-vous que Trois-Rivières est maintenant la capitale mondiale du papier ?

La glace est cassée. Gene espère gagner la confiance de Dufresne en s'intéressant à l'économie régionale. Il le questionne sur les autres usines de la ville, sur les habitudes de vie des citoyens, leurs loisirs, leurs intérêts. Après plusieurs minutes de discussion, Gene aborde enfin le sujet qui lui brûle les lèvres depuis le début de leur entretien.

– Avez-vous entendu parler du divorce d'un couple de New-Yorkais du nom de Stillman ?

Dufresne s'esclaffe.

– Bien voyons ! On ne parle que de cela ici ! Trois-Rivières n'a peut-être pas la taille de New York, mais sachez que, depuis l'année dernière, nous avons un quotidien qui nous renseigne sur tout ce qui se passe dans le monde. Attendez !

Il se dirige vers son bureau et revient, un journal à la main, en désignant un article en première page du *Nouvelliste*, intitulé : « Beauvais, un guide de Trois-Rivières, impliqué dans la cause des Stillman à New York ». Dufresne ajoute, amusé :

– Imaginez-vous qu'en décembre dernier, au moment des audiences de New York, les témoins dont il est question dans cet article sont tous venus coucher ici à l'aller comme au retour.

– Vraiment ? fait Gene, vivement intéressé par les propos de Dufresne. Connaissez-vous l'identité de ces gens ?

– Bien sûr ! Le vieux Georges Adams, Arthur Charland, Jos Pagé accompagné de ses deux fils, Armand et Jos le jeune, sont venus de la région de La Tuque. Le chef de gare de Grandes-Piles, J. Albert Lapointe, était aussi du voyage, de même qu'Aurélie Ross, la femme de Grégoire Giguère des rapides Manigance. L'avocat trifluvien François Lajoie leur a servi de guide et d'interprète pendant leur voyage. La plupart des témoins, des colons ou des guides, n'avaient jamais quitté leur village natal. Aussi surprenant que cela puisse paraître, ils sont revenus muets comme des carpes. Certains disent que Lajoie les a forcés, sous serment, à ne rien divulguer de ce qu'ils ont vu ou entendu. D'autres ont affirmé qu'ils ont reçu du mari une somme capable de clouer le bec à n'importe qui.

– Monsieur Dufresne, croyez-vous qu'il me serait possible de rencontrer maître Lajoie demain ?

– Le dimanche, c'est malaisé. Cependant, on peut essayer. Ce sera un plaisir pour moi de vous aider !

– Je vous en serais infiniment reconnaissant.

Gene, surpris d'avoir accès à des renseignements de première main aussi facilement, en oublie ses malaises et sa fatigue. Il a été bien inspiré de choisir ce petit hôtel ! Tout en sirotant sa boisson, il profite avidement de la loquacité de son interlocuteur. Un signe de la tête, un « Vraiment ? » ici et là suffisent à relancer Arthur Dufresne.

– Le père de Fred est consterné ! Il vit près de La Tuque où il gère le club de chasse et pêche au lac Wayagamack. Pour la première fois de sa vie, son nom est associé à un procès. Pauvre Louis !

– Vous le connaissez ? C'est un Canadien français, n'est-ce pas ?

– Mais non ! Louis est un Iroquois pure laine ! Il est né à Caughnawaga et son vrai nom de Sauvage est Kenweneteson.

– Pourtant, le nom de Beauvais est bien français ?

– Malgré leur nom français, les Beauvais de Caughnawaga ne le sont pas. Le quart de la population de la réserve porte le nom de Beauvais et tous sont des Iroquois, à peine métissés... Attendez-moi, juste le temps de remplir nos tasses.

Gene savoure tout autant les propos de son hôte que sa seconde « ponce ».

– Comment avez-vous appris toutes ces histoires, monsieur Dufresne ?

– Un tenancier baigne dans l'information ! De plus, Trois-Rivières est au centre de l'axe Montréal–Québec et à l'extrémité sud de la vallée du Saint-Maurice. Tout converge vers l'*Hôtel Dufresne* ! ajoute-t-il en riant.

Gene revient au sujet qui l'intéresse.

– Connaissez-vous personnellement Frédéric Beauvais ?

– Et comment ! Frédéric Kaientanoron Beauvais ! lui dit-il, détachant chaque syllabe. Monsieur l'Américain, sachez que Fred, c'est tout un bonhomme. Savez-vous pourquoi il a maintenant de si gros problèmes ? À cause des jaloux, monsieur ! Fred, c'est le roi des guides en forêt !

Frédéric Beauvais semble jouir ici d'une réputation hors de l'ordinaire. Sur le ton de la confidence, Dufresne raconte au journaliste qu'au début de l'été 1917, alors que Fred descendait la rivière Saint-Maurice en canot à la recherche d'un endroit pour se restaurer et si possible y travailler, il a remarqué de la fumée qui montait de la cheminée d'une maison juste en face de l'île aux Noix à Grande-Anse. Il a débarqué sur la berge, a grimpé une pente raide et s'est retrouvé au milieu d'un groupe d'ouvriers occupés à rénover un camp de bois rond appartenant aux Stillman. Avec ses manières raffinées et son beau parler, Fred attire naturellement la sympatie. Il aurait réussi à se faire embaucher sur-le-champ par Anne Stillman. Au dire de l'hôtelier, cette femme gère ses propriétés, supervise les rénovations et engage tous ses ouvriers.

Surpris que l'on décrive Fred Beauvais comme un homme éloquent et doté de belles manières, Gene intervient :

– Ne dit-on pas de lui qu'il est illettré ?

– Quoi ? Monsieur Fowler, vous voyez bien là que l'on tente par tous les moyens de lui nuire. Fred a fréquenté les meilleurs collèges de l'île de Montréal jusqu'en sixième ou septième année et il parle couramment trois langues : le français, l'anglais et l'iroquois.

– Vraiment ? ajoute Fowler, comme on met une bûche sur le feu pour l'attiser.

Dufresne repart de plus belle.

– Fred est un homme instruit et la forêt n'a pas de secrets pour lui. À l'automne 1917, il a même accompagné la famille Stillman à New York à titre de tuteur de Bud, le fils aîné des Stillman. Il lui a enseigné, dit-on, tous les secrets d'un véritable coureur de bois. Lors de ses quelques passages à Trois-Rivières, James Stillman ne tarissait pas d'éloges en parlant de son guide.

– Vraiment ? demande Gene, étonné.

– Mais oui ! C'est pourquoi nous avons été si surpris d'apprendre que c'est lui qui accusait Beauvais. Mais je mettrais ma main au feu que personne ne réussira à discréditer Madame !

– Pourquoi ne dites-vous pas « madame Stillman » ?

– Ici, on l'appelle Madame, tout simplement.

– L'avez-vous déjà rencontrée... Madame ?

– Oui, mais je n'ai jamais eu la chance de l'accueillir à mon hôtel. Je sais qu'à quelques reprises elle a fréquenté le sanatorium du docteur de Blois, dans la rue Laviolette. On m'en a souvent parlé aussi. C'est une très belle femme. On dit qu'elle est capricieuse, entêtée, mais généreuse et volontaire. Saviez-vous qu'à elle seule elle fait vivre une bonne partie du village de Grande-Anse ?

– Où est-ce situé exactement ?

Dufresne prend un crayon, qu'il garde en permanence sur son oreille gauche, et utilise les marges du quotidien qu'il avait brandi un instant plus tôt pour indiquer l'emplacement du village. Il trace la rivière Saint-Maurice, puis un autre trait perpendiculaire au premier pour illustrer le fleuve Saint-Laurent. Il situe d'abord Trois-Rivières à l'intersection de ces deux lignes, ainsi que les principales agglomérations de la vallée du Saint-Maurice. Finalement, l'hôtelier encercle Grande-Anse, entre Grandes-Piles et La Tuque.

– J'aimerais bien aller jusque-là. Comment pourrais-je m'y prendre ? lui demande Gene, vivement intéressé.

– Oh, monsieur ! Vous êtes au pire temps de l'année ! Vous pouvez vous rendre à Grandes-Piles en train, puis à Grande-

Anse par la rivière, en traîneau. Mais je ne sais pas si vous trouverez quelqu'un pour vous y mener car, en mars, la glace peut céder à peu près partout.

– N'y a-t-il pas une route ?

– Pas jusqu'à Grande-Anse, ajoute l'hôtelier, hochant la tête.

– Mais c'est incroyable ! Vous êtes en train de me dire que les habitants de ce village sont complètement isolés du reste du monde ?

– En raquettes ou en traîneau à chiens, il y a toujours moyen de se débrouiller, mais je vous répète qu'on est au pire temps de l'année. L'été, à partir des Piles, on s'y rend en quelques heures, grâce aux bateaux de Jean J. Crête. On peut aussi prendre un train de Québec ou de Trois-Rivières jusqu'à La Tuque et, de là, descendre à Grande-Anse en voiture par une route à peine carrossable.

Décidément, la nature se charge de protéger le secret des Stillman. Gene n'avait pas prévu cette difficulté !

Malgré l'intérêt qu'il porte à l'affaire, le journaliste ne peut se soustraire aux effets de l'alcool. Il remercie chaleureusement son hôte volubile et infatigable et se promet bien de poursuivre cette conversation le lendemain.

Gene monte pesamment les marches jusqu'à sa chambre, au troisième étage. Il a vraiment l'impression d'avoir vécu plusieurs journées aujourd'hui. Son périple s'annonce prolifique. Épuisé mais satisfait, il sombre dans un sommeil sans rêve.

* * *

Dès son retour de Poughkeepsie, Anna se rend au journal. Le *New York American*, qui se vante d'être le quotidien du peuple américain, est habituellement édité six fois par jour.

À chaque heure du jour, chaque jour de la semaine, une atmosphère fébrile règne dans la salle de rédaction. Pour se rendre à la section des informations générales, Anna doit traverser la section des sports et celle des nouvelles. La plupart de ses collègues la saluent d'un signe de tête, sans pour autant cesser la frappe de leur texte ou interrompre leur conversation téléphonique. Certains ne manquent pas une occasion de la taquiner au passage ou encore de flirter un peu. Loin de s'en formaliser, la jeune femme sourit ou fronce les sourcils pour la forme, amusée par ces jeux de rôles qui se répètent jour après jour. Il existe toujours quelques irréductibles qui tolèrent difficilement une femme dans ce monde d'hommes. Toutefois, Anna se console car, à peine quelques mois auparavant, la plupart de ceux qui daignaient la regarder ne lui manifestaient que mépris et réprobation.

Jamais Anna n'aurait cru possible de rédiger dans une atmosphère aussi survoltée. Les sonneries téléphoniques, les discussions à l'emporte-pièce, les voix tonitruantes des crieurs, sans compter le vacarme des machines à écrire, ont incité certains dirigeants à vouloir modifier la structure de cette aire ouverte en proposant d'élever des demi-murs afin d'isoler les journalistes, espérant ainsi augmenter leur concentration. Ils se sont toujours opposés à cette éventualité, car ils affirment à l'unanimité que la proximité, les échanges d'opinions impromptus, même le bruit, favorisent leur créativité. Le fait de partager la même pièce les incite, paraît-il, à se surpasser.

Captivée par l'histoire des Stillman, Anna apprécie la chance incroyable d'être celle qui diffusera une partie importante de l'information minutieusement recueillie. L'écriture lui procure une satisfaction sans limites. Quand elle s'adonne à son art, le temps n'existe plus. Elle oublie la faim, la soif ou la fatigue, laissant toute la place à la magie des mots.

Avec le plus de fidélité possible, Anna s'applique à relater les événements de la journée d'hier. Une dernière lecture lui confirme la qualité de son reportage. Satisfaite, elle remet au chef de pupitre une liasse de feuilles susceptibles d'être publiées, pour la première fois de sa carrière, dans les premières pages du cahier principal. Elle a le trac.

Lorsque Anna pénètre dans le bureau de Michael Bradford, Winkler la salue, confortablement installé dans un fauteuil faisant face au bureau de leur patron.

– Alors, Anna, pas trop difficile de jouer à la fois le détective et l'écrivain ?

– Je suis comblée, John !

Elle ajoute à l'intention de Bradford :

– Vous savez ce que représente pour moi l'article que je viens de déposer. J'aimerais avoir vos commentaires et je vous demande de lui donner la place qu'il mérite.

Plusieurs membres de la direction s'étaient fermement opposés à l'embauche d'Anna. Cette fois, les puritains comme les ultra-conservateurs n'ont pas eu gain de cause, car Michael, un progressiste engagé, a utilisé son droit de veto pour soutenir la candidature d'Anna. Le chef de la salle de rédaction entrevoit la prochaine décennie avec optimisme puisque le changement est présent dans toutes les sphères d'activité. La rigidité et l'austérité se métamorphosent lentement, mais sûrement.

– Ne vous inquiétez pas, Anna, contrairement à ce que plusieurs pensent, je suis capable d'être objectif. Il paraît que John F. Brennan, un des avocats d'Anne Stillman, revient d'Atlantic City demain. Je vous conseille de le joindre à sa maison de Yonkers. Ce vieux renard, s'il est bien disposé, pourrait vous offrir des indices intéressants.

– J'userai de tous les subterfuges pour le rencontrer. J'essayerai aussi de m'entretenir avec maître Mack afin de clarifier certaines questions au sujet de l'enfant.

– Saviez-vous que cet avocat est un fervent catholique ? Le dimanche doit être inviolable pour lui, je vous souhaite bonne chance !

– Merci ! Et pour toi, John, ça va ?

Michael répond à Anna :

– John a désormais un contact privilégié dans cette affaire.

– Tu as réussi à rencontrer Anne Stillman ? dit Anna avec admiration.

– Oui, et ce fut toute une expérience ! C'est une dame remarquable. Au fait, Anna, je te remercie pour les renseignements que tu m'as transmis par l'entremise de Michael. Ils m'ont été extrêmement précieux !

John Winkler a quitté Lakewood pour New York immédiatement après son entretien avec Anne Stillman, qu'il décrit en détail, livrant ses impressions autant que ses intuitions.

Un concurrent présente James Stillman comme un homme d'affaires travaillant avec acharnement pendant que sa femme se paye du bon temps avec son guide indien dans les grands espaces boréaux. Avec ce que John pressent des événements, ce scénario avortera dans l'œuf. La mère luttant pour sauver le nom de son enfant, voilà ce qui accrochera le lecteur, voilà ce qu'il faut mettre en évidence. Tous planifient le suivi à donner aux révélations de la femme du banquier.

Winkler ne peut prendre seul le risque de dévoiler des noms et des événements susceptibles de changer le cours de cette histoire. Michael Bradford devra obtenir l'aval de ses supérieurs pour publier l'article de Winkler. Les fortunes en jeu sont colossales et, s'il fallait qu'il y ait matière à poursuites, le journal risquerait de se retrouver dans une situation telle que sa survie pourrait être compromise.

4

Le dimanche 13 mars 1921

Anna arrive au journal, obsédée par trois questions : quelle importance a-t-on accordé à son article, dans quelle section le retrouve-t-on et à quelle page ? Au moment où elle pénètre dans la salle de rédaction, les matineux du dimanche se lèvent d'un bond et l'applaudissent à tout rompre, puis brandissent à bout de bras la première section du *New York American*. Elle est trop heureuse pour apercevoir les quelques grincheux qui ne peuvent se résigner à célébrer le succès de leur consœur.

Vivement, Anna prend le journal des mains de Joseph Mulvaney, son voisin. Sous le titre accrocheur « Anne Stillman guerroie pour sauver le nom de son fils », son article est bien en évidence en page deux. Inutile de le relire, elle le connaît par cœur. Lentement, elle relève la tête, embrasse ses collègues du regard et articule un inaudible MERCI.

En un éclair, Anna repense à tous ceux qui ont voulu la dissuader d'entreprendre une carrière de journaliste. On ne lui faisait voir que les embûches, on ne lui opposait que des impossibilités. Par contre, elle a toujours eu une solide alliée en la personne de sa mère, qui comprenait ses ambitions. Son attitude lui a insufflé le goût de se dépasser, de repousser ses limites.

Michael Bradford la félicite chaleureusement pour la qualité de son article. Puis, il lui raconte que la veille plusieurs personnes ont téléphoné au journal sous prétexte de faire connaître des faits inédits dans l'affaire Stillman. Le directeur de la salle de rédaction a demandé que tout soit consigné, mais il n'a pu faire un véritable tri que tard hier soir. La majorité de ces communications confirmait le mouvement de sympathie en faveur d'Anne Stillman. L'une d'elles lui a semblé particulièrement intéressante. Une certaine Della Brook a insisté sur l'importance des renseignements qu'elle détenait et sur la situation privilégiée qu'elle occupait auprès des Stillman en 1917. Bradford invite Anna à rencontrer ce témoin le jour même.

* * *

En se rendant chez Della Brook, Anna constate avec acuité la métamorphose de la métropole. Depuis le début du siècle, les nantis migrent vers le nord de Manhattan et la périphérie de Central Park, alors que toute la partie sud regroupe soit des entreprises commerciales, soit des logements occupés par la classe moyenne ou défavorisée. Plus on approche de l'East River, plus le phénomène crève les yeux.

Entourée de sa famille, l'informatrice accueille la journaliste et l'invite à passer au salon. L'odeur de renfermé trahit la rareté de son utilisation. Seul le visiteur de marque peut franchir les limites de ce lieu quasi sacré puisque, en temps ordinaire, la famille vit et veille à la cuisine.

Anna, toujours habile à mettre les gens à l'aise, transforme rapidement l'entrevue en une conversation à bâtons rompus où la spontanéité et la confiance émergent immanquablement.

Même si depuis longtemps elle convoitait une place chez les Stillman, Della Brook ne fut à leur emploi que les trois dernières semaines de 1917. En janvier dernier, une ancienne compagne de travail du nom de Hunt, maintenant au service de la famille de Percy Rockefeller, l'a convaincue de témoigner dans la cause Stillman.

Voilà quelques semaines, Della a suscité tout un émoi dans son quartier quand une limousine avec chauffeur est venue la prendre pour l'amener au bureau de l'avocat Cornelius J. Sullivan sur Broadway. Pendant le trajet et à son arrivée au bureau du célèbre avocat, elle a eu droit à toutes les attentions, à tous les petits soins.

James Stillman était présent lors de son témoignage, l'écoutant sans intervenir. Maître Sullivan dirigeait l'opération.

Parmi les nombreuses questions adressées à Della, l'une d'elles semblait tracasser l'avocat plus que les autres. Il voulait lui faire dire que son client n'avait pas fréquenté le domaine de Mondanne entre décembre 1917 et mars 1918. Soucieuse de ne dire que la vérité, Della affirma que son employeur n'avait pas habité la grande maison de Pleasantville en décembre 1917...

Et tandis que maître Sullivan s'apprêtait à remettre une plume à Della pour qu'elle signe sa déclaration déjà fin prête, elle ajouta qu'il était toutefois venu passer la veille et la journée de Noël avec sa famille.

Ne pouvant réprimer un éclat de rire, elle confie à Anna :

– J'ai dû payer de ma poche le trolleybus qui m'a ramenée chez moi ! Plus de carrosse doré pour Cendrillon !

Anna se laisse entraîner par l'hilarité de Della. Un observateur aurait pu aisément se méprendre et penser que ces deux femmes se connaissaient depuis longtemps.

Évidemment, les avocats de Stillman amassent des témoignages afin de prouver que le banquier vivait hors de son foyer pendant cette période cruciale. Maintenant, Della travaille de nouveau pour des gens de la haute société. Sans les nommer, elle affirme qu'ils connaissent très bien les Stillman. Comme elle fait le service des repas chaque jour, sauf le dimanche, elle est en mesure d'entendre bien des conversations. Sa patronne a ouï dire qu'en grandissant le bébé avait de plus en plus les traits d'un Indien. Pourtant, Anne Stillman n'accepterait aucun règlement, même si on lui offrait des lingots d'or, à moins que la légitimité de son fils ne soit reconnue. Della ajoute :

– C'est une entêtée, Mme Stillman, vous savez? Quand j'étais à son emploi, il fallait faire ce qu'elle disait au moment où elle le disait et comme elle le voulait, sinon vous risquiez d'être congédié. Je suis une bonne cuisinière et je connais mon métier. Un jour qu'elle critiquait ma technique de soufflé, je lui ai prouvé que ma façon de faire était la bonne. Croyez-moi, j'aurais dû m'abstenir.

– Elle était dans la cuisine à vous surveiller? rétorque Anna, incrédule.

– Elle était partout! Savait tout faire, enfin, c'est ce qu'elle disait! Elle et moi, nous n'avions pas des tempéraments pour nous entendre. Voilà pourquoi mon séjour chez les Stillman fut de si courte durée!

– Comme ça, votre ancienne patronne vous a mise à la porte et vous vous portez malgré tout à sa défense?

– Mme Stillman était peut-être capricieuse et exigeante, mais elle a toujours été profondément humaine avec ses employés et elle se souciait vraiment de leur bien-être. Une nuit, ma voisine de chambre au rez-de-chaussée de la grande maison à Mondanne est venue me réveiller, se plaignant d'un mal de ventre si terrible qu'elle pensait mourir. Même si je n'étais pas autorisée à circuler dans l'aile ouest où Madame avait ses appartements, je m'y rendis à la course et lui expliquai à travers la porte de sa chambre ce qui arrivait à ma compagne. Croyez-le ou non, elle m'a demandé de réveiller son chauffeur et elle s'est habillée en vitesse pour accompagner son employée à l'hôpital. La pauvre a dû être opérée d'urgence pour une appendicite. Madame est demeurée à son chevet jusqu'à son réveil, en plus de payer tous les frais. Trouvez-moi une autre patronne qui aurait fait cela pour sa servante!

Anna prend bonne note que le patron actuel de Della travaille dans Wall Street, non loin de la National City Bank. Depuis que l'affaire est devenue publique, personne n'aurait vu James A. Stillman, ni à la banque ni dans les clubs qu'il avait l'habitude de fréquenter.

Même si Della n'a jamais parlé à Fred Beauvais, elle l'a souvent observé. Avec un sourire éloquent, elle affirme que Beauvais avait un gabarit très impressionnant et qu'il marchait à la manière d'un chat, ses pieds touchant à peine le sol. Il s'exprimait comme un homme instruit et faisait tourner bien des têtes sur son passage! Son regard noir en impressionnait plus d'une.

Le guide indien enseignait toutes sortes de trucs à Bud, qui l'admirait et lui était très attaché. Entre autres choses, il lui montrait comment marcher sur la neige avec des raquettes et comment utiliser un arc et des flèches. Tout le monde vantait la patience de Beauvais. Comme le jeune Bud avait rarement l'occasion de jouer avec son père, cette situation ne pouvait que lui plaire.

– L'avez-vous déjà vu en compagnie de Mme Stillman?

– Chaque jour on pouvait observer Madame et Fred, tous deux assis sur le siège arrière de la limousine, bien droits, et chacun appuyé à une portière opposée. Ils se préparaient pour une longue promenade dans les boisés de Pocantico Hills. On aurait bien voulu savoir ce qui se passait là, mais le chauffeur se refermait comme une huître quand on le questionnait. On peut tout supposer, mais on ne peut rien affirmer… Madame adorait la vie en plein air, les grands espaces, et peut-être Fred faisait-il partie de son décor.

– Peut-on dire qu'à Mondanne le rôle de Fred Beauvais consistait à initier le jeune James aux connaissances et habiletés des coureurs de bois, en plus de tenir compagnie à Mme Stillman?

– Oui, vous résumez bien ses activités du temps où je travaillais là. Par la suite, on m'a dit que Madame lui avait confié le rôle d'intendant de Mondanne et c'est là que la bisbille a commencé. Beaucoup ont été insultés de se retrouver sous les ordres d'un Indien… Je crois bien que je vous ai tout dit sur cette courte période de ma vie, conclut Della.

De retour au journal, Anna s'attelle de nouveau à la tâche. Elle tente de joindre par téléphone maître John F. Brennan, avocat-conseil d'Anne Stillman, mais on lui signale qu'il est absent pour la journée. Par contre, elle réussit à s'entretenir avec John E. Mack, qui se trouve à sa résidence d'Arlington, près de Poughkeepsie. Maître Mack ne connaît pas la raison de l'absence des avocats de la cause Stillman la veille, mais il lui expose volontiers son point de vue.

– Comme le juge Morschauser l'a souligné, il est possible que les avocats travaillent présentement à une entente hors cour. Vous devez comprendre une chose très importante : la publicité qui a entouré cette cause fut aussi inattendue que disproportionnée. En conséquence, il faut un certain temps pour que les parties puissent établir de nouvelles stratégies, en tenant compte de la dynamique actuelle.

– Si, effectivement, un accord est conclu hors cour, la légitimité de l'enfant sera-t-elle automatiquement reconnue ?

– Non. Cependant, j'intenterai, s'il le faut, une action séparée afin que les droits de l'enfant soient reconnus de façon indiscutable et définitive. Je suis même prêt à forcer le père et la mère de Guy Stillman à revenir en cour afin de vider la question une fois pour toutes. Nous prouverons que cet enfant est bien la chair et le sang de James A. Stillman, c'est tout ce que je peux vous dire pour l'instant.

* * *

Gene Fowler se réveille, la tête lourde et les sinus complètement obstrués. Comme il se sent mal ! Lentement, il se rend au lavabo et s'asperge le visage dans l'espoir de retrouver un peu de vitalité. Il a l'impression que le fleuve Saint-Laurent et les «trois rivières» de cette ville ne suffiraient pas à le revigorer.

Déprimé, Gene jette un coup d'œil à la minuscule table de travail où, hier soir, il a jeté pêle-mêle ses gribouillages dans l'espoir qu'ils se transforment miraculeusement en un article savoureux. À quoi bon s'illusionner ? Il devra rédiger son texte mot par mot, ligne après ligne, comme il vit sa vie, heure après heure, jour après jour.

Il écarte la tenture de laine qui habille une haute fenêtre à deux battants. Seigneur ! Il ne manquait plus que cela. Une tempête ! La neige est poussée avec force dans la rue des Forges, où quelques passants retiennent difficilement leur chapeau de la main, le corps ployé vers l'avant.

À la salle à manger, Arthur Dufresne, frais comme une rose, aussi jovial et énergique que la veille, s'affaire à saluer l'un ou à encourager l'autre d'une tape dans le dos. Devant Gene, il secoue tristement la tête, constatant le piteux état de son invité.

– Eh bien, dites donc ! Les « ponces » au gin n'ont pas fait de miracle à ce que je vois.

– Elles m'ont au moins permis de dormir toute la nuit... Croyez-vous qu'il me sera possible de rencontrer maître Lajoie ? Il est important pour moi de parler à cet homme. J'aimerais aussi consulter les registres où sont consignés les droits de propriété du domaine Stillman de Grande-Anse. Où pourrais-je m'adresser ?

– Au palais de justice, rue Laviolette, mais aujourd'hui tout est fermé. Le dimanche, au Canada français, la journée commence par la messe, se termine par les vêpres et, entre les deux offices, beaucoup d'entre nous vont au catéchisme. Le reste de la semaine, on travaille du matin au soir. Alors, vous comprenez bien qu'il ne nous reste plus beaucoup de temps pour faire de gros péchés, ajoute Dufresne en riant. Attendez, je vais voir ce que je peux faire pour maître Lajoie et je vous sers un bon café.

Dufresne revient promptement, deux cafés à la main. Il s'installe en face de Gene et l'informe que Lajoie ne peut le recevoir avant dix heures le lendemain matin. Il est retenu par une réunion de famille qu'il ne peut quitter. La famille, ici, c'est sacré !

* * *

Pourquoi Anne Stillman a-t-elle incité John Winkler à rencontrer le couple Leeds ? Cette invitation intrigue le journaliste. À neuf heures, soucieux de résoudre cette énigme, il se retrouve au 64 de la 86e Rue Est où Fred Ivens, gérant de ces luxueux appartements, l'accueille froidement. Winkler s'identifie sans que son hôte se départe de son air hautain. D'un ton qu'il veut amical, le journaliste lui demande sans détour :

– Connaissez-vous Florence Helena Leeds ?

– Oui, monsieur, dit Ivens, les yeux mi-clos et le menton bien haut. Elle a habité ici presque trois ans. Dès notre ouverture en octobre 1917, elle a emménagé dans l'un de nos plus beaux appartements, comptant six chambres et deux salles de bains.

– Qui habitait avec elle ?

– Son fils et quelques serviteurs. M. Leeds venait la visiter deux à trois fois par semaine.

– Mme Leeds a un enfant ?

– Oui. En septembre 1918, il me semble, elle a donné naissance à un beau petit garçon nommé Jay Ward Leeds.

– Quelle est la profession de M. Leeds ?

– Il travaillait pour les services secrets américains. On croyait que ses fréquentes absences avaient quelque chose à voir avec la fin imminente de la guerre.

– Connaissez-vous le nom du médecin qui a accouché Florence Leeds ?

– Oui, c'est le docteur James Ogilvie. Il habite au nord de Central Park.

– Mme Leeds avait-elle beaucoup d'amis ?

– À part M. Leeds, elle ne voyait pratiquement personne.

Ce Leeds, qu'il décrit comme très grand et à moitié chauve, était toujours aux petits soins pour sa femme. Beaucoup plus vieux qu'elle, probablement au milieu de la quarantaine, il faisait preuve d'une extrême discrétion. Quant à Florence Leeds, Ivens en parle comme d'une jeune dame pétillante et agréable. Winkler apprend de plus qu'elle avait une santé fragile et qu'à l'été 1919 elle a failli mourir. Pendant la maladie de sa femme, Leeds était constamment à son chevet.

John a l'impression d'avancer à tâtons. Pourquoi diable se trouve-t-il là ? Ivens l'informe qu'en 1916 Florence Leeds travaillait comme actrice pour Dillingham Ziegfeld et qu'elle aurait fait la connaissance de son mari alors qu'elle participait à un spectacle intitulé *The Century Girl*. À ce moment, elle habitait chez ses parents sur l'avenue Amsterdam à Harlem. Son père, James Lawlor, possède toujours sa petite plomberie sur la 6e Avenue. Ivens affirme que Florence Leeds a toujours été très bonne pour ses parents ; régulièrement, elle mettait à leur disposition une de ses automobiles pour leur permettre de se promener dans le parc ou de se balader à la campagne.

– Elle avait plusieurs automobiles ? demande Winkler, surpris.

– Au moins sept ou huit. En plus, elle avait cinq personnes qui travaillaient pour elle vingt-quatre heures sur vingt-quatre !

Étonné que les agents secrets aient de telles ressources, Winkler poursuit son investigation. Peut-être obtiendrait-il plus de renseignements auprès des employés du couple Leeds ? Ivens ne se souvient que du nom de la femme de chambre, une certaine Sophia Erickson maintenant mariée à un Bartkoff et demeurant sur Park Avenue.

– Savez-vous où se trouvent les Leeds présentement ?

– J'ai revu Florence Leeds en janvier et elle m'a appris qu'ils avaient loué un appartement de dix pièces rue Broadway, à cinq minutes d'ici. Ils l'ont aménagé à grands frais, investissant une véritable fortune dans l'ameublement et la décoration. Chose étonnante, elle demeurait toujours à l'hôtel *Plaza* au moment de notre rencontre.

D'un ton mystérieux, Ivens ajoute :

– Vous n'êtes pas le seul à vous intéresser à elle, vous savez !

– Que voulez-vous dire ? demande Winkler.

– Six mois après son déménagement au *Plaza*, trois hommes sont venus me questionner à son sujet. Ils disaient avoir été témoins d'un accident d'automobile. Toutefois, je me rendais bien compte qu'il s'agissait d'un prétexte pour me tirer les vers du nez. Je leur ai dit que je ne répondrais à aucune question à moins de connaître la véritable raison de leur visite. Ils m'ont alors avoué qu'ils étaient à la recherche d'information afin de protéger l'enfant des Leeds.

Le journaliste présente alors à Ivens la photographie du banquier que lui avait remise Anne Stillman lors de leur entretien. Sans hésitation, Ivens lui dit :

– Oui, c'est bien Franklyn Harold Leeds.

Winkler, pourtant habitué aux intrigues, en a le souffle coupé. Franklyn Harold Leeds et James A. Stillman seraient donc un seul et même homme ?

D'un côté, Stillman accuse sa femme d'infidélité et veut renier son plus jeune fils et, de l'autre, il mènerait une double vie avec une jeune femme de qui il aurait également eu un fils ?

Avant de quitter Ivens, Winkler lui demande de consulter l'annuaire téléphonique afin de trouver l'adresse du docteur Ogilvie, qu'il se propose de rencontrer le jour même. Pendant que le gérant de l'immeuble converse avec l'un des locataires, Winkler cherche d'abord le nom «Leeds» :

Leeds, Florence Helena, 64, 86e Rue Est.

Leeds, Franklyn Harold, 64, 86e Rue Est.

«Mon Dieu ! Combien de temps ces deux-là se sont-ils gaussés avec leurs pseudonymes ? FHL et FHL, couple d'amants aux noms forgés de toutes pièces ! Les mêmes initiales... Et publier ainsi leurs coordonnées ! Quelle audace !» pense Winkler.

Le journaliste prend congé d'Ivens et se fait conduire au 520 de la 100e Rue Ouest. Le chauffeur du taxi n'a aucun mal à trouver la maison de pierres brunes de trois étages où, sur une plaque grise bien en vue, est écrit «Docteur James Ogilvie, médecin».

John gravit les quelques marches séparant le balcon d'un petit parterre encore tout rabougri par les sévices de l'hiver. Une dame lui apprend que le docteur Ogilvie fait sa tournée du dimanche, mais qu'il ne devrait pas tarder.

Winkler doit patienter presque une heure avant le retour du médecin. Quand enfin il arrive, Ogilvie l'accueille rudement :

– Je ne veux pas être importuné ni aujourd'hui ni jamais ! Je ne réponds pas aux questions d'un journaliste !

Le docteur Ogilvie, corpulent et sanguin, se déplace lentement, mais parle avec énergie. Une immense moustache brune orne sa lèvre supérieure, et ses yeux bleus transpercent son interlocuteur.

– Je ne vous dirai rien, absolument rien. Je me dois de respecter mon serment ! ajoute-t-il sèchement.

– Des témoins vous ont vu assister Florence Leeds lorsqu'elle a mis au monde son fils Jay Ward, en septembre 1918.

– Je refuse catégoriquement de vous confirmer quoi que ce soit, réplique le docteur, agacé.

– Niez-vous avoir accouché Florence Leeds ?

Le docteur, toujours debout en face de Winkler, lui indique la porte du doigt et ajoute :

– Mon garçon, je ne vous dirai pas un mot de plus, vous m'entendez ? Sortez !

Winkler rage intérieurement tout en admirant cet homme qui respecte la confidentialité de ses dossiers et protège ses patients. Mais peut-il être animé par des sentiments moins nobles ? N'obéirait-il pas à des ordres ?

Demain, il ira consulter les registres des naissances. Il verra bien qui a réellement mis au monde le fils des Leeds.

5

Le lundi 14 mars 1921

Pour autoriser la délivrance d'un certificat de naissance à une tierce personne, l'administration de l'hôtel de ville de New York exige d'elle une procuration ou encore une preuve établissant un lien de parenté direct. Mais Winkler sait comment contourner le problème : il se présente à la bonne personne et lui remet le formulaire requis dûment rempli, accompagné de sa carte de presse entourée d'un billet de banque.

Sur l'acte de naissance du fils des Leeds qu'il obtient en contrepartie, John peut lire le nom de la mère, Florence Helena Leeds, née Lincoln, âgée de vingt-trois ans, et celui du père, Franklyn Harold Leeds, retraité, âgé de quarante-six ans. Le nom des grands-parents n'est pas mentionné, et le docteur James Ogilvie a signé le certificat.

Si les renseignements obtenus antérieurement sont exacts, seul le nom du médecin serait authentique. Le document est-il légal pour autant ? Quant à Stillman, pourrait-il être accusé de bigamie et d'utilisation d'une fausse identité ? Plus Winkler avance dans son enquête, plus les questions sont nombreuses et plus les surprises se multiplient.

Pour en savoir davantage, John se pointe au milieu de l'après-midi au 1727 Park Avenue, là où réside l'ancienne femme de chambre des Leeds, Sophia Erickson. La jeune femme l'invite à la suivre dans une petite pièce tenant lieu de boudoir. D'allure distinguée, Sophia Erickson, qui porte maintenant le nom de Bartkoff, s'exprime dans un langage châtié.

C'est une agence de personnel domestique qui l'a envoyée chez Florence Leeds, où elle a travaillé de juin 1918 jusqu'à son mariage, en février 1919. Jay Ward, un magnifique garçon blond aux yeux bleus, avait à peine sept mois à cette époque. «Le vrai portrait de son père», précise Sophia Bartkoff avec une moue de désapprobation.

Winkler lui présente la photographie de James Stillman et elle identifie positivement Franklyn Harold Leeds. La jeune femme déclare qu'au moment où elle a quitté les Leeds tout le personnel savait que leur patron était en réalité James Stillman. Le chat est sorti du sac en juillet 1918. Cet été-là, les Leeds avaient loué le domaine de «Rest Court», tout près de la mer, à Stony Brook, Long Island. Lui arrivait le vendredi et repartait le dimanche ou le lundi. Le beau-frère de la cuisinière Hannah Jansen assurait l'intendance de la propriété voisine des Leeds. Cet homme semblait tout connaître de la haute société, car il avait été à l'emploi de plusieurs personnes éminemment connues à New York. Un jour, en rendant visite à sa belle-sœur, il aperçut Franklyn Leeds dans le jardin et affirma qu'il s'agissait du banquier James Alexander Stillman. Par la suite, plusieurs autres personnes ont confirmé les dires du beau-frère d'Hannah.

Sophia Bartkoff, tout comme Winkler, s'étonne encore qu'un homme occupant la position de James Stillman se soit exposé aussi ouvertement et pendant si longtemps sans que l'imposture ait été connue du public.

Selon l'ancienne domestique, Florence Leeds n'était pas heureuse même si tous ses désirs – ceux que l'argent peut exaucer, il va sans dire – étaient presque instantanément comblés. Prévenant et patient, son compagnon la gâtait sans cesse. Pourtant, elle était souvent seule et triste. Florence Leeds ne semblait avoir personne d'autre que James Stillman dans sa vie. En ville, il la visitait deux ou trois fois par semaine.

Sophia Bartkoff n'admire en rien son ancienne patronne. Parfois, ses commentaires sont carrément désobligeants.

– Avant qu'elle ne rencontre James Stillman, elle n'était jamais sortie de New York, sans compter qu'elle ne connaissait rien aux règles du «grand monde». Son compagnon a engagé à plusieurs reprises un tuteur français pour lui enseigner les bonnes manières, l'étiquette à table, l'usage des différentes pièces de vaisselle et des couverts. Allez savoir pourquoi !

– Que voulez-vous dire ? lui demande Winkler, soudain intéressé par la tournure de la conversation.

– Monsieur Winkler, ma patronne vivait comme une moniale, la plupart du temps. Lorsqu'elle habitait les grands hôtels, comme le *Plaza*, elle restait confinée à ses appartements. Elle vivait dans le luxe, mais toujours seule. Son personnel l'entourait, évidemment. Toutefois, jamais elle n'avait droit aux sorties officielles, réceptions ou banquets. Elle ne pouvait se permettre de compromettre son compagnon ! On se demandait si tout l'entraînement que lui imposait James Stillman n'avait d'autre but que le plaisir de l'homme qui éduque sa créature.

« Un véritable Pygmalion, ce Stillman », pense Winkler, incapable d'imaginer l'épouse du banquier subissant de telles contraintes. Si James Stillman a tenté de jouer le rôle du célèbre sculpteur grec avec elle, il a dû avoir affaire au plus dur des matériaux. Le journaliste est convaincu qu'aucun être, aussi habile, aussi puissant soit-il, ne pourrait métamorphoser à son gré la sculpturale Anne Urquhart Stillman. Il doit reconnaître une fois de plus à quel point cette femme l'a impressionné. Sophia Bartkoff le regarde, mal à l'aise dans ce silence vide de sens pour elle. Winkler reprend avec empressement :

– À quand remonte votre dernière rencontre avec Florence Leeds ?

– Je ne l'ai pas revue depuis que j'ai quitté mon emploi. Par contre, en décembre dernier, ma cousine Minda, femme de chambre à l'hôtel *Plaza*, m'a raconté qu'elle s'était liée d'amitié avec elle. Elle ne semblait pas plus heureuse qu'à l'époque où je travaillais pour elle. Minda m'a confié que, même si Florence Leeds avait beaucoup d'argent, de beaux appartements, les robes du soir les plus élégantes, les bijoux les plus fabuleux, elle avait le cœur brisé, se plaignant que l'essentiel lui manquait. D'une certaine façon, j'ai présentement ce qu'elle désire plus que tout : un mari, de beaux enfants et un foyer confortable, où il fait bon vivre.

– Est-ce que vous avez été approchée par les enquêteurs de Mme Stillman ?

– Oui, en janvier dernier. Qu'un homme mène une double vie à quelques pas seulement de sa femme et de ses enfants me paraissait et me paraît toujours scandaleux. C'est pourquoi j'ai immédiatement accepté de témoigner en faveur d'Anne Stillman. J'ai également signé une déclaration dans laquelle j'ai divulgué tout ce que je savais de cette histoire. Si je peux encore aider le jeune Guy, c'est avec grand plaisir que j'apporterai mon humble contribution. D'ailleurs, jamais je ne pourrai oublier le moment où cet enfant est né.

– Et pourquoi donc ? intervient Winkler.

– Il faut se reporter en novembre 1918. Jay, le fils de Florence Leeds, n'avait pas encore deux mois. Je m'en souviens comme si c'était hier. Sa mère revenait d'une visite chez le coiffeur. Elle sifflotait joyeusement, replaçait un bibelot ici, redressait un tableau là. Contrairement à ses habitudes, James Stillman lui téléphona en plein cœur de l'après-midi et elle me fit signe qu'elle prendrait l'appel dans sa chambre. La majorité des foyers ne possèdent pas encore de téléphone et eux, ils en avaient quatre ! À son retour, j'ai bien vu qu'il se passait quelque chose d'inusité. Florence Leeds avait un regard dur, des mouvements brusques, et ses traits crispés rappelaient ceux d'une enfant gâtée à qui l'on refuse un jouet. Elle m'ordonna de débarrasser la table, que je venais à peine de dresser pour deux. Je voyais bien qu'elle bouillait de colère. Elle s'enferma dans un mutisme pire que d'habitude. Aucun signe de son compagnon ce jeudi-là ni au cours de la fin de semaine qui suivit. Il fallut attendre le lundi pour que la tempête qui couvait depuis quatre jours éclate enfin. Je ne suis pas de celles qui écoutent aux portes, mais vraiment, ce soir-là, la voix tonitruante de ma patronne aurait pu franchir un mur de plomb. Elle en oublia la modulation de voix avec laquelle les femmes du « grand monde » s'expriment, pour revenir aux sons nasillards qui fusaient automatiquement lorsqu'elle était en colère. Avant de donner la réplique à James Stillman, elle répétait à tue-tête ce qu'il semblait lui murmurer : «Tu ne veux pas que j'apprenne par d'autres que ta femme a eu un bébé?... Et qu'est-ce qu'elle a eu, ta femme?... Un garçon? Un garçon en plus!... Je te déteste, tu m'entends? Tu m'as trahie!» La colère de Florence Leeds s'est transformée en une véritable crise d'hystérie qui s'est poursuivie jusqu'à l'aube. Personne n'a pu fermer l'œil de la nuit, sauf le petit Jay qui, miraculeusement, ne s'est même pas réveillé.

Winkler prend soudainement conscience que cette nuit du 11 au 12 novembre 1918 fut le point de départ et même le catalyseur de ce procès. À partir de ce moment, Florence Leeds aurait utilisé tous ses charmes pour envoûter James Stillman tout en préparant, de façon obsessionnelle, un plan pour légitimer son propre enfant afin qu'il accède à l'une des plus grandes fortunes d'Amérique.

* * *

La petite ville de Yonkers est en tête de la liste d'Anna ce matin. Sans s'annoncer, au risque de se frapper le nez à une porte close, la journaliste se rend directement au bureau de maître Brennan. Grâce au ciel, il accepte de la recevoir, en lui précisant toutefois qu'il n'a que quelques minutes à lui accorder.

Aux yeux d'Anna, John Brennan, de la firme Brennan, Curran & Bleaksley, doit bien avoir près de cent ans. Tout dans l'apparence de cet homme concourt à lui donner un air d'un autre temps : son épaisse chevelure blanche, ses paupières supérieures tombantes, son immense moustache aux extrémités relevées, toute blanche elle aussi. Petit, le dos voûté, l'avocat semble si fragile! Pourquoi Anne Stillman a-t-elle choisi une telle relique pour défendre ses droits?

– Alors, mademoiselle Dunlap, vous vous intéressez au sort de ma cliente?

Deux minces fentes laissent filtrer un regard perçant.

– En effet, maître Brennan. J'aimerais bien connaître votre pronostic en ce qui concerne les actions prévues dans les jours à venir.

– Tout d'abord, demain à White Plains, devant le juge Morschauser, nous, les avocats de la défenderesse, présenterons une proposition dans laquelle nous prierons le juge de sommer James Stillman ou son comptable de comparaître et de fournir sous serment le montant exact des revenus annuels du défendeur. Nous désirons que soit fixé dans les plus brefs délais le montant de la pension alimentaire allouée à notre cliente. De plus, nous présenterons une requête officielle afin qu'Anne Stillman puisse obtenir la garde légale de ses quatre enfants.

– Selon vous, quel montant devrait payer M. Stillman ?

– Nous croyons qu'une somme entre sept et dix mille dollars par mois serait raisonnable. Cette pension permettra à notre cliente de pourvoir aux besoins de ses enfants et de conserver le train de vie qu'elle connaît depuis vingt ans, je dirais même, depuis qu'elle a vu le jour.

– Quand on sait que le salaire moyen d'un foyer comptant quatre enfants est de cent vingt-cinq dollars par mois, ne vous paraît-il pas exagéré que votre cliente exige près de cent fois plus ?

– Nous établissons le montant devant être octroyé à l'épouse à partir des gains de l'époux, de ses actifs et des besoins exprimés. C'est l'usage, explique maître Brennan avec un sourire narquois.

– Est-il vrai que vous réclamez également de M. Stillman la somme de vingt-cinq mille dollars pour couvrir les frais juridiques ?

– Inexact. Aucun montant spécifique n'a été établi. C'est à la cour et à la cour seule de déterminer ce qu'il en est.

– Pourquoi Mme Stillman s'est-elle réfugiée à Lakewood ?

– Je peux vous parler sans problème des procédures judiciaires, mais vous devez comprendre que, sans le consentement de ma cliente, je ne peux discuter de ses intentions.

– Ne croyez-vous pas qu'il serait temps que le point de vue de votre cliente soit révélé au public ? Une publicité monstre nous a fait connaître la nature des attaques de votre opposant !

Maître Brennan rit de bon cœur et dit :

– Contre son gré, vous devez bien l'admettre. Quant à votre suggestion, mademoiselle Dunlap, elle pourrait s'avérer excellente. Cependant, aucune décision en ce sens ne pourrait être prise sans l'assentiment de mes collègues. Je ne suis qu'un conseiller dans cette affaire.

– Croyez-vous à un règlement hors cour?

– Tout est possible. Dans ce cas, chacune des parties devra fournir au juge Morschauser la preuve qu'une entente satisfaisante a été conclue.

– Jeudi dernier, ce juge a révélé que la demande de divorce faite par James Stillman avait été déposée à White Plains le 13 septembre dernier et certaines rumeurs parlent de Carmel, dans le comté de Putnam, État de New York, comme étant un pôle important dans l'affaire. Qu'en pensez-vous?

Maître Brennan refuse de répondre franchement à la dernière question d'Anna; il reste vague, n'affirmant rien, ne niant rien. Elle le remercie pour le temps qu'il lui a accordé, et espère le revoir le lendemain à White Plains.

Contrairement à sa première impression, cet avocat lui apparaît maintenant comme un fin renard. Son regard direct et franc inspire la confiance. Par contre, cette visite ne lui a rien appris de bien spectaculaire, à moins que Carmel ne recèle une nouvelle piste.

Anna retourne rapidement à la gare de Yonkers où on l'informe qu'elle aurait avantage à prendre un taxi pour aller à Carmel. Sans trop de mal, elle réussit à trouver une voiture. La journaliste espère sincèrement que cet autre déplacement ne sera pas vain. Elle a déjà parcouru vingt-cinq kilomètres pour atteindre Yonkers et un peu plus de cinquante autres la séparent de Carmel : tout un périple dans une journée pour une citadine habituellement sédentaire!

Pendant une bonne partie du trajet, la route longe la rivière Saw Mill. Pour la première fois de sa vie, Anna peut admirer les montagnes verdoyantes des Catskill qui s'élèvent, majestueuses, au-delà de la rivière Hudson. Orpheline de père à l'âge de trois ans, Anna n'était jamais vraiment sortie de New York jusqu'à tout récemment, mis à part quelques escapades à Long Island.

Arrivée à Carmel au milieu de l'après-midi, Anna constate à quel point l'endroit est idéal pour enterrer les querelles domestiques de ceux qui ont les moyens de retenir les services d'habiles conseillers. Ce village d'à peine six cents habitants s'est développé autour du lac Glenida dont les eaux limpides foisonnent de truites. La journaliste se rend d'abord aux bureaux du comté, situés à proximité du lac. Là, on l'informe que les documents juridiques pour la période qui l'intéresse sont conservés au palais de justice.

Elle n'a que la cour à traverser pour atteindre un modeste édifice de bois dont les hautes colonnes corinthiennes lui donnent une allure de temple. Un gardien la dirige au sous-sol où se trouve la salle des registres. Anna pousse difficilement une lourde porte puis, soudain, elle ne sent plus aucune résistance. De l'autre côté, une autre personne tire la porte avec énergie.

Joseph Davis du *New York Times* la salue poliment. Incapable de cacher sa déception, Anna lui sourit à peine. Elle s'est précipitée sans délai à Carmel et ce Davis l'a quand même devancée! Elle le questionne pour la forme.

– La recherche a été fructueuse?

– Dans ce genre de consultation, même si l'on croit donner un coup d'épée dans l'eau, la récolte peut s'avérer intéressante, lui répond-il, évasif.

Anna doit faire un effort pour retrouver son entrain. Elle aurait tellement aimé être la première à découvrir un document officiel dans cette affaire! Mais y a-t-il réellement matière à découverte?

Quelques minutes lui suffisent pour mettre la main sur un texte signé par Cornelius Sullivan, l'avocat de James Stillman, et déposé le 13 septembre 1920 devant le notaire public Thomas A. Luddick du comté de Putnam. Il s'agit de l'action en désaveu de paternité et de l'assignation à comparaître qui ont lancé le procès des Stillman! L'huissier Leo R. Horn les a remises à l'épouse de Stillman le 8 juillet 1920 à bord de l'*Olympic* de la compagnie White Star, juste avant qu'il ne quitte New York, pour l'Europe. Anna transcrit fidèlement les textes, en respectant jusqu'au moindre signe de ponctuation.

Pas un clerc du palais de justice de Carmel n'a porté attention au dépôt de ces documents en septembre dernier. Le nom du banquier, si puissant dans le monde de la finance, et celui de son épouse, si magique dans la haute société de New York, ne signifiaient rien pour eux.

La journaliste s'empresse de téléphoner au *New York American*. Pour la première fois de sa vie, elle compose un article en le dictant à une sténographe. L'urgence justifie ce petit écart à la règle. À défaut d'une primeur, son journal pourra au moins publier ce précieux document simultanément avec le *New York Times*.

Plutôt que de retourner à New York, Anna décide de loger à White Plains. Ainsi, à la première heure demain, elle sera sur place pour l'ouverture de l'audience.

* * *

La tempête s'est enfin arrêtée. Une épaisse couche de neige recouvre Trois-Rivières. Les commerçants de la rue des Forges s'affairent à déblayer. L'un reprend là où l'autre a laissé, de sorte qu'en un rien de temps le trottoir est dégagé d'un bout à l'autre de l'artère principale.

Gene se sent dans une forme étonnante ce matin. Il est pressé de rencontrer maître François Lajoie. Arthur Dufresne se fait un plaisir de lui expliquer comment se rendre au cabinet de l'avocat, situé au 136 de la rue Notre-Dame.

Malgré une jeune trentaine, l'avocat souffre de calvitie sévère. Son attitude glaciale contraste avec sa physionomie de bon vivant.

– Êtes-vous toujours à l'emploi de M. Stillman, maître Lajoie?

– Mon cher monsieur, je n'ai pas d'employeur; je loue mes services.

– En décembre dernier, n'avez-vous pas accompagné des Canadiens à New York afin qu'ils témoignent en faveur de M. Stillman ?

– Je ne le nie pas, réplique-t-il, laconique.

– Est-ce vrai que vous avez recruté vous-même ces témoins, les avez accompagnés à New York et leur avez servi d'interprète pendant les audiences ?

– C'est possible, monsieur Fowler.

– Maître, vous ne m'êtes pas d'un grand secours !

– Ce rôle m'appartient-il ? ajoute-t-il, malicieux.

En observateur averti, Gene avait reconnu chez Lajoie les traits d'un homme jovial. Voilà qu'après quelques minutes de discussion son constat de départ s'avère fondé.

– Pourriez-vous m'indiquer où se trouve exactement le domaine des Stillman dans la vallée du Saint-Maurice ?

– Non, je n'ai aucune information à vous donner et je serais surpris que les gens d'ici soient très loquaces à ce sujet. Il y a quelques minutes, j'ai répondu exactement de la même manière à votre compatriote du *Daily News*. Bonne chance, monsieur Fowler, conclut Lajoie d'un air moqueur.

La chasse aux renseignements s'annonce ardue, d'autant plus que la compétition le talonne et l'a même précédé chez Lajoie. Qui peut bien représenter le *Daily News* ici ? S'il veut battre la compétition, il doit la connaître. C'est au *Château de Blois* que les journalistes américains vont habituellement ? Ce soir, à son horaire déjà chargé, il insérera une visite de reconnaissance à cet hôtel.

Gene marche jusqu'au Bureau des enregistrements de la rue De Tonnancourt. L'employé chargé de l'accueil des visiteurs l'informe des moyens que l'on peut utiliser pour retrouver des titres de propriété. Malheureusement, Gene ne connaît ni le numéro du lot ni le nom du cadastre. Par contre, avec le nom du propriétaire, il est possible de consulter l'index des noms pour trouver le cadastre et le numéro du lot. Quand Gene lui précise que la première lettre du patronyme recherché est un « S », l'employé l'informe qu'il lui faudra s'armer de patience car, quand un nom débute par un B, un C, un L, un M ou un S, dix pages doivent parfois être consultées pour chacune de ces lettres, puisque l'ordre alphabétique n'est respecté que pour la première lettre du nom de famille. On peut tout aussi bien trouver un «SA» suivant un «SU».

Sans perdre de temps, Gene s'installe à une table entourée de gens qui, comme lui, s'affairent à fouiller les vieux registres. La plupart sont notaires ou clercs et leur mandat consiste à retracer les transactions faites sur tel ou tel lot afin de préparer un contrat de vente. Avec minutie, ils transcrivent des pages et des pages de texte.

Le journaliste parcourt l'épais registre des noms à la lettre «S» et ne trouve aucune inscription au nom de Stillman. Si le banquier a utilisé les services d'un agent pour conclure la transaction, jamais Gene ne pourra la retracer. Il se prend la tête entre les mains. Doit-il persister dans cette voie?

Gene demande à s'entretenir avec un responsable du bureau. On le conduit au registraire Fortunat Fournier à qui il explique brièvement le pourquoi de sa visite tout en insistant sur l'urgence de la situation. Fournier lui apprend que, depuis son ouverture en 1842, jamais ce bureau n'a tenu les registres du canton de Boucher auquel appartient le village de Grande-Anse. Il trouvera les titres de propriété désirés au Bureau des enregistrements de Sainte-Geneviève-de-Batiscan.

D'un ton de supplicié, Gene lui demande :

– Oh *God*! Est-ce loin d'ici?

– En voiture, vous pouvez y être en moins de deux heures.

Gene Fowler sort précipitamment de l'édifice. Encore un imprévu! Ne devrait-il pas commencer au plus vite la collecte de témoignages dans la vallée du Saint-Maurice? Le but ultime de son équipée n'est-il pas de retrouver Frédéric Beauvais? Quelle devrait être sa priorité?

Au moment où il traverse la rue Laviolette, il aperçoit une voiture-taxi en attente. Sa décision est prise. Il ira à Sainte-Geneviève. Le chauffeur le conduit jusqu'à la limite de la ville. Impossible de continuer plus loin en automobile puisque les chemins ne sont pas ouverts au-delà de ce point.

Un charretier prend la relève et les patins du traîneau glissent maintenant sur la neige fraîchement tombée. Le traîneau longe le fleuve et traverse Champlain, un petit village un peu à l'est de Trois-Rivières. Arrivés au village de Batiscan, les deux hommes s'arrêtent un moment pour se restaurer. Puis, ils reprennent la route, bifurquent vers la gauche et suivent la rivière Batiscan.

Le traîneau traverse ensuite la rivière et monte la rue de l'Église. Depuis leur entrée dans le village, Gene a observé plus d'un rideau bouger doucement, plus d'une tête se glisser à la fenêtre. Malgré le nombre impressionnant de notables et de professionnels habitant Sainte-Geneviève, la circulation est faible et attise la curiosité des résidants. Le charretier attendra Gene au magasin général pendant qu'il effectuera ses recherches.

Maintenant que le journaliste connaît la procédure, il demande à consulter le registre des noms du canton de Boucher et s'installe aussi confortablement que sa petite chaise de bois le lui permet. Sa patience est vite récompensée : le nom Stillman y est bel et bien inscrit, ainsi que le numéro des lots acquis. Gene doit maintenant chercher dans le registre des lots les numéros vingt-trois et vingt-quatre…

Enfin ! En 1919, Joseph Blackburn a cédé à dame James Stillman deux lots pour la somme de mille sept cents dollars comptant. Mais quand Gene, poursuivant sa lecture, arrive aux lots vingt-cinq, vingt-six et vingt-sept, il n'en croit pas ses yeux ! Pour quatre mille piastres, le 6 septembre 1918, Frédéric Beauvais et dame Anne U. Stillman se portent, ensemble, acquéreurs de lots appartenant à Joseph Bettey, et ce, moins de deux mois avant la naissance de Guy !

Le journaliste demande à voir les actes notariés relatifs à ces transactions et, fébrile, il s'attelle à la transcription littérale de l'acte 66843, signé en janvier 1918 et enregistré au mois de septembre suivant, et de l'acte 69619 qui, lui, fut signé et enregistré à trois jours d'intervalle, en octobre 1919.

Dans le premier acte, Fred Beauvais, un guide indien sans le sou, et Anne Stillman, richissime Américaine, ont fait l'acquisition conjointe d'une terre de plusieurs acres. L'année suivante, soit le 20 octobre 1919, une autre transaction a été enregistrée pour les mêmes lots et elle révèle cette fois que Beauvais a renoncé à ses titres de propriété. Dans ce deuxième acte, grâce à une procuration signée à New York devant deux témoins, James Stillman aurait autorisé sa femme à se porter acquéreur d'un domaine dont elle était déjà propriétaire depuis un an. «Les époux devaient donc être en bons termes à cette époque», pense Gene. Le journaliste aurait envie de hurler de joie devant une telle trouvaille. Comme il est fier de son intuition! De la dynamite, voilà ce qu'il a découvert à Sainte-Geneviève près de la Batiscan.

Sur le chemin du retour, il ne dit mot, tout à sa découverte. Le charretier respecte son silence. Gene se fait déposer à l'hôtel *Dufresne* en début de soirée, alors que la plupart des clients ont terminé leur souper depuis un bon moment. Le repas du soir se prend tôt au Québec, souvent vers les dix-sept heures. Le journaliste avale un sandwich en vitesse, car sa journée est loin d'être terminée.

Une fois son article télégraphié, Gene finit la soirée au *Château de Blois* où il apprend, déçu, que James Whittaker, reporter à la pige pour plusieurs journaux américains, dont le *Daily News,* a quitté l'hôtel en fin d'après-midi à destination de Grand-Mère.

* * *

Dans son bureau du *New York American*, Michael Bradford constate, amusé, que ses reporters couvrant l'affaire Stillman ont tous trois recueilli de précieux renseignements en consultant des registres officiels. De tels documents transforment certaines rumeurs, certains soupçons en faits peu contestables.

Pour Bradford, la découverte qu'à faite Gene à Sainte-Geneviève-de-Batiscan est tout aussi compromettante pour Anne Stillman que celle concernant Florence Leeds l'a été pour James Stillman.

6

Le mardi 15 mars 1921

Bien avant dix heures, moment prévu pour la comparution, de nombreux journalistes et photographes se pressent dans les corridors du palais de justice de White Plains. Malgré son âge, l'avocat d'Anne Stillman, maître John Brennan, se dirige d'un pas ferme vers la salle réservée au juge Morschauser. Anna peste souvent contre sa petite taille mais, ce matin, elle bénit le ciel de pouvoir se faufiler aussi aisément à la suite de maître Brennan. Peu de temps après, le juge fait son entrée et discute quelques instants avec le greffier. Puis, à l'intention de maître Brennan, il demande :

– Doit-on attendre d'autres intervenants ?

– Non, Votre Seigneurie.

Visiblement détendu, le vieil homme explique qu'il est mandaté par les avocats des deux parties. D'un commun accord, celles-ci réclament une suspension des procédures d'une durée indéterminée. Le juge Morschauser accepte cette requête sans discuter et ajourne le procès.

Tout en suivant l'avocat hors de la salle, Anna se remémore avec frustration toutes ses allées et venues, qui se soldent par trois misérables minutes de comparution. À l'instar des autres journalistes, elle tente d'obtenir des explications de l'avocat de Yonkers, qui se refuse à tout commentaire.

Tout comme bon nombre de ses collègues, Anna monte dans le même train que maître Brennan à destination de New York. Nul ne pourra convaincre l'avocat de commenter une décision qui, au fond, ne surprend personne. Pour la journaliste, ce nouveau délai peut s'interpréter de trois façons : de toute évidence, les avocats de James Stillman désirent voir retomber la vague de publicité qui submerge présentement les médias. Les parties en cause se sont peut-être accordé une trêve jusqu'à ce que l'intérêt du public se soit refroidi : une autre cause ou un autre désastre monopolisera de nouveau l'attention et, à ce moment-là, le procès des Stillman pourra reprendre, sans doute au Nevada ou en Californie, loin de toute agitation. Il est également possible que les conseillers juridiques se soient entendus sur la pension alimentaire, rendant inutile la comparution à White Plains.

En vain, Anna tente d'obtenir une confirmation et retourne bredouille à l'appartement qu'elle partage avec sa mère à proximité de la gare Grand Central. La jeune femme en profite pour s'accorder un peu de répit avant de s'acquitter de la deuxième tâche que lui a confiée aujourd'hui Michael Bradford. Quelques heures plus tôt, un messager du *New York American* a déposé à son appartement un paquet contenant, entre autres, une série d'instructions, quelques photographies du jeune Bud, le fils aîné du couple désormais célèbre, les coordonnées d'une personne à aller voir et une convocation au bureau du chef des nouvelles pour le soir même à vingt heures.

Grâce à ses contacts privilégiés, Bradford sait que Bud Stillman effectue une visite éclair à New York. La journaliste saute dans un taxi afin d'être présente à l'arrivée du train en provenance de Boston. Elle se dirige vers le quai de la gare, une photo de l'étudiant à la main, et se surprend à admirer le visage volontaire du jeune homme en pensant : «Pas vilain garçon !»

À peine le train s'est-il arrêté qu'un chauffeur en livrée double Anna, rejoint un grand bonhomme aux cheveux blond-roux et l'escorte jusqu'à la rue. Bud Stillman prend place sur le siège arrière d'une rutilante Marmon et le chauffeur referme la portière sans qu'aucun mot ait été échangé, sans qu'Anna ait pu établir le moindre contact. Des rideaux empêchent les curieux d'observer les occupants. Décidément, elle avait prévu une stratégie d'approche, mais non une course contre la montre ! Elle ne s'avoue pas vaincue pour autant. Un autre jour, la chance sera de son côté.

Bradford lui a également suggéré de rencontrer une femme dont le nom ne doit être divulgué sous aucun prétexte. Cette dame désire s'entretenir avec un représentant du *New York American* afin de lui fournir des renseignements pouvant éclairer la cause Stillman. Anna n'a qu'à se présenter au 12 de la 72e Rue Est.

Une sexagénaire la reçoit dans un boudoir magnifiquement meublé. Les deux femmes s'installent près d'une fenêtre en saillie, d'où l'on peut aisément admirer Central Park. D'emblée, la vieille dame explique qu'elle désire intervenir dans l'affaire Stillman pour que justice soit rendue. Elle ne peut cependant se permettre de le faire publiquement, car les renseignements qu'elle détient lui ont été confiés par sa fille, une bonne amie d'Anne Stillman. Voilà pourquoi elle insiste tant pour que son nom soit tu.

Anna apprend avec étonnement que, jusqu'à sa mort il y a trois ans jour pour jour, le père de James Stillman demeurait juste en face, au numéro 9, et pendant les deux premières années de leur mariage James Stillman et sa femme ont aussi habité cette luxueuse demeure.

La vieille dame déplore qu'une famille du rang des Stillman se retrouve dans une situation aussi embarrassante, et elle regrette plus que tout qu'un jeune enfant comme Guy soit au centre de ces événements controversés, d'autant plus que, à la naissance du petit, James Stillman s'est rendu à la maternité à plusieurs reprises, sa fille en a été témoin.

– Mademoiselle Dunlap, mettez ce fait bien en évidence : Jimmie Stillman a bel et bien visité sa femme à la maternité et, de plus, il lui a offert plusieurs présents de valeur. Croyez-vous qu'un homme qui se sait trompé ferait un tel geste ?

Au cours de son enquête, Anna constatera que les femmes donnent aisément au banquier le surnom de Jimmie, alors que les hommes l'appellent plutôt Jim. Ainsi, James Stillman ne doutait pas de sa paternité au moment de la naissance de Guy ?

Anna demande ensuite comment les enfants Stillman ont réagi à l'annonce du divorce de leurs parents. Après un court moment de silence, la dame observe tristement :

– À neuf ans, le petit Alexander est trop jeune pour comprendre vraiment ce qui se passe. C'est un enfant sensible qui ressent les tensions, devine les malaises et en est terriblement affecté. Il séjourne présentement avec sa mère et son petit frère à Lakewood. Quant à l'aîné des garçons, que tout le monde appelle Bud ou Buddy, on m'a dit qu'en apprenant que son père voulait divorcer il a failli frapper Jimmie tellement il était indigné par ses accusations. Avec son tempérament impétueux, Bud ne veut plus revoir son père et il a même affirmé : «S'il renie mon frère, eh bien moi, je le renie comme père.» Sa loyauté envers sa mère est indéfectible. Bud est vraiment très sérieux pour ses dix-sept ans. Sportif talentueux, il adore la vie en forêt. Bud dit ce qu'il pense et non ce que les autres aimeraient lui entendre dire. Sa franchise est souvent désarmante. Il partage ce trait de caractère avec sa mère. Voilà pourquoi, tout comme elle, il étonne et surprend. Contrairement à la plupart des gens, ces deux-là ne ressentent aucunement le besoin de maquiller la vérité.

– Quel camp a choisi Anne, l'aînée de la famille?

– À ce que l'on m'a dit, aucun. Au printemps dernier, elle a organisé avec son frère Bud une réunion de famille dans le but de convaincre leur père de renoncer à son projet de divorce. La jeune fille est tout de même restée en contact avec ses deux parents.

Les deux femmes discutent encore un peu et Anna invite la dame à lui communiquer, si possible, d'autres informations pouvant être utiles à cette cause. Anna l'assure que les renseignements dévoilés seront connus du public et, par le fait même, de la Justice.

* * *

Gene prend le premier train pour Grand-Mère, où il tentera de rattraper son adversaire. Le reporter a été piqué au vif hier soir en apprenant que James Whittaker l'avait précédé dans la vallée du Saint-Maurice. Comme en général les Canadiens français se couchent tôt, avec un peu de chance, personne n'aura encore confié ses secrets à Whittaker !

De la gare, Gene se fait conduire au *Grand-Mère Inn*, une auberge cossue et coquette surplombant la rivière Saint-Maurice. Depuis sa construction en 1897, elle héberge principalement les dirigeants de la compagnie de papier Laurentide, tout en accueillant les voyageurs de passage. On a conseillé à Gene d'y loger et de rayonner aux alentours pour glaner ses informations.

Aussitôt installé, il repart en direction du village de Saint-Jacques-des-Piles, appelé communément Grandes-Piles. Pour atteindre les rapides Manigance, à quelques kilomètres au nord-ouest, il loue les services du charretier Alphonse Boisvert. Celui-ci accepte de le conduire à la maison d'hébergement tenue par la femme de Grégoire Giguère, Aurélie, qui s'est rendue à New York en décembre dernier pour témoigner au procès des Stillman.

L'état de la route est lamentable, mais le paysage est beau à couper le souffle. La rivière encore gelée serpente entre des berges escarpées faites de roc auquel s'agrippent de nombreux conifères.

Appelée *Le Sphinx*, la maison de pension d'Aurélie Giguère semble perdue au milieu de nulle part. Entièrement construite en planches de pin, elle est percée de nombreuses fenêtres, au rez-de-chaussée comme à l'étage. Toute de noire vêtue, une dame vient ouvrir la porte, les bras croisés sur un linge de table. Ses yeux paraissent minuscules derrière ses verres épais. Des cheveux blancs encadrent son petit visage aussi rond que ses binocles. Elle doit lever la tête bien haut pour plonger son regard dans celui de Gene, qui lui expose brièvement le but de sa visite.

– Ne restez pas là à geler ! Il fait un vent à écorner les bœufs ! Un thé vous fera le plus grand bien. Entrez, tous les deux, mais entrez donc !

Elle invite le journaliste et le charretier à s'asseoir à la table de la cuisine où un homme sirote déjà une boisson chaude. Il ne lève même pas les yeux sur les arrivants qui s'installent près de lui. Une bonne odeur de pain embaume la pièce. Gene remercie la dame de son hospitalité.

– Dans notre pays, avec le froid et la neige, on ne laisserait même pas un chat dehors, dit-elle, avenante. Qu'est-ce qui vous amène ici ?

– Madame Giguère, en décembre dernier vous êtes allée témoigner pour M. Stillman à New York, n'est-ce pas ?

– Pour M. Stillman ? C'est beaucoup dire ! Disons que je suis allée à New York et que j'ai fait un bien beau voyage aux frais de M. Stillman, lui dit-elle en riant.

– Vous connaissez Mme Stillman depuis longtemps ?

– Ça fait bien deux ans que je ne l'ai vue mais, pendant l'été 1917, elle est souvent venue coucher ici avec Fred Beauvais.

– Vraiment ? fait Gene en levant le sourcil.

– Comme je l'ai expliqué aux avocats de New York, rien dans le comportement de Mme Stillman ou de Fred ne laissait croire à autre chose qu'une franche camaraderie. Ils ont souvent dormi ici, mais toujours dans des chambres séparées. Les avocats ont eu l'air bien déçus quand j'ai apporté cette précision !

Gene s'imagine aisément la petite dame taquine, s'amusant de tout ce beau monde réservé et sérieux.

– À l'exception de Georges Adams, aucun de nous ne parlait anglais. L'avocat Lajoie nous traduisait les questions, puis il rapportait nos réponses ou nos commentaires. Un homme, qui n'a pas ouvert la bouche une seule fois, semblait écrire tout ce qu'il entendait. Jamais on ne pourra lire que j'ai dit du mal de Mme Stillman, s'exclame-t-elle en se redressant fièrement. Ils ont eu moins de misère avec toi, hein, Charland ! ajoute-t-elle à l'intention de l'homme attablé avec eux.

– J'ai dit ce que je savais, pas un mot de plus, pas un de moins.

– Bien, on m'a dit que tu en savais pas mal ! lui rétorque-t-elle avec une pointe d'agressivité qui contraste fort avec sa bonhomie de tantôt.

– Vous êtes Arthur Charland ? s'enquiert Gene.

– Comment ça se fait que vous connaissez mon nom ?

Tentant de mettre Charland à l'aise, Gene réplique :

– Vous êtes allé témoigner à New York, n'est-ce pas ? Voilà pourquoi je connais votre nom.

Sur la défensive, Arthur Charland rougit jusqu'à la racine des cheveux.

– Vous ne savez pas tout, madame Giguère. Beauvais n'est peut-être pas, comme vous semblez le croire, blanc comme neige. Et vous, monsieur, sachez qu'à New York je n'ai dit que la vérité et je n'ai pas d'affaire à la répéter à personne.

– T'aurais peut-être dû rien dire à New York, mon Charland. T'as déduit des affaires sans les avoir de tes yeux vues. C'est ça, ton problème, Charland : ton imagination est trop fertile ! Tu as mordu la main qui t'a nourri ! Ça va te porter malheur !

L'homme n'a pas le temps de répondre qu'Aurélie Giguère renchérit à l'intention du journaliste :

– Cré Arthur ! Il a l'habitude des procès, vous savez ! Il y a une quinzaine d'années, Arthur a fait tout un témoignage lors du procès de Marie-Anne Sclater et de Wallace McCraw. Tous les deux étaient accusés d'avoir tué, à Grande-Anse, Percy Howard Sclater, le mari de Marie-Anne. Je m'en souviens comme si c'était hier. Marie-Anne et McCraw ont bien failli finir sur l'échafaud, à cause de toi, Charland ! T'en as rapporté, des affaires, là, hein ? Maudite grande langue !

– Voyons, calmez-vous là, balbutie Charland, humilié.

– Ça fait trop longtemps que j'ai ça sur le cœur ! Je m'oblige toujours à être polie avec mes clients jusqu'à ce que je déborde, et là, Charland, je déborde. Tu étais jaloux de McCraw comme tu es jaloux de Fred. Tous les deux ont su gagner la confiance de leurs patrons, mais toi, tu es un voleur et un menteur. Voilà pourquoi tu ne peux pas obtenir ce que tu ambitionnes : la première place chez les bourgeois où tu travailles ! En plus, ils ne savent peut-être même pas que tu as été accusé de vol et que tu as essayé d'abuser de ta propre sœur ! Des hommes comme toi, ça pue ! Alors on s'en méfie !

– Je vais vous poursuivre pour vos calomnies ! Je ne remettrai plus jamais les pieds ici !

– C'est ça ! Et n'oublie pas ta tuque !

Charland se lève précipitamment, ne prend pas le temps d'attacher son parka et claque la porte. À la vitesse de l'éclair, il lance son cheval sur la rivière gelée.

– Bon débarras, dit Aurélie en secouant vigoureusement ses mains l'une contre l'autre.

Gene Fowler est sidéré par l'altercation dont il vient d'être témoin. Aurélie, encore sous l'effet de la colère, marmonne en lui tournant le dos. En silence, il boit son thé, tout en jetant un coup d'œil au charretier, muet depuis leur arrivée. Quelques minutes à peine se sont écoulées qu'une femme métamorphosée lui fait face en lui offrant de partager sa table pour le repas de midi.

– Nous acceptons avec plaisir, n'est-ce pas, monsieur Boisvert ?

D'un signe de tête, le charretier acquiesce. Aurélie Giguère sert aux deux hommes un copieux repas composé d'un ragoût de pattes de lard et de pommes de terre nature qui surnagent dans un bouillon riche à souhait.

– Un peu de pain chaud ? leur offre-t-elle, fière de leur présenter une miche dorée et odorante.

Les deux hommes acceptent avec empressement. Pendant qu'ils dégustent, elle leur fait un récit détaillé de son fameux voyage à New York, de son séjour à l'hôtel *Iroquois* situé juste en face de la New York Bar Association, là où sont regroupées des salles permettant aux plus célèbres membres du barreau de la métropole de produire leurs témoins dans des audiences hors cour.

– Si vous aviez vu cet endroit ! J'aurais voulu avoir des yeux tout le tour de la tête pour ne rien manquer : des fauteuils de cuir à haut dossier, des bibliothèques en bois rouge, des poignées de porte en or massif, des vitraux dans presque toutes les portes et des tapis de Turquie sur les parquets de bois verni. C'est pas mêlant, je me croyais dans un véritable château.

Sans transition, Aurélie explique à ses deux convives :

– Pendant la belle saison, on se retrouve facilement dix ou douze à table ici. Maintenant que mes huit enfants ont quitté la maison, ce sont les passants qui profitent de ma cuisine. Je ne veux ni me vanter ni vous forcer la main, mais on m'en redemande d'habitude.

– Juste au moment où j'allais vous en prier, dit Fowler en lui tendant son assiette presque vide.

Gene profite de l'atmosphère détendue pour poursuivre son enquête.

– Madame Giguère, pourriez-vous me parler un peu de Mme Stillman ?

– Madame ? D'abord, c'est une grande dame, vous savez, une *lady*, avec de belles manières, un beau langage.

– Elle parle bien le français ?

– Oh oui ! Mais elle a un accent des vieux pays et, parfois, on ne comprend pas tout ce qu'elle dit.

– Qu'est-ce qui l'attirait ici ?

– Son amour de la nature, qu'elle disait. Elle entreprenait souvent de longues excursions en forêt qui l'amenaient régulièrement loin de son domaine de Grande-Anse.

– Mme Stillman était-elle sportive ?

– Oh ! mon Dieu oui ! Elle faisait du canot, de la pêche, de la chasse et beaucoup de natation, sans compter tous les sports qu'elle pratiquait aux États.

– Êtes-vous une femme sportive ?

– Et comment ! J'ai eu huit enfants. Ça, c'est du sport ! s'esclaffe Aurélie.

– Allez-vous parfois en forêt ?

– Non, pas moi. C'est pas dans nos coutumes que des femmes mariées s'aventurent dans les bois mais, s'il fallait condamner toutes les Américaines qui partent seules en forêt avec leur guide, les tribunaux de leur pays seraient débordés. J'ai pour principe qu'il faut respecter les mœurs des étrangers. Des types comme Charland ont bien de la misère à accepter des différences telles que celles-là et il n'est malheureusement pas le seul.

– Qu'en est-il de vos voisins ?

– Je suis bien placée pour vous dire que la rivière Saint-Maurice transporte, en plus des pitounes et des marchandises, beaucoup, beaucoup de commérages.

– Dans ses randonnées en forêt, Mme Stillman était-elle toujours accompagnée de Frédéric Beauvais ?

– Oui, mais je peux vous assurer que, en voyant Beauvais et Madame, vous ne pouviez vous tromper : vous aviez une reine accompagnée de son serviteur. Ce qui se passait en forêt… personne – personne, vous m'entendez ? – ne peut le dire, et ce qu'on ne voit pas ne nous regarde pas. Voilà !

Ce « voilà » met un terme à ses explications. Après une agréable conversation à bâtons rompus, Gene quitte la maison de pension repu et heureux des détails fournis par Aurélie Giguère.

Dans un silence quasi religieux, Gene revient au *Grand-Mère Inn*. De sa chambre, il peut admirer la rivière où un pont devrait bientôt remplacer le vieux chaland saisonnier. Le frasil borde des canaux, là où le courant ne permet pas aux eaux de se transformer en glace. Face à ce décor qui l'inspire, Gene s'installe à sa table de travail et rédige son article à une étonnante vitesse.

À la tombée du jour, le journaliste descend à la salle à manger, qui peut facilement accueillir une centaine de convives. Ce soir, dix personnes à peine y sont attablées. Les immenses poutres de chêne et l'ameublement fait de la même essence concourent à donner à cette pièce une atmosphère chaleureuse.

Gene ne craint pas la solitude et, pourtant, prendre seul le repas du soir le rend toujours un peu nostalgique. Au moment où il s'apprête à déguster sa tarte au sucre, un homme se présente à lui comme l'un des administrateurs du Club sportif Saint-Maurice, pour qui Fred Beauvais a déjà travaillé. Vivement intéressé, Gene lui demande d'abord comment il se fait qu'un Iroquois de Caughnawaga se retrouve à travailler si loin de chez lui.

– Louis Beauvais, son père, a travaillé bien plus loin encore. Vous avez certainement entendu parler du spectacle *The Buffalo Bill Wild West*, où cow-boys et Indiens simulaient des combats, des attaques de diligences, des enlèvements de femmes blanches par les méchants Indiens ? Pendant de nombreuses années, Louis a été membre de cette troupe et ils ont eu un succès fou ! En Caroline du Sud, Louis a rencontré Mary Maloney, une Américaine d'origine irlandaise. Après de brèves fréquentations, ils se sont mariés et elle l'a suivi jusqu'ici. C'est alors qu'ils ont été embauchés au lac Wayagamack, près de La Tuque, lui comme gérant du club et elle comme cuisinière ; un véritable cordon-bleu.

– Combien ont-ils eu d'enfants ?

– Cinq en tout, dont l'un a succombé à la tuberculose pendant sa petite enfance. L'aîné, Arthur, et le deuxième, Frédéric, ont été élevés dans la forêt. Ils en ont vite appris tous les secrets qui ont fait d'eux des guides hors pair. Durant les dernières années d'intendance de Louis, des membres aussi connus que George C. Hubbel, président de la Garden City Association, et Mortimer Bruckner, président de la New York Bank, requéraient les services de Fred comme guide personnel.

– James Stillman a-t-il déjà été membre de votre club ?

– Non. À quelques reprises, il a accompagné l'un de nos membres. Guidé par Fred, il a fait quelques bonnes parties de pêche sur notre territoire. Il se serait tellement épris de la région qu'il aurait planifié de construire un camp dans les environs.

– Est-ce que Mme Stillman est venue dans la région à la même époque que son mari ?

– Je l'ignore, mais je ne peux vous cacher que je trouve tout à fait aberrant qu'elle ait pu avoir une aventure amoureuse avec Fred. Je vous le dis franchement, au club, nous avons été stupéfaits d'apprendre la nature de la poursuite.

– Êtes-vous déjà allé visiter la propriété des Stillman à Grande-Anse ?

– Non, mais on dit que cette famille a fait l'acquisition d'une ferme comprenant plusieurs hectares de terres arables sur la rive est de la rivière Saint-Maurice. Voilà deux ans, ils ont fait construire une magnifique résidence de plusieurs dizaines de milliers de dollars.

– N'est-ce pas plutôt Mme Stillman qui s'est portée acquéreur de ce domaine ?

– Peut-être, mais on pense que son mari lui a fourni l'argent.

– Quel était le rôle de Fred Beauvais à cette époque ?

– Il assurait l'intendance du domaine et son prestige a engendré beaucoup de mécontentement. À mon avis, ce n'est pas étranger aux dénonciations dont il est actuellement la cible.

Avec prudence, Gene tente d'obtenir plus de renseignements sur les circonstances ayant entouré l'acquisition du domaine de Grande-Anse, conjointement par Anne Stillman et Fred Beauvais. De toute évidence, son interlocuteur ne connaît pas ce détail. Puis, à la grande surprise du journaliste, il lui affirme que Fred Beauvais résiderait présentement à Montréal.

Fermement décidé à interviewer le guide indien, Gene Fowler se promet néanmoins de remonter, au préalable, la rivière Saint-Maurice jusqu'au domaine des Stillman à Grande-Anse.

* * *

Sise au 55 Wall Street, la National City Bank étonne tant par sa dimension que par son architecture. Le marbre, les cuivres et les hautes colonnes de style ionique et corinthien témoignent du raffinement du père de James Stillman, qui a voulu faire de cet immeuble son monument. Les portes de bois sculptées hautes de trois mètres sont à l'image de la race de géants qui gère cette institution financière, la première au monde à détenir un milliard de dollars en valeurs.

Pour la première fois, Winkler peut admirer, de l'intérieur, ce temple de la haute finance où semblent réunis tous les fastes de la vieille Europe. Un imposant vestibule est éclairé par un immense lustre de cristal, suspendu à une coupole peinte à la main.

Winkler a dû répéter son boniment à plusieurs gardes et employés pour atteindre enfin le bureau de John Fulton, le directeur général de la National City Bank. L'accueil est courtois, sans plus.

– Monsieur Fulton, est-ce vrai que James Stillman démissionnera de son poste de président dans les jours qui viennent ?

– J'ignore quelles sont vos sources, mais ici rien ne laisse présager un tel dénouement.

– Prévoyez-vous une réunion spéciale du conseil d'administration ?

– Que je sache, à part notre réunion mensuelle de jeudi prochain, aucune autre rencontre n'a été envisagée.

– Croyez-vous que M. Stillman sera présent ?

– Sans l'ombre d'un doute. M. Stillman assiste à toutes les réunions du conseil.

– Comment se répartissent les actions de la National City Bank ?

– Cela est du domaine public. Le président Stillman détient quarante pour cent des actions, John D. Rockefeller fils et Percy Pyne disposent du reste, soit trente pour cent chacun.

– Est-il vrai que, ces derniers jours, M. Stillman s'est départi d'un certain nombre d'actions ?

– Je n'ai pas entendu parler d'une telle transaction. Je vous prie de m'excuser, monsieur Winkler, mon travail m'attend.

* * *

Anna et John arrivent en même temps au bureau de leur patron. Comme à l'accoutumée, des dossiers s'empilent un peu partout sur le sol et des coupures de presse jonchent sa table de travail. Où trouve-t-il le temps de lire tous ces journaux ?

Michael les observe un moment, puis déclare :

– L'impressionnante couverture de presse dont jouit le procès Stillman depuis déjà six jours se poursuit de plus belle, que ce soit à New York ou dans les autres grandes villes d'Amérique ou d'Europe. Vous en savez quelque chose ! Ce n'est quand même pas le premier divorce à faire les manchettes ! À votre avis, pourquoi celui-ci captive-t-il autant le public ?

Anna réagit spontanément.

– Ceux qui, chez nous, occupent une place prééminente socialement ou financièrement suscitent l'intérêt du public, au même titre que la monarchie en Europe, à plus forte raison quand il y a matière à scandale. Il est courant dans ce monde que les hommes aient des maîtresses, et leur entourage ferme habituellement les yeux, à la condition qu'ils fassent preuve de discrétion. S'il n'y avait qu'une femme accusée d'infidélité, je suis convaincue que la réaction du public serait fort différente. La grosse erreur de Stillman est de s'attaquer à une mère et à son enfant.

– Justement, depuis hier, intervient Bradford, nous avons reçu des centaines de lettres liées à cette affaire. À la vitesse de l'éclair, un impressionnant jury s'est spontanément formé de part et d'autre de l'Atlantique et quatre-vingt-quinze pour cent des jurés se rangent du côté de la mère et condamnent le père qui veut renier sa progéniture.

– Avant même que l'existence de Florence Leeds ne soit connue, nous pouvions déjà ressentir la faveur du public pour l'épouse, ajoute Anna, se remémorant les commentaires recueillis à Poughkeepsie le samedi précédent.

– D'après des sources sûres, poursuit Bradford, plusieurs spécialistes se penchent déjà sur ce phénomène de masse et je peux vous assurer que les conseillers du couple Stillman doivent l'étudier attentivement. Les avocats du banquier sont très agacés par la tournure des événements, d'autant plus que dans les milieux bien informés on rapporte que sa double vie leur était complètement inconnue. Du coup, l'argumentation qu'ils avaient prévue doit être entièrement modifiée.

Winkler, qui jusqu'ici les écoutait attentivement, prend la parole.

– Pour la partie demanderesse, l'engouement des journalistes constitue un irritant, alors que pour la défense il représente un précieux atout. Comme je t'en avais fait part, Michael, j'ai téléphoné à Anne Stillman ce matin. J'ai vraiment l'impression que l'idée d'utiliser la presse fait son chemin. Depuis notre récente rencontre, elle a été à même d'évaluer l'importance des retombées résultant de l'information qu'elle m'a refilée.

Michael Bradford choisit ce moment pour faire part à Anna du plan qu'il a concocté la veille avec John. Il pointe le doigt vers l'amoncellement impressionnant de lettres empilées dans un coin de la pièce.

– J'aimerais que demain, Anna, vous vous rendiez à Lakewood pour rencontrer Anne Stillman, lui remettre ces lettres et la persuader de nous laisser photographier Guy. Le public ne connaît même pas son visage, mais déjà il ne peut lui résister.

– Je voulais vous proposer de retourner à Poughkeepsie, mais je n'ai aucune objection à remettre ce projet. Acceptera-t-elle de me rencontrer ?

– Tout est réglé, elle vous attend demain, en début de soirée.

La sonnerie du téléphone retentit au moment où Anna et Winkler s'apprêtent à quitter la pièce. Bradford répond, pose sa main sur le microphone du combiné et les salue d'un : « Ne lâchez surtout pas, je compte sur vous ! »

Gene Fowler est au bout du fil.

– J'espère que tu es en bonne forme, Gene, car tu dois te rendre à Montréal sans tarder. Ce matin, plusieurs journaux d'ici ont publié une entrevue avec nul autre que Fred Beauvais.

Michael doit éloigner le récepteur de son oreille, car Gene Fowler lui hurle sa déception.

7

Le mercredi 16 mars 1921

À vol d'oiseau, à peine cinq kilomètres séparent la pointe sud de Montréal de la réserve des Iroquois. Toutefois, pour y arriver, Gene doit parcourir une trentaine de kilomètres sur un chemin de terre encore moins carrossable que celui qui l'a conduit, lundi, à Sainte-Geneviève-de-Batiscan.

Recouverte de neige sale, la route pénètre au cœur de Caughnawaga. La voiture se fraie péniblement un chemin entre deux rangées de maisons de bois. Le chauffeur craint de s'embourber, mais Gene l'encourage à persévérer, car pour rien au monde il ne voudrait rebrousser chemin si près du but.

Le journaliste se souvient âprement de l'accueil que lui a réservé le père Gras quelques jours plus tôt. Et, comme un souvenir désagréable ne vient jamais seul, il n'est pas prêt d'oublier le coup d'adrénaline provoqué hier par les révélations de Michael Bradford. Il a raté son scoop ! Bêtement ! Cette fois, il ne peut se permettre aucun faux pas, encore moins essuyer un nouveau refus. Le père Gras représente son seul contact à Caughnawaga lui permettant de trouver Frédéric Beauvais.

Un peu en retrait, le presbytère et l'église catholique s'élèvent sur une esplanade adossée au fleuve Saint-Laurent. D'épais murs de pierres délimitent une enceinte inachevée ou abîmée, datant du Régime français.

Le journaliste doit contourner le presbytère jusqu'à l'arrière avant de trouver une entrée. Une jeune autochtone le reçoit dans un vestibule adjacent à la cuisine, lui souhaite la bienvenue en anglais et s'enquiert du but de sa visite. Ensemble, ils traversent la pièce dotée d'une énorme cheminée noircie, remplie de braises rougeoyantes, au-dessus de laquelle ont été suspendues des marmites ventrues. Elle l'installe au parloir où une odeur fort agréable lui chatouille les narines : les parquets comme les meubles ont été enduits de cire d'abeille. Les rayons du soleil, pénétrant par les fenêtres à carreaux, rehaussent leur couleur de miel. Les murs ont été érigés à l'aide de vieilles pierres grises, et d'énormes poutres de bois supportent un plafond étonnamment haut. De nombreuses représentations à l'effigie d'une jeune Indienne sont à l'honneur ici.

Plongé dans l'admiration de ces gravures, Gene sursaute à l'arrivée du père Gras. Celui-ci lui décrit brièvement les miracles attribués à Kateri Tekakwitha, vénérée depuis longtemps par nombre de catholiques.

Le journaliste n'a pas à lui rappeler leur conversation téléphonique, car le curé lui explique spontanément qu'il n'a pas toujours la mémoire des visages, mais qu'il n'oublie jamais un nom. Habitué à l'intimité du confessionnal, l'homme d'Église déteste parler au téléphone où une tierce personne peut toujours tout entendre.

Gene a l'agréable surprise de découvrir un homme érudit, communicatif, prêt à collaborer dans la mesure de ses capacités. Il s'exprime avec un fort accent de la France et il répond de bonne grâce aux questions du journaliste. Effectivement d'origine française, il a émigré au Canada une fois ses études de théologie terminées. Depuis 1913, il vit à Kahnawake.

– Je suis étonné, mon père, qu'à Montréal on nomme la réserve « Caughnawaga », alors qu'ici vous prononcez « Kahnawake ». Pourquoi utiliser deux prononciations et deux orthographes différentes pour désigner un même lieu ?

– Caughnawaga est d'origine hollandaise et, comme les Hollandais commerçaient beaucoup avec les nations iroquoises, ce sont eux qui ont popularisé cette appellation. Les Iroquois d'ici, appelés Agniers par les Français et Mohawks par les Anglais, ont toujours nommé leur village Kahnawake, qui signifie « sur les rapides ».

Prévoyant la réaction de Gene, le curé ajoute :

– C'est curieux, mais les cartographes ont adopté la façon hollandaise d'écrire le nom de la réserve.

– En effet ! Mon père, existe-t-il une langue iroquoise écrite ?

– Avant l'arrivée des Blancs, il n'y en avait pas. Les membres de notre communauté ont fait un travail gigantesque pour cerner les phonèmes propres à la langue de ces indigènes afin de reconstituer de toutes pièces une langue écrite. Dans la chambre forte de notre presbytère, nous gardons précieusement un dictionnaire iroquois-français où a été répertorié l'ensemble du vocabulaire connu des Iroquois... Mais je suppose que ce n'est pas pour recevoir un cours d'histoire ou de linguistique que vous avez fait tout ce chemin, n'est-ce pas ?

– Même si je vous répondais par l'affirmative, vous ne me croiriez pas. Je dois cependant vous avouer que ces sujets m'intéressent au plus haut point, mon père. Toutefois, j'aimerais vous parler de Frédéric Beauvais. Le connaissez-vous ?

– Je connais bien Fred, le fils de Louis Kenweneteson Beauvais, un citoyen né et élevé à Kahnawake qui a toutefois vécu, ces dernières années, soit aux États-Unis, soit dans la région de La Tuque. Il m'apparaît difficile de croire que Fred se soit rendu coupable de ce dont on l'accuse. Toute cette histoire représente un véritable fardeau pour toute sa famille.

Afin de vérifier les dires d'Arthur Dufresne, Gene prie le religieux de lui donner plus de détails sur les origines de Fred.

– Contrairement aux rumeurs qui circulent présentement, je peux vous affirmer que les Beauvais sont réellement des Agniers.

– Pourtant, mon père, le nom de Beauvais a une consonance beaucoup plus française qu'indienne.

– Vous avez parfaitement raison. Quelque part dans les années 1700, les autorités religieuses de la Nouvelle-France ont obligé les Indiens à employer un nom dit «civilisé». Vous devez vous rappeler qu'anciennement les Indiens s'identifiaient à partir de substantifs et de qualificatifs les représentant. Traduire ces noms en français représentait un véritable casse-tête et nous n'avons retenu que les plus faciles; par exemple, Couteau acéré épouse Fleur de printemps et ils mettent au monde Taureau dressé et Plume ondulée. Nos dirigeants ne pouvaient tolérer de recenser des gens aux noms aussi fantaisistes, sans compter qu'ils étaient incapables de les orthographier. Ils ont donc obligé les Indiens à utiliser un patronyme. Tilly de Beauvais, un officier de l'armée française, aurait un jour aidé les habitants de la réserve de Caughnawaga à cultiver leurs terres. En signe de reconnaissance, trois Iroquois, n'ayant aucun lien de parenté entre eux, ont choisi de porter le nom du populaire officier. Voilà ce qui pourrait expliquer les trois lignées de Beauvais vivant sur la réserve. D'ailleurs, à mon arrivée ici, je fus réellement surpris de constater que seulement huit noms de famille servaient à nommer la plupart de mes paroissiens, soit les Beauvais, les Diabo, les Montour, les Deer, les Delisle, les Jacobs, les Mayo et les Canadian. J'ai entrepris des recherches à même nos vieux registres. Les Beauvais sont parmi mes seuls paroissiens à accompagner leur nom de «Blanc» de leur nom indien.

Heureux de partager sa passion avec un auditeur manifestant autant d'intérêt, le père Gras entraîne Gene à travers une pièce au sol recouvert de granit poli. Il compose une combinaison et tire une porte de métal qui protège l'entrée d'une chambre forte, toute en brique, d'environ un mètre et demi sur deux mètres.

Recouverts d'une reliure de cuir, des registres, minutieusement classés sur une étagère de bois, contiennent l'histoire des naissances, des mariages et des décès de la communauté agnier depuis 1720. Le père Gras présente au journaliste un lexique en deux tomes, dans lesquels, d'une main d'artiste, il a lui-même tracé à l'encre noire les noms propres des Agniers de Kahnawake et leur signification française, le tout soigneusement classé par ordre alphabétique. Le père Gras ne trouve pas exactement les caractères composant le nom indien de Fred : Kaientanoron.

– Il faut se méfier et ne pas succomber à la tentation d'extrapoler si l'on veut conserver un souci d'authenticité. Si une seule lettre diffère, la signification du nom peut changer complètement…

Puis, montrant avec le doigt le nom du père de Fred, il ajoute :

– Voyez, ici, Kenweneteson qui se traduit par : « Voici ces jours-ci ».

Puis, Gene écoute cet homme lui raconter la légende laissant supposer que Frédéric Kaientanoron Beauvais aurait du sang bleu dans les veines :

– Un vieil Indien m'a raconté qu'en 1667 une bande d'Iroquois de Kahnawake aurait fait un raid à Montréal et kidnappé un enfant blanc. Adopté par la tribu, il grandit selon la tradition des Agniers, se maria avec une fille de notre village et vécut toute sa vie parmi sa famille adoptive. L'un des kidnappeurs se serait confessé juste avant de mourir et, d'après ce vieil Indien, l'un de mes prédécesseurs aurait recueilli cette confession : le bébé aurait été le fils du comte et de la comtesse de Beauvais, venus de France avec l'intention de s'établir au Canada. Je n'ai pu vérifier la véracité de cette histoire même si j'ai consulté tous les certificats des naissances et les registres des baptêmes et des décès de l'époque. Malgré mon scepticisme, le vieil Indien est convaincu que la famille de Fred descend en droite ligne de ce comte de Beauvais. En dépit de l'absence de preuve formelle, il n'est pas impossible que ces renseignements soient véridiques.

– Fred Beauvais connaît-il tous ces détails ?

– Fred s'est vivement intéressé à cette légende et, au cours des six derniers mois, il est venu consulter les registres paroissiaux à plusieurs reprises.

Tout comme le père Gras, Gene demeure sceptique face à cette histoire de noble ascendance. Fred désire-t-il mettre en évidence ce lignage de noblesse pour se distinguer ou tout simplement pour se hisser au rang des Stillman ? Effectivement, la noblesse et la richesse ont toujours fait bon ménage.

N'y tenant plus, Gene demande où il peut joindre Frédéric Beauvais.

– Fred travaille et demeure à Montréal. Je n'ai pas son adresse, mais son frère Arthur pourrait sûrement vous renseigner.

Sur le seuil du presbytère, le père Gras indique au journaliste le plus court chemin pour atteindre la maison de Louis Beauvais, père d'Arthur et de Fred. Gene le remercie sincèrement et lui glisse quelques billets dans la main, «pour aider les pauvres de votre paroisse».

* * *

Les Beauvais logent dans une imposante maison de deux étages, recouverte de bardeaux de cèdre. Un large balcon agrémente la façade et de nombreuses fenêtres réfléchissent les pâles rayons de soleil.

Doté d'un physique avantageux, Arthur Beauvais se prête de bonne grâce aux questions du journaliste. Avec une spontanéité surprenante, l'aîné des Beauvais confie à Gene Fowler que son frère est profondément affecté par toute cette histoire à scandale. Quant à lui, il est convaincu de l'innocence de Fred, tout comme de celle d'Anne Stillman. De lui-même, il donne au journaliste les adresses de l'appartement et du lieu de travail de son frère.

Arthur lui parle également de son rôle dans l'affaire Stillman. Voilà un mois à peine, Anne Stillman a réclamé sa présence à New York. Elle est venue à sa rencontre à la gare Grand Central, où elle lui a demandé s'il pouvait l'aider à retrouver Isabel Armstrong.

Surpris, Gene demande :

– Qui est cette dame et pourquoi vous demander à vous de la retrouver?

– J'ai moi aussi travaillé à la propriété des Stillman à Grande-Anse, il y a quatre ans. À cette époque, Isabel Armstrong jouait le rôle de gouvernante. D'après ce que m'a dit Mme Stillman, son témoignage serait d'une importance capitale pour réfuter les accusations portées contre elle par son mari. Aucun des détectives n'a pu la retracer, voilà pourquoi Madame m'a demandé de l'aider.

– Ne m'en veuillez pas d'insister, mais pourquoi vous ?

– Ce n'est pas pour me vanter, mais je suis un habile chasseur et, pour débusquer une proie, je suis sans égal. Je n'avais aucune idée où Isabel Armstrong pouvait se trouver, mais disons qu'à New York j'ai de précieux contacts. En moins d'une semaine, je l'ai localisée dans la banlieue de Pasadena, en Californie... Elle travaillait dans une famille là-bas, comme infirmière.

Arthur Beauvais connaît peu le passé d'Isabel Armstrong si ce n'est qu'elle est née en Irlande et qu'elle a émigré aux États-Unis où elle fit des études pour devenir infirmière. Dès qu'elle eut obtenu son diplôme, elle fut embauchée par la famille Stillman, d'abord à Pleasantville, puis à Grande-Anse. Depuis quelques jours, Isabel Armstrong habite l'hôtel *McAlpin* à New York.

Voilà une information qu'il faudra refiler sans tarder à Michael Bradford. Ayant obtenu plus de renseignements qu'il en espérait, Gene Fowler revient promptement à Montréal.

* * *

Comme Arthur Beauvais le lui avait indiqué, Gene n'a aucun mal à trouver la rue Saint-Jacques, le Wall Street de Montréal. Au numéro 99, une réceptionniste l'informe que M. *de* Beauvais, en insistant sur la particule de noblesse, sera de retour dans quelques minutes. Elle invite Gene à s'asseoir.

Six employés occupent les deux pièces louées par la filiale de la Continental Casualty Insurance Company, dont le siège social est à Chicago. Dans un coin de la pièce avant, une jeune femme blonde s'applique à transcrire des notes sténographiques. Son bureau est appuyé contre celui de Frédéric de Beauvais, dont le nom, gravé en lettres dorées sur une plaque noire, désigne sans l'ombre d'un doute le bureau du patron.

« Comment un homme qui a passé la plus grande partie de sa vie en forêt peut-il accéder à de telles fonctions dans le monde des assurances ? » se demande Gene, perplexe.

À son arrivée, Frédéric Beauvais adresse un bref salut à son personnel. Ses cheveux droits, couleur de jais, ses pommettes saillantes et son teint basané trahissent son appartenance à la race amérindienne. Il se débarrasse de son imperméable bien ajusté et d'un chapeau melon assorti. Un complet de serge bleue, coupé à la mode de Broadway, met en évidence sa carrure athlétique. Des guêtres recouvrent ses souliers de cuir et complètent sa tenue fort élégante.

D'un signe de tête à peine perceptible, la réceptionniste lui signifie la présence de Gene. Beauvais se retourne et fixe intensément le journaliste.

– Que puis-je pour vous ?

Fred jette un coup d'œil dédaigneux à la carte de presse que Gene lui présente. Un étrange éclat traverse les yeux brun foncé de l'Amérindien.

– Vous êtes journaliste ? Sachez, monsieur, que depuis plusieurs mois je suis traqué par des détectives, poursuivi par vos semblables et assailli par des photographes sans scrupules faisant fi de ma vie privée. Pouvez-vous comprendre que mon existence est devenue un véritable enfer ? Pouvez-vous comprendre cela ?

Gene tente d'apaiser l'agressivité de Beauvais en lui manifestant compréhension et sympathie. L'Indien se détend un peu et lui offre un siège. La sténographe n'a pas levé la tête, mais Gene sait fort bien qu'à l'instar des autres employés elle n'a pas perdu un mot de leur conversation. Frédéric Beauvais s'adresse à Gene avec un air hautain, voire fanfaron :

– Quel journal représentez-vous ?

– Le *New York American*, le journal du peuple américain, répond Gene, se demandant bien comment l'amadouer.

Avec une colère mal contenue, Beauvais reprend :

– Tout ce que vos confrères ont publié jusqu'à maintenant relève du sensationnalisme. Ils ont maquillé mes propos, distordu les faits, imaginé des répliques à des questions auxquelles j'ai refusé de répondre. J'ai été scandalisé ce matin en lisant les journaux américains. J'ai été horrifié par ce que l'on m'a fait dire. Honnêtement, j'ai perdu toute confiance en vos semblables.

Croyant mettre un baume sur les frustrations de Beauvais, Gene lui dit :

– Pour leur part, vos amis de la vallée du Saint-Maurice...

– Ceux-là, je vais m'en souvenir longtemps. Leur silence, voilà ce que j'aurais apprécié, leur silence ! Plus vous parlez, plus l'ennemi a de prise sur vous. S'ils sont vraiment mes amis, qu'ils se taisent et qu'ils ne se mêlent plus de mes affaires !

– Vous devez éprouver beaucoup de ressentiment envers la famille Stillman, laisse tomber Gene.

– Je ne réponds pas à ce genre de question.

– C'est évident qu'à cause d'eux vous avez vécu dernièrement des moments très difficiles.

– Ne vous méprenez pas. J'éprouve une certaine admiration pour les Stillman. Il est vrai que j'ai été leur guide et le gardien de leur domaine. Au demeurant, je n'ai aucun intérêt ou lien avec qui que ce soit dans cette famille. Toutes les insinuations relevées jusqu'ici ne sont que conjectures et pure folie.

– Monsieur de Beauvais, le fait que vous soyez nommé comme co-intimé dans l'affaire Stillman relève-t-il de l'erreur, du complot ou d'une attaque personnelle ?

Avec un rire sarcastique, Frédéric Beauvais lui réplique :

– Vous ne m'aurez pas !

Gene sent bien qu'il ne pourra rien obtenir de plus, même en insistant. Devant lui se dresse un jeune homme fier, sensible et résolu à travailler, totalement à l'opposé de l'image que maître Sullivan, l'avocat de James Stillman, a tenté de véhiculer.

* * *

Le 969, Park Avenue est un immeuble plus luxueux encore que celui où se trouvait le premier appartement loué par le couple Leeds, dans la 86e Rue. Un portier pose fièrement sous l'un des réverbères muraux situés de chaque côté de l'entrée principale.

L'intendant Curran accueille Winkler dans le vestibule, puis l'invite dans un bureau meublé avec soin. Contrairement à Ivens, Curran est affable et d'une simplicité fort sympathique.

– À quel moment Mme Leeds a-t-elle loué son appartement?

– Cet édifice est une coopérative d'habitations parmi les plus luxueuses de la ville. Mme Leeds, conjointement avec neuf autres personnes, a fait l'acquisition de cet immeuble de quarante-six appartements l'an passé, dans la deuxième semaine de juillet.

«C'est également en juillet dernier, à bord de l'*Olympic*, qu'Anne Stillman et son fils Guy ont reçu leur assignation à comparaître, point de départ de ce procès», se dit John.

– Mme Leeds s'est présentée ici trois ou quatre fois tout au plus et toujours pour de très courtes périodes. Elle m'a demandé d'ouvrir aux décorateurs, à l'employé chargé de l'installation de la cuisinière au gaz, de même qu'aux employés responsables du transport des malles de vêtements et de chapeaux en provenance de la 86e Rue.

– Lors de ses visites, était-elle accompagnée de M. Leeds?

– Je n'ai jamais rencontré son mari.

– Pouvez-vous me décrire cette femme?

– C'est une très belle femme, calme, distinguée, toujours bien mise, avec une chevelure cuivrée remarquable.

– Quand a-t-elle emménagé ici?

– Aussi curieux que cela puisse paraître, elle n'a jamais réellement habité l'appartement qu'elle avait réservé au neuvième étage. Les décorateurs ont terminé leur travail très tard à l'automne et Mme Leeds m'a avisé par téléphone qu'elle séjournerait en Floride tout l'hiver. De fait, je ne l'ai pas revue depuis octobre. Par contre, en janvier, des détectives privés m'ont demandé de l'identifier à partir de photos, mais je n'ai rien dit de plus que ce que je viens de vous dire. Au moment où je commençais à me lasser de leurs questions, ils ont cessé leurs visites.

Tout comme Winkler, des enquêteurs ont donc suivi les traces de Florence Leeds. De plus en plus convaincu qu'il devrait se rendre en Floride pour tenter de la rencontrer, le journaliste rêve d'écrire un autre article percutant sur le sujet et, du même coup, peut-être pourrait-il étonner favorablement Anne Stillman... Aura-t-il du mal à convaincre son supérieur de financer cette équipée ? Afin de mieux contrer les objections possibles du chef des nouvelles, il attendra d'être en sa présence pour lui exposer son projet.

* * *

Grâce aux renseignements transmis à Michael Bradford par Gene Fowler, Winkler peut aisément trouver Isabel Armstrong au *McAlpin*. Elle accueille John au rez-de-chaussée de l'hôtel, devant un minuscule comptoir tenant lieu de réception, et le conduit dans un petit salon modeste, mais confortable. Infirmière au service de la famille Stillman de mars à septembre 1918, Isabel Armstrong avait comme tâche de veiller au bien-être des enfants en plus de surveiller leurs activités, principalement celles d'Alexander. Aucunement réticente à parler de son expérience chez les Stillman, l'infirmière expose au journaliste certains détails de son séjour à Grande-Anse.

– Cet été-là, M. Bud et sa sœur ont aussi séjourné à Grande-Anse. Cependant, ils se sont faits rares au domaine, car les deux jeunes préféraient de beaucoup le camp de bois rond du lac Dawson aux maisons confortables le long du Saint-Maurice. Friands d'aventures, ils partaient pour de longues excursions en forêt en compagnie de guides dont le mandat était très clair : surveiller, mais ne rien faire à leur place.

– Où donc est situé ce lac Dawson ?

– Il est juché dans la montagne, à mi-chemin entre le village de Grande-Anse et la propriété des Stillman. En compagnie du jeune Bud, Fred y avait construit un camp l'année précédente.

L'infirmière ajoute :

– Fred avait le pouvoir d'engager et de congédier les employés du domaine, autant les servantes et les serviteurs que les guides.

Winkler est surpris d'apprendre que Fred Beauvais, le guide indien, codéfendeur dans le célèbre procès, avait autorité absolue sur les autres employés de Grande-Anse.

– Vous semblait-il jouir de privilèges particuliers ?

– Personne ne pouvait fumer dans la grande maison, sauf lui.

– Avez-vous régulièrement côtoyé Mme Stillman cet été-là ?

– Madame n'a fait que de courts séjours à Grande-Anse. Elle était enceinte et devait souvent se reposer. Pour la plupart d'entre nous, le repos consiste à arrêter ou à diminuer nos activités. Pour Mme Stillman, par contre, il s'agissait tout simplement de changer d'occupation.

– À quoi s'intéressait-elle ?

– Elle était presque toujours dehors quand il faisait beau temps, même si les mouches noires voulaient nous dévorer vivants. Les travaux de la ferme la captivaient beaucoup. Elle comparait les temps de croissance des différents semis et voyait à ce que toutes les activités agricoles et autres se déroulent de façon appropriée.

– Peut-on qualifier Mme Stillman de « snob » ?

– Oh, mais pas du tout ! Je la revois conduire une charrette et, malgré son état, aider les employés à ramasser le foin. Quelques instants plus tard, elle désherbait le jardin potager, car elle avait horreur des mauvaises herbes. Elle aimait aussi converser avec les gens de l'endroit ; Mme Stillman jugeait important de bien comprendre leurs us et coutumes.

En plus de la grange, de l'étable et des nombreuses dépendances, le domaine de Grande-Anse comprenait deux maisons construites face à la rivière Saint-Maurice. L'une d'elles, occupée temporairement par Anne Stillman, était nommée la « maison blanche ». Non loin de cette maison, sa fille aînée dormait dans une tente joliment aménagée. Sur un promontoire, juste en face de l'île aux Noix, un énorme chantier était en cours. On se plaisait à appeler la nouvelle construction « le Château », en la comparant avec les maisons des villageois.

– Avez-vous déjà remarqué des signes d'intimité entre Mme Stillman et Fred Beauvais ?

– Jamais, au grand jamais !

– Et Fred Beauvais, où demeurait-il ?

– Il partageait l'autre maison, la « maison de pierres », avec des employés et plusieurs membres de sa famille.

Winkler est surpris d'apprendre que le père et la mère de Fred, de même que la plupart de ses frères et sœurs, travaillaient et habitaient chez les Stillman. L'infirmière dit avoir beaucoup apprécié la courtoisie et la gentillesse de tous les membres de la famille Beauvais.

– Somme toute, vous me décrivez là des gens d'agréable compagnie.

– Monsieur Winkler, l'été 1918 fut pour moi l'un des plus beaux étés qu'il m'ait été donné de vivre jusqu'à ce jour. Grande-Anse est un endroit paisible, calme, et les gens avec qui j'ai partagé ces moments ont tous été extraordinaires.

* * *

Le wagon-restaurant du train New York–Lakewood est bondé comme à l'accoutumée en cette fin d'après-midi. Anna sirote son thé tout en imaginant sa première rencontre avec Anne Stillman. Consciente de la magie qu'elle peut créer en un rien de temps pour mettre les gens en confiance, la journaliste ne demande qu'une chose : qu'on lui donne la chance de se retrouver seule en sa présence. Elle désire tellement faire de cette entrevue un succès, malgré le statut exceptionnel de la femme qu'elle doit rencontrer, malgré la situation dramatique dans laquelle elle se trouve.

Un taxi l'amène au *Laurel-in-the-Pines*. La partie centrale de l'hôtel est prolongée à l'avant par une rotonde. Les visiteurs empruntent un escalier dont la dernière partie, recouverte d'une marquise, s'élargit à un point tel qu'Anna s'y sent minuscule. Des arbres poussent à l'intérieur de l'aile gauche et brandissent leurs branches haut dans le ciel, à travers le toit. Décidément, le *Laurel-in-the-Pines* impressionne et surprend.

Le chauffeur la précède afin de porter jusqu'à la réception le lourd sac de lettres. Puis, Anna prie le chasseur d'aller remettre une note à Mme Stillman pour l'informer de son arrivée. Quelques minutes à peine se sont écoulées que déjà on lui remet un billet signé par Anne Urquhart Stillman : «J'accepte de vous rencontrer ce soir à vingt heures, devant la réception.»

Anna profite de l'attente pour s'imprégner de l'atmosphère des lieux. Jamais de sa vie elle n'a mis les pieds dans un endroit aussi impressionnant, aussi beau, aussi harmonieux. Partout où l'œil se pose, la nature est présente. Les jacinthes en fleurs embaument l'air de la véranda et ajoutent à la douceur de cette journée printanière.

Contiguë au hall d'entrée, une immense palmeraie transporte Anna dans une contrée exotique. Chaque îlot est composé de quatre chaises de rotin adossées à un palmier, de sorte que pas une ne se trouve directement à côté de l'autre. Ici le visiteur est invité à la contemplation plus qu'à la conversation. D'immenses puits de lumière entourés d'ampoules incandescentes fournissent, la nuit comme le jour, une lumière jaune, réconfortante.

D'un angle de la palmeraie, Anna voit enfin venir Anne Urquhart Potter Stillman. Sa démarche résolue laisse deviner une femme volontaire, dont la force de caractère a certainement été mise à rude épreuve ces jours-ci. Vêtue d'une robe d'organdi imprimée de roses, la femme du banquier a piqué un œillet rouge à son corsage. Une ceinture foncée met en valeur la finesse de sa taille et un grand chapeau de paille noire complète cette tenue raffinée. Personne ne lève les yeux au passage de celle que tout New York se meurt d'envie de rencontrer.

Anna est frappée par la minceur d'Anne Stillman, qui s'approche d'elle en lui tendant la main et en disant :

– J'ai bien peur de vous paraître discourtoise, mais je ne peux rien vous dire sur le procès en cours. J'ai pieds et poings liés : mes avocats m'interdisent de parler publiquement de mon cas. Je suis venue vous rencontrer, c'est tout ce qu'il m'est possible de faire pour vous, mais je tenais à le faire.

Anna regarde intensément son interlocutrice qui, d'une voix douce, enchaîne :

– Quand viendra le temps où je pourrai parler en toute liberté, je n'oublierai pas le long chemin que vous avez fait inutilement aujourd'hui pour me rencontrer. Je suis vraiment peinée de vous décevoir.

Retirant la fleur de son corsage, elle l'offre à Anna, qui est touchée par cette délicatesse.

– Acceptez au moins ceci, lui dit Anne Stillman, et veuillez croire à quel point je suis désolée de ne pouvoir mieux vous renseigner. Présentement, on pourrait facilement m'étiqueter «pièce à conviction numéro un». Je me sens comme une bête traquée par tous ces journalistes à l'affût de mes moindres faits et gestes. Jusqu'à ce jour, votre journal a toujours respecté la vérité sans la déformer; voilà pourquoi j'ai spontanément accepté votre invitation.

Anne Stillman regarde derrière elle. En suivant son regard, Anna peut voir, en retrait, un homme doté d'une étonnante chevelure gris fer et qui semble monter la garde.

– Heureusement que l'on veille à ce que je ne sois pas directement importunée…

– Madame, accepteriez-vous de répondre à des questions n'ayant rien à voir avec la cause du divorce?

Quand cette femme sourit, tout son visage s'illumine. Elle hausse les épaules et répond :

– Essayons toujours.

– Pourquoi demeurez-vous ici? Est-ce pour échapper aux regards indiscrets?

– En partie oui, mais malgré une surveillance étroite je dois me battre pour préserver mon intimité et celle de mes enfants. Les événements épuisants des dernières semaines me forcent à me reposer. Je dois faire le plein d'énergie, car les jours les plus difficiles sont encore à venir. L'air vivifiant de Lakewood et les nombreux sports de plein air qu'on peut y pratiquer me conviennent très bien.

– Combien de temps séjournerez-vous à Lakewood?

– Au moment où l'on se parle, je vous répondrais : indéfiniment. Je trouve ici une certaine quiétude, le respect de ma vie privée, du moins de la part des résidants de l'hôtel.

– Qu'avez-vous fait cet après-midi ?

– J'ai joué une partie de golf, sport que j'affectionne depuis longtemps déjà. Le terrain de Lakewood, particulièrement accidenté, rend le jeu laborieux, donc plus intéressant. J'aime bouger, relever des défis… et gagner, ajoute-t-elle, espiègle.

Anna prend bonne note de cette dernière remarque. Les difficultés ne rebutent pas cette femme ? Elle est étrangement servie en ce moment ! Et elle aime gagner ?

– Qu'en est-il de votre fils Alexander ?

– Alexander s'intéresse beaucoup à la navigation et il adore faire flotter ses petits bateaux à voile sur le lac Carasaljo, juste en face d'ici. Cependant, depuis deux heures cet après-midi, il tente de développer certaines habiletés en patins à roulettes en compagnie d'une charmante jeune fille de sept ans, prénommée Jeannette. Il finira probablement sa journée avec plusieurs ecchymoses, mais il aura fait des progrès appréciables. Il y a un prix à payer pour tout, n'est-ce pas ? Il est important que les enfants apprennent jeunes cette réalité de la vie.

– Est-ce que Guy s'adapte bien à son nouvel environnement ?

– Il court à droite et à gauche, rieur et insouciant, comme tous les enfants de son âge.

– Devez-vous restreindre les activités de vos enfants pour leur éviter d'entrer en contact avec les journalistes présents à proximité de l'hôtel ?

– Grand Dieu non ! Il est tellement important pour un enfant d'avoir de l'espace pour se développer harmonieusement. Je préfère restreindre les activités des journalistes, dit-elle en riant de bon cœur.

La gaieté sied bien à cette femme, remarque Anna. De fines ridules au coin des yeux et des lèvres apparaissent lorsque le sourire s'éteint, ce qui ne l'empêche pas d'afficher un air de jeunesse surprenant. Une énergie peu commune se dégage de sa personne. Anne Stillman est dotée sans l'ombre d'un doute d'une forte et chaleureuse personnalité. Attachante, pense Anna.

– Prenez-vous vos repas dans vos appartements ?

– Mais non ! Je me joins aux autres invités. Tantôt Alexander m'accompagne, tantôt il prend ses repas avec son petit frère à la salle à manger réservée aux enfants. Cela dépend s'il a le goût de bouger ou non, ou encore s'il désire quelques instants de paix, car, vous savez, le petit ne le lâche pas d'une semelle. Guy tente par tous les moyens de faire les mêmes activités, de s'intéresser aux mêmes jeux qu'Alexander. Plus de sept ans séparent ces deux enfants, alors je comprends que, parfois, l'aîné veuille prendre ses distances et y aller à son rythme.

Le moment est venu pour Anna de remettre à Anne Stillman l'impressionnant sac de toile contenant quelques centaines de lettres de sympathie qui lui ont été adressées, par l'entremise du *New York American.*

– Madame Stillman, je vous ai apporté ces lettres en espérant qu'elles vous procureront un peu de réconfort.

– Vraiment, je suis touchée et je puis vous garantir que je les lirai toutes, jusqu'à la dernière ligne. J'apprécie au plus haut point ce que vous faites pour moi.

En dépit de la gentillesse d'Anne Stillman, Anna hésite à lui demander que soit publiée la photo de Guy. Lorsqu'elle se décide enfin à lui en parler, la dame lui répond spontanément :

– Je ne crois pas qu'il me sera possible d'accepter votre proposition. Cependant, laissez-moi un peu de temps pour y réfléchir et communiquez avec moi après-demain.

D'un regard pénétrant, elle observe la journaliste et enchaîne :

– Mademoiselle Dunlap, votre prénom est semblable au mien, j'espère qu'à vous cela portera chance. Au revoir.

D'un bref signe de la main, et avec le sourire des gens à qui on ne refuse pas, Anne Stillman prie le concierge de lui faire porter le sac de toile contenant nombre de témoignages dans lesquels elle pourra puiser courage et persévérance dans les jours à venir.

Un petit enfant blond, habillé d'un costume de peluche dont la forme rappelle celle d'un teddy-bear, vient à la rencontre de sa mère, sa petite main dans celle de sa nurse. Ses pas résonnent dans les couloirs du *Laurel-in-the-Pines*. Insouciant, il est loin de se douter que son sort repose entre les mains d'une armada d'hommes de loi.

8

Le jeudi 17 mars 1921

L'article d'Anna s'étale en première page. Intitulé «Madame Stillman silencieuse sur son cas, alors que Bébé Guy s'ébat joyeusement à Lakewood», il jouxte un article où Winkler révèle encore plus de détails sur le couple Leeds. Anna presse sa récompense sur son cœur, la preuve qu'un rêve peut devenir réalité. «Il y a un prix à payer pour tout!» a dit Anne Stillman. Le sien se résume en deux mots : travail et ténacité.

Au *New York American*, John l'accueille, enthousiaste.

– Merci pour le coup d'envoi, John! Tu avais bien raison de me faire confiance, n'est-ce pas? Bonne fête à toi, moitié d'Irlandais! ajoute-t-elle en lui serrant la main.

Winkler l'invite à le suivre au bureau de Michael Bradford.

– Dis-moi, Anna, quelle a été ta première impression lorsque tu t'es trouvée en présence d'Anne Stillman?

– Je m'attendais à trouver une personne au bord du désespoir, à tout le moins aigrie par les événements traumatisants qu'elle a vécus ces derniers mois. Au contraire, je me suis retrouvée face à une dame charmante, accueillante, et même capable de lancer des traits d'humour.

– Aurait-elle hérité du talent de comédienne de sa mère et s'en servirait-elle pour masquer son désarroi?

– C'est possible, John, mais j'en doute. Un autre élément m'a beaucoup surprise : pendant notre conversation informelle, j'ai clairement perçu qu'elle désirait transmettre à sa progéniture de solides valeurs. Contrairement à beaucoup d'enfants de riches, choyés, coupés des réalités de la vie, les enfants Stillman ont la chance d'expérimenter des jeux, de vivre des situations où ils peuvent relever des défis, malgré les risques.

– Eh bien, Anna ! On dirait qu'elle t'a conquise, ma foi !

– Je ne peux te cacher qu'elle m'a charmée et déconcertée tout à la fois. Et toi, qu'en penses-tu ?

– Je la trouve déterminée et de compagnie fort agréable. Qu'elle semble parfaitement maîtriser la situation m'a aussi un peu étonné.

John s'abstient toutefois de mentionner qu'il a été profondément ébranlé par sa rencontre avec Anne Stillman. En sa présence, le rythme du dialogue l'a empêché de définir clairement l'émotion qui l'envahissait subrepticement. Sa façon de bouger, de le regarder pendant leurs rares moments de silence, s'impose à lui, souvent. Il ne ressent pas le besoin de combattre cette émotion, il constate, voilà tout. Il aimerait la revoir.

Les deux journalistes se retrouvent côte à côte devant la porte grande ouverte du bureau de Michael Bradford. Celui-ci, lunettes à monture d'écaille sur le front, les salue en jubilant.

– Je suis fier de vous, les gars... euh, et de vous aussi, Anna ! Vous avez accompli un boulot admirable. Anna, pour une première, c'est toute une première ! Vous ne douterez plus de mon équité, n'est-ce pas ?

– Je sais fort bien que beaucoup étaient contre vous lorsque vous m'avez acceptée dans votre équipe. Aujourd'hui, ils ont la preuve que vous avez fait un bon choix ! J'espère, monsieur Bradford, que mon travail plaira tout autant à nos lecteurs !

Michael Bradford lui fait un clin d'œil qui vaut bien des discours. Puis, il ajoute, visiblement satisfait :

– Nous avons retrouvé la tête du peloton dans cette histoire. En attendant que les audiences publiques reprennent, je veux que le *New York American* demeure la référence dans ce dossier. Avez-vous des suggestions ? demande-t-il, soucieux de considérer l'avis de ses collaborateurs.

Anna intervient avec fougue :

– Lors de ma visite à Lakewood hier, j'ai suggéré à Mme Stillman que Guy soit pris en photo et elle doit me faire part de sa décision dès demain. À supposer qu'elle accepte, il me faut un as ! Si on réussit à fixer sur la pellicule ce que mes yeux ont vu, je vous garantis que cet enfant saura faire craquer le lecteur le plus insensible !

Pour John, qui songe déjà à son prochain scoop, voilà le moment idéal pour présenter son projet de voyage.

– À très brève échéance, Michael, il faudra suivre la trace de Florence Leeds en Floride. Je suis prêt à me sacrifier, s'il le faut, pour permettre au *New York American* d'obtenir une autre primeur.

S'efforçant de garder son sérieux, Bradford lui signifie à quel point il est remué devant une telle grandeur d'âme... Toutefois, Winkler devra encore patienter quelques heures avant qu'une décision ne soit prise à ce sujet.

Au *New York American*, le courrier à l'intention d'Anne Stillman continue d'affluer. Son concurrent, le *Daily News*, contre-attaque. Depuis deux jours, il consacre sa chronique éditoriale «Problème» à la question Stillman. Les lecteurs sont invités à donner leur opinion contre un dollar pour chaque lettre publiée. Ce quotidien aussi reçoit des centaines de lettres, et la grande majorité d'entre elles sont favorables à la femme du banquier.

Le chef de la salle de rédaction propose aux deux journalistes une liste de personnes susceptibles de leur révéler des faits inédits. Elle a été établie par des membres de son équipe de soutien. Évidemment, les journalistes sont aussi alimentés par les personnes qu'ils interviewent et, très souvent, celles-ci leur dévoilent de nouvelles pistes à explorer. Pareils à des détectives, les journalistes accumulent, examinent et analysent les faits dans le but d'informer leurs lecteurs le plus fidèlement et le plus rapidement possible, sans jamais perdre de vue la possibilité de faire la manchette. Anna et John ne font pas exception !

* * *

Lorsqu'il demande à l'employé responsable des décors chez Dillingham Ziegfeld Production de lui faire voir les affiches des spectacles réalisés sur Broadway entre 1915 et 1918, John est agréablement surpris de constater à quel point il est coopératif. L'homme se souvient très bien de Florence Leeds, une jolie fille, dynamique, dotée d'une forte personnalité et d'un sale caractère. Après les représentations, plutôt que de finir la soirée avec ses compagnons et compagnes de travail, elle rencontrait un homme d'âge mûr qui, paraît-il, se montrait très généreux à son égard. D'ailleurs, ses quarante dollars par semaine ne pouvaient expliquer son impressionnante garde-robe : des robes signées par les plus grands couturiers, une imposante collection de chapeaux, sans compter les nombreuses fourrures qu'elle exhibait fièrement. Un jour, Florence aurait reçu de son ami un pourboire de deux cents dollars en actions et, grâce aux jeux de la Bourse, ce cadeau se serait rapidement métamorphosé en une rondelette somme de trente mille dollars. La jeune femme s'est retirée de la scène peu de temps après.

– Avait-elle des amis dans la troupe ? s'informe Winkler.

– Elle partageait une chambre avec May Hadden. On la voyait aussi en compagnie de Lois Curtis. Suivez-moi.

Les deux hommes pénètrent dans une pièce sans fenêtre, crûment éclairée par des ampoules nues. L'employé déplace quelques panneaux et repère celui, daté de novembre 1916, qui représente *The Century Girl* et où de nombreuses jeunes filles apparaissent dans des costumes illustrant des cartes à jouer. Il indique du doigt la dame de carreau.

– Voici Florence Lawlor dans son deuxième rôle pour la Dillingham Ziegfeld Production.

La jeune femme surprend Winkler : c'est une ravissante petite poupée au regard vif et aux jambes bien galbées. Physiquement, la dame de carreau se démarque de ses consœurs.

– En quoi consistait cette production ?

– Les membres de la troupe, déguisés en cartes de l'as au roi, exécutaient une chorégraphie assez simple sur une musique bien rythmée. À cause de sa voix haut perchée, Florence ne pouvait ni chanter ni réciter. Sa participation aux spectacles s'est donc limitée à la danse.

– Quand a-t-elle pris le nom de Leeds ?

– Elle a modifié son nom lorsqu'elle a changé de portefeuille, répond-il avec un sourire moqueur.

– Avez-vous déjà rencontré le compagnon de Florence ?

– Non. À quelques reprises, par contre, je l'ai aperçu de loin. Quand il ne pouvait venir la chercher en fin de soirée, il dépêchait son chauffeur avec qui je me suis entretenu plusieurs fois. Malheureusement, je ne me souviens pas du nom de ce bonhomme. Il maîtrisait très bien ses émotions, et manifestait une patience exemplaire à l'endroit de Florence, qui était souvent maussade, sans cesse agacée pour un rien.

Partie d'elle-même ou virée par son manager, Florence Leeds n'a pas fait long feu dans le monde du spectacle. Winkler ignore toujours s'il s'agit d'une intrigante, d'une ambitieuse, d'une coureuse de dot ou tout simplement d'une jeune femme amoureuse.

* * *

Herman Carlson, chauffeur à l'emploi des Leeds en 1919, confie à Winkler que le couple logeait à cette époque soit à l'hôtel *Langdom* au 719 de la 5e Avenue, soit à leur appartement de la 86e Rue. Un soir de printemps alors qu'il les attendait face au restaurant *Sherry*, Carlson eut pour la première fois des doutes au sujet de la double identité du compagnon de Florence.

– À la fin de la soirée, au moment où l'homme qui se faisait appeler Leeds s'apprêtait à monter dans son automobile, le maître de salle sortit à sa suite en toute hâte et lui dit : «Monsieur Stillman, vous êtes demandé au téléphone.» Sans perdre une seconde, Leeds s'est précipité à l'intérieur pendant que sa compagne s'impatientait, comme à l'accoutumée. À son retour, fait inusité, le patron prit la peine de m'expliquer que cet appel ne lui était pas destiné.

Quelques jours plus tard, Carlson conduisit Franklyn Leeds à la bijouterie Black, Starr et Frost.

– Le portier me dit tout bonnement : «M. Stillman est vraiment un chic type, n'est-ce pas ? Depuis combien de temps travailles-tu pour lui ?» Je lui répondis que mon patron se nommait Leeds et il m'a ri au nez en ajoutant : «N'essaie pas de me berner, je connais très bien M. Stillman, c'est un habitué ici.» Deux fois en deux semaines, je ne suis pas fou, je suis capable de tirer mes conclusions !

La tante de Florence Leeds et l'amie de cette dernière, May Hadden, ont bénéficié des services de Carlson à plusieurs reprises. De temps en temps, le chauffeur emmenait également le père de Florence se promener autour de Central Park et parfois même jusqu'à Battery Park. Plus d'une fois, le sexagénaire a exprimé de l'inquiétude au sujet de sa fille.

– Monsieur Carlson, le compagnon de Florence Leeds était souvent absent, n'est-ce pas ? Elle devait donc s'ennuyer énormément. Rencontrait-elle d'autres personnes, organisait-elle des soirées en son absence ?

– Non, mis à part May Hadden et la tante de Florence, personne ne venait la visiter. Presque chaque dimanche, May Hadden se joignait à Mme Leeds et, en début d'après-midi, j'allais cueillir avec elles deux jeunes gens au coin de la 59e Rue et de la 6e Avenue. Je les emmenais faire une balade, le plus souvent à Long Beach, et certains dimanches le quatuor était particulièrement joyeux.

Carlson lève les sourcils, serre les lèvres et sourit. Jour après jour, Winkler constate la justesse du vieil adage qui rappelle aux riches qu'ils sont à la merci de leurs domestiques.

Herman Carlson serait probablement encore à l'emploi de James Stillman s'il avait été son seul patron. Toutefois, Florence Leeds l'a rendu à bout de nerfs plus d'une fois par ses colères, ses réactions inattendues et ses caprices. Le vase a réellement débordé lors d'une randonnée à Long Beach. Carlson avait déposé Florence Leeds devant un élégant restaurant, puis avait garé l'automobile et emporté avec lui les couvertures de voyage, l'appareil photographique et les quelques articles trop à la vue des voleurs avant de se ruer pour prendre une bouchée. À son retour, la voiture s'était volatilisée. Quand il a appris que sa patronne avait elle-même ramené le véhicule à New York, furieuse de ne pas voir son chauffeur à son poste lorsqu'elle était sortie du restaurant, il a donné sa démission.

* * *

Pendant le trajet qui l'amène chez May Hadden, Winkler fait le point, amusé. Certains jours, comme aujourd'hui, tout s'enchaîne si facilement, les gens à rencontrer sont au rendez-vous et les renseignements désirés, offerts sur un plateau d'argent. Décidément, la Saint-Patrick lui porte chance.

May Hadden lui affirme qu'elle a connu toutes les déceptions et tous les rêves de Florence, dont le plus cher aurait été de devenir une grande actrice. La jeune femme a tenté sa chance au cinéma, sans succès. Puis, au début de 1916, elle fut embauchée comme chanteuse et danseuse au *Nanking Gardens*, un cabaret de Newark. Finalement, le manager l'a recommandée aux dirigeants de la Dillingham Ziegfeld Production.

Florence a rencontré son compagnon au cours d'un souper dansant au *Delmonico*. Winkler connaît bien l'endroit, probablement le restaurant le plus célèbre, le plus réputé de New York. Après neuf localisations différentes, il est maintenant situé au coin de la 5e Avenue et de la 44e Rue. Depuis sa fondation en 1820, il a vu défiler le gratin social, économique et politique du grand New York.

May Hadden, avec un air nostalgique, comme si elle regrettait cette époque, ressasse ses souvenirs pour évoquer l'événement.

– Je me souviens fort bien de cette soirée. Florence et moi accompagnions un membre de la troupe. Il avait été invité par un financier important qui lui avait recommandé d'amener au moins deux filles avec lui. Pour la première fois de notre vie, Flo et moi nous retrouvions dans le restaurant le plus chic de New York. Imaginez ! Nous avions tout juste vingt et un ans. Naïves, ingénues, des rêves plein la tête, nous avions le cœur prêt pour l'aventure. Notre but ultime était, bien entendu, de dénicher le prince charmant grâce auquel nous pourrions réussir dans la vie. Je me revois, ébahie par le luxe de l'endroit, impressionnée de me retrouver au cœur d'une activité habituellement réservée aux gens de la haute société, gênée en comparant ma toilette avec celles des autres dames. Nous ne nous quittions pas d'une semelle, essayant de puiser notre courage dans la présence de l'autre. Un orchestre d'une vingtaine de musiciens, particulièrement des violonistes et des flûtistes, interprétait des mélodies tellement romantiques.

– Où donc était James Stillman ? s'enquiert Winkler, pressé d'aborder le sujet.

– J'y arrive. Une demi-heure après notre arrivée, notre compagnon est venu à notre rencontre, accompagné de deux hommes d'âge moyen, bien mis, tous les deux atteints d'une calvitie assez prononcée. Je les avais repérés dès le début de la soirée, car ils regardaient souvent dans notre direction. En vrai gentleman, Jimmie Stillman a animé la conversation pendant un certain temps, mais il n'avait d'yeux que pour Flo. Il a plus tard avoué avoir rencontré, ce soir-là, un petit bout de femme au regard violet unique, dont le sourire envoûtant l'a désarmé. La semaine suivante, il a offert à Flo un bijou d'une valeur de dix mille dollars, vous vous rendez compte ?

May Hadden confirme que James Stillman s'est présenté à elles sous son vrai nom. Quand Winkler lui demande de nommer son partenaire, elle refuse catégoriquement, prétextant qu'elle ne l'a pas revu par la suite, car elle ne pouvait tolérer l'abus d'alcool. James Stillman, quant à lui, buvait modérément et l'alcool n'altérait en rien son comportement.

– Est-ce que Florence Leeds consommait de l'alcool ?

– Très peu. Monsieur Winkler, depuis lundi, les journaux sont injustes envers Flo ; on veut la dénigrer, c'est clair. Je dois vous préciser que mon amie est tout le contraire d'une chasseresse de vieux richards. Naturellement raffinée, Flo sait comment séduire son entourage. C'est une fille exquise, et bien plus encore. On la condamne sans savoir…

– Sans savoir quoi ?

– Jimmie Stillman a su trouver auprès de Flo réconfort et sérénité. Conquis et admiré, il a oublié pendant un certain temps le poids de sa puissance. Quant à Flo, elle a été charmée par sa gentillesse, sa générosité et la dévotion qu'il lui manifestait. Je sais ! De telles situations, de tels sentiments sont inacceptables dans notre société, mais moi, je comprends parfaitement mon amie et je ne peux la blâmer. Elle n'a pas « volé » un père et un mari, comme beaucoup de journalistes se sont plu à l'écrire. Jimmie Stillman batifolait bien avant sa rencontre avec Flo.

Ainsi, Florence Leeds n'aurait pas été la première à faire trébucher le banquier ? Winkler apprécie grandement cette entrevue. Enfin il peut découvrir cette femme par le truchement d'une amie. Jusqu'à maintenant, il n'avait interviewé que des employés qui l'ont décriée à l'unanimité.

* * *

Tout comme May Hadden, Lois Curtis jouait dans la revue *The Century Girl* avec Florence en 1916. Elle participe maintenant au spectacle de Fred Stone intitulé *Tip Top*. Winkler la retrouve au Globe Theater quelques minutes avant midi.

– Si vous aviez connu Flo, vous non plus ne pourriez l'oublier. Je n'avais jamais rencontré une personne dotée d'un tel caractère, d'une éducation aussi déficiente, d'une langue aussi acérée. Si vous étiez dans ses bonnes grâces, tout était parfait, sinon, elle pouvait vous humilier sans pitié. Elle terrifiait les filles de la troupe, mais pas le metteur en scène. Il l'a d'ailleurs virée un jour où elle avait été particulièrement désagréable avec trois d'entre nous. De plus, à cause de son jeu pourri, elle a failli gâcher le spectacle plus d'une fois.

Winkler assiste littéralement au massacre de la maîtresse du banquier. D'après Lois Curtis, Florence détestait son amant plus que n'importe qui au monde, parce qu'il lui défendait de voir ses amis de Broadway. Butée, elle en rencontrait tout de même quelques-uns en cachette au *Virginia Tea Room*. May Hadden était la seule fille que James Stillman lui permettait de fréquenter.

Gentille, la Florence, ou désagréable ? Profiteuse ou naïve ? Qui donc est la rivale de la flamboyante Anne Stillman ?

* * *

Vers les quinze heures, posté dans Wall Street, Winkler observe le va-et-vient incessant devant la National City Bank. Quelques personnes acceptent de répondre à ses questions sur le scandale de l'heure et condamnent spontanément le président de la banque. Un homme puissant s'attaque à un enfant, voilà ce que les gens ont retenu. La mère est-elle coupable ? Le fils est-il réellement illégitime ? Depuis que la double vie du banquier est connue, c'est cet aspect de l'affaire qui prend toute la place dans l'opinion publique.

La crédibilité d'une institution financière repose en grande partie sur la réputation de ses dirigeants et, tant dans leur vie personnelle que dans leur vie professionnelle, une extrême rigueur est requise. On rappelle à Winkler l'histoire du président d'une banque du Connecticut qui, récemment, a dû abdiquer son poste pour avoir été mêlé à une affaire de mœurs. Quelques années auparavant, le président de la United States Steel Corporation, dont le cas ressemble étrangement à celui de James Stillman, a également été forcé de remettre sa démission.

À l'unanimité, les gens interrogés dans Wall Street affirment que les jours de Stillman à la présidence de la National City Bank sont comptés. Les actionnaires et les clients de la banque sont, semble-t-il, horrifiés par les retombées potentielles de cette mauvaise publicité.

Winkler a failli manquer James Stillman qui sort du 55 Wall Street, la tête haute, flegmatique, tout comme s'il terminait une journée normale de travail. Un chauffeur lui ouvre la portière mais, avant qu'il ne monte dans son automobile, le journaliste réussit à l'aborder.

– Monsieur Stillman, que répondez-vous à ceux qui prétendent que vous êtes Franklyn Harold Leeds ?

Le banquier, furieux, le scrute de la tête aux pieds et, sans un mot, monte promptement dans sa voiture, qui s'éloigne aussitôt à vive allure.

Nullement décontenancé, Winkler revient à la banque et sollicite un deuxième entretien avec John Fulton. Sans qu'on le fasse patienter cette fois, il est conduit au bureau du directeur général, qui semblait attendre sa venue. Celui-ci présente à Winkler un communiqué déjà prêt pour publication :

La rumeur selon laquelle les directeurs de la National City Bank auraient demandé la démission de son président, James Stillman, à la suite de la publicité relative à ses problèmes personnels, est absolument sans fondement. Il est également faux de prétendre que la réunion de cet après-midi a été consacrée à ce sujet. Monsieur Stillman n'a pas la moindre intention de démissionner.

– Monsieur Winkler, auriez-vous l'obligeance de publier ce communiqué ?
– Avec plaisir, monsieur Fulton.
– James Stillman détient la majorité des actions de cette institution et si jamais, je dis bien si jamais, il démissionnait, ce serait *sa* décision.

* * *

Anna consacre sa journée à éclaircir certains points de loi pour le bénéfice de ses lecteurs. De nombreuses personnes du milieu juridique suivent cette cause de près et la majorité de celles qu'Anna a interrogées croient se trouver en présence d'un cas qui fera jurisprudence.

Depuis septembre dernier, des actions juridiques ont été menées dans trois comtés du neuvième district judiciaire de l'État de New York, dans lesquels le juge Joseph Morschauser exerce sa juridiction. Les premiers documents furent déposés à Carmel, dans le comté de Putnam. À Poughkeepsie, comté de Dutchess, maître John Mack a été désigné gardien des droits du jeune Guy et, finalement, sur un ordre de la cour, les revenus de James Stillman seront étudiés dans les prochains jours à White Plains, comté de Westchester. Dans les comtés de Putnam, d'Orange, de Dutchess, de Westchester et de Rockland, tous les documents juridiques peuvent demeurer entre les mains des avocats jusqu'à ce que le jugement soit rendu, c'est-à-dire hors de portée des journalistes. Par contre, dans le comté de New York, tout relève du domaine public dès le début d'une cause. Les avocats de James Stillman n'ont donc rien épargné pour garder l'affaire secrète.

La réponse amendée d'Anne Stillman s'insère dans une démarche judiciaire appelée défense et demande reconventionnelle. On lui a fortement conseillé de se montrer combative, sinon elle serait rapidement acculée au pied du mur. Si le mari réussit à prouver sa propre innocence, il obtient la sympathie de la cour et, dans le cas contraire, cette sympathie glisse automatiquement du côté de l'épouse. Bien plus, si Anne Stillman arrive à démontrer la culpabilité de son mari, les chances d'invalider l'action contre son fils Guy augmenteraient de cent pour cent.

Pour y arriver, Anne Stillman a donc engagé des détectives privés qui, sans trop de mal, ont amassé suffisamment de preuves pour lui permettre d'accuser son mari d'être l'amant de Florence Leeds et le père d'un enfant de trente et un mois du nom de Jay Ward Leeds. Les déclarations sous serment de Sophia Bartkoff, Frank Ivens et Hannah Jansen, des personnes qui, entre 1917 et 1920, ont quotidiennement côtoyé le couple Leeds, constituent la base de sa défense.

Son mari a aussi retenu les services d'une armée d'enquêteurs et d'avocats qui ont sillonné New York et ses environs, tout comme la vallée du Saint-Maurice au Québec. Il y a plusieurs mois, la partie demanderesse a même obtenu un ordre de la cour permettant l'examen des registres des compagnies de télégraphe dans le but d'y trouver des dépêches acheminées de New York ou de Pleasantville au domaine de Grande-Anse. Des rumeurs laissent supposer que le responsable du télégraphe à Grandes-Piles a joué un rôle important dans l'affaire. En décembre dernier, il aurait d'ailleurs été l'un des témoins présents à la New York Bar Association.

Depuis quelque temps déjà, Anna soupçonne les avocats de James Stillman de poursuivre les procédures à huis clos, en accord avec les autorités judiciaires. Le juge Morschauser réfute énergiquement de telles assertions et ajoute qu'en ce qui le concerne toutes les audiences à venir pourraient fort bien être publiques.

Anna téléphone à l'avocat de Guy Stillman, maître John Mack. De Poughkeepsie, celui-ci affirme que, si on lui en fait la demande, il n'hésitera pas à présenter son jeune client en personne devant la cour comme preuve supplémentaire de son appartenance à la lignée des Stillman. Cependant, l'avocat est conscient que ce procédé ne peut être légalement reconnu.

Un médecin de San Francisco, le docteur Albert Adams, a offert à maître Mack de prouver la légitimité du jeune Guy en effectuant des tests à partir du sang de l'enfant et des parents présumés. Par ce procédé, il serait en mesure de démontrer, hors de tout doute, s'il existe ou non un lien de paternité. Le docteur Sigmar Hilfer de New York se chargerait du transport des échantillons de sang afin qu'ils arrivent à destination en bon état.

Un juge de la Cour de l'État de Californie a accepté en preuve les résultats produits par le docteur Adams dans le procès opposant Paul Vittori à la petite Virginia Vittori. Grâce à un procédé électromagnétique sophistiqué, le docteur Adams a comparé les vibrations du sang du père présumé avec celui de l'enfant et, comme les mouvements vibratoires étaient similaires, il a pu, avec certitude, établir la paternité de Paul Vittori.

Maître Mack garde cette possibilité en réserve.

* * *

La mission initiale de Gene Fowler est accomplie, et pourtant il lui reste tant de choses à découvrir au Canada, pays où Français et Indiens ont joué un rôle de premier plan dans ce célèbre divorce. Que d'encre a coulé, que de théories et d'émotions ont été soulevées en une semaine à peine. Même si sa famille lui manque énormément, Gene demande à Michael Bradford de rester dans les parages. Il fera l'impossible pour rencontrer les autres témoins présents en décembre 1920 à la New York Bar Association où, pour la première fois, des informations tentant d'incriminer Anne Stillman ont été divulguées.

Dans cette contrée, Gene préfère grandement le train à l'automobile. On a beau lui affirmer qu'il a choisi la pire période de l'année pour sa visite, il ne peut s'imaginer autrement ces chemins cahoteux aux innombrables ventres de bœuf. Pour l'instant, en route vers Trois-Rivières, il se laisse bercer par le roulis du train, le quotidien *La Presse* à la main. Il lit distraitement les nouvelles du jour : les Allemands protestent encore contre les sanctions économiques imposées par les Alliés… On prédit les pires désastres aux Américains qui tolèrent la vente libre d'armes et d'explosifs sur leur territoire. Aucune autre nation au monde ne protège les libertés individuelles en étant aussi laxiste dans ce domaine… «On joue avec le feu», se surprend-il à penser, puis il sourit en constatant la justesse de sa réflexion. Son œil est ensuite attiré par le titre suivant : «L'épouse poursuivie accuse à son tour». Gene croit qu'il s'agit d'une histoire semblable à celle des Stillman, mais l'article de ce journal francophone est bel et bien consacré au couple new-yorkais. Ce procès monopolise l'attention même ici.

Gene aurait bien aimé se lire dans le *New York American*, mais malheureusement, ce matin, le *New York Times* était le seul journal américain disponible à son hôtel. Florence Leeds y faisait la une. Il a eu beau chercher, rien dans ce journal n'a été publié sur Frédéric Beauvais. Michael Bradford le soulignera certainement lors de leur prochain entretien. Il ne manque pas une occasion de féliciter ses poulains ni de leur rappeler, critique, les exploits de leurs adversaires.

À son arrivée à la gare de la rue Champflour, il hésite de nouveau entre le *Château de Blois* et l'hôtel *Dufresne*. Finalement il opte encore pour le petit hôtel de la rue des Forges.

Arthur Dufresne l'accueille chaleureusement, tout comme s'il connaissait le journaliste depuis toujours : «votre» chambre est prête et «votre» table est libre. Pendant son absence, l'hôtelier a même travaillé à sa cause. De bons amis à lui, deux membres du St. Maurice Fish and Game Club, ont accepté de fournir au journaliste des informations inédites. Heureux de cette initiative, Gene remercie Dufresne, qui organise une rencontre pour l'après-midi même.

Dans la petite salle à manger de l'hôtel, rassasié et reposé, Gene fait face à deux hommes fort sympathiques. Amateurs de nature et de sports de plein air, ils connaissent la vallée du Saint-Maurice sur le bout de leurs doigts. Ils ne sont aucunement surpris de rencontrer de nombreux *sportsmen* américains dans cette région de plus de quinze mille lacs, remplis de truites, d'achigans, de dorés et de brochets, gros comme nulle part ailleurs. La forêt fait aussi les délices des chasseurs et, dans les clubs privés, où ils sont guidés par des connaisseurs, on leur promet de tuer à coup sûr orignaux, caribous, chevreuils et même le fameux ours noir. Comblés, les amateurs de chasse et de pêche reviennent année après année.

Pendant que son compagnon décrivait les richesses de la vallée du Saint-Maurice, le plus vieux des deux hommes a eu les lèvres soudées au tuyau de sa pipe. D'un signe de tête, il a corroboré ses commentaires.

– Quand Mme Stillman est-elle venue dans votre région pour la première fois ?

Cette fois, les rôles s'inversent et l'homme à la pipe s'anime.

– Certains ont affirmé l'avoir vue, il y a bien longtemps, en compagnie de sa mère, l'actrice. Si cela est vrai, je ne crois pas qu'elles soient allées jusque dans la région de La Tuque. Par ailleurs, je sais qu'au printemps 1916 Mme Stillman a séjourné au grand lac Wayagamack.

– Est-ce que son mari l'accompagnait à ce moment ?

– Non, mais tout le monde savait qu'elle était l'épouse du riche banquier. Elle n'est pas restée très longtemps au *club-house*, car l'endroit était beaucoup trop civilisé à son goût. Les lacs venaient à peine de «caler» qu'elle est partie dans la forêt pendant trois longues semaines, seule avec son guide. Elle voulait trouver et acheter un camp afin d'y revenir avec ses enfants.

– Quelle fut la réaction des gens au club?

– Le monde a jasé, si c'est ce que vous voulez savoir. Occasionnellement, certaines Américaines partent seules en forêt avec leur guide pour une journée, mais rarement pour quelques jours. Mme Stillman est une femme d'exception : elle adore la nature, ne se prive pas pour en faire l'éloge et fait fi des cancans. Dans son monde, elle est constamment entourée de serviteurs et de servantes. Il était donc normal pour elle d'être accompagnée d'un guide dans ses aventures en forêt. Plusieurs ont insinué qu'elle était bien plus en amour avec son Sauvage qu'avec la sauvagerie, mais je ne suis pas d'accord. Je connais Fred et j'ai rencontré Mme Stillman à plusieurs reprises; je les estime pareillement tous les deux et je ne crois pas un mot de tous ces racontars. On a réussi à empoisonner la vie de deux personnes vraiment exceptionnelles. C'est regrettable.

– Que pensez-vous de Fred Beauvais?

– Fred est le «prince de la forêt». Vous devriez le suivre dans un portage. Il transporte sur son dos une charge deux fois plus lourde que son poids, et parfois même, sur de courtes distances, jusqu'à trois fois son poids. Vous devriez le voir suivre la trace d'un gibier, trouver en forêt nourriture, abri et protection en un rien de temps. Il connaît le langage des canards, des oies et des huards, il sait où trouver le repaire des loups et il connaît toutes les légendes des hommes de la forêt. Tout un bonhomme, ce Fred! Toutefois, en l'emmenant à New York avec elle, Mme Stillman a privé plus d'un *sportsman* du meilleur guide qui soit. Et je vous garantis qu'il ne pourra jamais être aussi habile à vendre des assurances à Montréal qu'il le fut à pagayer ou à portager.

– Mme Stillman a-t-elle trouvé le camp qu'elle cherchait?

– Pas à ce moment-là, mais elle est revenue quelques semaines plus tard. En dépit des conventions, elle a vécu dans la forêt pendant la majeure partie de l'été 1916, seule avec Fred. On dit qu'ils ont parcouru des milles et des milles sur l'eau et dans les portages. Quand on connaît la vaste étendue du territoire, quand on sait qu'en plus des nombreux lacs sept des affluents de la rivière Saint-Maurice ont plus de soixante-dix milles de longueur, on peut s'amuser longtemps à explorer sans jamais mettre les pieds deux fois au même endroit. Les commérages sont allés bon train, je vous assure. À leur retour, elle a annoncé candidement être tombée amoureuse d'un camp sur les rives du lac Du Chesne. Je connaissais cette bicoque d'une seule pièce, presque en ruine, loin des quelques sentiers communément empruntés par les hommes de bois. Après en avoir fait l'acquisition, elle a engagé Fred pour superviser les travaux d'agrandissement. Au fin fond des bois, il fallait transformer une hutte en camp en construisant trois chambres en plus d'une salle de séjour avec foyer. Fred a engagé quatre hommes pour mener sa tâche à bien.

– Savez-vous qui sont ces hommes ?

– Oui, je les connais bien. L'aîné, Georges Adams, fut dans son jeune temps un guide aussi réputé que Fred. On l'avait surnommé «*The Bully of the North*». Le grand ami du père de Fred Beauvais, Jos Pagé, ses deux fils, Armand et Jos le jeune, complétaient l'équipe.

Cet homme vient donc corroborer les dires d'Arthur Dufresne tout en ajoutant des détails permettant de justifier l'attitude des témoins. Selon lui, l'envie serait à la base de la volte-face des compères, amis hier, ennemis aujourd'hui. À l'époque du lac Du Chesne, un jeune Indien de vingt-deux ans, déjà très populaire auprès des *sportsmen* devint le favori de la belle millionnaire en plus de jouer le rôle de contremaître dans des travaux de construction pour lesquels au moins deux membres de l'équipe étaient beaucoup plus expérimentés que lui. C'en était trop et la jalousie a probablement pris le dessus. Une autre hypothèse veut que les hommes aient été scandalisés par le fait qu'Anne Stillman voyageait seule dans la forêt avec Beauvais.

Le narrateur tire quelques bouffées d'une pipe éteinte depuis longtemps. Il ajoute ensuite avec un sourire :

– Pendant un moment, Mme Stillman a sérieusement songé à élever ses enfants dans la nature, loin de cette société aux règles si aberrantes, disait-elle. Je me souviens de son rire lorsqu'elle nous affirmait qu'elle en ferait des citoyens de la forêt.

9

Le vendredi 18 mars 1921

À grandes enjambées, Gene parcourt la courte distance qui sépare la gare de Grandes-Piles de la maison de Jean Crête, située au coin de la rue H et de l'avenue C. Un homme, vêtu d'une chemise à carreaux et d'un pantalon de lainage retenu par de larges bretelles, le conduit au bureau du maître des lieux. Gene se présente et lui explique le but de sa deuxième visite aux Piles.

– On m'avait parlé de votre bref passage chez nous il y a quelques jours. Dans un petit village comme le mien, monsieur Fowler, les nouvelles se répandent rapidement. D'autant plus qu'à cette période de l'année beaucoup de mes concitoyens sont dans l'attente, soit de la fonte des neiges pour l'agriculture et la navigation, soit de la fin des embâcles pour commencer la drave.

L'orateur est lancé. Malgré sa jeune trentaine, Jean Crête respire l'assurance. Ce grand gaillard est reconnu dans sa communauté comme un homme généreux, un pilier de l'Église catholique dans la région. Croyant convaincu, il s'implique depuis toujours autant dans les activités sociales que dans les activités politiques de la vallée du Saint-Maurice. Très jeune, il dut prendre des responsabilités de taille. Âgé de vingt-quatre ans à peine à la mort de son père, il assuma de main de maître la succession au magasin général de Grandes-Piles.

Crête aurait pu se contenter de diriger le commerce le plus florissant du village, mais bien vite il s'est penché sur les problèmes de transport de passagers et de marchandises dans la vallée du Saint-Maurice, où ni route carrossable ni chemin de fer ne relient encore Grandes-Piles à La Tuque. Passionné de navigation, il a longuement étudié les particularités de cet important affluent du fleuve Saint-Laurent. Avec le temps, Crête a vaincu les nombreux rapides et les traîtres battures de sable qui jalonnent la rivière en choisissant des bateaux moins lourds que ceux de ses prédécesseurs. Il les a équipés de moteurs à essence, propulsés par des hélices. Ce principe était mieux adapté et plus efficace que les roues à aubes, mues par la vapeur, utilisées jusqu'à tout récemment. Il a réussi là où tous avaient échoué. Jean Crête est devenu le maître incontesté de la rivière Saint-Maurice.

C'est en 1917 qu'il a rencontré Anne Stillman, alors que pour la première fois elle remontait la rivière jusqu'à Grande-Anse sur l'un de ses bateaux. Une New-Yorkaise, qui plus est une femme de la prestance et de l'élégance d'Anne Stillman, n'est pas passée inaperçue dans la vallée du Saint-Maurice.

L'Américaine a maintes fois visité les Crête lors de ses passages à Grandes-Piles, trouvant immanquablement chez eux gîte et couvert. Confiance mutuelle et amitié ont grandi au fil des ans. Le premier magistrat de Grandes-Piles se fait aujourd'hui un ardent défenseur de sa réputation.

– Mme Stillman est victime des plus viles calomnies et son mari est également une victime, puisqu'il a cru les racontars que certains ont pris plaisir à lui rapporter.

– Connaissez-vous Fred Beauvais ?

– Évidemment ! Fred veillait au bien-être de Madame, comme il est dans la tradition des guides de prendre soin de leurs invités. Je fus témoin à plusieurs reprises des préparatifs de leurs équipées en forêt. Je n'ai eu et je n'ai encore aucun doute sur la nature de leurs relations. Une certaine personne, dont je tairai le nom, s'est ingéniée à alimenter les commérages et à empoisonner l'esprit du mari d'Anne Stillman par des insinuations malhonnêtes. Cette personne s'est même rendue à New York pour s'entretenir avec le banquier.

– Pourquoi agir de la sorte ?

– Par appât du gain, probablement.

Depuis 1919, Jean Crête commande les édiles municipaux de Grandes-Piles. Il est présentement le plus jeune maire de la province de Québec. Un regard direct, un sourire franc, sans oublier une facilité d'expression peu commune, contribuent sûrement à nourrir sa popularité sur la scène municipale. La majeure partie de sa conversation avec Gene Fowler se déroule en anglais. Diplômé du Ontario Business College de Belleville, Jean Crête maîtrise parfaitement la langue de Shakespeare. Il invite le journaliste à se restaurer en compagnie de sa famille. Gene hésite, puis finalement se laisse convaincre.

Gene traverse le magasin général adjacent au bureau du maire et remarque maintenant que les étagères remplies d'objets hétéroclites s'élèvent jusqu'au plafond, haut d'au moins trois mètres. Des barils de mélasse, de sucre et de farine s'alignent devant un comptoir masqué par d'autres contenants remplis d'aliments en vrac. À l'avant du magasin, les deux hommes empruntent un long escalier qui les mène à une salle à manger, spacieuse et richement meublée.

Jean Crête demande à sa domestique d'ajouter un couvert pour son invité. Une femme lève à peine la tête à leur arrivée. Sa beauté autant que sa froideur surprennent le journaliste.

– Je vous présente ma femme, Cécile; Cécile, monsieur Gene Fowler, journaliste à New York.

Elle le salue du bout des lèvres puis, s'adressant à la domestique, elle lui reproche brusquement sa lenteur.

Déconcerté par la réaction de sa femme, Crête se tourne vers un jeune garçon d'une dizaine d'années, attablé face à eux. Visiblement très fier de son fils Jean-Paul, le maire explique au journaliste que l'enfant manifeste déjà beaucoup d'intérêt pour les affaires familiales. Peut-être même deviendra-t-il son bras droit. L'enfant ne peut réprimer un sourire de contentement. À son arrivée, Gene n'avait pas remarqué la toute petite fille, pâle et timide, adossée au mur. Du nom d'Yvette, elle offre à Gene son plus beau sourire.

À la fin du repas, Jean Crête conseille au journaliste de se rendre chez la veuve de Télésphore Pelletier, Marie Olscamp, tenancière d'une maison de pension à quelques pas de là. Il lui suggère également de rencontrer le curé du village. Tout comme Marie Olscamp Pelletier, l'abbé Joseph-Ephrem Lamy a déjà hébergé Anne Stillman.

Le journaliste remercie chaleureusement son hôte, qui l'accompagne jusque sur le perron de sa maison. À son arrivée, Gene n'avait pas remarqué toute la beauté de la résidence des Crête. Dotée d'un immense balcon dont les rampes de bois ouvré bordent deux des trois étages, elle occupe certainement le double de l'espace des habitations voisines, en plus de s'élever bien plus haut.

Un épais manteau de neige et de glace recouvre encore la rivière Saint-Maurice. À une centaine de pas plus bas, un bateau à deux étages, le *Jacques II*, semble flotter sur des lames de neige poudreuse sculptées par le vent.

* * *

Gene Fowler réalise soudain qu'il n'a croisé aucune automobile entre la gare et le magasin général, pas plus que sur le chemin qui le conduit à la maison de pension de Marie Pelletier. Jusqu'à la fonte des neiges, les rues sont impraticables pour ce type de véhicules et seuls quelques traîneaux tirés par des chevaux circulent dans les rues du paisible village accroché aux pentes abruptes du plateau laurentien. Quel contraste avec l'animation de sa métropole !

Depuis la mort de son mari, décédé alors qu'elle n'avait que trente-deux ans, Marie Olscamp Pelletier tient une maison de pension. Il lui fallait bien nourrir ses cinq enfants ! Beaucoup doutaient qu'elle y arrive seule et lui avaient conseillé de «donner» ses enfants à des parents ou à des voisins, mais cette seule pensée l'horrifiait. Elle a trimé toute sa vie et elle en est fière.

Habituée à se protéger contre les malfaisants, Marie Pelletier a développé une sorte de sixième sens pour jauger ses semblables. Gene a rapidement gagné sa confiance.

– Oh oui ! Mme Stillman et Fred Beauvais ont souvent logé chez moi, soit en se rendant à Grande-Anse, soit en en revenant. Mme Stillman louait toujours le deuxième étage au complet pour elle, ses enfants et leur nurse. Quant aux hommes, incluant Beauvais, tous dormaient au grenier.

– Quelle était l'attitude de Mme Stillman face à Fred Beauvais ?

– Bien correcte ! Jamais, au grand jamais on ne me fera dire du mal de Madame ! À aucun moment je n'ai été témoin de quoi que ce soit de répréhensible. Et je dois bien savoir ce qui se passe sous mon toit, n'est-ce pas ? J'ai raconté tout cela aux enquêteurs américains venus jusqu'ici pour me questionner l'automne dernier et ils ne m'ont pas demandé, à moi, d'aller à New York pour témoigner !

Gene se doute bien que les témoins ont été triés sur le volet par les avocats de Stillman.

– Madame Pelletier, avez-vous déjà rencontré le mari d'Anne Stillman ?

– Oui, une fois, pendant l'été 1919, je crois. Quel homme charmant ! Il accompagnait Madame à Grande-Anse et, à l'aller, ils ont passé la nuit ici. Il m'a paru attentionné et très gentil pour son épouse.

– Dites-moi franchement ce que vous pensez de ces femmes qui s'aventurent dans le bois, seules avec un guide, lui demande Gene pour la jauger.

– Vous devriez vivre un peu plus longtemps dans les parages pour comprendre vraiment ce qui s'y passe ! Quand une Américaine nous arrive avec sa petite servante toute en dentelles, de quelle utilité voulez-vous qu'elle soit lorsque sa maîtresse fait un portage ? Les guides ici, cher monsieur, exécutent toutes les tâches habituellement réservées aux servantes, et bien plus encore. Tout le monde sait que le guide fait aussi office de serviteur. Il apporte l'eau pour la toilette du matin, enlève les bottes de sa maîtresse, prépare les repas, tout comme les servantes, en rose bonbon pourraient le faire. Mais quand vient le temps de porter les bagages, de dégager un sentier, de pagayer sur les lacs et les rivières, de monter les tentes et de préparer les lits de camp, là, monsieur, nul ne peut remplacer le guide.

Marie Pelletier sert le thé. À l'aube de la soixantaine, la femme laisse transparaître une sagesse propre à ceux qui observent leurs semblables sans préjugés. Elle devance les questions de Gene.

– Il existe du monde assez méchant, assez malicieux, je n'en reviens pas. Pauvre Madame, elle n'était pas pire que toutes ces Américaines qui fréquentent les clubs de chasse et de pêche dans la vallée du Saint-Maurice. Leurs coutumes diffèrent grandement des nôtres et elles sont, évidemment, beaucoup plus libres que nous. Pourquoi penser qu'une personne différente est nécessairement en état de péché mortel?

Gene l'appuie d'un signe de tête et enchaîne :

– Les avocats de James Stillman ont fait venir à New York un certain Albert Lapointe, J. Albert Lapointe. Le connaissez-vous?

– Mon garçon, aussi bien que vous l'appreniez par moi que par d'autres... Il y a un an passé, le village de Grandes-Piles s'est retrouvé divisé comme il l'avait été en 1916 quand M. Jean a battu Albert Lapointe comme conseiller municipal.

– M. Crête n'est-il pas le maire de ce village?

– Bien oui! Il a été élu par acclamation, il y a déjà deux ans de cela.

– Pourquoi alors cette division?

– La famille de M. Jean et celle de Mme Stillman s'entendent bien et, à plusieurs reprises, le maire a hébergé les Stillman, ça, tout le monde le sait. Mais l'an passé, mon Lapointe s'en est pris aux mœurs bizarres de Madame. Ne me demandez pas pourquoi, mais on aurait juré qu'il voulait choquer M. Jean à tout prix. Croyez-le ou non, Madame, qui était à des centaines de milles de Grandes-Piles, s'est retrouvée au cœur d'une nouvelle élection. Le village au grand complet a pris parti. Ceux qui auraient voté pour Jean Crête se rangeaient du côté de Madame et ceux qui appuyaient Albert Lapointe étaient contre elle. S'il y avait eu un véritable scrutin, je vous garantis que Madame aurait gagné ses élections haut la main.

– Pourquoi ce Lapointe s'acharnait-il ainsi contre Anne Stillman ?

– Peut-être voulait-il se venger de Beauvais. Ils ne s'aimaient pas trop trop, ces deux-là. Plus d'un croit Lapointe responsable d'avoir semé le doute dans l'esprit du mari de Madame. Il aurait dû tourner sa langue sept fois dans sa bouche avant de parler, celui-là ! Voyez quel embarras il cause à Madame, si bonne, si généreuse ! Si vous voulez en savoir plus sur Lapointe, allez donc le voir en personne ; il devrait être à la gare à l'heure qu'il est.

* * *

Coquette, avec sa dizaine de fenêtres peintes marron sur fond blanc, la petite gare de Grandes-Piles rappelle un pavillon secondaire d'un grand domaine. Avec la rivière et les montagnes arrondies des Laurentides en arrière-plan, elle semble émergée d'un décor de cinéma.

Au détour, Gene aperçoit son confrère James Whittaker, posant fièrement, encadré d'un homme courtaud et d'un gros chien noir. Une fois le travail du photographe terminé, le correspondant du *Daily News* s'approche de son concurrent la main tendue.

– Cher collègue, nos routes se croisent de nouveau ?

– Désolé de ne pouvoir te dire que ta présence me remplit de joie, James. Comment vas-tu ?

– Très bien ! D'ailleurs, comment pourrait-il en être autrement en si charmante compagnie ? Permettez-moi, monsieur Lapointe, de vous présenter mon principal rival, Gene Fowler, du *New York American*.

Les hommes se serrent la main, bavardent un peu, puis Whittaker prend congé. Grelottant en veston et cravate, Lapointe invite Gene à le suivre dans son bureau.

Visiblement irrité par les allusions de Gene, Albert Lapointe nie avoir transmis quelque information que ce soit à James Stillman ou à ses enquêteurs. Toujours debout, les mains dans les poches, il avoue très bien connaître le banquier. Il confirme qu'il l'a visité récemment à son bureau de la National City Bank pour des raisons qui n'ont rien à voir avec ses démêlés juridiques. Quand Gene l'invite à parler de Beauvais ou des causes du procès, il réplique avec un haussement d'épaules.

– Mes affaires ne regardent que moi. Je peux cependant vous dire que je ne suis pas assez fou pour me mettre à dos un homme fortuné, conclut-il, ironique.

Tout au long de l'entretien, Lapointe reste sur la défensive. Gene a la vive impression que cet homme calcule ses mots comme on compte une liasse de dollars. Ce qui rapporte, on en parle, sinon à quoi bon?

* * *

Curieux de connaître la version d'un homme d'Église, Gene marche maintenant vers le presbytère et, pour y arriver, il doit littéralement grimper la rue I tellement la côte est abrupte. Gene s'étonne que des lettres de l'alphabet servent à identifier des rues et des avenues. Cette façon de faire est vraiment particulière à Grandes-Piles!

Érigé sur l'avenue B, l'imposant presbytère jouxte une belle église de pierres grises. Gene se dirige vers la porte réservée aux visiteurs, où un homme affable l'accueille. Doté d'un physique généreux, le curé Lamy respire la bonté et la joie de vivre. Dans une petite pièce faisant office de parloir, il invite Gene à prendre un siège. À sa gauche, perchée sur une table élevée, une immense fougère déploie ses frondes jusqu'au ras du sol.

Curé de la paroisse de Saint-Jacques-des-Piles depuis maintenant trois ans et demi, l'abbé Lamy garde un souvenir impérissable d'Anne Stillman. Il a également très bien connu Fred, de même que les enfants de l'Américaine, à l'époque où il commandait les destinées de la mission de Saint-Théodore-de-la-Grande-Anse. En juin et juillet 1916, Anne Stillman et Fred Beauvais ont même habité son presbytère.

«Qui aurait cru, au St. Maurice Fish and Game Club, qu'Anne Stillman et son guide indien avaient partagé le quotidien d'un bon curé catholique quand tous les croyaient hors de toute surveillance ! » se dit Gene, amusé.

Qu'une Américaine s'aventure seule dans la forêt avec un guide ne heurte pas le curé. Jusqu'alors convaincu que les prêtres catholiques condamnaient illico tout ce qui pouvait menacer la chasteté de leurs ouailles, Gene est fort surpris par cette remarque. Sans se dire athée, le New-Yorkais ne pratique plus sa religion.

– Des enquêteurs, engagés par Mme Stillman ou son mari, ont sillonné la région au cours des derniers mois. Vous ont-ils questionné ?

– Malheureusement non ! On sait que ma situation de prêtre m'oblige à garder pour moi tous les secrets qui me sont confiés. Mais vous, monsieur Fowler, vous me donnez l'occasion de déclarer publiquement ceci : pendant de nombreuses années, j'ai eu l'occasion d'observer cette dame admirable et je n'ai jamais eu à lui reprocher « gros comme ceci ».

Avec l'ongle du pouce de sa main droite, il désigne une infinitésimale partie de l'ongle de son pouce gauche, témoignant ainsi de sa conviction qu'Anne Stillman était sans reproche.

– Au contraire, poursuit-il, elle représentait une force morale pour mes paroissiens. Même si nous n'appartenions pas à la même religion – elle était presbytérienne –, elle venait régulièrement discuter avec moi de sujets les plus divers. Elle s'intéressait de près à tout ce qui touchait la communauté de Grande-Anse. Lorsqu'elle rencontrait une mère tourmentée par la maladie d'un enfant, elle ne manquait pas de s'enquérir du petit lors d'une rencontre subséquente. Elle s'intéressait tout autant aux semis et aux récoltes des fermiers ; en un mot, elle se souciait des villageois au lieu de les regarder du haut de sa fortune.

Qu'il reçoive des confidences ne surprend aucunement Gene : une telle humanité se dégage de l'abbé Lamy !

Grâce à l'intervention du curé, le journaliste réussit à obtenir sur-le-champ les services du charretier Gilbert Boisvert, un proche parent d'Alphonse Boisvert. Gilbert le conduira aux rapides Manigance et, cette fois, il demandera à Aurélie Giguère de l'héberger pour la nuit.

* * *

Anna déblaie son bureau et griffonne quelques remarques afin d'étoffer son dossier sur la loi régissant les divorces. Pour chaque thème jugé important, elle constitue un dossier regroupant ses différentes sources d'information, tels journaux, entrevues ou autres. Tout est minutieusement consigné et classé.

Dans sa première édition, le *Daily News* a publié ce matin une déclaration laconique du procureur du district de Kings, Harry E. Lewis : si une personne de la haute société était reconnue coupable de violation de ses devoirs matrimoniaux pendant un divorce, elle devrait être poursuivie en justice et subir une peine exemplaire. Et s'il est prouvé que le banquier a effectivement une liaison avec Florence Leeds, et qu'en plus il a effectué des transactions de nature commerciale et juridique sous un nom d'emprunt, de lourdes charges pourraient peser contre lui.

Anna n'aurait jamais cru que ses quelques mois à la faculté de droit lui seraient si utiles un jour et elle éprouve un malin plaisir à approfondir les termes de la loi. Elle réussit à contacter maître Joab Banton, procureur intérimaire de l'État de New York. Lorsqu'elle le prie de corroborer la déclaration de son homonyme de Kings, maître Banton lui explique :

– Il y a environ dix ans, l'article 101 du Code pénal de notre comté fut amendé afin de permettre à l'État de poursuivre les personnes reconnues coupables d'offenses pendant une cause de divorce, comme un écart de conduite ou une incartade. C'est à la suite d'une série de procès sensationnels que l'amendement fut déposé.

– Y a-t-il eu des condamnations en rapport avec cet amendement ?

– Peu de condamnations ont eu lieu, il est vrai. Le bon sens nous dicte de respecter la vie privée des gens dans la mesure où elle n'offense pas le public. Par contre, si la presse est submergée par des récits d'infidélité à n'en plus finir concernant des personnes éminemment connues de notre société, cet article 101 a vraiment sa raison d'être. Une ou deux sanctions exemplaires pourraient avoir un effet salutaire sur certaines personnes !

– Ne prônez-vous pas ici le recours à une loi plus punitive pour les personnes connues ?

– Les grands de ce monde ne sont pas à l'abri de la Justice. Bien plus, comme leur prestige les met souvent en évidence, ils doivent avoir une conduite irréprochable, puisqu'ils sont souvent pris comme modèles. Leurs affaires personnelles deviennent automatiquement du domaine public à cause de la couverture de presse dont ils jouissent. Cet étalement de leurs offenses choque la population et c'est cette population que nous tenons à protéger.

Dans le cas d'un manquement à l'article 101, l'article 102 prévoit une peine d'emprisonnement pouvant aller jusqu'à six mois, avec ou sans une amende maximale de deux cent cinquante dollars.

– Prévoyez-vous une poursuite, maître, dans le cas de Stillman contre Stillman et Stillman ?

– Je ne peux discuter ce cas maintenant. Cependant, soyez assurée que nous suivons attentivement cette cause, comme bien d'autres d'ailleurs, au jour le jour. Si nous détectons un manquement à l'une des lois du comté, nous porterons des accusations immédiatement. Si M. Stillman ou toute autre personne viole les lois de cet État, nous le poursuivrons.

Anna se plonge ensuite dans le dossier «Héritage Stillman». Une idée l'obsède depuis qu'elle connaît l'existence de l'enfant Leeds. Pourrait-il se prévaloir de ses droits d'héritier au même titre que les autres enfants Stillman ? Quand on sait que la fortune transmise par le père de James Stillman à ses descendants s'élève à environ quarante ou cinquante millions de dollars, on s'imagine aisément la tentation de Florence Leeds de faire reconnaître Jay Ward.

Trois exécuteurs testamentaires ont le mandat de faire respecter les dernières volontés de James Stillman père : deux de ses fils, Charles Chauncey et James Alexander, en plus de son fidèle ami et associé, John Sterling. Les règles du jeu ont été établies par le maître financier de Wall Street et aucun être vivant, pas même ses propres enfants, ne peut les modifier. Le droit romain a sûrement inspiré le vieil homme dans la rédaction de son testament, car chaque paragraphe contient le terme «branche de la famille» pour indiquer le flux de la transmission de l'héritage, divisé par la suite selon le nombre d'individus de chacune des branches identifiées précédemment. Cinq fidéicommis indépendants, un par enfant, devront toujours respecter la règle du partage de la fortune d'après les cinq branches créées initialement.

De leur vivant, les enfants de James Alexander Stillman, tout comme lui, pourront toucher le loyer, les intérêts et autres revenus liés à leur fidéicommis. Les enfants de leurs enfants pourront, quant à eux, toucher le capital initial préparé à leur intention par leur arrière-grand-père, une planification successorale qui pourrait s'étendre sur près d'un siècle.

Anna se surprend à penser qu'à l'aube du prochain millénaire, cent cinquante ans après la naissance de James Stillman, certains de ses arrière-petits-enfants pourront encore jouir d'une partie de son labeur. À travers tout le XXe siècle, cette fortune grossira et, à la mort de chacun de ses petits-enfants, leurs enfants seront assurés de toucher un pécule intéressant grâce à cet aïeul. À ce jour, la troisième génération ne compte qu'un héritier : William Rockefeller, petit-fils de William Goodsell Rockefeller et de Sarah Elizabeth Stillman, né le 9 décembre 1918.

Si jamais James Stillman réussit à prouver l'illégitimité de Guy, l'enfant sera exclu automatiquement des legs du grand-père. Et si James Stillman épouse Florence Leeds, comme la rumeur le laisse entendre, quels seront les droits de Jay Ward?

Anna poursuit son enquête par téléphone, cette fois auprès du juge Joseph Morschauser. Si James Stillman obtient son divorce, lui demande-t-elle, et par la suite prend pour épouse Florence Leeds, Jay Ward pourrait-il être légitimé et ainsi accéder à l'héritage du père de James Stillman?

En se référant au *Corpus juris* de la bibliothèque juridique de la Cour suprême, le juge Morschauser déclare que, sous la rubrique «Mariage subséquent», la loi civile et le droit canon entrent en conflit avec le droit commun anglais concernant la légitimation d'un enfant né hors mariage. La plupart des comtés des États-Unis ont abrogé cette partie du droit commun anglais, qui faisait d'un enfant illégitime un «hors-caste» à jamais. Les États-Unis d'Amérique ont reconnu officiellement une loi décrétant qu'un ou des enfants, nés hors des liens du mariage, peuvent être légitimés à la suite d'un mariage ultérieur, à la condition que l'homme reconnaisse sa paternité. Selon les articles de cette loi, les liens de sang ne sont absolument pas nécessaires pour légitimer un enfant. Ainsi, un enfant reconnu à la suite d'un mariage jouit des mêmes droits que les enfants nés à l'intérieur des liens du mariage, y compris du droit d'hériter.

Selon le juge Morschauser, il semble aisé de légitimer un enfant, alors qu'il est très difficile de rendre illégitime un enfant né pendant une union conjugale. À l'origine, la légitimité présumée d'un enfant né dans les liens du mariage était telle que, pour la contester, il fallait démontrer soit la stérilité du père, soit son absence au-delà des mers pendant toute la durée de la grossesse. Depuis une centaine d'années, il est possible de contester la légitimité d'un enfant à la condition qu'un témoin compétent et significatif puisse apporter la preuve que le père n'a pu engendrer ledit enfant. En réalité, la seule preuve admissible pour contester la légitimité d'un enfant né dans les liens du mariage consiste à démontrer, hors de tout doute raisonnable, que le père a été dans l'impossibilité de concevoir cet enfant parce qu'il n'a pas été en contact avec la mère au cours de la période précédant la grossesse et pendant la grossesse elle-même.

Tout comme un patient précepteur, le magistrat explique et vulgarise divers aspects de la loi afin de les rendre plus accessibles au profane. Anna, reconnaissante, voit enfin une partie du voile juridique levée.

Si James Stillman arrive à ses fins en prouvant l'illégitimité de Guy, celui-ci sera automatiquement déshérité, et s'il reconnaît être le père de Jay Ward, les descendants de cet enfant auront accès au fameux héritage. Par le fait même, James Stillman avouerait son infidélité, et comme une personne reconnue coupable d'adultère ne peut divorcer, il lui serait impossible d'épouser Florence Leeds ! Le banquier a ouvert une véritable boîte de Pandore.

* * *

Michael Bradford s'est longuement entretenu avec une amie d'Anne Stillman et l'a convaincue de rencontrer la journaliste Anna Dunlap. Dans le taxi qui a peine à se frayer un chemin dans le chaos de l'avenue Broadway, Anna prépare son entretien à partir des notes que lui a remises Bradford. Lorsque le taxi bifurque sur Lexington vers le nord, la circulation devient de plus en plus fluide et, à l'heure convenue, Anna descend au coin de la 3e Avenue et de la 64e Rue.

Élégamment vêtue, l'hôtesse est déjà installée au vivoir. D'un signe de la main, elle donne congé à la servante qui a conduit Anna jusqu'à elle. La dame invite cette dernière à s'asseoir et s'assure, elle aussi, que son anonymat sera respecté.

– Madame, je vous remercie infiniment de nous offrir votre concours dans cette triste affaire. Votre mère nous a appris que vous étiez une amie personnelle d'Anne Stillman. Pourriez-vous nous dire comment celle-ci a appris la relation de son mari avec Florence Leeds ?

– Par une lettre anonyme lui donnant suffisamment de détails pour faire naître plus qu'un doute dans son esprit.

– Comment a-t-elle obtenu les renseignements qui lui ont permis d'accuser son mari ?

– Elle ne s'est pas déguisée, n'a pas joué au détective, pas plus qu'elle n'a mis les pieds dans le repaire des filles de Broadway. Anne a plutôt consulté ses amis, leur a exposé les faits sans les maquiller, et leur a demandé de l'aider. Elle a donc monté sa défense, point par point, avec tout le courage et la persévérance qu'on lui connaît. Anne a ainsi réuni des témoignages tellement compromettants à l'endroit de James que je me demande comment il pourra s'en sortir honorablement.

Alors qu'elle en était à ses débuts dans la société, plus d'un croyait qu'Anne se destinerait à une carrière publique, mais elle a sciemment choisi de devenir une femme d'intérieur. Mère dévouée, elle supervise elle-même les activités de ses enfants, bien qu'elle ait de nombreux domestiques. L'amie vante les mérites d'Anne Stillman en insistant sur sa générosité :

– Combien de nuits n'a-t-elle pas sacrifiées pour réconforter un enfant, une servante ou un ami malade ? C'est probablement une des raisons qui ont incité ses servantes, et d'autres qui ne travaillent même plus pour elle, à lui offrir spontanément leur témoignage.

– Vous me faites le portrait d'une femme quasi parfaite ! N'a-t-elle pas quelques défauts ?

– On dit souvent, mademoiselle Dunlap, que nous avons les qualités de nos défauts, et les deux plus gros défauts de mon amie sont, à mon avis, liés à ses plus grandes qualités. Anne ne maquille pas ses propos et elle peut offusquer certaines personnes qui la prient justement de leur dire la vérité. Sa franchise choque parfois. De plus, vous avez été en mesure de percevoir son étonnante énergie lorsque vous l'avez rencontrée. Imaginez-la, irritée. Anne est dotée d'un sang-froid hors du commun, et ses rares colères sont aussi hors de proportion. Quand les digues sautent, son courroux est incommensurable.

– Avez-vous déjà vu son fils Guy ?

– Mais bien sûr ! Quel enfant charmant ! Un petit blond aux yeux bleu-vert. Si on devait présenter l'enfant à des jurés et qu'ils doivent décider de ses origines seulement en l'observant, ils auraient bien du mal à le dissocier des autres enfants Stillman.

– Que pensez-vous de maître John Mack? Croyez-vous que le type de défense qu'il a proposé à Mme Stillman soit approprié?

– À mon avis, comme de l'avis de plusieurs personnes qui m'entourent, Anne ne pouvait trouver meilleur défenseur des droits de son fils. John Mack est sans contredit l'avocat le plus réputé de son district et il a même été, à compter de 1907, le procureur du comté du Dutchess pendant six ans. Il n'est à la solde de personne et son seul but consiste à prouver, hors de tout doute raisonnable, la légitimité de Guy. Il a su convaincre Anne de se battre énergiquement.

– D'après vous, qu'est-ce qui a incité son mari à briser une relation qui n'existait, semble-t-il, que pour la forme et dont chacun semblait bien s'accommoder?

– Je ne suis pas d'accord avec vous : Anne ne s'accommodait aucunement de la situation.

Pour prouver ses dires, cette femme fait alors un bref retour dans le passé. Durant leurs fréquentations, Anne et Jim ont connu un âge d'or. Beaux comme des dieux, intelligents, débordant de santé et de vitalité, ils faisaient l'envie de tous. Profondément amoureux, ils aimaient la nature, adoraient s'adonner à des activités en plein air et pratiquaient de nombreux sports. Toutefois, leur lune de miel fut de courte durée, car leur cohabitation avec le père de James s'est avérée dévastatrice. Habituée à sa liberté, Anne a confié à son amie avoir vécu l'enfer. Tout lui était défendu dans cette demeure rigide, sombre et triste. Pire, James appuyait les exigences de son père. Les orages furent nombreux et les périodes d'accalmie, de moins en moins fréquentes. De plus, Anne Stillman ne souffrait pas en silence.

À compter de 1913 ou 1914, les problèmes ont empiré. Finalement, au printemps 1920, elle a beaucoup insisté pour que son mari l'accompagne en Europe. Deux raisons la poussaient à vouloir s'expatrier un certain temps : elle souhaitait prendre une part active à la reconstruction de l'Europe dévastée, quasi anéantie, et, plus important encore, elle tenait à éloigner son mari d'une possible rivale. Lorsque Anne Stillman a un projet en tête, bien malvenu serait celui qui se mettrait en travers de sa route. Elle aurait approché plusieurs administrateurs et financiers liés à la National City Bank afin qu'ils convainquent son mari de développer un réseau bancaire outre-mer. James, subissant des pressions de toutes parts, a soupçonné sa femme d'être à la base de ce «complot». Il s'est donc rendu à Mondanne et, en colère, il lui a demandé si elle s'était réellement immiscée dans ses activités professionnelles.

– Que croyez-vous qu'elle lui a répondu?

– La vérité?

– La vérité la plus simple, la plus nue. C'était le 20 mars 1920 et, à compter de ce jour, James Stillman a quitté Pleasantville pour s'installer définitivement à New York.

* * *

Par un bref coup de téléphone à Lakewood, la journaliste conclut une entente avec Anne Stillman. Celle-ci accepte finalement que Guy soit pris en photo dimanche. Elle ne peut toutefois assurer l'exclusivité au *New York American*.

* * *

Après une multitude d'arrêts et de départs, le train arrive enfin au terme d'un long voyage. Les hibiscus et les bougainvillées embaument l'air chaud et sec de Miami, revigorant pour un temps John Winkler, épuisé et courbaturé. D'après les renseignements que Michael Bradford lui a fournis avant son départ, Florence Leeds habiterait une villa, voisine de l'hôtel *Flamingo*, face à la baie de Biscayne.

Le journaliste décide donc de jeter l'ancre là-bas dès ce soir, même s'il doit voyager encore une bonne heure vers le sud pour atteindre sa destination.

10

Le samedi 19 mars 1921

Grande ouverte sur l'immensité de l'Atlantique, la salle à manger de l'hôtel *Flamingo* est délimitée par deux murs recouverts de bambou et par un toit de palmes séchées supporté par de frêles troncs d'arbres. Bien peu de vacanciers sont levés de si bonne heure et les quelques matinaux, dont le regard se perd au large, observent un silence religieux. Une table garnie d'agrumes, de miches de pain et de fromages de toutes sortes occupe le centre de la salle. Winkler choisit une place à proximité de l'océan afin de sentir le vent marin sur sa peau de citadin.

Pour la première fois de sa vie, John Winkler savoure les charmes de la luxuriante Floride. Les arbres en fleurs, l'atmosphère ouatée, le clapotis de la mer sur les pilotis, la saveur des fruits exotiques sont autant de doux assauts qui ravissent ses sens. Subrepticement, ses pensées se cristallisent sur un visage de femme. Habité de prime abord par la seule volonté de produire un reportage exclusif, il aimerait maintenant aider Anne Stillman. Si seulement il pouvait retrouver cette Florence !

À peine sorti de table, John amorce son enquête auprès d'un employé de la réception. Celui-ci l'informe que, pour un deuxième hiver consécutif, un couple de New-Yorkais a loué la villa Cleveland, construite sur un terrain contigu à celui de l'hôtel. Cette superbe résidence surplombe la baie de Biscayne. Que James Stillman paie la note n'est un secret pour personne.

Souvent seule, Florence Leeds aimait marcher sur la plage ou se balader au volant de son automobile décapotable, son jeune enfant à ses côtés. Le couple a occasionnellement fréquenté l'hôtel *Flamingo* mais, depuis deux semaines, personne n'a aperçu le banquier. Depuis deux semaines également, cet hôtel héberge deux détectives, semble-t-il embauchés par les avocats de l'épouse de Stillman. Ils se sont relayés jour et nuit devant la villa de Stillman et de sa jeune maîtresse.

«Comment cet employé peut-il être aussi bien informé?» s'étonne Winkler. Il lui apprend, en outre, que Florence Leeds et son fils se sont volatilisés mardi dernier, soit le lendemain de la parution de l'article révélant le rôle de la jeune femme dans l'affaire Stillman. L'employé de la réception pense qu'elle a trouvé refuge dans une station balnéaire au nord de Miami et que le départ simultané du bateau de plaisance de son compagnon n'aurait été qu'une diversion pour mieux protéger sa fuite.

Winkler remercie son informateur par un généreux pourboire et quitte l'enceinte du *Flamingo* par la plage. Pieds nus, pantalon roulé sur les mollets, souliers à la main, Winkler observe, à une centaine de mètres du rivage, une barrière de corail submergée par l'écume des énormes lames qui naissent au large. Quelques bateaux à l'ancre se balancent doucement dans la baie de Biscayne.

L'architecture de la propriété louée par James Stillman et sa compagne lui rappelle celle d'une hacienda espagnole. L'immense villa de deux étages est recouverte d'un stuc aux couleurs pastel. Des auvents rayés coiffent les nombreuses fenêtres de la façade et permettent aux habitants de la villa d'admirer la baie dans toute sa splendeur, sans être aveuglés par le soleil. De jeunes palmiers pointent entre des arbustes en fleurs dont le parfum imprègne les alentours.

Le journaliste prend quelques minutes pour retoucher sa tenue avant de frapper à la villa. Un serviteur japonais entrebâille la porte avec circonspection. Winkler lui présente sa carte de presse et demande à voir le maître ou la maîtresse des lieux. Dans un anglais laborieux, l'Oriental l'informe que sa patronne a quitté la villa. Winkler a beau le questionner, le domestique au visage impassible reste muet.

Puis, John tente d'obtenir plus de détails sur les derniers déplacements du yacht de James Stillman, appelé *Modesty*. Les marins interrogés sont à peine plus bavards que le serviteur japonais.

En fin d'après-midi, John téléphone à Michael Bradford pour lui faire son rapport journalier. Celui-ci l'invite à se mettre en rapport avec Robert Scott, une de ses connaissances, présentement en vacances à Miami. Scott vient tout juste de lui téléphoner pour lui confier qu'il connaît très bien Florence Leeds, de même qu'un ami de Stillman, aussi important que le banquier dans le cercle de Wall Street. Cet homme d'affaires accompagnait fréquemment Flo et Jimmie dans leurs soirées et, aujourd'hui, il craint plus que tout au monde que son nom ne soit associé au scandale de l'heure.

* * *

Malgré de fréquentes attisées, Aurélie Giguère a peine à maintenir une température confortable dans toutes les pièces de sa grande maison. Même dans la cuisine, non loin du poêle à deux ponts, il est nécessaire de porter bas, châle ou veste de laine. La froidure s'introduit par les fenêtres mal isolées et le vent du nord siffle plaintivement en se faufilant sous les portes mal ajustées. Avec humour, Aurélie dit à qui veut l'entendre : «Ma maison est très bien aérée, hiver comme été.»

Depuis une bonne semaine, beaucoup ont cru que l'hiver battait enfin en retraite. Cependant, les aînés savent bien que mars est le mois des tempêtes les plus traîtresses. Poussée toute la nuit par un vent puissant, la neige s'est infiltrée sous la porte de la cuisine et, au matin, les pensionnaires ont eu la surprise d'y voir un monticule blanc d'au moins quinze centimètres de hauteur. Pour la première fois de sa vie, Gene voit la neige pelletée de l'intérieur. Pour éviter une nouvelle intrusion, la dame roule une couverture de laine et l'appuie au bas de la porte.

En dépit des cris de l'hôtelière qui leur demande de se hâter, trois Américains font entrer avec eux un tourbillon de neige folle. Ils enjambent la couverture de laine et secouent bruyamment leurs pieds sur le tapis tressé étendu devant la porte. L'un d'eux se plaint de brûlures au visage et Aurélie constate qu'il souffre d'engelures bénignes. Elle demande à son compagnon de remplir une chaudière de neige. Vivement, elle installe le pauvre homme sur une chaise près du poêle et lui applique des compresses de neige sur ses plaques tuméfiées, blanchies par le froid. Juste à son regard effrayé, Gene voit bien que le blessé doute de l'efficacité du remède d'Aurélie qui tente de l'apaiser.

Arrivés tard de Grande-Anse la veille, les trois hommes sont partis en raquettes à la première heure ce matin. Un trappeur, logeant à l'occasion à la pension Giguère, les a invités à l'accompagner dans sa levée de collets. Ils ont présumé de leur endurance en suivant aussi longtemps un homme habitué à affronter les pires intempéries et sur qui le froid ne semble pas avoir de prise. Les deux autres voyageurs contournent leur infortuné compagnon pour se frotter vigoureusement les mains au-dessus du poêle.

Assis à la table de la cuisine en compagnie du charretier, Gene les écoute parler, une infusion de thé des bois à la main. Aurélie lui a affirmé que, s'il consommait au moins trois tasses de cette décoction chaque jour, il serait efficacement protégé contre l'arthrite et les douleurs musculaires. L'homme blessé par le froid est reporter au *Boston Sunday Advertiser* tandis que ses deux compagnons travaillent comme photographes, l'un pour le *Boston Daily Globe* et l'autre pour le *Boston Evening Globe*.

Gene les observe un moment, puis les interroge sur leur équipée au domaine des Stillman à Grande-Anse.

Le photographe du *Daily Globe* saisit la perche tendue :

– En toute honnêteté, nous n'avions réussi qu'à franchir la courte distance entre la rivière et le dessus du plateau, où sont construites maisons et dépendances, qu'un homme nous a menacés de son fusil. Heureusement, notre collègue du *Sunday Advertiser* a fait diversion et il nous a été possible de prendre quelques clichés d'une imposante maison blanche surplombant la rivière. En vain, nous avons tenté d'expliquer au gardien pourquoi nous nous trouvions là. Plutôt que de nous écouter, il a fait feu dans les airs en hurlant : «*Scram, scram!*» Morts de peur, nous sommes redescendus vers le traîneau, à moitié debout, à moitié sur le postérieur. Nos chevaux galopaient déjà sur la rivière que l'homme tirait toujours au-dessus de nos têtes.

– Le gardien ne s'appelle pas Hercule pour rien, intervient Aurélie Giguère en appliquant la dernière compresse sur la joue du reporter. Hercule Desilets prend son rôle au sérieux et bien malin celui qui pourra le déjouer! Il doit respecter les consignes et ne laisser aucun inconnu s'approcher des propriétés de Madame. Il vit là avec sa femme, ses deux filles et son fils. En plus d'entretenir les bâtiments, il prend soin des animaux. C'est un homme vraiment dévoué à ses patrons.

La tempête se calme vers le milieu de l'après-midi et les trois Bostonnais décident de retourner à Grand-Mère avant la nuit. Même si les jours allongent de plus en plus, il est trop tard aujourd'hui pour organiser une excursion jusqu'à Grande-Anse. Tout en planifiant le voyage du lendemain, Gilbert confie à Gene qu'Hercule Desilets fut son compagnon de chantier pendant de nombreux hivers et il lui vante sa force légendaire. Lorsque les Bostonnais racontaient leur aventure, Gene se demandait bien de quelle façon il pourrait, lui, convaincre cet Hercule de répondre à ses questions. Eh bien, le charretier fera office de sauf-conduit!

* * *

Anna a maintenant un rôle dans l'affaire la plus importante de l'heure et ses articles apparaissent en bonne position dans le premier cahier du *New York American*. Même si son salaire n'a pas bougé d'un iota, son prestige, lui, a fait tout un bond.

Elle poursuit son enquête par une entrevue avec Mable Young, qui l'attendait avec impatience. À l'emploi de Florence

Leeds pendant quelques semaines à la fin de 1917, elle en a long à dire sur son ancienne maîtresse.

– Écoutez bien une phrase qu'elle m'a répétée à maintes reprises : «J'ai mis la main sur une mine d'or et je vais l'exploiter aussi longtemps que possible.» Honnêtement, je ne trouvais pas cette réflexion très édifiante, mais elle illustre assez bien la personnalité de Florence Leeds.

– Avez-vous déjà rencontré son compagnon?

– Oui, deux ou trois fois seulement. Toutefois, James Stillman téléphonait à la maison au moins une fois par jour. Mes instructions étaient claires : si monsieur la réclamait, il fallait les mettre en communication immédiatement. Si toute autre personne la demandait, celle-ci devait s'identifier et je devais obtenir la permission de ma patronne avant de lui acheminer l'appel.

– Avez-vous déjà rencontré le mari de Florence Leeds?

– Non, jamais. M. Stillman était le seul homme à téléphoner ou à la visiter.

En 1917, Stillman se présentait donc sous sa véritable identité. Tout laisse croire qu'il aurait adopté le nom de Franklyn Harold Leeds à la naissance du petit Jay Ward.

– Parlait-elle de sa relation avec Stillman?

– Elle ne m'en a parlé qu'une seule fois, mais quelle fois! Elle m'a dit un jour : «Mabel, servez-nous un thé et venez vous asseoir, j'aimerais causer avec vous.» Cette façon de faire ne lui ressemblait tellement pas que j'en fus renversée. Plus elle parlait, plus elle fumait. Je me souviens fort bien de l'odeur de ses cigarettes chinoises et de son fume-cigarette en or d'une longueur inhabituelle. Elle m'a raconté comment elle avait fait la connaissance de «Jimmie» Stillman et combien il était fou d'elle. Elle m'a aussi confié son espoir de l'épouser un jour et même d'avoir un enfant de lui.

– Quels souvenirs gardez-vous de votre ancienne patronne?

– C'était une enfant gâtée au tempérament imprévisible, et qui ne gardait jamais ses servantes plus de quelques mois. Je crois personnellement que sa soudaine aisance lui a monté à la tête. Elle mettait un prix sur tout et parlait toujours en termes de milliers de dollars ! Un jour, elle a eu la visite des joailliers de Black, Starr et Frost pour qu'elle se choisisse elle-même un présent. Ils lui ont tout d'abord proposé un magnifique pendentif serti de turquoises et de diamants, d'une valeur de dix mille dollars. À ma grande surprise, elle l'a repoussé dédaigneusement, prétextant que l'actrice Eva Tanguay en avait un identique. Du revers de la main, elle a écarté toutes les autres pièces, les qualifiant de bon marché. Quand on pense qu'aucun de ces trésors ne valait moins de mille dollars. J'étais scandalisée !

L'appartement de Florcnce Leeds était magnifiquement décoré et tous ses meubles provenaient de boutiques de la 5e Avenue. La chambre principale était peinte en bleu de Provence alors que dans la petite pièce servant de vivoir les couleurs or et noir dominaient. Partout on retrouvait des objets d'art chinois et des boîtes d'encens japonais.

Malgré tous ses avoirs, Florence Leeds ne se montrait pas très généreuse envers ses employés. Jamais elle ne les gratifiait d'un pourboire, jamais elle ne leur offrait de cadeaux. Elle aurait même refusé les services d'une excellente couturière sous prétexte qu'elle lui demandait deux dollars par jour.

Le banquier, quant à lui, n'en finissait pas de choyer sa maîtresse.

– Presque chaque jour, Florence recevait des quantités phénoménales de fleurs, principalement des roses rouges et des gardénias. La fleuriste se vantait dans le quartier que M. Stillman lui procurait un revenu hebdomadaire d'au moins trois cents dollars ! Des fleurs, il y en avait partout ! J'enrageais quand, d'une petite voix boudeuse, Florence me disait : « Déballez-moi tout ça. » Depuis, je n'ai jamais vu une femme recevoir autant de fleurs, et Dieu sait si j'en ai servi, des bourgeoises !

– Êtes-vous prête à témoigner au procès des Stillman ?

– Oui, mademoiselle, et je n'ai pas honte de dire que je témoignerai en faveur de Mme Stillman.

– Pourquoi ? La connaissez-vous personnellement ?

– Non. Ses avocats m'ont rendu visite dernièrement et je leur ai même donné les noms de quatre autres personnes qui, comme moi, sont prêtes à prendre sa défense. Pourquoi je fais cela ? Me croiriez-vous si je vous disais que l'histoire du jeune Guy m'a touchée droit au cœur ?

* * *

En direction de Harlem, au nord de Central Park, Anna révise les questions qu'elle a préparées à l'intention de la mère de Florence. Si elle se réfère aux réflexions de sa propre mère, élevée aussi en pleine période victorienne, Anna peut facilement imaginer son désarroi.

Au 1766 de l'avenue Amsterdam, une vieille dame, les yeux rougis et l'air accablé, affirme ne pas avoir de fille. Elle nie également connaître James Stillman et claque la porte au nez d'Anna.

La journaliste aura peut-être plus de chance chez le frère de Florence, qui réside dans la 117e Rue. Walter et sa femme sont absents, mais la belle-mère de Walter l'accueille aimablement. Dès qu'elle connaît un tant soit peu le but de sa visite, la vieille dame s'empresse d'expliquer à Anna :

– Je trouve tout à fait aberrant qu'elle refuse de reconnaître Florence pour sa fille. C'est fou ! Un jour ou l'autre, la vérité devait éclater ! Tout le quartier connaît l'histoire de Flo. Même si ses visites se faisaient rares, elle ne passait certes pas inaperçue lorsqu'elle descendait d'une limousine portant bijoux et fourrures qu'aucune femme des alentours ne pourra jamais se payer. Depuis le début, les Lawlor sont au fait de sa liaison avec Stillman et ils ont eux-mêmes grandement profité de la générosité du banquier.

– Les parents de Florence étaient-ils fiers des succès de leur fille ?

– Non, mademoiselle. Florence a mis au monde un bâtard et, désormais, l'Amérique tout entière connaît son histoire. Quel scandale ! Avant que l'affaire n'éclate au grand jour, les

Lawlor étaient plutôt gênés par l'étalement de toute cette richesse à chacune des visites de Flo, mais la nature humaine est ainsi faite que, parfois, la fortune met un baume sur les souffrances. Prenez James Lawlor, par exemple. Croyez-vous qu'il renvoyait la limousine quand on venait lui proposer une balade ? Croyez-vous que la mère refusait les cadeaux de sa fille ? Pourtant, ils éprouvaient de la honte et de l'inquiétude. Et aujourd'hui, ils la renient et cela me scandalise encore bien plus que les frasques de Florence, une brave fille au fond.

Tout comme Winkler, Anna recueille des commentaires tellement contradictoires qu'elle a du mal à se faire une opinion. Qui est vraiment Florence Leeds ?

* * *

Le docteur Ernest Goodrich Stillman, le plus jeune des frères de James, ne paraît pas ses trente-six ans. Cet homme affable reçoit Anna dans un bureau qu'il a aménagé à même sa maison du 17 de la 72e Rue Est, à quelques pas de celle où résidait son père. Il répond avec une spontanéité déconcertante aux questions de la jeune femme.

Ce qu'il connaît des problèmes de son frère, ce sont les journaux qui le lui ont appris. Pour les gens de Wall Street, tout comme pour ses proches, James est un homme discret, secret même. Comme ils ont près de onze ans de différence, le banquier n'a jamais été son confident.

Contrairement à ses deux frères aînés, Ernest Goodrich Stillman n'a pas agi à titre d'exécuteur testamentaire à la mort de leur père. Il croit qu'aucun mandat ne lui a alors été confié parce qu'il appartient à une profession libérale mais, candidement, il ajoute qu'il ne s'y connaît pas tellement en finance. Il a tout de même compris qu'il toucherait une part égale à celle de ses frères lorsque le moment sera venu.

À cause de leurs nombreuses occupations professionnelles, les frères Stillman ne se sont pas beaucoup visités au cours des derniers mois. Pourtant, Charles Chauncey demeure dans la 67e Rue, tout près du médecin. Mis à part la participation de Charles au conseil d'administration de la Union Pacific Railway, Anna ne peut découvrir ce qu'il fait d'autre. Peut-être s'occupe-t-il à gérer sa fortune.

Lorsque Anna demande au médecin quelle opinion il a de sa belle-sœur, le voilà soudain très réservé. Au mariage de James et d'Anne en 1901, lui n'avait que dix-sept ans. À cette époque, il fréquentait un collège à l'extérieur de New York, n'y revenant qu'aux vacances estivales et à Noël. Hésitant, il ne trouve qu'un mot pour la caractériser : volontaire. Avec elle, son frère n'avait pas souvent le dernier mot.

Poliment, Ernest Goodrich Stillman informe Anna qu'il est attendu. La journaliste le prie de répondre à une dernière question :

– Éprouvez-vous de la honte face au scandale qui éclabousse votre famille présentement ?

– De la honte ? Non. De la tristesse ? Énormément. Les journaux tentent de fabriquer une fausse image de James. Pourquoi s'acharne-t-on sur lui de cette façon, grand Dieu ? En ce moment, vous, les journalistes, causez un réel préjudice à cet homme. Que ses affaires personnelles soient aussi impudiquement étalées au grand jour me désole au plus haut point, et si les faits insinués sont vrais, je n'approuve évidemment pas sa conduite. Mais vous ne réussirez jamais à modifier d'un iota l'opinion de ses amis et de ses proches : James est un homme charmant, distingué, généreux, mais aussi réservé et silencieux. Pauvre James ! Lui qui a toujours détesté la publicité !

11

Le dimanche 20 mars 1921

Pour la deuxième fois en moins d'une semaine, Anna fait le trajet jusqu'à Lakewood. Cette fois, elle est accompagnée du photographe Ern Kaplan. Homme timide et timoré, il a osé lui avouer aujourd'hui à quel point il apprécie sa compagnie, son sens de l'organisation et sa rapidité à prendre des décisions, lui pour qui toute situation inhabituelle engendre une angoisse déchirante. Le comportement de Kaplan a toujours fasciné Anna. Si hésitant dans l'accomplissement des choses simples de la vie, il devient spontanément assuré lorsqu'il réalise ses clichés, au demeurant remarquables.

À leur arrivée au *Laurel-in-the-Pines*, le réceptionniste les avise que la séance de photographie des enfants Stillman aura lieu à l'arrière de l'hôtel, sur le terrain de tennis numéro trois. Ployant sous le poids de l'imposante sacoche contenant tout son attirail d'appareils, de pellicules et d'ampoules, Kaplan suit la jeune femme, qui marche d'un pas vif. Tous deux s'étonnent qu'une bonne trentaine de photographes soient déjà installés à l'arrière du terrain de tennis. Jamais Anna n'aurait imaginé que sa proposition prendrait de telles proportions.

Les hommes qui l'entourent parlent haut et fort, protégés du soleil par leur chapeau à large bord. Comment un enfant, presque un bébé, pourra-t-il affronter une telle horde glapissante ?

Assise sur un banc face à la porte grillagée du court, Anna observe l'arrivée de la nurse, Ida Oliver, vêtue d'un uniforme blanc, un chandail de laine déposé sur les épaules. Elle s'avance, lève le bras et, d'une voix forte, s'écrie : « S'il vous plaît, messieurs, s'il vous plaît », excluant Anna, comme si elle n'existait tout simplement pas. Habituée à être ignorée, souvent la seule femme parmi une bande d'hommes, celle-ci ne s'en formalise plus. Quand la nurse réussit à obtenir l'attention du groupe, elle précise aux photographes qu'elle amènera d'abord l'aîné des deux garçons Stillman, Alexander, qui s'installera au centre du terrain, puis qu'elle fera entrer son jeune frère. La nurse leur conseille de se hâter à prendre leurs photographies, car elle ne peut prévoir la réaction du petit. Abandonnant son air sévère, Ida Oliver les informe que, depuis l'arrivée de la famille Stillman à Lakewood, elle a eu le devoir de soustraire les enfants à la curiosité des gens et, en tout premier lieu, de les protéger contre les indiscrétions des journalistes et des photographes. Elle doit maintenant s'assurer que cet événement soit le moins traumatisant possible. Ainsi les incite-t-elle à s'agenouiller pour que leur présence se fasse moins menaçante.

Sans hésiter, avec un ensemble presque parfait, tous les hommes mettent un genou sur le petit gravier rouge du terrain de tennis, ne pensant même pas à regimber. Satisfaite, la nurse les remercie. Au représentant du *New York Tribune*, Walter Brown, qui lui demande si Anne Stillman sera présente ce matin, elle répond :

– Mme Stillman avait prévu accompagner ses enfants, mais malheureusement elle a présumé de ses forces. Ces dernières semaines l'ont mise à rude épreuve, vous êtes certainement en mesure de le comprendre. Son médecin lui a enjoint de se reposer quelques jours. Veuillez donc l'excuser…

Sur ces mots, Ida Oliver se retire quelques minutes, puis tous entendent la porte grincer. Prenant les membres de la presse par surprise, le jeune Guy court droit vers eux en babillant et en riant tout comme s'il se dirigeait vers son jouet préféré.

Le déclic des appareils photographiques remplit soudain l'espace et, pendant un instant, le sourire de l'enfant s'éteint. Il fait volte-face et se dirige vers son frère Alexander, dont l'arrivée discrète au centre du terrain a échappé à plusieurs.

Tout comme les photographes, le jeune garçon a posé un genou par terre. Vêtu d'une chemise blanche avec cravate, d'un pantalon marine et d'un gilet assorti, Alexander est très grand pour ses neuf ans. Guy, primesautier, s'approche de son frère, enroule ses bras autour de son cou et l'embrasse. Distinctement, on entend le petit lui demander : «Prends-moi, Alec.»

Alexander a perdu cette spontanéité qui fait le charme de la petite enfance. Cependant, la fierté évidente du grand frère protecteur se manifeste à ce moment et, tendrement, toujours agenouillé, il prend son petit frère dans ses bras.

Les photographes encerclent maintenant les enfants. «S'il vous plaît, ne bougez pas!... Souriez... Regardez ici... là... Reculez... Tournez-vous de ce côté...» Les enfants obéissent aux requêtes des photographes, souriants ou graves, debout ou à genoux, les yeux rivés à l'objectif, comme s'ils répétaient ces gestes depuis toujours.

Guy se remet à courir, puis s'arrête brusquement pour remonter ses longs bas de laine blancs qui ont tendance à rouler sur ses bottines, blanches elle aussi. Il fait demi-tour et retourne près de son frère. «Ne bougez plus!» Comme il est fascinant d'observer ces enfants joue contre joue : la même forme d'yeux, le même contour du visage, la même petite bouche! Et tous deux ont hérité de leur mère ce charmant sourire. Toutefois, la couleur de leurs cheveux contraste fort, puisque l'aîné est châtain et Guy, d'un blond très pâle.

Réchauffé par tous ses ébats, Guy, aidé d'Alexander, enlève son manteau de laine rehaussé d'un collet de castor. Lorsque l'enfant apparaît dans sa robe rose tendre, il semble encore plus vulnérable, plus fragile. De ses petits bras potelés, il entoure de nouveau le cou d'Alec, le temps de quelques photographies. Puis, Guy s'approche de Kaplan, lui présente son annulaire recouvert d'un pansement et cache ensuite ses mains derrière son dos. Plantant son regard dans celui du photographe, il lui dit gravement : «T'as vu mon bobo?» Ern, se surprenant à penser «Pourquoi moi?», lui répond gentiment : «Tu veux qu'on le prenne en photo, ton bobo?», et, spontanément, le bambin lui fait voir son doigt blessé.

Côté cour, chaque fenêtre dissimule mal les regards curieux des clients de l'hôtel. Depuis l'arrivée des Stillman, ils font preuve d'un certain tact, mais tout de même, ils ne manquent rien de cette scène inusitée.

Dès que la nurse ramène les enfants, la plupart des photographes quittent l'hôtel, pressés de développer leurs épreuves pour le tirage du soir. Le représentant du *New York Tribune*, Walter Brown, invite Anna à prendre avec lui le prochain train pour New York, mais la jeune femme refuse gentiment.

Elle prend congé de Brown, puis propose à Kaplan d'explorer les alentours du *Laurel-in-the-Pines*, histoire de mieux s'imprégner de ce site si recherché. Depuis quelques dizaines d'années, Lakewood est le rendez-vous hivernal des riches industriels et financiers de l'Est de l'Amérique. Entre octobre et mai, cette petite ville de quelque cinq mille habitants devient l'hôte de plus de trente-cinq mille vacanciers au cours de certaines fins de semaine. L'air sec, purifié par les immenses conifères encerclant Lakewood, est en grande partie responsable de la popularité de l'endroit, où foisonnent les maisons de santé et les hôtels munis d'installations d'hydrothérapie.

La journaliste et le photographe empruntent un sentier ombragé longeant le lac Carasaljo. Cette étendue d'eau ressemble plus à un élargissement de la rivière Metedeconk qu'à un lac comme tel. Quelques embarcations glissent doucement sur ses eaux calmes. Les galants promènent leurs belles, qui protègent la blancheur de leur visage avec des ombrelles ourlées de dentelle. Les nombreux flâneurs du dimanche conversent à voix basse, comme s'ils tenaient à préserver la quiétude bienfaisante des lieux. Anna et Ern ne font pas exception.

– Dites-moi, Ern, qu'avez-vous ressenti lorsque Guy vous a montré son doigt pansé ?

– J'ai toujours de la difficulté à exprimer ce que je ressens, Anna, mais j'aurais aimé prendre le petit dans mes bras et le bercer. L'espace d'un instant, je me suis senti responsable de son sort. C'est fou, j'ai pensé que ma photo pourrait peut-être amener Stillman à se dire : «Qu'est-ce que je suis en train de faire !»

– Trouvez-vous que cet enfant ressemble à un Indien ?

– J'ai vu un gamin aux cheveux clairs, aux yeux pâles, à la pigmentation de peau d'un blond, et d'une ressemblance frappante avec son frère !

– Je ne comprends vraiment pas les motifs qui poussent Stillman à renier cet enfant. L'argent ? Quand vous avez dix millions à partager après votre mort, qu'ils le soient en trois, en quatre ou en cinq, quelle importance ? La conviction qu'il n'est pas de lui ? L'amour d'une autre femme ?

Incapable de répondre, Kaplan se contente de hocher la tête. Pendant un moment, chacun retourne à ses pensées. Une faune variée les entoure et le photographe ne peut s'empêcher de prendre plusieurs gros plans de plantes et d'oiseaux.

Après plus d'une heure de marche, Anna et Ern reviennent sur leurs pas. Face au *Laurel-in-the-Pines*, le sentier les mène à une plage de sable fin, pareil à celui des grèves de l'Atlantique à quelques kilomètres de là.

Kaplan s'agenouille et ajuste l'objectif de son appareil photo. Anna aperçoit alors le jeune Guy, assis dans un carré de sable délimité par quatre madriers. Énergiquement, l'enfant remplit la benne d'un gros camion, imite le bruit du moteur qui peine pour monter une pente abrupte et déverse ensuite son contenu, là où visiblement il construit une route. Le bambin est vêtu du même manteau qu'il portait pendant la séance de photographie, et sa chevelure blonde disparaît presque entièrement sous un bonnet de laine. Il n'a d'abord pas remarqué le manège de Kaplan. Soudain, il lève la tête, sourit au photographe, puis reprend son travail.

Non loin de là, Ida Oliver observe la scène sans intervenir. Combien de temps encore jouiront-ils de cette trêve ? Anna s'avance vers la nurse et se présente. Elle lui rappelle le comportement charmant de l'enfant lorsqu'il s'est retrouvé mitraillé par les photographes et lui demande comment le petit a réagi par la suite. La nurse lui explique gentiment :

– Cet événement ne l'a aucunement perturbé ! Dans la mesure où il est entouré de ses jouets et qu'on lui permet, au moins une fois par jour, de saluer le petit alligator nageant dans la fontaine de la palmeraie, rien ne peut déranger cet enfant! Je crois qu'Alexander a eu plus de mal à s'en remettre. Il a posé tant de questions!

La journaliste bavarde un moment avec la nurse, puis retourne seule à la réception du *Laurel-in-the-Pines*. Kaplan, quant à lui, préfère profiter de ses derniers moments à Lakewood pour se joindre aux promeneurs du dimanche qui ne cessent d'affluer aux abords du lac.

Étonnée, Anna aperçoit l'avocat d'Anne Stillman, John Brennan, à quelques pas d'elle.

– Bonjour, maître! Comment va votre cliente?

Plutôt que de répondre à la question de la journaliste, il fait dévier la conversation.

– Lors de notre dernière rencontre à White Plains, j'avais demandé un ajournement indéterminé de la cause. Je vous annonce maintenant en primeur que les audiences publiques reprendront de nouveau à White Plains, mercredi à dix heures. Nous venons d'obtenir une confirmation officielle du juge Morschauser.

Malgré les impondérables auxquels la Justice est soumise, Brennan croit sincèrement qu'avec les données dont il dispose aujourd'hui les avocats d'Anne Stillman pourront procéder mercredi à l'examen de la situation financière du demandeur afin de fixer une fois pour toutes la pension alimentaire de la défenderesse.

Brennan met subitement fin à leur entretien, prétextant que sa voiture l'attend. Une bonne façon de se soustraire à une entrevue plus fouillée!

* * *

Sur le chemin du retour, Anna rêve d'un dimanche soir pantouflard à souhait avec, une fois son article terminé, rien d'autre au programme qu'un moment de lecture qu'elle savoure déjà. Elle refuse poliment une timide invitation de Kaplan et presse le pas vers son havre de paix.

Sa mère, qui l'attend sur le seuil, la presse de se rendre immédiatement au *New York American*. Bradford a dépêché un messager en fin d'après-midi afin de demander à la journaliste d'aller le rencontrer dès son retour de Lakewood. Quand pourra-t-elle souffler un peu ? Rapidement, elle se rafraîchit et change de vêtements, espérant ainsi se débarrasser d'une partie de la fatigue de la journée. Repensant aux chroniques qu'elle rédigeait auparavant sur les chiens perdus, Anna est prête à encore plus de renoncement, s'il le faut, pour réaliser son rêve le plus cher : devenir une grande journaliste !

Vivement, elle marche vers la 5e Avenue et hèle un taxi.

Michael Bradford, les cheveux en broussaille, une cigarette au coin des lèvres, reçoit Anna en grommelant. Un certain Phelps Clawson, originaire de Buffalo et ami personnel des Stillman, loge au *Waldorf-Astoria* pour quelques jours. Il a lui-même pris contact avec le directeur des nouvelles pour l'informer qu'il serait disposé à rencontrer un journaliste. Clawson lui a révélé qu'il détient une information qui pourrait s'avérer d'une importance capitale dans la défense préparée par l'épouse du banquier. Il est impératif que cet homme soit interviewé dès ce soir. Voyant les cernes autour des yeux de la jeune femme, Bradford ajoute, compatissant :

– Je suis conscient de ce que je vous demande et je sais pertinemment que vous devrez, à la suite de cette entrevue, consacrer plusieurs heures à rédiger votre texte. J'aurais pu confier cette rencontre à quelqu'un d'autre, mais honnêtement, c'est vous, Anna, que je veux là… J'ai pris la chance de vous prendre un rendez-vous avec Clawson. Il ne me reste qu'à confirmer votre heure d'arrivée. Qu'en pensez-vous ?

Comment pourrait-elle refuser une requête présentée de cette façon ? Oubliant sa fatigue et son rêve de détente, elle remonte dans un taxi et demande le *Waldorf-Astoria*.

Construit en 1893, cet immense hôtel couvre tout un quadrilatère sur la 5e Avenue, entre les 33e et 34e rues. Il héberge non seulement des visiteurs de passage pour quelques jours dans la métropole, mais également de prospères New-Yorkais qui y séjournent pendant des mois, car il est souvent plus avantageux de loger dans ce type d'hôtel que d'entretenir une maison à la ville. Plusieurs autres mégastructures ont emboîté le pas au *Waldorf-Astoria.* Elles offrent aux plus fortunés l'avantage de loger dans de luxueux appartements dotés d'un système de chauffage central avec, sous un même toit, la possibilité d'accéder à des salles à manger aux menus dignes des tables les plus célèbres, à des boutiques, des galeries d'art, des salles de bal, des salles de lecture et de musique.

Maintes fois pendant ses études, Anna s'était amusée à arpenter la célèbre allée Peacock, traversant de part en part le rez-de-chaussée de l'hôtel. Plusieurs passants ont partagé cette même aventure et, pourvu qu'ils aient été décemment vêtus, jamais ils n'ont été importunés par qui que ce soit. Ils se promenaient nonchalamment sous les lustres dessinés par le célèbre décorateur Louis Comfort Tiffany et, nuit après nuit, sans dépenser le moindre sou, ils goûtaient la féerie de cet endroit destiné aux riches.

Anna demande au réceptionniste de l'hôtel d'informer Phelps Clawson de son arrivée. Invitée à monter au sixième étage, Anna emprunte un ascenseur, un peu inquiète de se retrouver seule avec un inconnu. Elle s'attendait plutôt à ce qu'il vienne la rencontrer dans l'une des nombreuses salles attenantes au hall. La journaliste constate avec soulagement que l'appartement loué par Clawson comporte plusieurs pièces, dont un salon spacieux.

Un jeune homme à la mâchoire carrée et au regard bleu l'accueille avec un sourire chaleureux. «Il est beau comme un dieu!» se dit Anna, soudain intimidée.

Fils de John L. Clawson, grossiste en tissus à Buffalo, ce séduisant jeune homme fut embauché à la National City Bank dès sa sortie de l'université Yale en 1917. Il a travaillé pendant plus de neuf mois à la succursale de La Havane, à Cuba. Par la suite et jusqu'à tout récemment, il a fait son service militaire dans l'aviation américaine.

Clawson se positionne d'entrée de jeu. Il ne cache aucunement son attachement pour Anne Stillman ni l'intérêt qu'il porte à sa fille. C'est d'ailleurs vers elle qu'il est accouru, voilà quelques jours, afin de s'assurer qu'elle soutenait la défense de sa mère, inquiet des rumeurs laissant entendre que la jeune femme avait pris le parti de son père.

Clawson fera tout en son pouvoir pour protéger la réputation d'Anne Stillman. Quand Anna lui demande comment il pourrait décrire cette femme, il lui présente un petit livre intitulé *Premiers poèmes*, publié au cours du dernier trimestre de 1919 et qu'il a affectueusement dédié à celle dont il prend la défense. Étonnée, Anna parcourt le texte écrit en l'honneur d'Anne Urquhart Stillman.

Pour A.U.S.

Vous qui avez vu ces maisons dressées par l'opulence
Dont les extérieurs froids expriment un art emprunté,
Faibles imitations copiées à la dérobée,
Montrez-moi un foyer, fruit du cœur.

Vous qui avez habité ces tombes vivantes,
Où les gens jouent à la vie, mais ne vivent pas,
Se croient régnants, mais en vérité sont esclaves;
Ils prennent tant, ils donnent si peu!

Parmi ceux qui se vantent de leurs liens ancestraux
Comme si la richesse d'un père pouvait leur donner naissance,
Montrez-m'en au moins un dont tous peuvent apprécier l'ascendance,
Qui aime les choses simples, la richesse de la terre!

Vous qui avez vu leurs enfants sans leur jeunesse,
Sans témoignage d'amour, plutôt marqués par la honte,
Qui n'ont jamais vraiment connu l'amour d'une mère,
Montrez-moi une femme qui mérite un tel nom!

Vous ne le pouvez pas ? Alors permettez-moi de vous amener
Dans un foyer aux cœurs chaleureux, où l'affection règne,
Vide de toute mesquinerie, où tout est vrai,
Où l'amour est estimé plus que tous les bijoux les plus chers.

Un foyer dont l'esprit brille comme un jardin,
Où chaque pensée est comme une jolie fleur
Qui présente à tous un défi exaltant et sans frontières :
Une âme toute belle et d'un pouvoir sans limites.

Une âme venue à travers les âges depuis longtemps,
Éprouvée par le feu de la souffrance, fléchie par la peine,
Non abattue, plutôt stimulée par chaque coup,
Avec un nouvel éclat et de nouvelles convictions.

Une telle vie était pleine de bonheur pour tous,
Et on pouvait la voir si seulement on la cherchait,
Bélier et lutte, même si vous tombez :
Soyez courageux, ce n'est pas une bataille pour les faibles.

Et ainsi, à la fin, on atteint la perfection,
L'âme se dresse glorieuse,
Ô ma mère, ce que tu as souffert, ce que tu as gagné
N'est connu que de ton Créateur... et de toi.

Anna observe son hôte un moment, puis lui demande d'où lui vient une telle admiration.

– Je la considère comme une mère et une muse. Elle a cru en moi, en mon talent. Sans renier l'importance de ma propre famille, je dois vous avouer honnêtement que sans elle jamais je n'aurais publié une seule ligne. J'étais terrifié par la critique mais, porté par son appui, par ses encouragements, je me suis lancé.

Spontanément, Phelps Clawson explique à la journaliste les circonstances qui ont entouré sa rencontre avec Anne Stillman. En 1916, il s'était lié d'amitié avec sa fille, également prénommée Anne, et à plusieurs reprises il lui avait rendu visite à Pleasantville. Pour être franc, il avait beaucoup plus qu'un béguin pour elle à cette époque.

La mère de la jeune fille l'a toujours accueilli avec empressement, prenant toujours la peine de s'enquérir de ses activités. C'est dans ces circonstances qu'il a accepté de faire partie de l'expédition qui a amené la famille Stillman, en 1916, d'abord au lac Wayagamack, puis au lac Du Chesne.

Avec une flamme dans le regard, Clawson décrit son séjour dans la vallée du Saint-Maurice. Pendant plus d'un mois, en compagnie de la jeune Anne, de Bud et de leur mère, sans oublier Frédéric Beauvais, leur précieux guide indien, il a vécu à la manière des coureurs de bois. Le savoir-faire et la gentillesse de Fred a fait de ce séjour un enchantement. Premier levé, dernier couché, patient avec tous, Frédéric Beauvais était un conteur et un chasseur émérite, en plus de cuisiner avec talent. Clawson garde un souvenir impérissable de ce voyage qui, il est vrai, vit la fin de son idylle avec la jeune Anne, mais scella son amitié avec sa mère.

Au départ, Clawson était très réticent à l'idée de s'engager directement et publiquement dans le procès des Stillman. Toutefois, il n'a pu se résigner à demeurer hors de l'arène quand il a senti «sa mère adoptive» menacée. Il en parle comme de la plus raffinée, la plus noble et la plus admirable des créatures qu'il lui ait été donné de rencontrer.

Anna, surprise devant tant d'éloges, ne peut s'empêcher de penser que Clawson idéalise Anne Stillman, et met sur le compte de la jeunesse cette vénération inconditionnelle.

De l'avis de Phelps Clawson, les accusations portées par James Stillman contre son épouse sont non seulement fausses, mais totalement ridicules. En janvier 1918, tandis qu'il travaillait au camp Mincola en Floride, il avait obtenu une permission et s'était rendu à la maison de campagne des Stillman à Pleasantville. Son séjour s'était dramatiquement prolongé, car le jeune homme y avait contracté une sévère pneumonie. Pendant deux semaines, Anne Stillman s'était transformée en infirmière dévouée.

Pendant sa maladie, Clawson a écrit plusieurs lettres à sa mère dans lesquelles il lui a abondamment parlé de la gentillesse et de l'hospitalité de ses hôtes, sans oublier les bons soins dont il était l'objet. James Stillman vivait à Mondanne à cette époque. Clawson a relaté à sa mère quelques-unes des conversations qu'il a eues autant avec le mari qu'avec l'épouse et, à ce moment, rien ne laissait présager une mésentente entre eux. Les lettres datées et dûment affranchies sont des preuves formelles du moment où elles ont été rédigées. Dernièrement, il a récupéré cette correspondance et l'a remise aux avocats d'Anne Stillman. Il voulait ainsi contrer les efforts du banquier cherchant à prouver qu'il n'habitait pas avec sa femme en 1918.

Clawson ajoute qu'il pourrait facilement entrer en contact avec le médecin appelé à son chevet à ce moment. Celui-ci pourrait confirmer la présence de James Stillman à Mondanne en janvier 1918, puisque tout médecin doit conserver dans ses registres les détails de ses interventions au jour le jour.

Si le témoignage de Phelps Clawson est retenu, si les lettres qu'il a écrites à sa mère deviennent des pièces à conviction, le juge Morschauser aura en main une preuve que Stillman était bel et bien sous le toit familial moins d'un mois avant la conception présumée de l'enfant.

Grâce à ce charmant jeune homme, Anna détient là une exclusivité ! Avec ce témoignage, même si Stillman réussit à prouver l'infidélité de sa femme avec le guide indien, comment ses avocats pourront-ils établir, hors de tout doute raisonnable, l'illégitimité de Guy ?

* * *

Aux rapides Manigance, on ne voit ni ciel ni terre. D'après le vieux Vaugeois, voisin de la pension des Giguère, le blizzard ne faiblira pas avant deux jours au moins. Ces tourbillons de neige réduisent la visibilité au minimum et empêchent souvent le voyageur de repérer les balises ou les signaux de danger. Encore une tempête de mars dont on se souviendra !

Gene Fowler, immobilisé contre son gré, observe Aurélie Giguère qui active difficilement le manche cassé de sa pompe à eau, rafistolé tant bien que mal avec du fil de fer et des bouts de bois. Elle exprime sa frustration en maugréant :

– Si ce maudit Lapointe n'avait pas triché avec moi, j'aurais ce qu'il faut pour me payer une belle pompe neuve cet hiver !

Fowler dresse l'oreille et, au risque de se faire rabrouer, il demande à son hôtesse qui cache mal sa colère :

– Parlez-vous d'Albert Lapointe de Grandes-Piles ?

– Vous le connaissez ?

– Mme Pelletier m'en a parlé.

– Ah bien ! Si Marie Pelletier vous en a parlé, je ne vois pas pourquoi je me gênerais aujourd'hui. Imaginez-vous donc qu'il m'a remis cent dollars pour mon voyage à New York, alors qu'il aurait dû m'en donner deux cents ! Je le sais parfaitement, car j'ai su que l'avocat à New York lui avait remis deux cents dollars à mon intention, et lui, le voleur, ne m'en a refilé que cent. Ah ! Dieu miséricorde ! Moi qui aurais tant besoin de cet argent maintenant !

– Ainsi, on vous a payée cent dollars pour témoigner à New York ?

– Oui, mais je vous répète que j'aurais dû en recevoir deux cents ! Mon affaire est tombée à zéro pendant mon absence ! Qui va me dédommager ?

– Est-ce que tous les autres témoins ont aussi reçu de l'argent ?

– Ça doit bien !

– Quelle histoire avez-vous racontée pour être payée cent dollars ?

– Misère ! Je n'ai pas raconté d'histoire ! Qu'est-ce que je savais ? Sans exagérer, Lapointe est venu me voir au moins une centaine de fois pour me demander de l'accompagner à New York. Moi, je ne connaissais rien qui puisse aider

M. Stillman. Lapointe insistait et il me répétait que je n'aurais qu'à raconter comment se déroulaient les séjours de Madame avec Fred Beauvais ici. Il a tellement insisté qu'il m'a convaincue. Les avocats de New York m'ont questionnée pour absolument rien dans le fond. Mais certaines personnes en avaient long à dire…

– Que voulez-vous dire ?

– Il n'y a pas que Charland qui ait une grande langue ! À la suite de mon témoignage, ce fut au tour d'une femme de La Tuque de se présenter… Non ! Je ne vous dirai pas son nom… Elle aurait accompagné son mari à Grande-Anse où il avait été engagé pour réparer la toiture de la grande maison de Madame. Poussés par je ne sais quel démon, ils sont montés sur un échafaud à proximité du « château » et paraît-il qu'ils ont vu par une fenêtre deux personnes dans une chambre et une robe appartenant à Mme Stillman, par terre, au pied du lit… Ça, monsieur, c'est le genre de choses que j'ai entendues à plusieurs reprises au cours de mon séjour à New York. Quand ce n'était pas l'échafaud dont il était question, c'était du trou de la serrure. Avez-vous déjà vu du monde pareil ? Quand je pense que je suis allée là pour leur dire que je n'avais rien à dire ! Tout ce temps que j'ai perdu ! J'ai été bête, monsieur Fowler, que j'ai donc été bête !

– Au moins, vos dépenses de voyage ont été remboursées ! dit Gene pour la calmer un peu.

– Pensez-vous qu'un seul d'entre nous avait les moyens de se payer un voyage à New York ? Voyons donc ! Ils ont tout payé et en plus, pour nous remercier ou pour nous la fermer, ils nous ont donné une compensation en argent. Et la mienne aurait dû être de deux cents dollars ! ajoute la dame en colère en retournant à sa pompe à eau.

Gene doit se retenir à deux mains pour ne pas courir téléphoner à Michael Bradford. Aurélie Giguère lui avait déjà confié qu'elle s'était rendue à New York « aux frais de James Stillman ». Mais là, elle lui confirme que Lapointe a recruté des témoins de Grandes-Piles à La Tuque et qu'avec l'argent de Stillman il a littéralement « acheté » leurs témoignages.

12

Le lundi 21 mars 1921

Winkler se sent moche ce matin et chaque pas lui impose une désagréable sensation de lourdeur. Fièvre, frissons et courbatures l'ont cloué au lit la veille. Il n'avait pas prévu ce traître assaut du chaud soleil de la Floride! Malgré son état pitoyable, il se fait conduire à Miami, chez Robert Scott, l'homme que Michael Bradford lui a recommandé de rencontrer le samedi précédent.

Un type fort réservé le reçoit. Ses cheveux grisonnants, coupés ras, et son épaisse moustache recouvrant complètement sa lèvre inférieure lui rappellent, en plus jeune, Georges Clemenceau, l'homme politique battu aux dernières présidentielles françaises.

John l'assure que son anonymat sera respecté. Jeune rentier au début de la cinquantaine, Robert Scott a régulièrement rencontré Florence Leeds depuis son arrivée à Miami en janvier dernier. À lui, comme aux gens qu'elle fréquente ici, Florence a relaté son mariage avec Franklyn Leeds, célébré à New York quelques années auparavant. De toute évidence, ce Leeds était l'ex-conjoint de Florence et le père de son enfant. N'ayant jamais accepté leur séparation, il aurait engagé des détectives, il y a quelques semaines, dans le but de lui enlever Jay Ward.

C'est alors que le rentier raconte à John une histoire digne des meilleurs films d'action. Quelques jours auparavant, Florence lui a demandé de la suivre en automobile afin de l'aider à déterminer qui étaient ces hommes qui la filaient continuellement. Convaincu qu'elle fabulait, Scott lui a plutôt suggéré de monter avec lui, mais elle insistait pour qu'ils soient dans des voitures différentes. Pendant un certain temps, le rentier observa le même véhicule dans son rétroviseur. Voulant en avoir le cœur net, il fit un appel de phares à l'intention du chauffeur de Flo, juste devant lui. Celui-ci bifurqua immédiatement dans une rue latérale; Scott le suivit, et les suspects pareillement. Soudain, la voiture de Florence ralentit. La jeune femme invita Robert Scott à passer à sa gauche et, lorsque les deux voitures furent vis-à-vis l'une de l'autre, elle lui fit signe de ralentir aussi. À sa grande surprise, elle passa derrière son chauffeur et enjamba la portière de son auto sport pour grimper dans la sienne, les deux véhicules toujours en marche! Avec l'agilité d'un guépard, elle prit place sur le siège du passager et s'empara du phare de recherche pour le braquer sur les poursuivants. Aveuglé, le conducteur a brusquement freiné et Florence s'est écriée : «Ce sont eux, ce sont les hommes à la solde de mon ex-mari! Aidez-moi! Ils veulent m'enlever mon enfant!» Les détectives se sont enfuis précipitamment.

– Avec ce que je connais des événements maintenant, je crois que cette poursuite invraisemblable ne servait qu'à étayer sa thèse du mari kidnappeur pour justifier la surveillance dont elle était l'objet depuis l'arrivée des détectives engagés par Anne Stillman. Jusqu'à ce que la double vie de James Stillman soit rendue publique, jamais je n'ai douté des confidences de Florence! Pourquoi ne m'a-t-elle pas tout simplement dit la vérité? Que j'ai été naïf!

Lorsqu'il a révélé l'existence du couple Leeds, jamais Winkler n'aurait imaginé créer tant de remous à Miami en obligeant Florence Leeds à défendre une mise en scène montée avec tant de soin! L'arrivée des détectives et l'absence du banquier ont forcé la maîtresse de James Stillman à protéger le passé qu'elle s'était inventé.

Robert Scott n'a rencontré le banquier qu'une seule fois.

– J'étais régulièrement invité à la villa de Florence Leeds et, au début du mois de février, James m'a été présenté. Pendant les deux semaines qui ont précédé le départ de Flo, il habitait sur son yacht ou encore à l'hôtel *Flamingo* et je suis convaincu qu'il y était inscrit sous sa véritable identité. D'ailleurs, il aurait tout aussi bien pu demeurer à la villa avec Florence, puisque leur relation n'était un secret pour personne ici.

Scott et Stillman ont un ami commun, lui aussi financier à Wall Street. Accompagné de sa petite amie, cet homme d'affaires a partagé plus d'une soirée avec le couple sur le *Modesty*. Les deux hommes se sont connus à Harvard et, depuis, ils fréquentent les mêmes clubs, en plus de partager plusieurs activités professionnelles et sociales.

Dernièrement, cet homme révéla à Scott l'existence d'une lettre écrite par Anne Stillman à son mari au printemps 1918. Cette missive contenait, paraît-il, un bilan de leur vie commune. La femme du banquier y accusait son beau-père d'être largement responsable de leur échec conjugal.

Au début de leur mariage, jusqu'à la naissance de leur deuxième enfant, le jeune couple a cohabité avec le père de James Stillman dans sa superbe demeure de la 72e Rue. Par la suite, ils ont emménagé à Pleasantville où, grâce à l'argent du père, ils se sont fait construire une demeure fabuleuse, entourée de plusieurs autres cottages du même style, servant à loger les serviteurs et les employés nécessaires à l'entretien de cet immense domaine. Le père Stillman obligeait son fils à travailler tous les soirs, de sorte que James prit l'habitude de demeurer à New York pendant la semaine, ne voyant sa famille que les fins de semaine.

Son père avait la réputation de paralyser quiconque l'approchait, simplement en plongeant son regard d'acier dans les yeux de son vis-à-vis. De plus, sa misogynie n'était un secret pour personne. Mais, autant le fils était soumis au père, autant la bru s'opposait à son beau-père. Selon Scott, elle aurait été la seule à oser affronter le maître de Wall Street.

Un glacier face à un volcan, voilà comment Winkler imagine les rapports entre le vieux Stillman et sa belle-fille.

Dans cette même lettre, Anne Stillman rappelait à son mari à quel point elle avait souffert de ses longues et fréquentes absences et elle lui aurait avoué, noir sur blanc, s'être effondrée dans les bras de son guide, prénommé Fred. Bien plus, elle aurait déclaré à son époux que, s'il aimait vraiment sa famille, il lui faudrait accepter un bébé indien. Ce document, présentement entre les mains des avocats de Stillman, serait à la base de toute sa poursuite.

Abasourdi par ces révélations, Winkler a du mal à croire ce qu'il vient d'entendre. Une question lui brûle les lèvres.

– Ne trouvez-vous pas étrange que cette lettre ait été écrite au printemps 1918 et que James Stillman ait attendu plus de deux ans pour demander le divorce et renier Guy? Je ne comprends pas!

– Je me suis fait exactement la même réflexion, monsieur Winkler. Il y a un autre fait troublant : à la même époque, Fred Beauvais, alors à l'emploi d'Abercrombie et Fitch, aurait définitivement quitté New York.

Une fois assuré que son hôte lui a dévoilé tout ce qu'il sait, du moins tout ce qu'il veut bien divulguer, Winkler veut se retrouver seul afin d'analyser ces révélations plutôt surprenantes. Il traverse la rue bordée de spacieuses maisons de style rococo, puis s'installe à l'ombre d'un palmier.

Les déclarations de Robert Scott sont-elles fondées? Il repense aux règles qui prévalent dans la haute société, milieu dans lequel baigne Anne Stillman depuis toujours… Winkler se souvient d'un entretien assez particulier qu'il a eu avec Eva Buchanan, une femme de Philadelphie qu'il a interviewée quelques mois auparavant. Au cours de leur conversation, Winkler lui avait dit, tout bonnement, qu'il croyait révolue l'époque où la haute société régnait en maître à New York et dans les grandes villes de la côte Est. Il se demandait même si cette caste, composée de quelques vieilles familles de la Nouvelle-Angleterre, n'était pas devenue un mythe. Cette dame distinguée et courtoise lui avait rétorqué : «Quand une personne affirme que cette classe n'existe plus, c'est qu'elle n'en fait pas partie.» Son sourire ne la quittant pas un instant, elle avait continué sur le même ton amusé : «Les membres de la haute société savent pertinemment que leur monde est bien vivant, mais ils croient qu'il n'est pas très poli d'en parler.» Winkler, un tantinet offensé, lui avait lancé un faible : «Vous croyez?»

John se revoit assis bien droit dans un haut fauteuil, Eva Buchanan lui faisant face, une tasse de thé à la main. Elle s'exprimait comme si elle maintenait en permanence un crayon entre ses dents. «Mon cher ami, de nombreux livres et articles ont été consacrés aux grandeurs et aux misères de la haute société américaine et, pourtant, bien peu de gens peuvent se vanter de raconter des faits authentiques sur le sujet. À preuve, dans un ouvrage largement diffusé dernièrement, on décrit par le menu un fabuleux mariage entre présumés gens de la haute, ici même à Philadelphie. On y déclare que, pendant sa nuit de noces à l'hôtel *Bellevue-Stratford*, la nouvelle mariée constata avec effroi l'impuissance de son mari. Désespérée, elle courut hors de l'hôtel et emprunta à tout hasard une rue sombre. En voyant venir vers elle un jeune homme superbement sculpté, titubant, une prostituée à son bras, la jeune mariée conçut à l'instant même un plan diabolique. Elle paya discrètement la femme de mauvaise vie et prit l'homme par le bras. Celui-ci, fortement sous l'emprise de l'alcool, ne nota nullement la substitution. Elle l'entraîna dans un hangar désert et l'ivresse n'empêcha aucunement l'homme de consommer avec vigueur une union dont il n'a sûrement gardé aucun souvenir précis. Pendant ce temps, le malheureux marié, honteux, quitta en trombe l'hôtel *Bellevue-Stratford* dans sa superbe voiture sport. À peine sorti de la ville, il percuta un arbre et perdit la vie dans cet affreux accident. Quant à la jeune femme, elle accoucha neuf mois plus tard d'un superbe garçon, héritier d'une des plus grandes fortunes de Philadelphie... Selon moi, cette histoire rocambolesque est totalement fausse, complètement ridicule. N'est-ce pas aussi votre avis?» Winkler lui avait manifesté son parfait accord et Eva Buchanan avait conclu sans broncher : «Inimaginable! Qui pourrait croire que des membres de la haute société choisissent l'hôtel *Bellevue-Stratford* pour leur nuit de noces ! »

Winkler en avait déduit que, dans ce monde, tout est permis à la condition que le cadre soit respecté et les apparences, préservées.

Se pourrait-il que les accusations du banquier soient fondées ? Depuis le début de cette histoire, Winkler se répète qu'il y a anguille sous roche : un homme de la trempe de Stillman ne peut lancer des accusations aussi lourdes de conséquences sans détenir des cartes maîtresses. Quant à son procureur, maître Sullivan, il n'aurait certainement pas accepté de défendre une cause perdue d'avance.

* * *

Michael Bradford se lève pour accueillir Anna, les mains tendues, prêt à la féliciter pour ses articles de la veille. Depuis le matin, les appels téléphoniques affluent au *New York American*. Les photographies des enfants Stillman ont fait sensation et le compte rendu de l'entretien avec le jeune Phelps Clawson a également suscité de nombreux commentaires de la part de leurs lecteurs.

Ravie, Anna remercie son patron et, sans plus tarder, lui résume ses dernières entrevues. Ce qu'il reste à faire prend rapidement le dessus sur ce qui est fait et Anna, qui croyait sincèrement pouvoir consacrer le reste de la journée à la rédaction de ses articles destinés à l'édition du soir, se voit confier une autre mission.

Bradford lui raconte en détail la conversation téléphonique qu'il a eue avec John Winkler, quelques instants plus tôt. Anna doit maintenant recueillir le plus de renseignements possible sur l'existence d'une lettre, on ne peut plus compromettante pour Anne Stillman. Cette lettre serait présentement entre les mains des avocats du président de la National City Bank. La jeune femme doit absolument vérifier si les affirmations de Robert Scott ont un fondement quelconque car, si tel est le cas, le dénouement de l'histoire peut rapidement basculer en faveur du banquier.

* * *

Quand Anna fait face à une série de tâches, elle accomplit toujours la plus pénible au début. Ainsi choisit-elle de rencontrer d'abord Cornelius Sullivan, l'avocat du banquier.

Il faudrait être aveugle pour ne pas voir le «61 Broadway», en relief dans le cuivre du linteau de porte de l'immeuble abritant les bureaux de la firme d'avocats. Des colonnes stylisées encadrent l'entrée du hall, éclairé d'une lumière dorée. En franchissant le seuil, Anna se répète que tout ira pour le mieux et que l'avocat à l'humeur de dogue ne peut la mordre. Elle marche avec détermination vers les luxueux bureaux de Delancey Nicoll et Cornelius Sullivan.

Anna ne pouvait espérer un accueil chaleureux de maître Sullivan. Il est tout de même poli. L'avocat lui confirme qu'il sera présent, mercredi, à la reprise des audiences à White Plains. Son associé, maître Nicoll, l'accompagnera. Ils auront en main le bilan financier du demandeur et ils déposeront des déclarations sous serment contenant tous les renseignements exigés par le juge Morschauser. Maître Sullivan refuse toutefois de préciser si Stillman ou son comptable seront présents.

– Est-il vrai que vous détenez une lettre écrite par Anne Stillman au printemps 1918 et dans laquelle elle reprocherait à son mari de l'avoir négligée?

– Vous ne vous attendez tout de même pas à ce que je réponde à cette question?

Sullivan clôt ce bref entretien par une formule de politesse tranchante. Cet homme sévère et glacial ne laisse filtrer aucune émotion. Ses paroles sont aussi incisives que l'arête de son nez. Anna a appris bien peu de choses et, même si elle s'attendait à une modeste récolte, elle est déçue.

La journaliste presse le pas, tentant de se revigorer. Elle bifurque dans Wall Street et remonte jusqu'au numéro 60 où sont situés les bureaux de Wickersham, Cadwalader & Taft, siège des défenseurs d'Anne Stillman. Les langues ne sont pas plus déliées là que chez Sullivan, et de George Wickersham elle ne recueille qu'une phrase laconique : «Si nos opposants possèdent une telle lettre, pourquoi ne la brandissent-ils pas ?»

Anna devra sûrement attendre l'audience de mercredi à White Plains pour en savoir plus. À supposer que la lettre d'aveux existe vraiment, le procès prendra-t-il fin automatiquement ? Le banquier obtiendra-t-il un divorce en sa faveur ? Anna se doutait bien qu'aucune des parties n'ouvrirait son jeu maintenant, mais elle croyait tout de même en apprendre un peu plus. Comment obtenir les avis juridiques dont elle a tant besoin ?

Spontanément, elle pense au procureur intérimaire de l'État de New York, maître Joab Banton, qui accepte de nouveau de lui fournir certaines explications par téléphone. La question de la journaliste se résume en quelques mots : «Une lettre contenant un aveu d'adultère peut-elle incriminer son auteur dans un procès de divorce ?»

Selon maître Banton, il est probable que, dans un tel cas, les avocats de l'auteur de cette lettre invoqueront la section B-32 du *Corpus juris* traitant de l'admission des confessions. Cet article stipule qu'aucun divorce ne peut être prononcé sur la seule preuve qu'une des parties avoue sa culpabilité. Il faut obligatoirement que d'autres faits viennent corroborer la confession, et celle-ci est admise en preuve s'il est prouvé qu'elle a été faite tout à fait volontairement.

Quand Anna lui spécifie que les aveux auraient été faits au conjoint deux ans avant la tenue du procès, le procureur précise alors que le moment et l'endroit où ces aveux ont été faits, de même que les circonstances qui les ont entourés, sont déterminants pour qu'ils soient admissibles car, dans ce contexte, un autre facteur très important entre en ligne de compte : la notion de pardon. En effet, si les aveux ont été faits deux ans avant la demande de divorce, les avocats de l'auteur des aveux demanderont certainement le rejet de cette pièce, en invoquant «le pardon». S'il est prouvé que les conjoints ont repris la vie commune après le constat de l'adultère, la loi présume que le fautif a été pardonné. S'il y a eu pardon, donc connivence, le fardeau de la preuve est alors partagé entre les deux parties et il peut même être complètement transféré à la charge du demandeur. Le conjoint trompé ne pourrait prétendre avoir repris la vie commune sans qu'il ait pardonné. Pour prouver qu'il n'y a pas eu pardon, il devrait démontrer que le couple n'a eu aucune relation intime, et pour ce faire, de solides témoignages seraient requis.

Au terme de leur entretien, maître Banton rappelle à Anna qu'un divorce est généralement prononcé si l'homme ou la femme est reconnu coupable d'adultère. À cause du peu d'autonomie financière des femmes, la journaliste n'est aucunement surprise d'apprendre que la majorité des demandeurs dans les causes de divorce sont des hommes. Cependant, elle ne cache pas son étonnement lorsque maître Banton lui précise que si un homme a une relation extraconjugale et que la maîtresse partage le toit du couple, cette relation n'est pas considérée comme adultère par le législateur.

Décidément, certaines lois empoussiérées de son pays mériteraient bien un bon coup de balai !

13

Le mardi 22 mars 1921

Parmi les nombreuses communications reçues au service des nouvelles du *New York American* pendant la nuit, l'une d'elles a particulièrement intéressé Michael Bradford. L'auteur de l'article, Forbes W. Fairbairn, correspondant de l'agence de presse Universal Services, s'est rendu hier après-midi à Guernesey, l'une des îles anglo-normandes situées à l'extrémité nord du golfe de Saint-Malo. Fairbairn y a rencontré Cora Urquhart Potter, mère d'Anne Stillman. L'actrice, maintenant à la retraite, habite depuis trois ans une magnifique villa ayant appartenu à Arthur Wellesley, premier duc de Wellington. Entourée de somptueux jardins en terrasses, «Old World» surplombe le port de Saint-Pierre, capitale de Guernesey.

Pendant quelques heures, au cœur d'une roseraie entretenue avec art, Fairbairn a amicalement conversé avec Cora Potter. Habituée aux relations publiques et aux contacts avec le monde de la presse, la sexagénaire s'est aimablement prêtée à cette entrevue. Elle a confié au journaliste avoir reçu dernièrement une lettre de sa fille lui apprenant les graves problèmes qu'elle vivait avec son Jimmie, précisant toutefois que ses enfants la soutenaient dans cette épreuve. Anne Stillman l'a assurée de son innocence et lui a demandé de ne pas s'inquiéter. Comme elle ne connaissait pas bien tous les détails de l'action menée par son beau-fils contre sa fille, Cora Potter a religieusement écouté Fairbairn lui narrer les faits saillants de la bataille juridique que se livre présentement le couple Stillman.

Aux yeux de sa belle-mère, Jimmie Stillman a toujours été un homme remarquable. À l'occasion de sa dernière visite, quelques années auparavant, il lui avait fait promettre de l'aviser si jamais elle se trouvait dans le besoin, s'engageant à toujours être là pour l'aider. «Même si je n'en avais qu'un, je l'appelais mon gendre préféré. À chacune de leurs visites, Anne et Jimmie étaient toujours exceptionnellement joyeux. Voilà pourquoi toute cette histoire me paraît encore plus incroyable.»

Cora Potter ne compte pas venir en Amérique prochainement. Par contre, elle y serait en un instant si sa fille, qu'elle surnomme tendrement Fifi, en manifestait le désir. D'après le contenu de sa dernière lettre, cependant, Cora croit fermement que tout rentrera dans l'ordre incessamment.

* * *

Peu avant la réunion hebdomadaire du conseil d'administration de la National City Bank, seul Charles V. Rich, jeune administrateur ambitieux, paraît disposé à répondre aux questions d'Anna. Ce Rich serait parmi les personnes les plus susceptibles de succéder à James Stillman si celui-ci était contraint de démissionner de son poste de président.

Rich s'exprime avec l'assurance de celui qui connaît sa leçon sur le bout de ses doigts. Ses réponses, vagues ou répétitives, sont celles d'un habile politicien devant parler et ne rien dévoiler. Anna prend congé de l'administrateur et se met à la recherche de Phillip J. Fleming, un autre employé à la National City Bank.

Grâce à un informateur anonyme, Anna a pu mettre la main sur une reproduction photographique d'un certificat d'immatriculation automobile conservé aux bureaux de l'État de New York à Albany. Ce document atteste qu'en juin 1918 Franklyn Harold Leeds a fait immatriculer une Marmon, modèle Clover Leaf, numéro de série 717021. À la question «Portez-vous des lunettes?», Leeds a coché «oui» et il a écrit «astigmatisme» dans l'espace réservé à «anomalie dont vous souffrez». Stillman porte également des verres correcteurs pour les mêmes raisons. Leeds a signé le document et la signature a été authentifiée par Phillip J. Fleming, notaire public et caissier adjoint à la banque dirigée par Stillman.

L'auto décrite dans ce document est sans contredit celle qui a amené Stillman à Stony Brook en août 1918, quelques semaines avant la naissance de Jay Ward Leeds. Pas plus tard qu'hier, par une coïncidence que Michael Bradford n'a pas osé questionner, un ex-chauffeur de James Stillman, également chargé de l'entretien de la voiture du banquier, a assuré le directeur de la salle de rédaction que le numéro de série de ce véhicule était bel et bien 717021.

Dans certaines banques reconnues, il est possible d'enregistrer des documents officiels, telles des immatriculations automobiles. Un employé doit alors accepter les tâches dévolues habituellement au notaire public. Point n'est besoin d'avoir une licence en droit notarial pour occuper cette fonction.

Anna présente à Phillip J. Fleming le document où il a authentifié sous serment la signature de Franklyn Harold Leeds. Pâle, tendu, il prétend ne pas se souvenir de Leeds, ne connaître aucun Leeds. Oui, il a dû certifier cette signature comme l'atteste la copie de l'immatriculation de la Marmon provenant des archives d'Albany, mais il ajoute, au comble de l'agitation :

– Écoutez, mademoiselle, des centaines de personnes fréquentent cette banque, je ne peux me souvenir de tout le monde ! De plus, le document dont il est question date de près de trois ans.

Anna soupçonne les alliés d'Anne Stillman d'être les auteurs de plusieurs appels anonymes dans le but évident de guider les journalistes vers des personnes capables de leur révéler des détails qu'il leur aurait été difficile de trouver sans leur aide. Ces informateurs ne disent pas tout, bien sûr; suffisamment toutefois pour mettre les gens de la presse sur des pistes insoupçonnées.

Au moment où Anna s'apprête à quitter la National City Bank, elle aperçoit d'autres journalistes se presser dans le hall d'entrée autour de Nathan C. Lenfestey, caissier et secrétaire du conseil d'administration, dont la réunion vient tout juste de prendre fin. Un bref communiqué non signé est distribué aux personnes présentes. Lenfestey en fait la lecture : «Lors de la dernière réunion du conseil d'administration de la National City Bank, tenue ici même il y a quelques minutes, James Stillman a donné sa démission, devant prendre effet immédiatement. Cependant, le conseil l'a rejetée à l'unanimité.»

Anna apprend que le banquier se trouvait dans l'institution pendant cette réunion, mais il n'y aurait pas assisté afin de ne pas influencer les membres du conseil. James Stillman aurait offert sa démission dans une brève note, sans préface ni explication.

Moins de la moitié des vingt et un membres de ce conseil d'administration ont participé à la rencontre. Parmi les grands absents, on compte les plus influents des administrateurs : Cyrus Hall McCormick fils, de International Harvester, Horace Wilkinson, président de la Crucible Steel Co. de Syracuse, Edgar Palmer, président de New York Jersey Zinc Co., William Cooper Procter, président de Procter & Gamble Co., William Rockefeller, frère de John D. Rockefeller, et son fils Percy A., beau-frère de James Stillman. Quant à Taylor Pyne et Henry A. C. Taylor, ils seraient présentement à leur résidence respective, incapables de travailler pour cause de maladie.

Par conséquent, aucun des membres du «*Big Four*», soit Rockefeller, Pyne, Taylor et Stillman, n'était présent. Ceux qui contrôlent la majorité des actions de la National City Bank n'ont pas jugé opportun d'assister à cette importante réunion.

* * *

Emmitouflé dans le manteau de chat sauvage de Grégoire Giguère, le mari d'Aurélie, Gene Fowler se sent prêt à affronter les bourrasques qui balaient encore l'imposant couloir creusé au fil des millénaires par la rivière Saint-Maurice. Quelques provisions, son papier et sa plume, un ou deux chandails supplémentaires, et le voilà fin prêt. La remontée sera ardue, car la neige fraîchement tombée n'a pas encore été passée au rouleau.

Le journaliste et le charretier recouvrent leurs cuisses d'une peau d'ours. Des briques brûlantes protègent les pieds des voyageurs contre les engelures. Deux chevaux tirent leur traîneau, le dos à moitié couvert par une épaisse couverture de laine. Deux paires de raquettes ont été fixées à l'arrière pour les portages et les randonnées.

Les croix noires érigées un peu partout le long du parcours leur rappellent de prier pour les malheureux qui ont été engloutis dans ces eaux tumultueuses. De petits sapins, plantés sur des monticules de neige, mettent les passants en garde contre la glace trop mince, incapable de supporter la moindre charge à ces endroits.

Un coup de feu les surprend. Au détour du chemin, des hommes encerclent un cheval, à moitié enfoncé dans la glace. Il s'est brisé une patte en tombant dans l'eau glacée et son maître, impuissant à le sortir de ce mauvais pas, a dû se résoudre à l'abattre. Déjà figé par le froid, les yeux exorbités, l'animal leur rappelle dramatiquement leur propre vulnérabilité.

De violents remous empêchent la glace de se former à certains endroits et obligent les voyageurs à portager dans des sentiers mal entretenus. Ces incursions en forêt sont aussi pénibles pour les humains que pour les animaux. Les deux hommes, munis de leurs raquettes, fournissent des efforts inouïs pour dégager les bêtes et porter les bagages. Transis, ils remontent dans le traîneau, pour recommencer le même manège quelques arpents plus loin.

Jusqu'à maintenant, Gene avait circulé sur la rivière Saint-Maurice en ne voyant que quelques pas devant lui. Il croyait la surface du cours d'eau lisse comme une patinoire, tandis que des blocs de glace s'empilent pêle-mêle à plusieurs endroits, comme si un froid sibérien avait soudainement figé un embâcle. Une étroite piste permet le passage du traîneau.

Gene ne voit aucune différence entre ce qui vient devant et ce qu'on laisse derrière. La neige nivelle et uniformise le paysage. Comment Gilbert s'y retrouve-t-il ?

Le journaliste somnole, alangui par la chaleur des briques chaudes, bercé par le glissement des patins sur la neige. Il rêve à moitié éveillé : il imagine son retour au foyer, Agnès dans ses bras, les enfants sur ses genoux. Autant ce pays l'exaltait et sa population le charmait, autant ce matin il donnerait une petite fortune pour retrouver sa famille et la grisaille de sa métropole.

Juste avant d'arriver à Grande-Anse, Gilbert lui souligne l'ampleur de la courbe dessinée par la rivière à cet endroit. Le chemin monte sur la berge pendant quelques arpents, car le cours d'eau est dégelé de part en part à cause du courant particulièrement fort à cet endroit. Un mur de brouillard dissimule l'autre rive.

Grande-Anse–Olscamp correspond à l'indicatif postal du village alors que sa dénomination religieuse est Saint-Théodore-de-la-Grande-Anse. En 1863, Théodore Olscamp, le premier arrivant, a baptisé cet emplacement en souvenir du village de Grande-Anse au Nouveau-Brunswick, où il aurait demeuré pendant son enfance.

Gilbert dirige son traîneau vers le presbytère, une grosse maison de bois de deux étages. De loin, les deux hommes entendent un bruit sec, régulier. Puis, un spectacle inusité s'offre à eux : un prêtre à la stature imposante fend du bois à une vive cadence. Sa soutane est relevée au-dessus de ses genoux et maintenue dans cette étrange position par un ceinturon noir. De petits éclats de bois se sont accrochés à son pantalon élimé, un peu court pour un si grand homme. Un bon tas de bûches s'entassent pêle-mêle à côté du prêtre qui, tellement concentré, ne remarque aucunement l'arrivée des deux hommes.

Après de brèves présentations, le curé Joseph Damphousse les invite à le suivre au presbytère et la ménagère les conduit au salon où une odeur d'encaustique surprend. Gene explique au curé qu'il désire rencontrer tous les Canadiens français qui sont allés témoigner à New York en décembre dernier à la demande de James Stillman. Le curé connaît très bien cet épisode de la saga judiciaire des Stillman, car en parcourant sa grande paroisse il a le privilège de se voir confier les secrets de tout un chacun.

Le curé Damphousse vante la générosité et la gentillesse d'Anne Stillman et corrobore les dires du curé Lamy, de Marie Pelletier et d'Aurélie Giguère, insistant sur la réelle affection qu'éprouvent les villageois à son endroit.

– Monsieur le curé, connaissez-vous personnellement les individus qui se sont rendus à New York pour témoigner ?

– Écoutez, juste avant leur départ, Jos Pagé et l'un de ses fils sont venus me voir et tous deux m'ont certifié qu'ils n'avaient rien noté de répréhensible dans la conduite de Mme Stillman ou dans celle de son guide. Si l'on m'a bien renseigné, beaucoup de gens furent employés au domaine, mais bien peu ont connu l'intimité de ce foyer.

– Les employés des Stillman étaient-ils tous originaires de Grande-Anse, monsieur l'abbé ?

– Non, plusieurs étrangers de La Tuque ou de Grandes-Piles ont aussi participé aux travaux de construction et d'aménagement du domaine des Stillman. Ces municipalités sont situées à des milles et des milles de Grande-Anse.

– On dit que James Stillman aurait « récompensé » ceux qui ont accepté de témoigner en sa faveur à New York. Qu'en pensez-vous ?

– J'enrage juste à penser que de bons catholiques ont pu se laisser corrompre par de l'argent. Certaines personnes seront reconnues coupables de parjure, autant par la justice de Dieu que par celle des hommes. Dans tous les cas, s'ils ne s'amendent pas, ils auront à porter le poids de leur faute pour l'éternité.

Le curé Damphousse parle avec autorité de ses ouailles et de sa mission auprès de ses pauvres colons. Par de nombreux exemples, il démontre au journaliste l'importance de son poste dans la communauté. Comme la plupart des gens sont peu instruits, non seulement le curé joue-t-il le rôle de guide spirituel, il devient aussi tour à tour thérapeute, avocat, notaire et conseiller matrimonial. Il est omniprésent, omniscient, omnipotent. Sa parole est écoutée et respectée.

Après avoir accepté l'hospitalité du curé pour la nuit, Gene et Gilbert prennent congé momentanément et s'empressent de parcourir la courte distance qui les sépare du domaine des Stillman. Gene veut absolument y jeter un coup d'œil avant la nuit, mais les paroles d'Aurélie Giguère résonnent encore à ses oreilles : «Hercule Desilets ne laissera aucun inconnu s'approcher de la propriété de Madame.» Pourvu qu'il se souvienne de son ancien compagnon de chantier!

Jusqu'à Grande-Anse, une mince bande de terre s'étend entre la rivière et la falaise. Parfois, les hauts rochers viennent même mourir dans les eaux de la Saint-Maurice. Cette vallée n'a jamais été considérée comme un endroit propice à la colonisation alors que l'exploitation forestière y règne en maître depuis plus de soixante-quinze ans. Et pourtant, les quelques terres qui y ont été défrichées fournissent à leurs propriétaires des fourrages rivalisant avantageusement avec ceux de la vallée du Saint-Laurent.

Les modestes maisons du village de Grande-Anse sont, à quelques exceptions près, construites en bois brut, sans revêtement ni peinture. Les deux voyageurs arrivent enfin à la hauteur du domaine Stillman, appelé aussi «Stillness». Une lourde barrière empêche les visiteurs d'aller plus loin avec leur attelage. L'ancienne ferme de Joseph Bettey jouit d'un emplacement exceptionnel : à certains endroits, les champs peuvent atteindre onze acres de largeur, un record entre Grandes-Piles et Lac-à-Beauce.

Au moins un mètre de neige recouvre encore la terre. Gilbert invite Gene à mettre ses raquettes afin d'atteindre la maison d'Hercule Desilets à travers champs. Empêtré dans son long manteau de fourrure, Gene a du mal à suivre le charretier, habitué à se balader dans les bois, sur la rivière ou dans les chemins enneigés ainsi chaussé. Par deux fois, le journaliste calcule mal l'espacement de ses pieds et pique du nez ! Gilbert revient sur ses pas, l'aide à se relever et lui montre de nouveau comment concentrer son poids au centre de la raquette et non à la pointe ou à l'arrière. « Il faut déposer le pied à plat sur le sol, monsieur Fowler, bien à plat ! »

Soudain, un homme armé, une furie, leur barre la route.

– Halte-là ! Qui êtes-vous ? Que voulez-vous ?

Gilbert prend les devants, lève les bras et entonne un air de folklore qui fait pouffer de rire le gardien, au grand soulagement de Gene.

– Un seul gars au monde peut chanter comme ça ! Mais qu'est-ce que tu fais par ici, le Gilbert ?

– Je t'amène de la grande visite des États ! C'est un ami, Gene Fowler, journaliste à New York.

Desilets se raidit, se souvenant des ordres stricts reçus de sa patronne. Sa tâche la plus importante consiste à protéger le domaine des intrus, particulièrement les gens de la presse et les détectives.

Voyant les réticences de Desilets, Gilbert le rassure :

– Tu peux nous faire confiance, Hercule, on ne te vendra pas. N'est-ce pas, monsieur Fowler, que vous n'écrirez rien qui pourrait compromettre mon ami ?

– C'est promis. Tout ce que je veux, c'est voir cette propriété et, si possible, vous entendre me décrire le travail que vous faites ici.

Les deux hommes se serrent la main et Desilets, gardant un œil méfiant sur Gene, les invite à se réchauffer dans sa maison. Ils longent un quadrilatère fermé sur trois côtés par la grange, l'étable et la maison occupée par les Desilets. Tout est blanc, impeccablement entretenu. Un petit sentier relie la maison du gardien à une grande, une immense maison, blanche aussi, dont les lucarnes sont étrangement coiffées par un toit tout en rondeur, comme un sourcil arqué au-dessus d'un œil grand ouvert.

Suivant le regard de Fowler, Hercule Desilets lui explique :

– Voici le château de Madame.

– Pourquoi appelez-vous cette maison un château ? On ne peut mettre en parallèle cette construction avec les châteaux de France ou d'Angleterre...

– Je n'ai jamais vu les châteaux des vieux pays mais, quand vous comparez la maison de Madame avec celles des colons des alentours, quand vous examinez les meubles, les bibliothèques, les porcelaines et l'argenterie qui s'y trouvent, c'est bien plus un château qu'une maison pour nous autres.

– Pourrait-on jeter un petit coup d'œil à l'intérieur de ce « château » ?

– Ah non, par exemple ! Ça, c'est impossible.

Gilbert a beau insister, rien n'y fait. Ils entrent donc dans la maison du gardien où une femme d'une quarantaine d'années fait asseoir les hommes avec amabilité et leur sert un petit remontant.

L'alcool réchauffe l'intérieur et délie les langues. Hercule Desilets a été embauché comme gardien l'automne dernier et il a emménagé dans cette confortable maison avec sa femme et ses trois enfants. Avec toute sa famille, il est donc logé et nourri, et reçoit trois fois plus d'argent que s'il était allé dans les chantiers cet hiver. Son travail consiste à prendre soin des animaux, à couper du bois, à effectuer une tournée de reconnaissance mensuelle au camp du lac Dawson, mais il doit d'abord et avant tout empêcher les étrangers de se promener dans les limites du domaine. Régulièrement, Anne Stillman lui transmet des instructions par câble, de brefs messages à cause des commérages. Lui ne sait pas lire, mais sa femme se débrouille assez bien. Ils n'ont jamais rencontré leur patronne en personne. Une certaine Ida Oliver les a embauchés au nom d'Anne Stillman puis, en novembre, elle est retournée à New York et personne ne l'a revue depuis.

Gene aimerait bien visiter le camp du lac Dawson dès aujourd'hui, mais selon Desilets il est bien trop tard pour faire l'aller et le retour avant la nuit. Cependant, si le journaliste est disponible le lendemain, Desilets est d'accord pour le guider et lui, il en profitera pour procéder à sa ronde habituelle. Ils devront prévoir un minimum de deux heures et demie à trois heures pour monter jusque-là.

* * *

Tôt ce matin, un message a été déposé à la réception de l'hôtel *Flamingo* à l'intention de Winkler. Frank A. Murphy, le signataire, jusqu'à tout récemment employé sur le *Modesty*, propose au journaliste de le rencontrer dès dix heures ce matin sur la digue près de laquelle le luxueux yacht a jeté l'ancre. Murphy sera reconnaissable au foulard à carreaux rouges et noirs qu'il portera sur un chandail marine.

À plusieurs reprises depuis le début de sa carrière journalistique, Winkler a obtenu des succès inespérés parce qu'il s'est retrouvé avec les bonnes personnes à la bonne place, au bon moment. Le hasard, comme les mécréants l'appellent, est parfois si étrange, si approprié ! Carl Jung, ce populaire médecin suisse qui fascine tant Winkler, nomme le phénomène synchronicité.

Winkler se protège du soleil par une ample chemise blanche et un chapeau à large bord. Il ressent encore les contrecoups de sa première journée en Floride.

Le marin à la peau brunie par de fréquents séjours en mer l'attend comme prévu. Murphy est parfaitement au courant des problèmes de son ex-employeur.

– J'aime bien M. Stillman, c'est un homme gentil et un bon patron qui paie bien. Malgré cela, ma sympathie va à sa femme. Je ne témoignerai pas intentionnellement mais, si je reçois une assignation à comparaître, je serai alors forcé de dire tout ce que je sais.

Incapable de supporter la maîtresse de son patron plus longtemps, Frank Murphy aurait remis sa démission il y a quelques jours. À l'emploi de Stillman depuis le mois de mars 1920, il a d'abord travaillé à sa résidence de Park Avenue puis, l'été suivant, à bord du *Modesty*. Le somptueux yacht de plus de quarante mètres était alors amarré au New York Yacht Club.

Le 15 août, jour de sa première sortie en mer, Stillman avait fait accrocher un large ruban jaune de part en part du pont menant à la proue et il a invité Florence, sa compagne de tous les jours, à couper le ruban. La façon dont elle exprimait constamment son ravissement enchantait James Stillman, mais irritait Murphy au plus haut point. Florence a baptisé le bateau, en fracassant une bouteille de cidre sur la coque. Personne n'avait pu mettre la main sur le traditionnel champagne et, au dire de Murphy, cela ne s'est plus jamais reproduit. Quand Winkler lui demande si le nom de ce bateau était approprié, Murphy rit de bon cœur. Selon lui, l'intérieur du *Modesty* peut rivaliser avec les plus belles propriétés de New York. Les chambres élégamment décorées, les salles de bains, les salons et les vivoirs, tout a été aménagé à grands frais.

Sept à huit hommes sont requis pour permettre à cet énorme bateau de plaisance de prendre la mer. L'équipage est dirigé par le capitaine Edward Wahwerit, secondé par Charles Nutson. Propulsé par deux gigantesques moteurs à essence, un peu capricieux, il requiert la présence permanente de l'ingénieur Lee Matthews et de son assistant. Quatre matelots complètent l'équipage. «Jusqu'à ces derniers jours, je tenais le rôle de steward», ajoute Murphy, incapable de cacher son aigreur.

Malgré la sympathie qu'il éprouve pour son ancien patron, Murphy a du mal à comprendre qu'un homme de sa trempe puisse se laisser manipuler à ce point par sa maîtresse, dont les exigences, souvent irrationnelles, empoisonnaient la vie de ceux qui la côtoyaient. Une fois de plus, Winkler constate la vulnérabilité des gens riches face aux serviteurs qui partagent leur intimité. Les domestiques ne sont pas forcément bavards, mais ils détiennent des secrets et par le fait même un pouvoir souvent sous-estimé.

Florence Leeds n'était pas toujours la bienvenue à bord, spécialement pendant la période de mouillage dans la région de New York. Au début de l'automne, James Stillman avait invité sa sœur, Isabel Rockefeller, et un ami, Jack Prentice, au dîner inaugural du *Modesty*. Comme chaque fois que des membres de la famille ou certains des amis de Stillman montaient à bord, Florence Leeds était confinée à ses appartements.

Parfois, Stillman amenait d'autres femmes à bord. Le scénario était toujours le même. Murphy préparait à leur intention un lit dans la cabine de luxe qui ne servait jamais. Un jour, Florence arriva en trombe sur les quais du New York Yacht Club au volant d'une petite auto grise. Très énervée, elle apostropha Murphy pour tenter de savoir qui était monté à bord la veille. Prétextant qu'on lui avait volé sa montre-bracelet, Florence insista pour lui faire soulever les matelas et secouer les couvertures de toutes les cabines. En vain, ils ont parcouru le vaisseau de la proue à la poupe. Devant elle, Murphy demeurait imperturbable, mais hors de sa vue il se moquait allègrement de ses faiblesses et de ses déboires.

Lorsqu'il séjournait en Floride, James Stillman jouait au golf tous les jours. Quelle que soit l'heure à laquelle la partie se terminait, il montait à bord avec Florence. Il passait la plupart de ses nuits sur le *Modesty*, même s'il avait un appartement réservé en permanence à l'hôtel *Flamingo*. Souvent, Florence couchait aussi sur le bateau. Officiellement, elle occupait une cabine à environ dix mètres de celle de Stillman.

Depuis que le couple est arrivé en janvier, il y a eu peu d'invités à bord. Toutefois, quelques jours auparavant, six ou sept amis de Florence sont venus souper. Ils étaient bruyants et parlaient d'argent, de spiritisme, d'âme sœur, sujets fort peu prisés par Stillman qui, contrairement à sa compagne, ne croit ni au destin ni à la chance ou à la malchance. James Stillman avisa sa compagne de ne plus recevoir ces gens chez lui.

Florence fixait parfois au miroir de la cabine de Stillman une carte, soi-disant magique, en proférant une espèce d'incantation. Immanquablement, il s'en débarrassait dès qu'elle quittait la pièce.

Murphy avoue à Winkler avoir longtemps hésité avant de parler, mais lorsqu'il a lu son article de ce matin dans le *New York American*, c'est à lui qu'il a voulu confier ses secrets. Maintenant, Winkler a bien peu à faire pour relancer le steward.

– Votre patron vous semblait-il amoureux de cette femme ?

– Je ne saurais vous dire. Quelquefois oui et, à d'autres moments, elle paraissait l'ennuyer au plus au point.

– Comment l'appelait-elle ?

– Elle appelait monsieur « Jay », alors que tous deux nommaient le petit « Jesse ». Point n'est besoin de vous dire que nous étions tous profondément convaincus qu'il était le père de l'enfant. Devant moi, monsieur désignait toujours sa compagne très formellement, « madame Leeds », qu'il s'adresse à elle ou qu'il parle d'elle.

– Depuis votre arrivée en Floride, Florence est-elle allée en mer ?

– Prendre réellement la mer, non. Laissez-moi vous raconter une tentative de voyage en mer. Le deuxième dimanche de février, nous devions nous rendre sur l'île de Bimini, propriété du millionnaire Carl Fisher, un ami de M. Stillman. La veille, ils étaient allés danser à l'hôtel *Flamingo* jusqu'aux petites heures du matin. Le lendemain, vers onze heures, mon patron m'a demandé : « Monsieur Murphy, pourriez-vous aller porter le petit-déjeuner de Mme Leeds dans sa cabine, je vous prie ? »

– Vous parlait-il toujours sur ce ton ?

– Toujours. Poli et respectueux envers ses employés, M. Stillman s'est toujours comporté en gentilhomme. Même si l'événement dont il est question a eu lieu il y a plus de deux mois, je me souviens de chaque détail très clairement. J'ai donc apporté à Florence Leeds des fraises avec de la crème fraîche, des rôties, de la confiture et du café. Je l'ai trouvée au lit, sans aucun maquillage ni autre artifice, et j'ai eu un choc ! Sa peau, si fraîche hier encore, était jaunâtre ce matin-là, et son teint, cireux. Jamais je n'avais remarqué ce nombre incalculable de taches de rousseur, jusqu'alors habilement masquées par son maquillage. Elle déjeuna et, moins d'une heure plus tard, nous atteignions la haute mer, plutôt agitée ce jour-là. Au moment où je me demandais comment Mme Leeds supportait le grand large, je la vis arriver sur le pont, soutenue par monsieur, vêtue d'un kimono mal fermé. Il l'a conduite à la poupe et l'a aidée à s'étendre sur une chaise longue. Extrêmement pâle, elle a subitement viré du jaune au vert. Elle a geint et, difficilement, elle a balbutié : «Je déteste la mer, je ne peux supporter la mer! Ramenez-moi, ramenez-moi!» Monsieur a donné l'ordre au capitaine de rebrousser chemin. Voilà comment s'est terminé ce court voyage en mer.

Murphy n'apprécie pas Florence Leeds, il ne s'en cache point.

– Vous n'aviez qu'à l'écouter pour vous rendre compte qu'elle était plutôt rustre. De plus, elle ne connaissait rien de l'étiquette. Elle ne savait pas comment utiliser un couteau lorsqu'elle mangeait du poisson et elle laissait souvent tomber des miettes de pain par terre; ses manières étaient déplorables. Avec quelle patience M. Stillman a-t-il tenté de lui enseigner comment découper des cailles, du homard ou des coquilles Saint-Jacques. Elle était incapable d'une véritable discussion avec lui. Combien de fois lui a-t-il suggéré telle ou telle lecture! Au début, elle lisait un peu dans le seul but de lui plaire, mais bien vite elle s'est lassée et a trouvé toutes sortes de raisons pour échapper à ce qu'elle qualifiait elle-même de supplice. Comment pouvait-elle intéresser un homme aussi distingué, aussi intelligent?... À moins que l'explication ne se trouve du côté du petit Jay, véritable sosie de M. Stillman!

Murphy parle ensuite à Winkler des détectives qui ont rôdé près du bateau quasi jour et nuit au cours des trois dernières semaines. Évidemment, leur présence a provoqué de vives discussions chez le couple comme chez les employés. Déguisés en pêcheurs ou en ouvriers, habillés de salopettes ou en maillot de bain, les détectives ramaient, infatigables, autour du *Modesty*; ils allaient même jusqu'à espionner par les hublots! James Stillman était plus qu'ennuyé par leurs simagrées. Murphy affirme que ces hommes ont recueilli suffisamment de renseignements pour incriminer son patron, qui a quitté précipitamment la Floride, voilà deux semaines déjà, en compagnie de son ami, Jack Prentice. Il a avisé ses employés qu'il allait revenir bientôt, mais, au lieu de cela, jeudi dernier, le capitaine Wahwerit fut informé par câble de ramener le *Modesty* vers le nord dès que la température le permettrait.

– Et Florence Leeds ? demande Winkler, qui désire corroborer les dires de Robert Scott.

– Elle a quitté la villa pour La Havane mardi dernier en compagnie de sa servante, Bertha Potter. Son départ fut si soudain qu'elle a tout laissé derrière elle, n'emportant que de menus effets pouvant tenir dans quelques sacs à main, elle pourtant si attachée à ses toilettes et à ses trésors. Agitée à l'extrême, elle disait devoir quitter d'urgence Miami.

Winkler ne serait pas surpris d'apprendre que la vengeance ait inspiré les déclarations de Murphy. Florence Leeds l'aurait-elle humilié ? L'aurait-elle traité avec mépris ? Le journaliste se promet bien de parler lui-même de cet homme à Anne Stillman. Ce sera un excellent prétexte pour entrer en contact avec elle de nouveau.

14

Le mercredi 23 mars 1921

La veille, Anna a obtenu de Michael Bradford que, en plus du photographe Ern Kaplan, elle puisse être accompagnée à White Plains de la sténographe Anita Colbay. Le directeur de la salle de rédaction a cédé quand la journaliste lui a suggéré, comme titre de son prochain article : «En exclusivité pour les lecteurs du *New York American* : chaque mot prononcé dans la cause de Stillman contre Stillman et Stillman».

Malgré l'heure matinale, une grande agitation règne déjà à White Plains, capitale régionale du comté de Westchester. Venue de New York et des environs, une foule de curieux avance dans Main Street, puis bifurque à droite dans Court Street en direction du palais de justice.

Située au deuxième étage, la salle réservée ce matin au juge Morschauser est pleine à craquer une heure avant le début de l'audience, prévu pour dix heures. Un shérif et son assistant en gardent l'entrée; ils viennent de laisser pénétrer les derniers curieux dont les talons cloutés résonnent sur le plancher de granit qui n'a rien perdu de son éclat d'origine malgré les innombrables pas, déçus, résignés, furibonds ou inquiets, qui l'ont foulé depuis tant d'années.

Entassés dans le box des membres d'un jury non requis ce matin, des journalistes parlent bruyamment. Anna, quant à elle, occupe avec plusieurs de ses confrères une partie de l'espace normalement réservé aux avocats. Cette enceinte n'avait pas accueilli une aussi imposante délégation de la presse depuis bien longtemps. Loin de s'émousser, l'intérêt du public pour cette histoire ne cesse de croître.

Les avocats de James Stillman font leur entrée, suivis des avocats d'Anne Stillman. Finalement, le défenseur de leur dernier-né, maître John Mack, prend place à la table qui lui est réservée.

À l'entrée du juge Morschauser, la foule se lève d'un bond et le silence s'installe. Le greffier, Charles Decker, ouvre la séance. Le juge a réservé trois heures pour entendre les parties en cause, mais à sa grande surprise maître Brennan, le procureur d'Anne Stillman, et maître Nicoll, son adversaire, l'informent que leurs interventions seront brèves.

Maître John Brennan est invité à prendre la parole et à résumer les faits.

– Votre Honneur, le 5 mars dernier à Poughkeepsie, comté de Dutchess, nous, mandataires de la défenderesse, avons demandé que soit augmentée la pension alimentaire pour notre cliente et ses enfants, de même que soit allouée une provision afin de couvrir les frais de cour. À ce moment, vous aviez constaté une différence importante entre les revenus nets du plaignant selon qu'ils vous étaient présentés par ses représentants ou par nous : d'après nos recherches, les revenus annuels du demandeur se situaient, en 1920, entre huit cent mille et un million de dollars tandis que, dans les déclarations sous serment présentées par ses avocats, toujours ce 5 mars, on affirme que les revenus de M. Stillman étaient de l'ordre de deux cent mille dollars. Nous vous avons alors demandé d'interroger le plaignant afin d'éclairer la cour dans l'attribution d'une pension alimentaire juste et équitable pour notre cliente et ses enfants. Vous nous avez donc suggéré d'inviter les représentants de la partie adverse à fournir les documents prouvant leurs allégations, en supposant qu'ils acquiesceraient afin d'éviter à leur client de comparaître comme témoin. Nous leur avons effectivement fait une telle demande et, jusqu'à ce matin, nous n'avions rien reçu de leur part. Il y a quelques minutes à peine, on m'a avisé qu'une déclaration sous serment déposée aujourd'hui par maître Cornelius Sullivan pourrait clarifier la situation. Si j'ai bien compris, Votre Honneur, maître Sullivan soutient dans ce document que les revenus de son client s'élèvent à cinq cent mille dollars pour la présente année. Est-ce exact?

Maître Levy, qui agit également comme défenseur d'Anne Stillman, sourit et lance, avec un air narquois :

– Cinq cent trente-six mille dollars, pour être tout à fait exact, maître.

D'un signe de la main, le juge Morschauser rappelle à l'ordre l'indiscipliné et invite maître Brennan à continuer.

– S'il en est ainsi, nous acceptons ces chiffres comme véridiques et, sans vouloir narguer nos collègues, nous tenons à ajouter qu'il est tout de même curieux de voir un gain s'accroître de la sorte en dix-huit jours… Le document est suffisamment explicite à notre avis pour permettre à la cour de prendre une décision éclairée. Toutes les autres questions ayant été suffisamment débattues antérieurement, Votre Honneur, je n'ai plus rien à dire.

Maître Delancey Nicoll demande la parole.

– Votre Honneur, notre client est prêt à payer la pension alimentaire et les frais de cour que vous jugerez appropriés. Il est très important de noter que la majorité des hommes d'affaires de New York ont connu, en 1919-1920, une période catastrophique à maints égards. Les pertes en capital qu'a subies mon client ont diminué son revenu imposable, comme la loi le permet. Voilà donc les faits, Votre Honneur.

Les avocats d'Anne Stillman, confortablement installés dans leurs sièges, regardent la scène, amusés. Maître Nicoll poursuit sur un ton qu'il veut posé :

– Nous vous avons donc soumis tous les renseignements vous permettant de traiter la demande de la défenderesse. Cependant, Votre Honneur, qu'un homme soit fortuné ne devrait pas encourager la cour à allouer un pourcentage de ses revenus en pension alimentaire, et nous pouvons invoquer la jurisprudence pour appuyer notre demande.

Le ton de maître Delancey Nicoll devient soudain plus mordant :

– La position de M. Stillman dans cette affaire est claire. Il croit, et le contenu des déclarations sous serment présentement entre vos mains le prouve, que la femme qu'il a épousée, la mère de ses trois enfants, a pris comme amant un guide indien…

– Objection, Votre Honneur!

Compte tenu de son âge, l'agilité avec laquelle maître Brennan se lève est vraiment surprenante. Jusqu'à cet instant, toutes les personnes présentes étaient bien adossées. Maintenant, leur corps est légèrement incliné vers l'avant, dans l'expectative.

– Nous sommes ici pour examiner les revenus du demandeur afin de fixer une pension alimentaire et des frais de cour, et pour rien d'autre, Votre Honneur. Mon distingué collègue connaît pertinemment le motif de la présente audience. C'est contraire à la procédure que de traiter d'un autre sujet que les revenus du plaignant.

Le juge permet tout de même à la partie demanderesse de poursuivre. Les objections des avocats d'Anne Stillman n'y changent rien et maître Delancey Nicoll déclare :

– Votre Honneur, en décembre dernier, devant le juge Daniel Gleason, six témoins ont attesté sous serment que l'épouse du demandeur avait pris comme amant un guide indien du nom de Frédéric Beauvais, duquel elle aurait eu un enfant. Cette relation adultère aurait débuté en 1916 et se serait poursuivie après la naissance de l'enfant; elle aurait donc duré plus de trois ans. M. Stillman doit maintenant reconnaître cet enfant comme un membre de sa famille ou le répudier. Mon client affirme que jamais il n'a consenti à de tels rapports entre son épouse et ledit Beauvais. Il croit maintenant de son devoir, par respect pour la mémoire de son père, par respect pour sa famille et ses autres enfants, de clarifier cette situation on ne peut plus délicate. S'il lui avait été possible d'opter pour une autre solution afin de prouver l'illégitimité de l'enfant Guy, nul doute qu'il l'aurait choisie. Malheureusement, selon le code de l'État de New York, suivant la procédure prescrite par la loi, il se devait dans un tel cas de poursuivre à la fois la mère et l'enfant.

Prenant un air affligé, maître Nicoll poursuit :

– Comment pourrait réagir un mari, un père, dont l'esprit empoisonné par un doute terrible est incapable d'accepter cette offense, même si, dans un élan de sincérité, sa femme lui a avoué dans une lettre pathétique qu'elle s'était rendue coupable d'adultère ?

Retrouvant son allure énergique, l'avocat de Stillman se hâte d'enchaîner :

– Voilà donc les charges du demandeur contre la défenderesse. Cependant, par l'intermédiaire de cette cour, Anne Stillman accuse mon client en guise de défense. Elle est donc autorisée à réclamer une pension alimentaire provisoire, tant que Votre Honneur n'aura pas statué sur le fond. Notre client se veut juste et généreux, et il reconnaît que son épouse doit se défendre en plus de protéger la légitimité de l'enfant. Pendant toute la durée du procès, elle aurait donc droit à un revenu lui permettant de vivre dans un luxe raisonnable et de maintenir le niveau de vie auquel elle est habituée. Maintenant, à combien devrait s'élever la somme devant lui être attribuée ?

Maître Nicoll s'arrête l'espace d'un instant, comme s'il voulait d'avance savourer la suite. Il reprend, le torse bombé :

– La plus grosse somme jamais allouée par une cour de cet État, monsieur le juge, le fut dans le procès opposant Gould contre Gould dans lequel j'ai eu l'honneur de représenter M. Gould. Katherine Gould a demandé une pension alimentaire identique à celle que voudrait Anne Stillman, soit cent vingt mille dollars par année. Le juge Bishop a cru bon de réduire cette somme à vingt-cinq mille dollars annuellement. Votre Honneur, je vous cite ce cas à titre d'exemple. D'un autre côté, vous pourriez me dire : « Maître Nicoll, vous avez déjà consenti une somme annuelle de cinquante mille dollars à Mme Stillman alors que, dans le cas de Katherine Gould, le juge Bishop a estimé que la somme de vingt-cinq mille dollars était amplement suffisante. » D'une certaine façon, Votre Honneur, la pension devant être versée à la défenderesse est déjà fixée par les jugements rendus dans des causes similaires. La somme que nous sommes prêts à consentir démontre la magnanimité de mon client. Quant à la provision pour frais, nous nous fions entièrement à votre jugement.

– Monsieur le juge, intervient maître Mack, je ne suis nullement intéressé par la somme qui sera attribuée en pension alimentaire ou en provision pour frais. Je dois cependant m'assurer que la mère aura les fonds nécessaires pour répondre convenablement aux besoins de Guy. Toutefois, j'aimerais corriger une affirmation faite par maître Nicoll qui, que je sache, n'a pas assisté à l'interrogatoire hors cour mené devant le juge Gleason en décembre dernier. Jusqu'à ce jour, Votre Honneur, nul autre que James Stillman n'a été reconnu officiellement comme le père de Guy, puisque les documents alléguant l'illégitimité de l'enfant n'ont pas été retenus par cette cour.

– Votre Honneur, nous croyons que maître Mack nous a mal interprété, précise Nicoll. Mon argumentation se base sur des documents qui vous ont été remis aux audiences de Poughkeepsie.

Avec toute l'énergie qu'on lui connaît, maître Mack reprend :

– Aucun témoignage et aucune déclaration sous serment compromettants n'ont encore été officiellement acceptés par la cour. Une seule pièce fut déposée pour appuyer les accusations de James Stillman contre sa femme et son enfant, et elle n'a pu être acceptée puisqu'il s'agissait d'une communication confidentielle entre époux. Pour prouver la légitimité ou l'illégitimité d'un enfant, même le témoignage d'une mère ne peut être valide juridiquement parlant et aucun des parents ne peut prouver quoi que ce soit. Au risque de me répéter, monsieur le juge, j'aimerais que vous preniez note qu'à ce jour aucun témoignage, aucun document n'a été accepté par cette cour qui pourrait faire douter de la légitimité de Guy Stillman.

Outré, maître Brennan demande la parole :

– Votre Honneur, à l'audience du 5 mars dernier, nous avions convenu que nous nous en tiendrions aujourd'hui au motif pour lequel cette cour a été convoquée. Se peut-il que la dernière intervention de maître Nicoll ait été faite à l'intention des représentants de la presse ici présents plutôt qu'à celle de la cour ? Permettez-moi de douter de ses intentions, Votre Honneur ! J'aimerais également préciser que l'affaire Gould ne peut en aucun cas servir d'exemple dans cette cause, puisque Katherine Gould était sans enfant. Souvenez-vous que notre cliente en a quatre, monsieur le juge, quatre !

Nicoll intervient brusquement :

– Votre Honneur, j'aimerais prier mon collègue d'éviter d'aborder un sujet qu'il nous a empêchés de débattre, il y a quelques minutes à peine !

Faisant fi de la remarque de son opposant, maître Brennan s'adresse, comme il se doit, au juge Morschauser :

– Venons-en au fait ! Votre Honneur, nous ne sommes pas ici pour quémander ni pour implorer la générosité du plaideur. Nous demandons tout simplement à cette cour de rencontrer ces Indiens, de je ne sais quelle tribu, capturés en décembre dernier dans les forêts du Canada et qui ont témoigné pour James Stillman contre ma cliente. Quelles déclarations ont-ils faites ? Qu'est-ce qui nous prouve qu'ils ont dit la vérité ?... Voilà pourquoi nous désirons procéder à un contre-interrogatoire. Mais nous y reviendrons. Pour l'instant, monsieur le juge, voyons le contenu de la déclaration sous serment déposée par le demandeur avant l'audience du 5 mars. Entre le 1er juillet 1920 et le 1er février 1921, M. Stillman a alloué à sa fille une somme de dix-huit mille quatre cent soixante-neuf dollars et quatre-vingt-quatre cents. Pendant la même période, il certifie avoir payé six mille quatre cent trente-quatre dollars et soixante-quatorze cents pour l'aîné de ses fils, alors qu'il a déboursé deux mille cinq cents dollars pour son autre fils, Alexander. Donc, en sept mois, il a versé plus de vingt-sept mille quatre cents dollars en faveur de trois de ses enfants, sans compter les cinq mille dollars payés à sa femme mensuellement. Ces renseignements sont incontestables, puisque le demandeur les a lui-même fournis à la cour.

– Mon collègue semble oublier un détail très important, Votre Honneur...

– Je le reconnais, maître Nicoll, j'y arrive...

– Monsieur le juge, maître Brennan doit certainement savoir que mon client continuera à pourvoir aux besoins de ses enfants, comme il l'a fait jusqu'à ce jour.

– Mais, Votre Honneur, ne perdons pas de vue que nous réclamons également la garde légale des enfants ! M. Stillman a donc lui-même déterminé la somme nécessaire pour combler les besoins de sa famille, et si, comme moi, vous calculez ce qu'il lui en coûte présentement pour une année, vous obtiendrez une somme supérieure à cent mille dollars. En demandant une pension alimentaire mensuelle de dix mille dollars, nous réclamons à peine mille cent dollars de plus par mois que ce qui est attribué présentement à la mère et à ses enfants. Un problème similaire fut résolu en janvier dernier à Buffalo dans le cas de Conklin contre Conklin.

– Avez-vous l'intention de déposer ce cas, maître Brennan ?

– Oui, Votre Honneur, nous le ferons. Donc, dans le cas Conklin, la cour a fixé, si l'on veut, la règle à suivre et elle se résume ainsi : la femme doit recevoir une aide financière correspondant à son rang social et à la fortune de son mari. Il est donc du devoir de la cour d'examiner toutes les particularités du cas présent afin d'accorder à l'épouse et aux enfants de James Stillman un revenu raisonnable en tenant compte des circonstances.

Le juge Morschauser cesse de prendre des notes, observe l'assemblée, puis arrête son regard sur les avocats qui lui font face.

– À mon avis, messieurs, vous négligez l'essentiel dans cette cause, soit la légitimité de l'enfant. Laissez-moi le soin de prescrire la pension alimentaire. Il me sera facile de prendre une décision équitable avec toutes les informations et les documents que j'ai en main présentement. Attaquons-nous plutôt au cœur du problème : l'enfant ne devrait-il pas être assuré de la meilleure défense pour le respect de ses droits ? La provision pour frais nécessaire à cette défense sera-t-elle confiée à la mère ou au gardien légal des droits de l'enfant ?

Ne doit-on pas considérer cette décision comme capitale? Jusqu'à maintenant, aucun de vous n'a attiré l'attention de la cour sur cet épineux sujet.

Louis Levy intervient de nouveau.

– Votre Honneur, vous venez effectivement de mettre le doigt sur le cœur du litige. Ma cliente défend ici son devenir et plus encore celui de son enfant. Nous réussirons à prouver que les attaques de nos opposants sont sans fondement. Nous démontrerons hors de tout doute l'innocence de la défenderesse. Votre Honneur, Anne Stillman implore cette cour de lui fournir les moyens de se défendre et de protéger les droits de son enfant.

– Concernant la provision pour frais, voilà, messieurs, ce qu'il vous fallait considérer.

– Votre Honneur, ajoute maître Brennan, je me permets de formuler une seule petite remarque quant à votre commentaire sur la priorité des droits de l'enfant. Nous sommes privilégiés d'avoir comme juge un homme de cœur.

«Les propos de maître Brennan sentent l'obséquiosité à plein nez», se dit Anna.

Amusé, le juge Morschauser reprend :

– Maintenant, messieurs, auriez-vous l'obligeance de me remettre tous les documents pouvant me permettre de prendre la meilleure décision possible d'ici lundi prochain? J'aimerais préciser aux membres de la presse qu'aucun d'eux n'aura accès à cette documentation. Si messieurs les avocats n'ont pas d'objection, le greffier de Westchester, ici même en ces lieux, déposera au dossier de la cour tous les documents qui me seront remis ce matin. Il les transmettra ensuite au greffier du comté de Putnam, qui les archivera.

Le juge Morschauser parcourt la salle du regard et, comme personne ne soulève d'objection, il poursuit :

– Veuillez, messieurs, me remettre tous ces papiers pour que je sache où j'en suis dans cette affaire. Vous aurez jusqu'à samedi pour déposer les déclarations sous serment additionnelles, qu'on me livrera le même jour à Poughkeepsie. Ainsi, je suis assuré de travailler samedi prochain.

– Naturellement, vous ne travaillerez pas dimanche, Votre Honneur, ajoute Nicoll d'un ton badin.

– Comment cela ?

– N'avez-vous pas lu les nouvelles lois empêchant le travail le dimanche ?

– Voyons, maître Nicoll, ces lois ne s'appliquent pas à la magistrature !

Anna peut deviner le contenu de plusieurs déclarations sous serment. Le juge pourra certainement prendre connaissance des témoignages consignés par écrit des Sophia Bartkoff, Frank Ivens et Della Brook, du contenu de six lettres qu'aurait acheminées Frédéric Beauvais à Mme Stillman et de la fameuse lettre d'«aveux» signée par la femme du banquier. Les avocats d'Anne Stillman devraient aussi déposer deux lettres : la première fut écrite par son mari à son retour d'Europe, quelques jours avant la fête de Noël précédant leur séparation. Selon des personnes dignes de foi, il s'agirait d'une véritable lettre d'amour dans laquelle James Stillman aurait déclaré à sa femme : «Vous êtes à mes yeux l'être le plus précieux qu'il m'ait été donné de rencontrer et vous représentez la plus merveilleuse influence de toute ma vie.» La deuxième lettre présentée par les avocats d'Anne Stillman fut écrite en janvier 1918 par Phelps Clawson à sa mère demeurant à Buffalo. Plusieurs autres documents colligés par les avocats et par les détectives engagés de part et d'autre sont aussi remis au greffier et aux parties adverses.

Comme il est courant à la suite de telles audiences, la foule se disperse lentement tandis que les journalistes se ruent vers la sortie, une seule pensée en tête : produire et publier. Dans le train qui en ramène plusieurs à New York, on entend les plumes glisser sur le papier. Anna ne fait pas exception. Elle doit consulter à plusieurs reprises les notes sténographiques d'Anita Colbay afin d'obtenir une précision ou encore une citation.

* * *

Hier soir, lors de son compte rendu journalier, Winkler a appris de Bradford la présence de Florence Leeds à Palm Beach. Comment le directeur de la salle de rédaction a-t-il pu la localiser? Qui l'a informé? Comme à l'accoutumée, Bradford se garde bien de dévoiler ses sources!

Winkler découvre là un site enchanteur, couvert de palmiers et de cocotiers. En 1890, un véritable visionnaire du nom de Henry Flagler conçut les plans d'aménagement de ce centre de villégiature en bordure de l'Atlantique.

Le journaliste repère aisément le *Royal Poinciana Hotel* où Florence Leeds aurait trouvé refuge depuis quelques jours. Malheureusement, il arrive le jour même où l'établissement ferme pour la saison d'été, trop chaude pour attirer les habituels touristes. Sans hésiter, le propriétaire reconnaît la jeune femme sur la photographie que lui présente Winkler comme étant l'une de ses clientes jusqu'à ce matin. Elle était accompagnée d'une autre jeune femme, probablement la gardienne de son enfant, un petit garçon âgé de deux ans environ. Il ne peut lui fournir plus de renseignements, car ses tâches administratives de fin de saison l'ont complètement absorbé ces derniers temps. Voyant la déception du journaliste, l'homme lui suggère de rencontrer sa fille, Elsie, qu'il a maintes fois vue en compagnie de Bertha Potter.

Surpris, Winkler lui montre de nouveau la photographie, et le propriétaire du *Royal Poinciana* tapote le visage de Florence Leeds en affirmant : «Mais oui, c'est bien Bertha Potter!» Ainsi, Florence Leeds a utilisé le nom de sa servante pour s'inscrire à cet hôtel de Palm Beach. Oh! ironie du sort! Aurait-elle réalisé qu'il s'agissait également du nom de jeune fille de sa rivale, Anne Stillman?

Consciemment, Winkler use de ses charmes pour mettre la jeune Elsie en confiance. Fière d'intéresser un journaliste de la métropole, bel homme de surcroît, elle lui rapporte sans se faire prier les propos de la mère du petit Jay, avec qui elle a fait de nombreuses promenades pendant toute la semaine. Elle lui a raconté, entre autres, la menace d'enlèvement qui pèse sur son enfant, son aventure à Cuba et ses efforts pour échapper aux détectives que son ex-mari a mis à ses trousses, rien de neuf pour Winkler. Toutefois, la jeune fille lui affirme que Bertha Potter a pris le train pour New York le matin même afin de mettre le plus de distance possible entre les kidnappeurs et son enfant.

Jamais Elsie n'a douté de la véracité des propos de Flo Leeds, alias Potter. Quant à Winkler, il n'a plus rien à faire en Floride.

* * *

Gene s'apprête à descendre au rez-de-chaussée du presbytère de Grande-Anse afin d'y rejoindre ses hôtes et son compagnon de voyage. Toutefois, le journaliste est retenu par un spectacle grandiose, offert par une nature peu encline à la médiocrité dans ce coin de pays. Le jour vient à peine de se lever et une brume évanescente flotte, irréelle, au-dessus de la rivière Saint-Maurice. Une épaisse couche de neige recouvre encore les berges. Accoudé à la lucarne de sa chambre, Gene devine plus qu'il ne voit la falaise recouverte de conifères de l'autre côté de la rivière. Il admire ce paysage sauvage, capable de remuer son âme intensément, profondément.

Puis, lentement, une bonne odeur de pain le ramène à ce mercredi d'un printemps officiellement arrivé deux jours plus tôt.

Attablés avec le curé Damphousse, Gene et Gilbert dégustent un déjeuner composé de patates rondes, de lard salé et de pain fraîchement sorti du four, recouvert d'une épaisse couche de beurre fondant. Un thé accompagne ce copieux repas du matin. Le journaliste ne boit habituellement qu'un café avant de se rendre au journal. Mais l'effort à fournir ce matin n'a rien à voir avec l'énergie requise pour assurer ses tâches habituelles.

Gene a troqué son manteau de chat pour un parka, mieux adapté à l'excursion d'aujourd'hui. Le curé lui a également prêté des combinaisons de laine dont la principale propriété consiste à garder le corps au chaud, même si l'effort physique le fait suer. De hautes bottes imperméables, dont la forme s'adapte parfaitement aux attelages de ses raquettes, complètent sa tenue.

Comme ils l'avaient planifié la veille, Gene et Gilbert rejoignent Desilets à l'entrée du sentier menant au lac Dawson. Impossible de continuer avec les chevaux. Les trois hommes chaussent leurs raquettes.

Le sentier monte, monte et monte encore. La température est anormalement clémente et Gilbert explique au journaliste que, dans ce coin de pays, il n'est pas rare de constater des écarts de plusieurs degrés entre le jour et la nuit ou encore d'une journée à l'autre. Le soudain redoux de ce matin métamorphose lentement la consistance de la neige et, petit à petit, celle-ci se gorge d'eau et s'alourdit. Gene sent son cœur prêt à bondir hors de sa poitrine tant l'effort demandé est grand. Par chance, l'enseignement de Gilbert a porté fruit et il peut avancer sans s'affaler comme hier. Les trois hommes marchent en silence.

Après deux bonnes heures, ils atteignent un camp de bois rond érigé au centre d'un plateau. De minuscules ouvertures découpent la façade. La partie supérieure de la porte d'entrée est percée de petits carreaux vitrés. De grosses serrures de fer la retiennent solidement aux rondins et un cadenas, dont l'arceau n'est nullement bloqué, donne l'illusion de protéger l'entrée du camp. Car, si un trappeur est surpris par le froid ou la neige dans les environs ou encore si un Indien cherche un refuge, l'un comme l'autre sait qu'il pourra s'installer dans le camp pour la nuit, ou pour plus longtemps encore si le besoin s'en fait sentir. C'est la loi de l'hospitalité en forêt. Dans une telle éventualité, même si les visiteurs impromptus manifestent une indiscutable bonne volonté, il n'est pas certain qu'ils laisseront les lieux comme ils les ont trouvés. Anne Stillman exige que toutes ses propriétés soient entretenues à la perfection, même si elle n'y séjourne que quelques jours par année. On ne sait jamais, ses invités ou encore ses enfants pourraient s'y arrêter à tout moment.

Pour pénétrer dans le camp sans que la neige roule à l'intérieur, Hercule doit dégager l'entrée. Il enlève une de ses raquettes pour remplacer la pelle qu'il ne trouve pas. Pour éviter de s'enfoncer dans la neige, il invite Gilbert à se poster près de lui et il pose son pied sans protection sur la raquette de son compagnon de chantier. En quelques coups, il réussit à libérer la porte.

Une curieuse odeur de renfermé attend les visiteurs. Chaque camp a son odeur, fait remarquer Desilets. Elle dépend des matériaux utilisés pour la construction, du type de ventilation et bien entendu de certains petits visiteurs importuns, tels écureuils, couleuvres, souris, mulots ou chauves-souris, qui peuvent y trouver asile.

Bien vite, la vue se substitue à l'odorat. Des troncs d'arbres écorcés furent utilisés pour façonner murs et plafonds. Un long fauteuil, dont le coussin a été remisé pour l'hiver, une table et deux chaises, tous faits de bois brut grossièrement équarri à la hache, meublent une grande pièce faisant office de cuisine et de salle de séjour. Un poêle de fonte noire trône dans un coin. Cette humble habitation comprend également trois petites chambres en enfilade, sans porte, dont l'entrée est tout bonnement fermée par une couverture de laine rouge avec des rayures noires aux deux extrémités. On les appelle ici des «couvertes de la Baie d'Hudson». Des peaux de bêtes tannées pendent aux fenêtres en guise de rideaux. On a calfeutré les murs du camp avec de l'étoupe de chanvre afin de l'isoler au mieux contre les intempéries et les insectes.

Hercule Desilets ouvre une fenêtre et laisse la porte d'entrée béante afin, dit-il, de réchauffer la pièce plus facilement. Gene est sceptique, se demandant bien comment il est possible de se débarrasser ainsi du froid. Desilets prépare la cheminée en y introduisant un bouchon de papier en feu, insistant sur l'importance de l'apport d'air extérieur pour éviter une désagréable condensation dans le camp. Une fois les bûches enflammées, Hercule invite ses compagnons à visiter les alentours.

Construit sur un promontoire, le camp domine le lac Dawson. Tout au fond, une passe étroite et peu profonde relie le Petit au Grand lac Dawson. Lorsque les lacs seront «calés», ce rétrécissement deviendra l'endroit idéal pour taquiner la truite mouchetée.

La neige et la glace recouvriront les lacs endormis pendant encore six à sept semaines. Quant aux eaux de la décharge, incapables de geler à cause du courant, elles dégringolent la montagne jusqu'à la rivière Saint-Maurice en se faufilant entre des rochers recouverts d'une tuque de neige. Fascinés, les hommes contemplent le paysage.

À leur retour au camp, Desilets referme porte et fenêtre. Le bois crépite et une bouilloire commence à fumer sur le poêle. Le gardien invite Gene et Gilbert à s'asseoir sur les deux seules chaises disponibles. Sans mot dire, il ouvre son sac à dos et étale sur la table du pain, du beurre, de la viande séchée et une flasque de caribou, boisson faite de vin rouge auquel on a généreusement ajouté de l'alcool. Le gardien partage ses vivres, évidemment, puis s'installe sans façon sur le bord du fauteuil et dévore plus qu'il ne mange.

Gene aimerait prolonger ce moment d'harmonie, de quiétude quasi mystique, mais il ne peut se permettre de perdre de vue le but de cette aventure. Presque en s'excusant, il rompt le silence pour demander à Desilets de lui donner plus de détails sur les origines de ce camp.

Hercule s'allume une pipée, appuie ses mains sur son ventre rebondi et lentement, comme s'il devait s'extirper d'une torpeur bienfaisante, il commence à raconter l'histoire du toit qui les abrite.

– Avec l'aide de quelques hommes de sa race, Fred Beauvais a construit ce camp de ses mains au cours de l'été 1917. Mme Stillman, accompagnée de son fils Bud, supervisait les travaux. Malgré les mouches noires, tellement voraces à cette période de l'année, malgré la présence d'animaux sauvages à proximité, ils ont séjourné ici tout l'été dans des tentes de toile. Je n'ai jamais travaillé avec Beauvais, mais je l'ai cependant rencontré à quelques reprises. J'en ai surtout beaucoup entendu parler. Moi, je n'ai rien à dire contre cet homme, qui, semble-t-il, était un peu fanfaron. Avoir été nommé gérant du domaine de Madame lui était peut-être monté à la tête, qui sait ? Le jeune Bud, quant à lui, avait une admiration sans bornes pour l'Indien et il était avide d'apprendre tout ce que Fred voulait bien lui montrer. On m'a dit que Beauvais l'affectionnait tout particulièrement. Quant à Mme Stillman, habituée à tous les luxes de la grande ville, jamais elle ne s'est plainte des désagréments de la vie en forêt.

Gene remercie Desilets. Pendant que les deux anciens compagnons de chantier se rappellent leurs souvenirs de bûcherons, Gene rêvasse, imaginant ce que pouvait être la vie d'une dame de la haute société dans ce coin perdu.

Pourquoi choisir cette contrée sauvage où tout est si difficile : les déplacements, l'approvisionnement, le froid l'hiver, les insectes l'été, l'absence d'eau courante, les cabinets de toilette à l'extérieur, quand il y en a, le médecin à des lieues ?... En parallèle, le New-Yorkais se remémore son court moment de méditation, ce matin, face à la rivière Saint-Maurice et il peut aisément imaginer la paix de l'âme lorsque le regard embrasse ces montagnes, ces lacs et ces rivières, la paix du cœur lorsqu'il pense à la chaleur, à la simplicité et à la transparence des gens d'ici. Puis, il se surprend à penser : « La vraie richesse, quoi ! »

15

Le jeudi 24 mars 1921

À moitié voilé par des nuages blanchâtres qu'un vent de haute altitude étire à l'infini, le soleil éclaire timidement les Laurentides. Arrondies par l'usure du temps, ces montagnes de la vallée du Saint-Maurice prennent parfois des formes inusitées qui servent de point de repère aux voyageurs. Après une équipée de plus de trois heures, Gene Fowler et Gilbert Boisvert font leur entrée dans la petite ville de La Tuque, construite au pied d'une colline dont le contour rappelle justement ce bonnet de laine si populaire au Canada français. De nombreuses banderoles pendent aux balcons des maisons afin de rappeler aux citoyens que leur jeune ville fête, aujourd'hui même, son dixième anniversaire.

Le journaliste et le charretier n'ont aucun mal à trouver le restaurant d'Henri Grenon, un des témoins aux audiences des Stillman en décembre dernier. Gilbert visitera quelques-unes de ses connaissances pendant que Gene poursuivra là son enquête. Les deux hommes se donnent rendez-vous à la gare de la rue Saint-Louis vers midi.

Gene s'installe près d'une fenêtre habillée d'un rideau à carreaux rouges et blancs. Connu de tous sous le nom de Aré, Henri Grenon en personne le sert. Avec un plaisir évident, Grenon répond aux questions du journaliste, intéressé par les origines de sa localité. Il lui raconte qu'au début du siècle des pionniers sont venus de tous les coins de la province de Québec, des États-Unis et de contrées aussi lointaines que l'Italie, la Suède, la Norvège, la Russie et la Pologne pour trouver ici de quoi gagner leur vie.

À l'instar de beaucoup d'entre eux, Aré Grenon a travaillé à l'achèvement du chemin de fer Transcontinental pour finalement se fixer à La Tuque. La migration massive que connut la ville à cette époque a souvent été comparée à celle du Klondike. Ce ne sont pas les pépites d'or, mais la richesse des forêts de conifères qui lui a permis de pousser comme un champignon. Aujourd'hui, Grenon est l'un des rares à La Tuque à ne pas travailler pour l'usine de pâtes et papier Brown Corporation.

Quand Gene aborde enfin le sujet de sa quête, Grenon lui avoue à contrecœur être allé témoigner à New York. Il brandit le journal *Le Nouvelliste* qu'il tenait sous son bras et, montrant un article en première page, il vocifère :

– Personne, vous m'entendez, personne n'a pu entendre mon témoignage, à l'exception des hommes de loi. Y'en a une, aux rapides Manigance, qui invente n'importe quoi ! Elle a la langue bien pendue, celle-là !

Les déclarations d'Aurélie Giguère sont étalées à la une du quotidien régional. C'était donc du couple Grenon qu'il était question lorsqu'elle parlait d'un homme et d'une femme montant dans une échelle dans l'espoir de percer les secrets d'Anne Stillman. Gene s'est royalement illusionné en croyant avoir reçu les confidences de l'hôtelière Mme Giguère en exclusivité. Grenon maîtrise difficilement sa colère.

– Je tiens à vous dire que j'ai d'abord produit un témoignage écrit de huit pages, lequel ne contient que la vérité, toute la vérité, rien que la vérité. Par la suite, j'ai répété exactement la même chose devant les avocats à New York.

Sur ces entrefaites, une femme à la démarche déterminée fait irruption dans la salle. D'une main, elle lisse ses cheveux et, de l'autre, replace son tablier avec un synchronisme parfait. Évidemment, elle a entendu toute la conversation. Elle se dirige droit vers Gene Fowler.

– Mon mari n'a pas honte de ce qu'il a fait ou dit à New York, mon cher monsieur. Je l'ai accompagné, c'est vrai, mais sachez que je n'ai même pas témoigné, moi ! Et, quand on ira au mois de mai…

– Vous retournez à New York en mai, madame Grenon ?

– Oui, monsieur ! Pas plus tard que la semaine passée, nous avons reçu un papier des avocats de M. Stillman pour nous aviser que nous devons de nouveau témoigner à New York. J'aime pas trop trop ça, mais il paraît qu'on n'a pas le choix.

S'adressant à son mari, Marie-Louise Grenon ajoute, sévère :

– Ne parle pas trop, Aré, cela peut se retourner contre nous autres !

Obéissant, Henri Grenon retourne à ses occupations et Gene, médusé par l'autorité de cette femme, termine seul son thé.

Le journaliste quitte le restaurant de Grenon pour le magasin de Jos Pagé, un autre témoin aux audiences de décembre. Le complet trois-pièces du commerçant met en évidence sa carrure imposante. Accoudé au comptoir, il observe Gene Fowler avec curiosité.

Pagé reconnaît qu'il a témoigné à New York, mais il nie catégoriquement avoir reçu quelque argent que ce soit, mis à part le paiement de ses dépenses. Il admet toutefois avoir travaillé pour les Stillman à Grande-Anse deux saisons d'affilée.

– Monsieur le journaliste, c'est simple, mon affaire : tout ce que j'ai dit à New York correspond à ce que j'ai vu quand j'ai travaillé là. Si les avocats de New York me posaient les mêmes questions, demain ou dans dix ans, je ne modifierais en rien mon témoignage.

Un homme braque l'objectif de son appareil photographique dans la vitrine. Agacé, Jos Pagé lève la main pour cacher son visage. Le photographe entre dans le magasin, mais Pagé lui refuse carrément l'autorisation de le prendre en photo, alléguant qu'il doit au préalable obtenir l'avis de son avocat.

Aux côtés du photographe, Gene reconnaît nul autre que James Whittaker. Le journaliste du *Daily News* salue courtoisement Pagé et, avec un sourire triomphant, il s'incline devant Gene Fowler. Whittaker n'a pas le temps de formuler sa première question que Pagé leur indique à tous la sortie :

– Messieurs, j'ai du travail, moi ! Sortez !

Faisant contre mauvaise fortune bon cœur, Gene Fowler invite les représentants du *Daily News* à l'accompagner jusqu'à la gare, se gardant bien de leur révéler sa prochaine destination. Au moment de se quitter, les deux journalistes se souhaitent mutuellement bonne chance et, quand Gilbert lance ses chevaux, Whittaker crie :

– Salue Louis Beauvais de ma part !

Cet astucieux concurrent l'aurait-il devancé au lac Wayagamack ? Si tel est le cas, Gene se promet bien que cette avance sera de courte durée, car il reviendra suffisamment tôt à La Tuque, de manière à télégraphier les grandes lignes de son enquête pour la dernière édition du *New York American*.

Pendant une douzaine de kilomètres, les voyageurs suivent une voie ferrée désaffectée, seul chemin praticable en hiver pour atteindre le lac Wayagamack. Une lourde barrière délimite le territoire du St. Maurice Fish and Game Club. Un homme trapu en garde l'entrée et s'enquiert du but de leur visite. Après s'être mutuellement présentés, tous empruntent un chemin menant à une grande maison de bois. Louis Beauvais s'exprime, tout comme son fils, aussi bien en français et en anglais qu'en iroquois. Rien ne laisse présumer son appartenance à la famille iroquoise, mis à part son teint bistré.

Depuis quelques années déjà, Louis Beauvais travaille pour les membres du St. Maurice Club, fondé en 1888 par le poète et médecin montréalais William H. Drummond. Il invite les deux visiteurs au pavillon principal, situé à la pointe nord-ouest du grand lac. Beauvais leur présente sa femme, Mary Maloney, première cuisinière du club. Toute menue, la femme de quarante-sept ans regarde calmement les nouveaux venus de ses yeux bleu-gris. Sa peau laiteuse d'Irlandaise contraste fort avec celle de son mari, auprès duquel elle prend place.

Autant Louis Beauvais a été volubile en parlant de « son » lac, autant il se montre laconique quand Gene aborde le rôle de Frédéric Beauvais dans le procès des Stillman. Gene observe son hôte, si affable et si calme. Même si l'homme tient un discours cohérent, ses yeux quelque peu voilés, tout comme son haleine, laissent deviner qu'il a bu tout récemment.

L'épouse de Beauvais, quant à elle, manifeste une grande réserve et se contente d'un signe de la main pour signifier au journaliste qu'elle n'a rien à ajouter.

– Monsieur Beauvais, quand Anne Stillman est-elle venue ici pour la première fois ?

– Si ma mémoire est bonne, ce doit être en 1916. Mais attendez un instant !

Le gardien se retire un moment et rapporte un volumineux document relié de cuir noir.

– Consultez ceci pour plus de sûreté. Depuis la fondation du club, chaque fois qu'un membre séjourne ici seul ou avec des invités, on lui demande de signer le grand livre. Malheureusement, les registres antérieurs à 1908 ont tous été détruits dans l'incendie qui a rasé la grande maison cette année-là. Seule notre magnifique cheminée de pierres des champs a pu être épargnée, précise-t-il, attirant l'attention de Gene sur le vieux foyer.

Encadrée de larges fenêtres, l'immense cheminée peut être admirée de tous les coins de la pièce servant de vivoir et de salle à manger. Attablé face au lac, Gene parcourt avec beaucoup d'intérêt le répertoire dans lequel les membres du club inscrivent la date de leur arrivée, leur nom, le nom de leurs invités s'il y a lieu, leur ville d'origine et, finalement, la description de leurs prises de chasse ou de pêche. Au bas d'une page, une écriture contraste fort avec les pattes de mouche qu'il déchiffrait jusqu'alors difficilement... Enfin, la preuve qu'il cherchait ! Invités par Frederick Horne, un membre en règle du club, Mme J. A. Stillman de Pleasantville et H. P. Clawson ont tous deux signé le registre le 22 septembre 1916.

Louis Beauvais souligne que les dirigeants montréalais du club avaient fortement recommandé à la riche Américaine d'être guidée par son Fred, de sorte qu'à sa première visite au club, avant même de connaître le fameux guide, Anne Stillman avait refusé tous ceux qu'on lui proposait et avait attendu que Fred revienne d'une excursion de pêche pour commencer la sienne.

Gene constate que les problèmes de Frédéric K. Beauvais n'ont en rien altéré la fierté du père à l'égard de son fils.

En octobre de la même année, Anne Stillman, accompagnée de sa fille, de son fils aîné et du dénommé Clawson, demanda à se rendre du lac Wayagamack au lac Du Chesne. Pendant près d'un mois, la joyeuse bande vécut au rythme de la nature dans un camp de bois rond fraîchement rénové, un guide indien à leur disposition pour leur enseigner à tous le rude métier d'homme des bois.

– N'avez-vous pas trouvé une inscription à l'été 1916 ?

En vain, Gene scrute encore une fois le registre. Pourtant, Louis Beauvais est convaincu qu'Anne Stillman est venue avec des amis quelque part en juin. Il s'en souvient fort bien, car c'est au cours de ce séjour qu'elle a découvert le camp du lac Du Chesne et fait toutes les démarches pour en faire l'acquisition. Par la suite, Fred fut chargé de l'agrandir, en plus de rénover la partie existante. Le lac Du Chesne est tout près et il se décharge dans le grand lac Wayagamack par un petit ruisseau d'environ un kilomètre et demi.

– Pouvons-nous aisément joindre le lac Du Chesne, monsieur Beauvais ?

– Non, et c'est voulu ainsi. Certains membres déplorent le fait que l'on retrouve au pavillon principal tout le confort des grandes villes… ou presque. À leur intention, quelques camps et les portages reliant ces camps sont entretenus au minimum. Celui qui mène au lac Du Chesne est particulièrement difficile parce qu'il grimpe dans la montagne sur presque toute sa longueur. Il a été aménagé pour permettre le passage d'une seule personne à la fois.

– Mme Stillman ne vous a pas demandé d'améliorer l'accès au lac Du Chesne ?

– Pas du tout ! Elle est exceptionnellement forte et peu d'hommes, mis à part les guides évidemment, sont capables de la suivre en forêt. Elle a surpris tous ceux qui l'ont accompagnée en excursion par sa résistance et sa capacité à s'adapter à tous les aléas de la forêt. Contrairement à la plupart de nos invités, elle ne se plaignait jamais des mouches noires, si abondantes ici.

Le gardien du club confie à Gene le vif intérêt qu'Anne Stillman portait à ses propres péripéties lors de ses tournées de spectacles aux États-Unis. Comme lui, elle déplorait que les dirigeants de la troupe aient trafiqué les traditions des Iroquois devant l'insistance des spectateurs américains et européens qui voulaient voir le «vrai» Far West et retrouver le folklore indien mythique diffusé dans la presse populaire. Ils se sont résolus à revêtir le costume des Sioux, à inventer des chansons et des danses qui plaisaient à leur auditoire. Toute sa jeune vie d'adulte, Louis Beauvais l'a passée à dos de cheval, un fusil à la main, simulant des batailles entre Indiens et Blancs, devant une foule bruyante qui en redemandait constamment. Puis, en compagnie de sa nouvelle épouse, l'Iroquois est revenu au bercail où il a retrouvé ses racines, sa nature.

– Monsieur Beauvais, est-ce que vous avez reçu dernièrement la visite d'un journaliste du nom de Whittaker?

– Il était ici même ce matin! Très gentil bonhomme, vous savez!

Les doutes de Gene se confirment et, même s'il aimerait écouter encore longtemps le pittoresque Louis Beauvais, il doit se résigner à regagner La Tuque s'il veut télégraphier son article aujourd'hui.

Arrivé à destination, Gene Fowler paye généreusement le charretier et lui demande de rapporter le parka au curé Damphousse, de reprendre au presbytère de Grande-Anse le manteau de chat sauvage qu'Aurélie Giguère lui a si gentiment prêté, et de leur remettre à tous deux un message pour les remercier de leur hospitalité exceptionnelle. Quant à lui, il revêt son pardessus et retrouve d'un coup son allure de citadin.

Gene Fowler a tout juste le temps de transmettre son article que le sifflet de la locomotive se fait entendre, strident.

* * *

Au même moment, Winkler se laisse bercer par le mouvement du train qui le ramène à New York. Le trajet lui semble interminable. Malgré les renseignements percutants récoltés pendant son court séjour en Floride, il aurait de beaucoup préféré dénicher en personne Florence Leeds. Anne Stillman a-t-elle lu ses articles ? A-t-elle apprécié ses trouvailles ?

* * *

Michael Bradford ne sait pas encore s'il divulguera ce soir le contenu du document apporté quelques minutes auparavant par un coursier. Malgré sa petite enquête, le chef des nouvelles n'a pu apprendre l'identité de l'expéditeur. Il a entre les mains la transcription d'extraits de certains des témoignages reçus à la New York Bar Association en décembre dernier, au moment des premières audiences dans le procès des Stillman.

S'il publie ce texte à la une, Bradford sait pertinemment que le tirage de son journal augmentera considérablement, et cela pèse lourd dans la balance. Il peut difficilement douter de l'exactitude de ce document et, après tout, ses lecteurs ont le droit d'être informés…

Bradford relit une autre fois ce texte sensationnel capable, à son avis, d'incriminer la femme du banquier. Le premier témoin appelé à la barre le 22 décembre 1920 fut James Stillman lui-même. Après qu'il eut décliné nom et profession, son avocat lui a demandé le nom de son épouse, la date de son mariage et le nom de ses enfants. En ne nommant que les trois plus vieux, il a fait bondir maître John Mack. Le défenseur des droits de l'enfant a rappelé que James Stillman n'avait ni le droit ni la compétence de désavouer, par cette omission volontaire, la paternité de Guy. Le juge Gleason se dit d'accord avec maître Mack et il fit rayer des notes officielles du greffier de la cour la dernière partie de la déclaration du banquier.

Voilà sûrement l'événement auquel maître Mack faisait allusion lorsqu'à White Plains il a affirmé qu'aucune déclaration mettant en doute la légitimité de Guy Stillman n'a encore été retenue par la cour. Bradford poursuit sa lecture, où alternent les questions de maître Outerbridge Horsey, l'un des avocats de Stillman, et les réponses des témoins. Henri Grenon, artisan et restaurateur résidant à La Tuque, s'est présenté à la barre à la suite de Stillman.

«– Connaissez-vous un homme du nom de Fred K. Beauvais ?

– Oui, je le connais.

– Regardez cette photographie. De qui s'agit-il ?

– C'est bien Fred Beauvais.

– Qui reconnaissez-vous sur cette autre photographie ?

– Bien, c'est la femme que je connais sous le nom de Mme Stillman.

– Où avez-vous déjà vu ces deux personnes ?

– Je les ai vues ensemble plusieurs fois au cours de l'hiver 1918-1919. Comme j'ai fait quelques travaux de menuiserie à leur camp, je les ai vues là et dans les alentours. En réalité, ils étaient toujours ensemble et ils passaient une bonne partie de leur temps dans les bois, à faire des promenades en raquettes.

– Avez-vous déjà remarqué que Beauvais portait une attention spéciale au jeune Guy ?

– Oui, je l'ai vu à plusieurs reprises avec le bébé dans les bras.

– Pouvez-vous nous raconter un ou des événements qui pourraient aider cette cour ?

– Je ne peux pas vous donner de date, mais, un jour, j'ai regardé par le trou de la serrure de la chambre de Mme Stillman.

– Pourquoi avez-vous fait cela ?

– Par curiosité, tout simplement.

– Y avez-vous vu quelque chose ou quelqu'un ?

– Non, je n'ai rien vu... dans cette chambre.

– Allez, monsieur Grenon, avez-vous vu ou noté quelque chose d'insolite ?

– Voulez-vous dire dans la chambre de Mme Stillman ? Non, je n'ai rien vu, même que le lit n'avait pas été défait.

– Bon, qu'avez-vous fait ensuite ?

– Je suis allé voir dans la chambre de Fred Beauvais, par le trou de la serrure aussi, et j'y ai vu deux personnes : c'était Fred Beauvais et Mme Stillman… Ils semblaient dormir.

– Avez-vous été en mesure de voir d'autres détails dans cette chambre ?

– Oui, mais c'était une autre fois, et j'ai utilisé une échelle pour mieux voir.

– Combien de fois avez-vous vu Fred Beauvais et Mme Stillman dans la même chambre ?

– Neuf ou dix fois. »

Le document stipule que maître Coggill, l'un des avocats d'Anne Stillman, a procédé au contre-interrogatoire de Grenon. Bradford constate toutefois que cette partie a été omise ; le texte ne reprend qu'au témoignage d'Hectorine Neault Lapointe, tenancière d'une maison de pension à Grandes-Piles. Interrogée par maître Horsey, elle a également identifié Fred Beauvais et Anne Stillman à partir de photographies.

« – Pourriez-vous dire, devant cette cour, où et quand vous avez vu Fred Beauvais en compagnie de Mme Stillman ?

– C'était tard en 1917. Il faisait noir et il y avait une grosse tempête de pluie. Mme Stillman et Fred Beauvais sont venus s'abriter chez moi.

– Veuillez nous raconter ce qui s'est alors passé.

– Bien, ils m'ont demandé si j'avais des chambres pour la nuit, puis Mme Stillman m'a demandé si elle pouvait prendre un bain. Je lui ai donné une chambre au deuxième étage, juste en face de la salle de bains. Mme Stillman est d'abord allée dans sa chambre, puis dans la salle de bains. Ensuite, elle est retournée dans sa chambre avec Fred Beauvais. Moi, je suis restée dans le corridor.

– Pourquoi êtes-vous demeurée dans le corridor ?

– Parce que je suis une bonne mère de famille ! Je voulais savoir ce qui arriverait… Ils étaient tous les deux dans la chambre de Mme Stillman, la porte fermée !

– Qu'avez-vous fait ?

– Je suis restée dans le corridor jusqu'à ce que Beauvais en sorte. Il n'y avait plus de lumière dans la chambre. J'ai installé Beauvais sur un divan dans l'entrée. C'est là qu'il a passé la nuit. »

Maître George Coggill a aussi questionné Hectorine Lapointe et pourtant, là encore, Bradford note l'absence du texte relatant ce contre-interrogatoire.

Puis, ce fut au tour de Ferdinand Pagé de se présenter devant maître Outerbridge Horsey. Il lui raconte que Frédéric Beauvais et Anne Stillman seraient allés ensemble au lac Wayagamack à la fin de l'année 1916. Ils voulaient se rendre au Petit lac Wayagamack, mais Pagé leur a expliqué que les routes étaient tellement mauvaises qu'ils ne pouvaient y aller qu'avec un traîneau. Au dire de Pagé, ils ont quand même passé la nuit à cet endroit. Maître Horsey poursuit son interrogatoire et le texte s'arrête là où Pagé vient corroborer les affirmations de Grenon.

Bradford pèse le pour et le contre, jauge les risques et les avantages, et, surtout, la moralité du geste. Doit-il rendre publics ces extraits ? Il n'a qu'une partie de l'information après tout, et cette partie condamne Anne Stillman... Par contre, s'il ne fait rien, un concurrent pourrait le devancer.

Michael Bradford décide de publier.

16

Le vendredi 25 mars 1921

À l'aube, Anna prend le chemin de Yonkers dans le but d'aller recueillir les commentaires de maître John F. Brennan. La journaliste est reçue rudement par l'avocat d'Anne Stillman, qui écume de colère.

– Mademoiselle Dunlap, êtes-vous bien consciente que tout journal publiant des faits inexacts dans une procédure judiciaire s'expose à des poursuites ?

– Maître, l'extrait des audiences paru dans mon journal ce matin est-il faux ?

– Je considère cette publication comme un manque flagrant à l'éthique professionnelle. De tels procédés sont tout à fait inhabituels, d'autant plus qu'une partie seulement des témoignages fut citée. Tout le contre-interrogatoire, tout ce qui aurait pu servir la cause de ma cliente fut escamoté. Il semble évident que quelqu'un, quelque part, s'efforce à dessein de discréditer Anne Stillman. Pourtant, à plusieurs reprises dans le contre-interrogatoire, les arguments des témoins furent à ce point confus qu'ils ont dû être rayés des enregistrements officiels.

Malgré l'agressivité de l'avocat, Anna conserve son calme et, d'une voix douce, elle demande au lion rugissant :

– Maître Brennan, vous avez certainement constaté que, outre le *New York American*, plusieurs autres quotidiens ont publié un contenu similaire. Il existe donc plusieurs fautifs.

– Le nombre ne diminue pas la faute.

Anna ne peut réprimer un sourire. On croirait entendre sa mère !

– Maître, qui a habituellement une copie des transcriptions des témoignages ?

– Le juge attitré, le juge substitut et le sténographe de la cour ont accès à ces documents. Quant aux avocats des parties en cause, ils les obtiennent s'ils présentent une requête officielle. Aucun d'eux n'est pour autant autorisé à divulguer quelque information que ce soit avant la fin des procédures. Quant à savoir qui s'est rendu coupable de cette action immorale... Écoutez, vous pouvez écarter d'emblée les juges Morschauser et Gleason de même que le sténographe James T. O'Neil. Je vois mal un avocat de la défense faire un tel geste...

Tout en transcrivant les paroles du vieil homme, Anna complète la phrase amorcée :

– Il ne nous reste, maître, que les avocats de la partie adverse !

– Il n'en faut qu'un seul et, quel qu'il soit, il mériterait d'être radié du barreau ! Le coupable est un damné scélérat, et je vous permets de citer mes paroles intégralement. L'audience de décembre dernier a eu lieu à huis clos et tous les documents liés à cette audience devaient être tenus hors d'atteinte du public.

– Pour contrer l'effet pernicieux de cette publication, pourquoi ne pas nous fournir le texte du contre-interrogatoire ? De cette façon, nous pourrions rétablir l'équilibre !

Maître Brennan marque un court temps d'arrêt, puis reprend :

– Tout d'abord, je n'ai pas la transcription de ce contre-interrogatoire et, même si c'était le cas, il est hors de question de réparer un impair en commettant un autre impair. Il s'agissait d'une audience privée et les témoignages ont été recueillis dans un tel contexte. Les témoins ont été lésés dans leurs droits fondamentaux.

– Ne pourrait-on pas considérer cette entorse à l'éthique comme une suite directe aux accusations portées à White Plains contre Mme Stillman par maître Nicoll ?

– Je refuse d'appuyer de telles suppositions.

Anna se rend bien compte qu'il est inutile de continuer dans cette veine.

– Dans un autre ordre d'idées, maître Brennan, nous connaissons l'existence d'au moins six lettres écrites par Beauvais et destinées à Mme Stillman dans lesquelles le guide indien s'adresserait à sa patronne en des termes fort affectueux. Ces lettres ne sont-elles pas une preuve de l'infidélité de votre cliente ?

La voix de l'avocat, jusqu'alors courroucée, devient soudainement onctueuse :

– Voyons, mademoiselle Dunlap, si jamais elles existent, ces lettres ne sont aucunement parvenues à Mme Stillman ! Cette seule raison les rend inacceptables en preuve.

Maître Brennan lui fait, à ce moment, une surprenante requête.

– Je n'aimerais pas être cité dans ce qui va suivre. Voilà le moment d'utiliser l'expression « d'une source digne de foi », formule courante dans le milieu journalistique, n'est-ce pas ?

– Vous avez ma parole, maître.

L'avocat s'adresse à Anna sur le ton de la confidence.

– Il se peut fort bien que cette cause soit laissée pendante. Il y a quelques jours, nous avons présenté aux avocats du demandeur la réponse amendée de son épouse, dans laquelle elle dévoile l'existence de la double identité de leur client et sa présumée relation avec Florence Leeds. La surprise fut totale ! Rien ne les préparait à recevoir un tel coup et leur argumentation devenait soudainement caduque. La déclaration sous serment de ma cliente comprend, entre autres, l'identification formelle de l'écriture de James Stillman comme signataire d'une immatriculation automobile au nom de Franklyn Harold Leeds. Dans l'un de vos articles, vous avez, à juste titre, souligné que l'existence de ce document pourrait entraîner l'incarcération du banquier pour faux et usage de faux. Pas moins d'une douzaine de personnes se sont spontanément portées au secours d'Anne Stillman, et toutes sont prêtes à comparaître en cour pour affirmer que James Stillman vivait comme époux et père avec Florence et Jay Ward Leeds. Ces témoins potentiels ont déjà produit des déclarations sous serment dont le contenu sera difficilement contestable.

– Maître, beaucoup de faits semblent très compromettants pour Anne Stillman…

– Nos adversaires ne réussiront pas à faire admettre les documents qu'ils détiennent présentement. Mademoiselle, nous nous rencontrons probablement pour la dernière fois dans le cadre de ce procès.

– Qu'en est-il de Guy?

– Maître Mack abandonnera la poursuite quand la légitimité de l'enfant sera reconnue une fois pour toutes.

– Si je comprends bien, maître, vous me prédisez une défaite de James Stillman sur toute la ligne?

– Oui, mademoiselle. Je ne mets pas en doute le talent de ses avocats, mais je crois honnêtement qu'ils n'ont pas tenu compte de la force de leur adversaire. Ma cliente a elle-même élaboré la majeure partie de sa défense et ce n'est pas le genre de femme à plier l'échine. Sa détermination est hors du commun.

Se voulant convaincant, maître Brennan reprend :

– Retenez bien ceci, mademoiselle : dans le procès qui nous intéresse, la partie demanderesse bat de l'aile, mais nous ne baisserons la garde qu'une fois la victoire acquise!

Brennan croit-il vraiment en l'innocence d'Anne Stillman? Même si la présomption de non-culpabilité est à la base du système judiciaire en Amérique, Anna a toujours eu du mal à imaginer un avocat, sachant son client coupable, poursuivre tout de même sa défense. Plusieurs raisons l'ont poussée à quitter la faculté de droit, et l'une d'elles était justement son incapacité à s'imaginer défendre un criminel. Elle entend encore son professeur de déontologie lui affirmer qu'un avocat «ferait preuve d'immoralité s'il cessait de défendre un client dont il a accepté un mandat». Respecter cette règle lui semblait au-delà de ses forces.

* * *

Anna préfère obtenir les commentaires de Delancey Nicoll par téléphone plutôt que de solliciter une entrevue.

Dès sa première question, le chef de la firme Nicoll, Anable, Fuller & Sullivan se dissocie de quiconque aurait eu l'audace ou le manque de discernement de fournir à la presse des informations aussi confidentielles que les premiers témoignages au procès de son client.

– Toute insinuation, toute assertion voulant que j'aie contribué de près ou de loin à une telle ignominie est fausse, voire déloyale. Je n'ai pas l'habitude de résoudre mes causes par la voie des journaux.

Anna a beau tourner et retourner la question, seul le camp de James Stillman pourrait tirer avantage de cette publication. Mais comment faire la preuve qu'il est responsable d'un tel geste ?

* * *

Winkler n'a fait qu'un saut à son appartement, le temps de se rafraîchir et de changer de vêtements. De retour à son bureau au *New York American*, il dépouille son courrier : invitations, commentaires élogieux ou satiriques sur ses derniers articles, un petit mot doux d'Helen, une ancienne flamme, encore une offre d'emploi provenant d'un concurrent… Puis, son cœur se met à battre la chamade avant même de connaître le contenu de la prochaine enveloppe. Winkler a su avant d'ouvrir. Ce papier vélin lui brûle les doigts. Malgré sa fébrilité, il prend tout de même le temps d'utiliser un coupe-papier.

Étrange, cette écriture, comme si la main traçant les mots n'avait que des mouvements circulaires. Aucune pointe, que des cercles et des arcs, peu de ponctuation, tel un discours ininterrompu. Aucun besoin de lire le nom de la signataire. La dame avait utilisé le même papier quand elle l'avait convoqué deux semaines plus tôt à Lakewood. Comment a-t-elle appris son retour ?

Bien que Winkler ait presque trente ans, son trouble est celui d'un adolescent. Il n'a aucunement envie de se mentir ni de se cacher cette émotion. Il n'anticipe rien, ne planifie rien. John sourit en lisant les remerciements d'Anne Stillman :

Par vos écrits vous avez changé la tournure de ce procès. En osant révéler l'existence de Florence Leeds et en la poursuivant jusqu'en Floride vous avez servi ma cause plus que vous ne l'imaginez. Pourquoi ne pas venir à Lakewood lundi prochain en fin d'après-midi? Certains sujets mériteraient plus d'explications. Vous pourrez également faire la connaissance de mes aînés qui me rendront visite au cours du congé pascal. Auriez-vous l'obligeance de me faire savoir quelles sont vos intentions par la voie du réceptionniste du Laurel-in-the-Pines *avant midi demain le 26 courant?*

Pourquoi est-il troublé? Finalement, que connaît-il d'Anne Stillman? Lors de leur conversation, sa finesse d'esprit s'est manifestée à maintes reprises, son assurance et son aplomb ne se sont pas démentis et son aura remplissait la pièce. Le regard de cette femme l'a pénétré et sa présence intense, totale, le fascine encore. Cependant, si le reporter veut être tout à fait honnête, il doit s'avouer à quel point la sensualité émanant d'Anne Stillman l'a profondément impressionné. Chaque geste, chaque intonation de la voix, chaque regard évoquait une sybarite. Et pourtant, pas un seul instant elle ne s'est départie de ses bonnes manières ni de son élégance.

Le journaliste doit maintenant faire un véritable effort pour se concentrer sur la suite des événements. Il a eu amplement le temps de lire les journaux pendant son long périple de Miami à New York. Par contre, il aimerait bien s'approprier les dernières informations relatives au fameux procès, particulièrement celles qui n'ont pas été publiées. Pour ce faire, il compte bien sur l'esprit de synthèse de Michael Bradford qui, justement, ouvre à l'instant la porte de son bureau.

Après quelques minutes de badinage, Michael lui résume volontiers les derniers développements, tant dans l'affaire Stillman que dans les autres dossiers chauds de l'heure. Winkler confie à son patron le contenu du message d'Anne Stillman, mais tait scrupuleusement ses impressions. Michael hoche la tête mi-amusé, mi-étonné, et encourage son poulain à accepter cette invitation. Mais avant, Winkler doit se rendre au Lake Placid Club où réside un ami de Frédéric Beauvais. Non sans réticence, il a accepté de recevoir un représentant de la presse.

Dans bien des cas, les déplacements en train procurent au reporter de merveilleuses occasions pour faire le point ou, mieux, pour faire le vide. John doit d'abord endiguer le flot incessant de pensées qui déferlent dans son esprit en se concentrant sur un seul objet, un seul mot, un seul élément, souvent offert par la nature. Doté d'un tempérament hyperactif, il lui est relativement difficile de réussir ce genre d'exercice. Toutefois, quand il y parvient, il ressent automatiquement un bien-être, une paix sans limites, une énergie nouvelle grâce à laquelle il peut soutenir le rythme infernal que son métier lui impose régulièrement.

Le journaliste relit le mot d'Anne Stillman, en tentant de voir clair en lui, en essayant d'imaginer ses intentions. Comme dans bien d'autres situations où ses émotions sont impliquées, il constate à quel point les questions sont nombreuses et les réponses, rares. Chose certaine, il est impatient de se retrouver de nouveau en sa présence.

L'ancien compagnon de travail de Frédéric Beauvais l'attend dans un camp situé près du lac Placid. Tout comme lui, Fred fut tour à tour guide et instructeur pour les membres de ce club sélect, de juin à octobre 1920. Depuis, ils se rencontrent régulièrement et, pas plus tard que la semaine dernière, ils ont partagé un repas à Montréal. Il ne cache pas sa sympathie pour Beauvais.

– Fred, c'est un gars travailleur, discret, et un bon ami.

– Comment avez-vous appris le rôle de Fred dans le procès des Stillman?

– Comme tout le monde ici, par les journaux.

– Vous a-t-il déjà parlé de l'époque où il travaillait pour les Stillman?

– Lors de notre dernière rencontre, mardi dernier, c'était la première fois qu'il abordait le sujet. Il n'a pas été très bavard et moi, je suis du genre à écouter ce qu'on veut bien me dire, sans trop poser de questions.

– Croyez-vous que votre ami savait qu'un important différend opposait ses anciens patrons ?

– Oui, il le savait. Au cours de notre dernier entretien, Fred m'a raconté que trois détectives, deux hommes et une femme, ont tenté de lui tirer les vers du nez l'an passé, ici même au club. Ils voulaient qu'il dise ou fasse quelque chose afin de servir la cause de Stillman. Nous partagions alors le même camp, mais je ne me suis rendu compte de rien à ce moment-là.

– Croyez-vous Fred coupable dans cette histoire ?

– Je l'ignore. Il nie toutes les accusations faites par Stillman et il se dit prêt à en témoigner à New York. Il m'a aussi confié qu'il était présentement en communication avec les avocats de Mme Stillman.

Avant de quitter le lac Placid, Winkler s'arrête au bureau des administrateurs du club où l'un d'eux accepte de répondre à ses questions. En juin dernier, Frédéric Beauvais leur a présenté d'excellentes références, parmi lesquelles une lettre d'Anne Stillman vantant ses talents de guide et sa patience avec les enfants. Pendant son séjour au Lake Placid Club, Beauvais a toujours été soucieux de plaire à ses employeurs, au demeurant très satisfaits de son travail.

* * *

Gene Fowler ne peut se résoudre à quitter Montréal sans tenter une dernière fois de rencontrer le guide indien. Il s'est d'abord buté à l'obstination de la réceptionniste de la Continental Casualty Insurance Company avant de convaincre Fred Beauvais de lui accorder une deuxième entrevue. Ils conviennent d'un rendez-vous à l'hôtel *Windsor*. À onze heures quinze, le journaliste rejoint Frédéric Beauvais dans la salle d'attente de cet hôtel huppé du centre-ville.

Vêtu avec la même élégance que la semaine dernière, Beauvais se dirige vers Gene d'un pas assuré et l'invite à le suivre jusqu'à la luxueuse suite 1428. Ses yeux si étranges, autant par leur forme que par leur couleur, le fixent avec désinvolture. Cette fois, le jeune homme semble plus décontracté.

– J'ai accepté de vous recevoir, monsieur Fowler, car vos écrits ont été fidèles à ce qui fut dit. Vous n'avez rien inventé ou changé pour mieux vendre votre journal, contrairement à certains de vos confrères…

– Pour moi, la rigueur prime toujours, monsieur de Beauvais.

Gene s'est souvenu à la toute dernière minute à quel point, dans leur dernier entretien, l'emploi de la particule «de» avait paru importante à Beauvais. Gene poursuit :

– Si la demande vous en était faite, accepteriez-vous de témoigner au procès des Stillman ?

– Évidemment ! J'ai d'ailleurs avisé les avocats de Madame que je suis à leur entière disposition. Cependant, je ne crois pas que M. Stillman aimerait me voir témoigner. Je connais plusieurs de ses petits secrets et il le sait…

Gene remarque avec quelle facilité Frédéric Beauvais peut modifier l'emballage de son message. Jusqu'alors énergique, il s'est soudainement paré d'une aura de mystère. Le journaliste sait qu'il n'apprendra rien d'autre à moins qu'il n'en fasse la demande. Pour en savoir plus, Gene n'hésiterait pas à ramper s'il le fallait. Son amour-propre ne souffre aucunement dans ce genre de situation.

– Que voulez-vous dire, monsieur de Beauvais ?

– Depuis le début des procédures judiciaires amorcées par M. Stillman, j'ai préparé une bonne partie de la contre-offensive concernant les événements survenus de ce côté de la frontière. Depuis 1913, même si la plupart des gens n'en ont rien su, M. et Mme Stillman ne filaient pas le parfait bonheur. J'ai beaucoup entendu parler de James Stillman par les membres du St. Maurice Club. Depuis sa fondation, cette association accueille plusieurs personnalités du monde des affaires new-yorkais et le nom du banquier revenait régulièrement dans les conversations. Par ailleurs, M. Stillman m'a lui-même parlé de Florence Leeds. Lorsque j'étais à son emploi, j'ai souvent eu l'honneur de recevoir ses confidences. Je connais l'existence de Florence depuis 1916. Elle avait une ligne téléphonique privée à son magnifique appartement de la 86e Rue et, pendant l'un de mes séjours à New York, je lui ai téléphoné presque chaque jour, histoire de flirter un peu.

Beauvais sourit, content de l'effet produit. À cet instant, Gene perçoit toute la suffisance du bonhomme, fort de sa jeunesse, fier de ses conquêtes.

– Florence Leeds est-elle déjà venue au Canada?

– À ma connaissance, non.

– Est-ce que Mme Stillman connaissait l'existence de cette femme?

– Grand Dieu, non! Je n'avais pas à la lui apprendre non plus. Je me mêle de mes affaires et mes employeurs apprécient ma discrétion. Elle n'a découvert la liaison de son mari avec Florence Leeds qu'au moment où elle a dû se défendre contre les attaques de M. Stillman. Madame ne sait probablement pas que son mari avait, et a peut-être encore, un petit appartement attenant à un cabaret près de la 7e Avenue, au cœur du «White Light». Il a entretenu des filles de cabaret, des danseuses et même deux actrices de cinéma. Plusieurs d'entre elles sont d'ailleurs prêtes à en témoigner.

Ce Stillman aurait-il pu se douter que des milliers, voire des millions de lecteurs connaîtraient un jour toutes ses incartades? Si son épouse ne connaissait pas encore ces détails, elle pourra les lire dès demain, grâce à l'indiscrétion d'un de ses employés qui se targue d'être circonspect.

– James Stillman vous a raconté tout cela?

– En partie, oui. Mais je connais une autre personne très bien placée pour me renseigner.

Les données viennent au compte-gouttes. Gene entre dans le jeu, ne voulant surtout pas tarir sa source en brusquant les choses.

– Vous savez, j'ai gardé un lien étroit avec plusieurs personnes originaires de Kahnawake. Mes compatriotes ont participé et participent encore en grand nombre à des spectacles sur Broadway. Depuis quelques années, mon amie Wahletka fait partie de la troupe de Ziegfeld, présentement en représentation au théâtre Amsterdam. Elle a fourni aux détectives engagés par Madame plusieurs informations compromettant M. Stillman.

– Êtes-vous rémunéré pour toutes les heures que vous consacrez ou avez consacrées à la défense de Mme Stillman ?

– Pas du tout. Mes seuls revenus me proviennent de mon présent emploi à la Continental Casualty. Ils sont d'ailleurs tout à fait satisfaisants.

Frédéric Beauvais confie au journaliste qu'il a étudié quelques années à l'Académie de Westmount, une école préparatoire à l'université McGill de Montréal. Il aurait acquis par la suite de nombreuses connaissances en médecine et en ostéopathie de manière autodidacte.

Beauvais s'exprime très bien. Son vocabulaire est juste et ses propos, clairement énoncés. Gene est en mesure de percevoir une intelligence vive, un raffinement au-dessus de la moyenne. Mais le guide indien fait grandement étalage de ses connaissances tant en littérature qu'en poésie ou en musique. Il parle avec emphase et admiration d'Enrico Caruso. Sent-il le besoin d'en rajouter en décrivant quelques-unes des nombreuses premières auxquelles il a assisté au Metropolitan Opera House ?

Gene aimerait bien vérifier certaines de ces assertions, car il soupçonne le jeune homme de s'inventer un passé plus reluisant pour l'épater. L'importance que lui accorde la presse présentement l'inciterait-il à jouer à la vedette ?

– Certains journalistes ont tenté de me faire passer pour un sauvage, un gars qui n'est pas souvent sorti de la forêt, dans l'espoir de rendre cette triste histoire encore plus exotique. J'espère, monsieur Fowler, que vous rétablirez les faits.

– Le compte rendu de cette entrevue sera fidèle, n'ayez crainte, monsieur de Beauvais. Comment percevez-vous l'intérêt que l'on vous porte présentement ?

– Je n'apprécie nullement ce type de notoriété. Je trouve la situation déplaisante et je préférerais de beaucoup vaquer à mes occupations d'affaires le jour et, le soir, écouter de la musique et lire des classiques de la littérature plutôt que d'être mêlé à ce drame conjugal.

– Je comprends... Il y a quelques jours, plusieurs journaux ont mentionné l'existence d'une lettre qu'aurait écrite Mme Stillman et dans laquelle elle avouerait à son mari avoir eu une liaison avec vous...

Beauvais se redresse, tendu comme un ressort.

– Madame n'a pu écrire de telles choses puisque rien de tout cela n'est arrivé. M. Stillman a dû, une autre fois, être victime de rumeurs, d'inventions.

Puis, Beauvais explique au journaliste qu'il connaît chaque détail du cas et qu'il est convaincu qu'une conspiration est en cours afin de porter atteinte à l'honneur d'Anne Stillman et de ruiner sa propre réputation. Dès son très jeune âge, Beauvais s'est établi une échelle de valeurs qu'il s'est toujours efforcé de respecter. Il prétend être «propre» malgré les racontars véhiculés sur son compte présentement. Des menaces, du chantage, des lettres et des télégrammes forgés ou falsifiés dans le but évident de lier son nom à celui d'Anne Stillman, voilà ce à quoi il doit faire face aujourd'hui. Longtemps silencieux, cet homme ouvre grand son cœur, ou plutôt sa rancœur. Les digues ont cédé et Gene Fowler est fin prêt pour recueillir ce flot de confidences.

– Laissez-moi vous expliquer l'origine de ce complot. Tout a commencé en 1919. J'ai moi-même engagé un homme, occupant également le poste d'opérateur du télégraphe de Grandes-Piles, pour construire une grange sur la propriété des Stillman à Grande-Anse. Les travaux ont débuté alors que Mme Stillman et moi étions tous deux à Pleasantville. Nous avons reçu là une lettre, qui nous était conjointement adressée, dans laquelle cet homme disait avoir perdu beaucoup d'argent à cause de ce contrat et demandait que Mme Stillman couvre tous ses frais additionnels; elle en avait les moyens et elle devait le faire dans les plus brefs délais. Les termes de cette lettre étaient tellement menaçants que Mme Stillman me dépêcha à Montréal pour que j'y consulte un avocat, qui nous recommanda de ne rien payer à ce moment. Une mise en demeure fut adressée à l'homme de Grandes-Piles. Cet individu écrivit une deuxième lettre à Mme Stillman. Cette fois, il insinuait des choses très embarrassantes à notre sujet et, si elles étaient dévoilées, Madame et moi pourrions passer un mauvais quart d'heure… Au besoin, je produirai cette lettre de chantage. Parce qu'il n'obtenait pas les deux mille dollars demandés, il a entrepris une campagne de salissage qui a pris des proportions que nul n'aurait pu soupçonner, pas même lui !

Beauvais est réellement amer en parlant de cet homme et il le tient responsable de tous ses malheurs. Sans ses mensonges, Stillman n'aurait pas été si mal informé et n'aurait pas enclenché toute cette procédure, si injuste pour sa femme. Et lui, Frédéric Beauvais, fréquenterait une école d'ostéopathie américaine à l'heure qu'il est !

Plutôt que de nommer l'homme tant haï, Beauvais explique :

– En disant que nous pourrions passer un mauvais quart d'heure, cet individu faisait référence aux bavardages colportés sur notre compte dans la vallée du Saint-Maurice. Pendant que j'étais à l'emploi des Stillman, j'ai souvent communiqué avec Madame par télégramme ou par lettre pour l'informer de l'avancement des travaux ou pour lui décrire ce qui se passait à Grande-Anse. Les ragots ont pris naissance, semble-t-il, pendant que je supervisais la construction de la grande maison. Le 2 juillet 1919, très exactement, Mme Stillman a commencé un court séjour à Grande-Anse. À son arrivée, elle m'a demandé de restreindre les travaux afin qu'elle puisse se reposer un peu dans sa chambre située au deuxième étage dans l'aile sud-ouest de la grande maison. J'avais vingt-quatre hommes à ma charge. J'ai limité leurs travaux à l'aile nord-est et leur ai demandé d'éviter de se servir de leur marteau pour ne pas importuner Madame. Le vieux Jos Pagé faisait partie de l'équipe. À ce qu'on m'a dit, il pensait faire une bonne farce en laissant croire qu'il m'avait vu dans ma chambre en compagnie de Mme Stillman, et les autres ont commencé à raconter des blagues grivoises sur notre patronne. Un groupe de commères s'est joint à eux et c'est là que la farce s'est transformée en rumeur. On a dit ensuite que Jos Pagé avait carrément espionné dans la chambre de Mme Stillman par le trou de la serrure…

Beauvais hésite avant de continuer, pour finalement raconter sa version «du trou de la serrure et de l'échelle».

– Pagé et sa bande ont rapporté cette histoire à qui voulait l'entendre et je crois bien qu'elle a fait le tour de tous les foyers des environs. Mais ce qu'ils ne savaient pas, c'est que j'étais le seul à connaître l'emplacement du mobilier dans les pièces de la grande maison puisque aucun ouvrier n'y était admis. À cause des cloisons de l'étage, il est impossible de voir le lit dans la chambre de Mme Stillman par le trou de la serrure. Impossible non plus de le voir par l'embrasure de la porte, car une série de penderies bloquent la vue. Pendant un séjour aux rapides Manigance, j'avais d'ailleurs expliqué tout cela à Mme Giguère. Plus tard, lorsque Mme Stillman a refusé de payer Lapointe pour des travaux à moitié finis…

– Ainsi, il s'agit bien d'Albert Lapointe, l'opérateur du télégraphe de Grandes-Piles?

Beauvais admet sa maladresse, hausse les épaules et continue sur sa lancée :

– De toute façon, c'est un secret de polichinelle… Donc, ce damné Lapointe a commencé à modifier mes télégrammes. Il ajoutait sciemment des mots doux ou retranchait d'autres mots pour donner un sens compromettant à certaines de mes communications. Nous n'avions pas de formulaires de télégramme au domaine des Stillman. Mes messages étaient donc acheminés de Grande-Anse à Grandes-Piles par bateau et, par la suite, portés à la gare où Lapointe les retranscrivait. Compte tenu du poste qu'il occupait, il lui était très facile d'en changer le contenu. Toutes ces machinations dans le seul but d'alimenter les soupçons de M. Stillman! À maintes reprises il a dirigé mes télégrammes non pas à Pleasantville, comme c'était prévu, mais à la National City Bank, au nom de Madame et à l'attention de monsieur. C'est à ce moment que M. Stillman a décidé de poursuivre sa femme.

– Vous accusez formellement Lapointe de falsification?

– Oui, monsieur! répond-il sans hésitation.

– Avez-vous des preuves de cela?

– Certainement, et l'une d'elles se trouve entre les mains des avocats de Madame. En août 1919, un télégramme lui fut adressé à la National City Bank alors que j'étais en vacances à leur maison d'été de Newport. Le télégramme disait en substance : «Les travaux de la grange s'achèvent, prière de payer deux mille dollars à l'entrepreneur. Avec tout mon amour, Fred.» Le coupable de cette infamie me croyait à Grande-Anse. Par un curieux concours de circonstances, ce télégramme me fut renvoyé, et c'est comme cela que j'ai constaté l'ampleur du complot diabolique dont j'étais victime. Je n'ai pu écrire ce câble et, pour le prouver, on peut aisément comparer les dates de mon séjour à Newport avec celle du télégramme. Il fut donc forgé de toutes pièces. D'autres l'ont été partiellement. Je vous ai déjà parlé de mon affection pour les enfants Stillman, n'est-ce pas? Monsieur a tellement négligé sa famille pendant toutes ces années où je fus à leur emploi que j'ai vraiment pris à cœur le bien-être de ces enfants. Je ne vous cacherai pas que je suis très attaché à chacun d'entre eux, spécialement à Bud, l'aîné des garçons. Je lui ai montré tout ce qu'un homme des bois digne de ce nom doit savoir et même à se défendre.

– Était-il un bon élève?

– Bud apprenait vite et bien. Doté d'un bon jugement, allié à une force physique redoutable, il peut maintenant me battre quand il le désire. Son intérêt pour la forêt est également sans limites. Plus qu'un élève, Bud fut mon plus fidèle compagnon dans les bois. Un jour, il m'a même avoué qu'il me considérait comme une sorte de père adoptif. Venant de lui, cette remarque m'a touché droit au cœur.

– Très émouvant, monsieur de Beauvais. Je suis tout de même curieux de savoir comment Lapointe falsifiait vos télégrammes...

– J'y arrive ! Donc, pour marquer mon attachement aux enfants, j'avais pris l'habitude de conclure mes messages d'affaires en ces termes : «*Love to the children* – Fred.» J'ai maintenant la preuve qu'à plusieurs reprises Lapointe a volontairement omis «*to the children*», laissant croire que je m'adressais exclusivement à la récipiendaire du câble. Et rappelez-vous, chaque fois le télégramme était envoyé à la National City Bank à l'attention de James Stillman !

– Vous ne lui avez pas dit votre façon de penser, à ce Lapointe ?

– Et comment ! J'ai parfois beaucoup de mal à réfréner ma colère et, à plusieurs reprises, on en est presque venus aux coups. Je déteste cet homme.

– Vous avez laissé entendre plus tôt que vous aviez pris connaissance du contenu des articles publiés ce matin par différents journaux américains et contenant le témoignage des Canadiens français en décembre 1920, et…

– J'ai lu ces articles à la première heure et je peux vous assurer qu'il s'agit là d'un véritable tissu de mensonges. Ces témoins ont affirmé m'avoir vu avec Mme Stillman dans une position compromettante ? Comme je vous l'ai dit précédemment, il leur était impossible de voir le lit de la porte.

– À votre connaissance, ces témoins ont-ils reçu de l'argent ?

– J'ai su qu'un représentant de James Stillman a remis une somme de dix mille dollars à Lapointe afin qu'il recrute des personnes prêtes à témoigner en faveur de son client. À lui seul, Jos Pagé aurait reçu mille dollars en argent avant son départ pour New York. Il a quitté La Tuque vêtu de neuf, avec de nouvelles valises… il étrennait même une montre en or ! L'année dernière, Albert Lapointe a fait l'acquisition d'une magnifique automobile. Ni son salaire d'opérateur de télégraphe ni les contrats de construction qu'il déniche de temps à autre ne peuvent justifier un tel achat.

– Ces gens se sont-ils rendu compte que leur témoignage «du trou de la serrure» pouvait être débouté ?

– Oui, dans le train qui les amenait à New York. À ce qu'il paraît, la panique se serait emparée d'eux quand Aurélie Giguère leur aurait expliqué que leurs accusations ne tenaient pas debout. Au cours de ce voyage, ils ont donc élaboré la thèse de l'échelle, mieux adaptée à l'architecture de la maison. Les mêmes bêtises furent racontées, mais cette fois les curieux observaient la scène par la fenêtre de la chambre de Mme Stillman. Cette version est tout aussi ridicule. Aucune échelle ne fut utilisée ce jour-là et personne n'a besogné sur le toit, vu que Mme Stillman voulait se reposer. Au début de cet après-midi, j'ai distribué les tâches, puis j'ai quitté la grande maison pour procéder à une inspection des champs en compagnie de mon frère Arthur. Mes vingt-quatre hommes me savaient à plus d'un demi-mille de la maison pour tout l'après-midi, j'ai donc un solide alibi.

Frédéric Beauvais a gardé le silence longtemps, mais depuis plus de deux heures il reprend à coup sûr le temps perdu. Quelle motivation le pousse à agir ainsi ? Au cours des deux dernières semaines, il a réussi à semer avec ingéniosité les journalistes américains autant que leurs confrères canadiens. Lorsque Gene lui en fait la remarque, Beauvais renchérit en lui avouant avoir fui reporters, photographes et détectives non pas pendant deux semaines, mais bien pendant deux ans ! Pour y arriver, il a eu de l'aide. Il n'a pas que des détracteurs dans la vallée du Saint-Maurice. Plusieurs personnes lui sont fidèles et reconnaissantes pour les services qu'il leur a un jour rendus.

– Je peux vous assurer, monsieur Fowler, que personne ne se promène sur les rives du Saint-Maurice entre Grandes-Piles et La Tuque sans que j'en sois informé. Je connais vos allées et venues depuis votre arrivée dans la vallée, les vôtres comme celles des autres journalistes qui vous ont précédé ou suivi. Je sais qui vous a procuré vos chevaux, qui vous a logé. Je connais par le menu détail votre visite au père Gras. Ne lui avez-vous pas remis quelques dollars pour les pauvres de la paroisse ?

– Vous m'impressionnez, monsieur de Beauvais !

Malheureusement, Gene ne peut camoufler les bruits creux provenant de ses entrailles. Spontanément, Beauvais lui propose de partager avec lui un repas de l'hôtel *Windsor*. Guide de chasse et de pêche pendant de nombreuses années, Beauvais s'est toujours fait un devoir d'être à l'écoute des besoins de ses invités. Le journaliste accepte avec reconnaissance et note l'aisance avec laquelle le jeune homme s'adresse au personnel, commande les divers plats et ordonne qu'ils soient montés à la suite. Comment les us et coutumes des grands hôtels peuvent-ils lui être si familiers ? Parce qu'il y a accompagné Mme Stillman, évidemment. Comme serviteur ou comme compagnon ? Gene se doit d'être prudent dans ses jugements. Il est si facile de conclure, à l'instar de tant de gens !

Gene observe le centre de table garni, ainsi que les couverts disposés méticuleusement. Quel couteau et quelle fourchette devrait-il utiliser pour entamer son premier plat ? Beauvais, quant à lui, prend sans hésitation un ustensile, puis un autre, et le journaliste n'a qu'à l'imiter. Autant Beauvais connaît la forêt, autant l'étiquette à table lui est familière. Se tapotant les commissures des lèvres avec sa serviette de table, Frédéric Beauvais reprend de lui-même ses confidences :

– Parmi les hommes qui travaillaient pour moi à Grande-Anse, la plupart me sont encore fidèles. Souvent, les épreuves rapprochent les êtres humains, surtout si des vies sont en jeu. Un peu plus tôt, je vous ai parlé de mon intérêt pour la médecine. Mon grand-père paternel, dit Kanonwatse, était un chaman réputé et reconnu par tous les membres de notre communauté. Avec lui, j'ai appris à juger de la valeur médicinale des plantes et des arbres. Lorsque la grippe espagnole a frappé la vallée du Saint-Maurice en 1918, je fus parmi les premiers à être atteints. J'ai expliqué à un de mes hommes comment me traiter en utilisant la médecine traditionnelle indienne tout autant que les médicaments des Blancs. Durant plusieurs jours, je suis demeuré alité, à demi conscient. Par la suite, j'ai soigné mes compagnons qui tombèrent les uns après les autres. Je suis heureux aujourd'hui de vous dire qu'aucun d'eux n'a péri.

Mon dévouement les a attachés à moi plus fort que l'amitié ne peut le faire. Ce sont mes alliés.

– Vous m'étonnez ! Ainsi, partout ailleurs, hommes, femmes et enfants mouraient à cause du grand fléau, et vous n'avez perdu aucun homme ?

– Pour être tout à fait franc, un vieillard des environs est décédé au cours de cette période, mais il ne faisait pas partie de mon équipe. Comme il n'avait pas de famille, je lui ai moi-même fabriqué un cercueil en bois de pin et j'ai organisé ses funérailles.

Décidément, ce Beauvais semble avoir tous les talents ! Quand Gene lui en fait la remarque, il répond, un tantinet crâneur :

– Disons que je suis un homme passablement adroit. Je réussis ce que j'entreprends, qu'il s'agisse de construire un canot ou une maison, ou encore de semer des détectives ou des journalistes, ajoute-t-il, railleur.

Pendant un court instant, le sourire de Beauvais met en évidence ses dents blanches et ses pommettes saillantes. Il sort ensuite de sa poche une belle montre en or, puis invite Gene à l'accompagner à la Continental Casualty où il doit régler d'urgents dossiers avant la fermeture des bureaux. Le journaliste accepte avec plaisir, d'autant plus qu'il n'a prévu s'embarquer pour New York qu'à la nuit tombée. De la chambre, Fred Beauvais réclame une voiture.

Tout au long du trajet, Frédéric Beauvais parle de ses ancêtres, de leur bravoure et de leur savoir-faire. Gene écoute attentivement le jeune homme tout en observant le square Dominion. Les arbres dénudés laissent entrevoir une surprenante réplique de la basilique Saint-Pierre de Rome surmontée, comme elle, de hautes statues. Selon Beauvais, la cathédrale de Montréal occuperait la moitié de la superficie de son illustre modèle. Le taxi longe maintenant la gare Windsor, immense bloc carré aux allures de forteresse anglaise, dessinée par les architectes du Canadien Pacifique. Chevaux, automobiles et tramways à trolley se croisent et s'entrecroisent dans un ballet bruyant.

Arrivé à son bureau, Beauvais distribue allègrement documents et directives. Comment savoir s'il s'agit d'un acteur ou d'un homme sincère? S'il joue la comédie, il a du talent, aucun doute là-dessus. Gene n'a pas osé lui parler de Guy; il trouve indécent d'aborder ce sujet. Il a été en mesure de constater à quel point Frédéric Beauvais a de l'affection pour les enfants Stillman, ça il n'a pu le feindre. S'il est vraiment le père de l'enfant, quel énorme sacrifice lui a-t-on imposé en lui demandant de le nier, en jouant la corde «pour le bien de l'enfant»! En père aimant, Gene n'a aucun mal à imaginer la situation.

À dix-sept heures, les bureaux se vident rapidement. Debout près de Beauvais, Gene est frappé par la sveltesse du jeune homme qu'il domine d'une demi-tête. Fred doit mesurer un mètre soixante-douze tout au plus. Pourquoi a-t-on dit de lui qu'il pesait plus de quatre-vingt-dix kilos et dépassait le mètre quatre-vingt?

– Encore la rumeur, monsieur Fowler! Vous savez ce qu'il advient d'une nouvelle lorsqu'elle voyage de bouche à oreille? Elle prend vite des proportions insoupçonnées. Je crois bien connaître l'origine de ce mythe. Un jour, j'observais quatre hommes tentant de soulever un lourd pavé. Je leur ai offert mon aide et, finalement, je l'ai levé seul au grand étonnement de tous.

– Comment avez-vous développé une telle force? Vous entraînez-vous?

– Si vous étiez un habitué de la forêt, vous sauriez que les guides sont réputés pour leur force et leur résistance. Je mets tout autant sur le compte de l'atavisme ma capacité à économiser mon énergie afin de l'utiliser au besoin. J'ai souvent transporté de lourdes charges dans mes portages. Bien que je n'aie pas la carrure d'un gaillard, mes exploits démontrent que j'ai de l'endurance.

Un vantard, ce Beauvais? Quoi qu'il en soit, ce jeune homme dégage un tel magnétisme qu'il surprend, étonne et intéresse au lieu de déplaire.

17

Le lundi 28 mars 1921

Pendant dix-sept jours consécutifs, l'équipe du *New York American* chargée de la couverture du procès des Stillman a travaillé sans relâche. Son mandat était simple et complexe à la fois : susciter l'intérêt du public en présentant à la une les nombreux rebondissements de cette affaire légale qui, de l'avis de plusieurs, a pris des proportions démesurées. Toutefois, l'accalmie des derniers jours a permis à Anna Dunlap, à Gene Fowler et à John Winkler de profiter pleinement du congé pascal.

Le directeur de la salle de rédaction a convoqué une réunion en fin d'après-midi afin de recueillir l'avis de ses collaborateurs, de faire le point sur les derniers développements dans l'affaire de l'heure et de distribuer les prochaines responsabilités. Avec emphase, Bradford félicite son équipe pour l'excellence du travail accompli. Le *New York American* a encore amélioré son tirage et il sait pertinemment que là réside l'unique intérêt des propriétaires, les seuls auxquels il ait à rendre des comptes, mis à part ses lecteurs.

– Le juge Morschauser tarde encore à rendre sa décision. Cependant, nous devons garder notre public en haleine en attendant le jugement. Qu'avez-vous à proposer?

Anna intervient la première :

– Si vous me le permettez, je suis volontaire pour continuer ma quête auprès des disciples de Thémis. En me rendant à Poughkeepsie, je pourrais recueillir les commentaires du juge Morschauser. De plus, maître Mack et le juge Gleason devraient aussi être rencontrés, il me semble.

– Le juge Gleason ne vous a-t-il pas ouvert une porte hier?

– En effet. Quand je lui ai téléphoné à sa maison de campagne de Millerton, il s'est excusé, plutôt sarcastique, de ne pas être disponible aux journalistes en ce jour de Pâques. Il a toutefois ajouté qu'à compter de mardi il se ferait un plaisir, si son emploi du temps le lui permet, de me recevoir à son bureau de Poughkeepsie.

– C'est bon, Anna. Et toi, Gene, comment se passe le retour au bercail ?

– Je ne vous cache pas que j'étais très heureux de retrouver Agnès et les enfants. Les petits ne me lâchent pas d'une semelle ! Mais racontez-moi vite ce qui s'est passé ici pendant mon absence !

Selon Michael Bradford, les avocats des Stillman envoient des ballons tous azimuts afin de brouiller les pistes. Des détectives auraient trouvé la trace d'un véritable Frank H. Leeds, un danseur, ayant frayé durant un certain temps avec Florence. Il y a quatre ou cinq ans, l'individu aurait fait partie d'une troupe théâtrale dirigée par George W. Ledorer, avec qui Bradford s'est entretenu ce matin. Le directeur de la salle de rédaction n'a rien obtenu de précis. Ledorer n'a pas nié l'existence de Leeds, mais il ne se souvient pas précisément de lui non plus. De fait, personne n'a réussi à trouver le « vrai » F. H. Leeds.

D'autre part, des indices et des rumeurs laissent supposer que James Stillman aurait eu une myriade de liaisons avec des filles de Broadway, d'une durée allant de quelques heures à plusieurs mois. Grâce à ces nouvelles venues, une autre action pourrait être présentée par Anne Stillman contre son époux. Elle demanderait le divorce et ne se contenterait plus d'une défense et demande reconventionnelle. Cette nouvelle action serait portée à l'attention du juge dès qu'il aura rendu sa décision concernant l'attribution de la pension alimentaire et de la provision pour frais.

Si, comme beaucoup le croient, tous deux sont reconnus coupables d'adultère, aucun d'eux n'obtiendra le divorce. Dans un tel cas, le juge n'aura qu'à statuer sur le sort de l'enfant. Dans un an ou deux, quand le public aura oublié toute cette affaire, le divorce pourrait être prononcé, ici ou dans un autre pays, sans opposition de part ou d'autre.

À l'intention de Fowler, Bradford ajoute :

– J'aurais deux ou trois belles dames à te faire rencontrer, si tu n'y vois pas d'objection, évidemment.

– Aucune, patron. De qui s'agit-il ? s'empresse de répondre Gene, rieur.

– Nous avons reçu plusieurs lettres anonymes dans lesquelles on affirme qu'une autre fille de Broadway aurait précédé Florence dans les faveurs du banquier. J'ignore totalement de qui il s'agit, mais les avocats d'Anne Stillman devraient être en mesure de te fournir certaines précisions. Fais-leur miroiter que la publication d'un article dévoilant l'existence de cette mystérieuse femme pourrait servir leur cause. Nous avons également reçu ce matin une lettre d'une certaine Viola Clark dans laquelle elle nous invite à communiquer avec elle dans les plus brefs délais. Cette femme prétend connaître James Stillman depuis plus de sept ans.

Bradford tend la missive à Gene et poursuit :

– La dernière et non la moindre est May Cochran. D'après ce qu'on dit, elle aurait enseigné les danses modernes à James Stillman. Vois si elle a fait plus que le faire danser.

– Ça me va, patron, belle mission.

Winkler informe ses compagnons qu'en Floride on continue de nager en plein mystère. Ni Florence Leeds ni sa compagne Bertha Potter n'ont été revues ces derniers jours. Tout comme la jeune Elsie l'avait affirmé, Robert Scott a eu vent que Florence Leeds serait revenue à New York.

Un homme portant un tablier bleu foncé, une visière et des manchettes de même couleur frappe timidement sur le cadre de la porte ouverte. Bradford lui fait signe d'entrer. S'excusant auprès de ses collègues, le directeur de la salle de rédaction regarde avec grand intérêt la photographie encore humide qui lui est présentée. Après avoir remercié le nouvel arrivant, Bradford montre aux journalistes un cliché de James Stillman pris le matin même sur le terrain de golf de Garden City, Long Island. Le banquier était accompagné de Mortimer N. Buckner, président de la New York Trust Company et considéré par plusieurs comme son ami intime. Ce document vaut son pesant d'or car, depuis plusieurs années, aucun journal n'a réussi à photographier le président de la National City Bank.

Bradford se souvient fort bien de l'invitation que Winkler a reçue d'Anne Stillman afin qu'il aille la rencontrer à Lakewood. Toutefois, avant son départ, Michael apprécierait grandement que le journaliste se rende à la National City Bank où un administrateur, joint tôt ce matin, a accepté avec empressement d'être interviewé. Seraient-ils prêts à annoncer la démission de leur président ?

Le mardi 29 mars 1921

Parmi les trois firmes d'avocats retenues par Anne Stillman, Gene choisit à tout hasard celle de Stanchfield et Levy. Louis Levy l'invite dans son somptueux bureau et, sans grand préambule, l'avocat lui parle du prétendu « véritable » F. H. Leeds. Selon lui, même si les avocats de James Stillman présentent un authentique Franklyn Leeds à la cour, cela ne modifiera en rien la défense de sa cliente puisque plusieurs personnes sont prêtes à témoigner que James Stillman a vécu de grands pans de sa vie sous l'identité de Franklyn Harold Leeds.

Gene voudrait bien connaître celle que Florence Leeds aurait supplantée. Se voulant convaincant, il suggère :

– Maître, si une rivale de Florence Leeds se manifestait publiquement, ne pourrait-elle pas appuyer la cause de votre cliente ?

Levy observe un moment de silence, puis il griffonne quelques mots sur un bout de papier qu'il dépose sur son bureau, face au journaliste.

– Nous devons malheureusement nous quitter.

Maître Levy prend bien soin de détourner son regard du billet où il a noté le nom et l'adresse d'une ancienne concurrente de Florence Leeds. L'avocat se protège. Si jamais on l'interroge, il pourra toujours nier avoir donné ce renseignement.

* * *

Quand Mabel a appris que sa pire ennemie était nommée co-intimée dans le divorce des Stillman, elle n'a pas hésité un seul instant à offrir son appui à l'épouse trahie. Quelques semaines auparavant, la jeune femme a rédigé une déclaration sous serment dans laquelle elle a décrit en détail sa relation avec le banquier. Mabel a également offert de témoigner en faveur d'Anne Stillman à une prochaine audience, et a même convaincu «ses» anciennes servantes d'imiter son geste. Ces femmes prenaient soin de ses luxueux appartements de New York et de Garden City avant sa déchéance.

Mabel n'en finit plus de raconter à Gene son conte des mille et une nuits. Hier, parée de diamants, vêtue de robes du soir à faire pâlir d'envie toutes ses amies, servie comme une reine et, aujourd'hui, ruinée, lavant elle-même ses mouchoirs et n'ayant que des billets de prêteurs sur gages en souvenir de ses jours fastes. Tout cela à cause de cette maudite Florence !

Gene profite de ce que Mabel reprend son souffle pour lui demander dans quelles circonstances elle a fait la connaissance de James Stillman. Un sourire adoucit ses traits un bref instant.

– C'était en 1915. Jimmie était mon bon génie ! Avec lui, tous mes désirs devenaient réalité… Limousines, salles à manger plus somptueuses les unes que les autres, hôtels luxueux… puis, du jour au lendemain, il m'a balancée. Comme un enfant se fatigue d'un jouet, il s'est lassé de moi… à cause d'elle, la chipie. Elle m'a tout pris, la garce. Mais c'est elle aujourd'hui qui se trouve dans le pétrin ! Bien fait pour elle !

Le visage de Mabel est ravagé, son regard, durci, et ses mains, tordues à force d'être serrées l'une contre l'autre. Elle devait être jolie avant que cette amertume ne la submerge. Gene observe cette femme chez qui les années se sont multipliées au lieu de s'additionner et il implore le destin de le protéger contre la haine.

* * *

En route vers l'appartement de Viola Clark, Gene parcourt de nouveau la lettre que cette femme désire voir publier :

J'offre volontairement les précisions qui suivent dans le but d'éclairer la cause de divorce dans laquelle est impliqué James Stillman. En 1914, j'ai rencontré un homme charmant, cultivé, doué d'un tact remarquable. Ce parfait gentilhomme se nomme James Stillman.

Insinuer que je suis une intime de M. Stillman est absurde et déraisonnable. Un article publié dans votre journal du 13 mars dernier prétendait qu'une jolie femme de la société new-yorkaise aurait eu une liaison avec le banquier. Cet article me fut envoyé chez moi, par la poste, et l'auteur de cette farce de mauvais goût n'a jamais fait connaître son identité. Il m'apparaît évident que certaines personnes tentent de salir ma réputation.

J'aurai bientôt trente ans et, depuis près de dix ans, je touche un salaire moyen de vingt-cinq dollars par semaine. Je n'ai que ces revenus pour subvenir à mes besoins, mais j'ai la fierté de gagner honorablement ma vie.

J'ai rencontré M. Stillman pour la première fois à Newport, au Rhode Island, à l'occasion d'une surprise-partie. Nous avons dansé presque toute la soirée ensemble. À cette époque, je désirais acheter des parts dans une entreprise de location de Brooklyn, propriété de feu Theodore Shonts. Le projet s'annonçait prometteur, pourvu que j'aie l'argent nécessaire pour l'investissement initial, ce qui n'était pas le cas. J'ai alors parlé de mon problème à M. Stillman et, sans hésiter, il m'a prêté les cinq cents dollars dont j'avais besoin. Malheureusement, il ne m'a pas été possible de les lui remettre. Cette relation purement professionnelle fut mal interprétée, on me l'a confirmé.

C'est un privilège pour moi de rétablir les faits aujourd'hui. M. Stillman est doté d'une puissante et charmante personnalité. Il plaît spontanément aux femmes et, de ce fait, il suscite beaucoup de jalousie et d'envie chez certains hommes. Peut-être profitent-ils de la controverse actuelle pour colporter des cancans dans le seul but de lui nuire. Je connais des gens qui ont le don de mettre le pied sur le dos de celui qui est déjà à genoux.

Je terminerai ainsi ma déclaration. – Viola Clark.

Le ton de la lettre laisse entrevoir une personne volontaire, déterminée. Gene pourra constater dans un instant si sa perception est juste puisque son taxi vient de s'arrêter devant le 242 de la 50e Rue Est, à deux portes de l'East River au milieu de laquelle il peut clairement distinguer l'île Blackwell.

Viola Clark invite le journaliste dans son appartement d'une seule pièce, d'une propreté impeccable, meublé sans luxe, mais avec goût.

La jeune femme est presque de la même taille que Gene. Sa beauté est saisissante. Ses cheveux d'un blond naturel sont torsadés artistiquement sur sa nuque. Une douceur étonnante émane de toute sa personne. «Pureté et bonté», se dit Gene en tendant la main. Quel contraste avec Mabel ! Le sourire de Viola creuse deux minuscules fossettes au coin de sa bouche et ses quelques taches de rousseur ne font qu'accentuer sa fraîcheur.

Viola accepte de donner plus de détails sur sa rencontre avec James Stillman, même si elle a l'impression d'avoir déjà tout révélé dans sa lettre.

– J'ai fait sa connaissance à l'hiver 1914. À cette époque, partout à New York et dans les villes avoisinantes, beaucoup de gens ont éprouvé un véritable engouement pour la danse. Voulait-on oublier momentanément la menace de guerre ? On m'a présenté Jimmie Stillman à l'occasion d'un bal semi-privé. C'était un danseur hors pair et il fut mon partenaire toute la soirée. Par la suite, je l'ai rencontré à quelques reprises dans des circonstances similaires. J'ai appris à le connaître et à l'apprécier.

– Pourriez-vous me donner plus de détails sur le prêt de cinq cents dollars qu'il vous a accordé ?

– Comme je l'écrivais dans ma lettre, M. Shonts m'avait offert d'investir dans son entreprise de location d'immeubles. Quand j'ai confié à M. Stillman que mes économies n'étaient pas suffisantes pour réaliser mon rêve, spontanément il m'a proposé un prêt. Je ne lui avais rien demandé et je tiens à préciser qu'il n'a rien exigé de moi en retour. L'agence a bel et bien démarré, mais malheureusement nous n'avons pas eu le succès escompté. C'est pourquoi je n'ai pu le rembourser.

– Vous a-t-il déjà réclamé son dû ?

– Jamais.

– Pourquoi nous racontez-vous votre mésaventure ?

– Quand j'ai vu la tournure des événements, quand j'ai compris que tout le passé de M. Stillman était examiné de près, j'ai préféré prendre les devants et dire exactement ce qui s'était produit entre nous. Je connais plusieurs personnes capables de donner une tout autre signification à un prêt. Oui, j'ai dansé maintes fois avec cet homme mais, sans faillir, il s'est montré galant et gentilhomme et, non, il ne m'a fait aucune proposition malhonnête.

– Accepteriez-vous de témoigner au procès des Stillman si l'on vous en faisait la demande ?

– Oui, mais j'ignore vraiment comment je pourrais rendre service à qui que ce soit dans cette histoire. Je vous ai réellement tout dit ce que je savais. La situation de Jimmie Stillman est loin d'être enviable aujourd'hui et j'espère sincèrement que, très bientôt, tout rentrera dans l'ordre pour lui.

– Vous n'étiez pas embarrassée de danser ainsi avec un homme marié ?

– Aucunement, puisqu'on m'avait affirmé qu'il vivait séparé de sa femme depuis 1913 !

* * *

– Si on tente de traîner mon nom dans la boue, j'intente une poursuite immédiatement. Des détectives m'ont espionnée pendant des semaines dans le but de m'impliquer dans ce scandale. À vouloir absolument trouver d'autres femmes qui se sont commises avec M. Stillman, ces hommes y vont un peu fort.

Raffinée, habituée à fréquenter des personnalités éminentes, May Cochran s'exprime avec aisance et autorité. Elle ne doit pas avoir plus de vingt-six ou vingt-sept ans et, malgré son jeune âge, la toute menue demoiselle a fondé une école de danse moderne, populaire et prospère, où elle met au pas le gratin de New York.

May Cochran conduit Gene dans sa salle de danse occupant une position stratégique au 4 de la 40e Rue Ouest. Avec un art consommé, la jeune femme a elle-même décoré son studio.

Pendant plus de deux ans, elle a enseigné à James Stillman toutes les danses à la mode.

– Ma relation avec M. Stillman fut purement professionnelle. Dans mon métier, je me dois d'avoir une réputation irréprochable. M. Stillman est un homme charmant et il fut un élève doué qui s'est toujours comporté correctement avec moi.

– Que voulaient savoir au juste les détectives qui vous ont approchée ?

– Ils m'ont demandé si M. Stillman était accompagné de Mme Leeds à ses leçons de danse... Je n'ai jamais parlé à cette femme de ma vie ! En aucun temps M. Stillman et moi n'avons abordé de sujets d'ordre personnel. Quand je pense que ces détectives sont même allés questionner mes serviteurs à ma résidence de Garden City ! Ils m'ont tellement harcelée qu'il y a quelques semaines j'ai finalement demandé la protection de la police. Vraiment, c'était devenu invivable.

– Quelle a été la réaction des policiers ?

– Ils ont fait du bon travail et je n'ai plus été importunée jusqu'à ce que l'affaire devienne publique. Là, ce sont les journalistes qui ont pris la relève. Je compte sur vous, monsieur Fowler, pour écrire tout ce que je vous ai dit. Vous pouvez publier notre entretien intégralement si vous le désirez. Écrivez aussi qu'à partir de maintenant j'invite les détectives et les journalistes à respecter ma vie privée.

* * *

Les corridors du palais de justice de Poughkeepsie sont envahis par une pléthore de journalistes, avides de recueillir des indices sur le jugement que prépare maintenant le juge Joseph Morschauser. Le secrétaire du juge, Frank G. Cunley, avise Anna que Sa Seigneurie ne veut être dérangée sous aucun prétexte, car la rédaction de ses recommandations doit être complétée au plus tard jeudi. En plus de faire connaître le montant de la provision pour frais et de la pension alimentaire, le juge statuera sur l'admissibilité des pièces qui lui ont été présentées jusqu'à maintenant.

Le juge Morschauser a fouillé une multitude de cas pour motiver sa décision. Cunley rappelle à Anna que son patron est réputé pour ses jugements équitables et, par conséquent, rarement contestés.

S'appuyant sur l'article 76 du code de Parson, Cunley affirme que les déclarations sous serment, lettres ou notes sténographiques de la cour ne peuvent devenir du domaine public dans un divorce, même quand la cause est rendue à terme, à moins qu'elle ne soit portée en appel. À tort, plusieurs journaux, dont le *New York American*, ont laissé entendre le contraire. Anna assure Cunley qu'elle rétablira les faits dans la première édition du lendemain. Toutefois, comme tant d'autres, Anna aurait tant aimé connaître le contenu de ces pièces si intrigantes !

Comme si une déception ne venait jamais seule, voilà qu'un contretemps de dernière minute empêche le juge Gleason de la rencontrer comme prévu.

Le défenseur des droits de Guy, maître John E. Mack, lui, l'accueille chaleureusement. Détendu, tel un joueur tenant dans ses mains ses meilleures cartes d'atout, l'avocat ne sourcille même pas lorsque Anna lui demande de confirmer la rumeur voulant qu'à la prochaine audience les avocats de James Stillman présentent la lettre dans laquelle l'épouse admet carrément les accusations faites par son mari.

– Il est fort possible que cette lettre ne soit pas admise, car vous savez comme moi qu'un époux ne peut se servir de communications personnelles contre sa conjointe.

– Vous ne niez donc pas l'existence de cette lettre ?

– Mais non, mademoiselle Dunlap.

– Si la lettre est retenue par le juge, ne devient-elle pas dès ce moment une preuve accablante de l'illégitimité de votre protégé ?

– Pas nécessairement. Des experts seront appelés à la barre afin d'expliquer l'état de profonde détresse dans lequel peut se trouver une femme en début de grossesse et qui apprend bêtement, par une lettre anonyme, l'infidélité de son mari. La jalousie et la rage l'habitent totalement. Sous l'emprise de telles émotions, elle peut aisément rédiger une lettre pour éveiller sa suspicion. Il pourrait s'agir d'une tentative désespérée pour regagner son amour.

Indiquant d'un geste de la main une pile de dossiers sur le coin de son bureau, maître Mack ajoute :

– Dans ces documents, des médecins spécialisés dans les maladies nerveuses affirment, on ne peut plus clairement, qu'une femme enceinte dont la condition mentale est ébranlée par de fortes émotions peut écrire ou dire des choses inexactes, voire fausses, sans aucune intention frauduleuse, uniquement à cause de l'état nerveux dans lequel elle se retrouve pendant la période qui précède la naissance d'un enfant.

– Seriez-vous en train de me dire que les avocats de Mme Stillman vont plaider l'aliénation mentale pour la sortir de ce mauvais pas ?

– Mais non, voyons ! Au pire, une fragilité nerveuse temporaire sera invoquée. La cause de mon protégé se porte à merveille, mademoiselle Dunlap. Pour vous le prouver, permettez-moi non pas une, mais bien deux révélations capitales. Tout d'abord, un avocat de la firme de Stanchfield et Levy a découvert une inscription dans le registre d'un hôtel situé près de Central Park prouvant que James Stillman, sa femme, ses enfants, accompagnés d'un petit Indien du nom de Joe, et une nurse ont séjourné là dans une même suite à la fin du mois de février 1918, précisément neuf mois avant la naissance de Guy. Une photographie de la page de ce registre sera présentée au juge à la prochaine audience.

Savourant quelque peu ses dernières paroles, l'avocat poursuit :

– Anne, l'aînée de la famille, est également prête à affirmer que Guy est bien le fils de son père, nonobstant le fait que cette seule révélation la prive de près de un million de dollars.

– Que voulez-vous dire, maître ?

– Tout simplement ceci : si les dix millions hérités par James Stillman étaient divisés en trois plutôt qu'en quatre parts, qu'arriverait-il ?

– Il me semble que, dans un drame de cette envergure, de telles considérations ne devraient pas être prises en compte, maître.

– Vous ne pratiquez pas ma profession, chère mademoiselle, pour faire ce genre de réflexion.

La spontanéité d'Anna lui joue parfois de mauvais tours. Il est vrai que dans un monde idéal une jeune fille ne se parjurerait pas pour de l'argent. Que cet homme ait été témoin de sa naïveté la mortifie ! La jeune femme préfère changer de sujet que de s'enliser en voulant sauver la face.

– Vous semblez confiant de gagner votre cause, maître.

– Certainement, mademoiselle. D'autant plus que nous avons recueilli plusieurs autres déclarations sous serment de personnes prêtes à témoigner que M. et Mme Stillman vivaient ensemble à Pleasantville dans les mois qui ont précédé la naissance de l'enfant. J'ai en main tout ce qu'il faut pour prouver que Guy est bien le fils de James Stillman. C'est tout ce que j'ai à dire pour l'instant, mademoiselle Dunlap, je vous remercie de votre attention.

Le dénouement de cette intrigue n'est pas pour demain. Une fois que Morschauser aura établi le montant de la pension alimentaire temporaire, combien de temps encore s'écoulera-t-il avant qu'il ne statue sur le sort de l'enfant ?

* * *

Un homme au début de la cinquantaine invite Winkler à s'asseoir. La dimension et l'aménagement du bureau de Ralph Duffy laissent supposer qu'il occupe un poste assez élevé dans la hiérarchie de la National City Bank.

– On m'a assuré que mon anonymat serait respecté. Vous pouvez me situer dans un poste de direction; ce sera suffisant pour que mes propos soient pris au sérieux, sans pour autant permettre de m'identifier. J'aimerais que vous fassiez comprendre à vos lecteurs que les activités de cette banque ne dépendent pas d'un seul homme. Notre institution est bien plus grande que son numéro un. Le scandale qui éclabousse présentement notre président n'empêche nullement notre personnel d'accomplir ses tâches avec un professionnalisme sans égal. Notez bien ceci : James Stillman est président de notre vénérable institution de nom et non de fait.

– Qu'entendez-vous par là ? l'interrompt Winkler, surpris par la tournure de l'entrevue.

– Lorsque «Jim»... permettez-moi de l'appeler ainsi pour éviter de le confondre avec son père... Donc, quand Jim est entré comme commis à la National City Bank en 1898, des tâches secondaires lui furent confiées et, dans les années qui suivirent, il se débrouilla fort bien. Cependant, lorsque son père, le plus habile et le plus brillant banquier que l'Amérique ait produit, le promut à un poste de direction, Jim échoua lamentablement. Le jeune homme ne démontrait qu'un talent mitigé pour mener à bien des projets importants et, contrairement à son père, il manquait totalement d'initiative. En tant que vice-président, son influence fut insignifiante, pour ne pas dire nulle. Il était un figurant, un homme de paille. À cette époque, son père aurait bien aimé voir son fils lui succéder mais, amèrement déçu de ses médiocres performances, il jeta son dévolu sur Frank A. Vanderlip qui était alors l'un de nos jeunes et brillants administrateurs. Non seulement lui a-t-il confié les rennes de la National City Bank, mais il lui voua une admiration et une affection sans bornes. Durant plusieurs années, le sort de Jim fut loin d'être enviable. Il était le fils et l'héritier d'un homme tout-puissant, maître de la plus prestigieuse institution bancaire au pays, dans laquelle il ne détenait aucun pouvoir réel et à qui on ne confiait aucune responsabilité digne de ce nom. Naturellement, Jim éprouva un vif ressentiment envers son père, mais également envers Vanderlip ; surtout envers Vanderlip.

– Je ne comprends pas, monsieur le directeur, que James Stillman soit devenu le numéro un de cette banque dans ces circonstances !

– J'y arrive. Peu de temps avant sa mort, le père de Jim changea radicalement d'attitude. Des rumeurs circulaient autant dans le milieu bancaire que dans les clubs fréquentés par leurs dirigeants que le vieux Stillman était prêt à retirer son appui à Vanderlip pour faire grimper Jim le plus haut possible. Certains ont même insinué que le vieux exécrait la popularité grandissante de Vanderlip auprès du public, popularité qui avait tendance à reléguer le nom des Stillman aux oubliettes. D'autres ont affirmé que le père de Jim ne prisait guère certaines des pratiques avant-gardistes introduites par Vanderlip au sein des activités administratives. Bien peu connaîtront les véritables raisons qui ont amené le vieux renard à reprendre ses activités au sein du conseil d'administration. Connaissant le vieux James comme je le connaissais, il était évident qu'en voyant approcher la fin de sa vie il n'a pu se résoudre à confier « sa » banque à des étrangers. La voix du sang a étouffé toutes autres considérations.

Puis, Duffy décrit au journaliste les circonstances qui ont précédé la chute de Vanderlip. Quand toutes les manigances du vieux Stillman ont commencé, Frank Vanderlip avait quitté New York pour un long séjour en Europe. Pendant son absence, le père de Jim s'est efforcé d'associer à nouveau le nom des Stillman à la National City Bank. Duffy précise toutefois que la popularité exceptionnelle de Frank Vanderlip auprès des investisseurs avait suscité beaucoup de jalousie, voire de l'hostilité à son endroit. Plusieurs banquiers se sont montrés très empressés d'aider le vieux Stillman dans sa campagne de dénigrement. Quant à Jim Stillman, il avait retrouvé la place qu'il avait désespérément désirée dans l'esprit et dans le cœur de son père. Avant de mourir, celui-ci s'assura que son fils aurait le pouvoir nécessaire pour contrôler la banque.

À son retour d'Europe, Frank Vanderlip fut abasourdi en constatant l'ampleur des appuis de Jim au sein du conseil d'administration. Il s'agissait d'un revirement aussi soudain qu'inattendu. Le vieux Stillman n'était pas encore froid que son fils fit savoir à Frank qui était le maître ! Vanderlip ne se serait pas battu. Il était suffisamment avisé pour savoir que la bataille était perdue d'avance. En 1919, il présenta sa démission, qui fut acceptée aussitôt.

Autant Ralph Duffy vénère Frank Vanderlip, autant il méprise son patron actuel.

– Que James Stillman ait été élu président de la National City Bank, une institution ayant plus d'un milliard de dollars en valeurs, constitue à mon avis un cas flagrant de népotisme. Cette nomination va à l'encontre de la philosophie qui règne en Amérique, à savoir que seul le mérite peut amener un homme à diriger une entreprise du calibre de la National City Bank. Jim Stillman doit savoir qu'il n'a pas l'envergure nécessaire pour occuper un tel poste, nonobstant le fait que sa famille et ses relations, j'entends par là les Rockefeller, détiennent la majorité des actions.

Se doutant bien que cette entrevue a pour but de rassurer autant les investisseurs que les épargnants de la National City Bank, Winkler aiguise l'irritabilité du directeur en lui rappelant que le scandale Stillman pourrait grandement nuire aux activités de son institution.

– Le public a déposé plus de six cents millions de dollars dans les coffres de notre banque et cette fortune mérite d'être administrée par les meilleurs gestionnaires qui soient. Il est impératif, monsieur Winkler, que le public sache que ses avoirs sont entre bonnes mains.

Après toutes ses années de métier, John Kennedy Winkler est encore fasciné par le pouvoir que détiennent les journalistes, pleinement conscient que la presse est capable de mobiliser une foule, de dénoncer les injustices et même de renverser un gouvernement. En ce moment, cet important directeur est tributaire de son bon vouloir et, en son for intérieur, il s'en réjouit. Impassible, il poursuit son investigation.

– Vous m'avez affirmé plus tôt que James Stillman est président de votre institution plus de nom que de fait...

– Je m'explique. Cet homme connaît parfaitement ses limites et, par conséquent, il intervient rarement auprès des vice-présidents, qui ont toute la latitude nécessaire pour prendre des décisions éclairées. Prenons, par exemple, le chef du service de crédit, William A. Simonson. Il est probablement l'un des plus solides banquiers de toute l'Amérique et, grâce à lui, la National City Bank n'a pas connu les mêmes déboires que bien d'autres institutions financières au cours des neuf derniers mois. En plus de M. Simonson, de brillants gestionnaires comme John F. Fulton et Charles V. Rich, pour ne nommer que ceux-là, sont au service de cette banque. Nous avons failli perdre Charles, le dauphin de Vanderlip, lorsque celui-ci a démissionné. Jim l'a finalement convaincu de rester. Rich est maintenant un véritable pilier de la banque, l'un de ses dirigeants les plus prometteurs. Parmi les autres administrateurs, vous avez autant de représentants de la vieille garde, rusés et expérimentés, que de jeunes hommes compétents et désireux de conserver la National City Bank en tête de liste. Tous ont le mérite d'être des banquiers d'abord et avant tout, consacrant temps et énergie à la prospérité de la National City Bank.

Convaincu que James Stillman abandonnera la présidence dans les jours ou au plus tard dans les semaines qui viendront,

Ralph Duffy croit qu'il conservera tout de même un poste au sein du conseil d'administration. Il clôt l'entretien en ces termes :

– Nos dirigeants et nos employés sont déterminés plus que jamais à donner le meilleur d'eux-mêmes afin de perpétuer le succès et le savoir-faire de la vénérable City Bank, la plus saine des banques depuis plus de cinquante ans.

Les administrateurs veulent donc rassurer le public. Par l'entremise de Ralph Duffy, ils tentent de minimiser les dégâts et, par la même occasion, ils dévoilent le peu d'admiration que suscite leur président.

Winkler peut aisément imaginer les pressions familiales et professionnelles que subit présentement James Stillman. Plus question de faire un pas sans qu'un journaliste ne l'épie et rapporte ses moindres faits et gestes. Ses proches veulent à tout prix étouffer le scandale, ses associés se détournent de lui. Se sortira-t-il de cette impasse ?

* * *

De la gare de Lakewood, John Winkler téléphone au *Laurel-in-the-Pines* et demande Anne Stillman. « Je suis désolé, monsieur, madame ne reçoit ni appel téléphonique ni visiteur », l'avise le réceptionniste. John se nomme et il entend, surpris, un susurrant « Un moment, monsieur Winkler, je vous mets en communication immédiatement ».

Estelle Klee, la secrétaire d'Anne Stillman, informe John qu'une voiture viendra le prendre à la gare. Elle invite le journaliste à respecter toutes les consignes que lui transmettra le chauffeur. Celui-ci l'accompagnera jusqu'aux appartements de sa patronne.

Un scénario identique à celui qui l'a amené au *Laurel-in-the-Pines* la première fois se répète. Les recommandations du chauffeur se résument à « ne pas se faire voir » : maintenir les rideaux de la limousine bien fermés, à l'arrivée le suivre en silence, et enfin, si on le questionne, se taire à tout prix. Winkler se plie de bonne grâce à toutes ces exigences. Ce n'est pas cher payé pour se retrouver en présence d'Anne Stillman !

Une domestique conduit le journaliste au salon où un jeune rouquin au regard direct semble avoir la responsabilité de lui tenir compagnie. «Bud», le fils aîné de la famille Stillman, invite courtoisement Winkler à s'asseoir, le priant de patienter un peu en attendant l'arrivée de sa mère. Ce jeune homme de dix-sept ans fait preuve d'une étonnante spontanéité, à l'opposé de l'attitude empesée que John appréhendait. Bud fréquente présentement l'Académie Milton dans la ville du même nom au Massachusetts, mais il a l'intention de prolonger son congé pascal au *Laurel-in-the-Pines* pour aider sa mère.

Bud se lève et Winkler fait de même à l'arrivée d'Anne Stillman. De nouveau ébloui par son élégance et par sa beauté, John prend spontanément la main de son hôtesse et la porte à ses lèvres. Un doux parfum embaume maintenant la pièce. Il hume discrètement cette délicate fragrance d'Elizabeth Arden. Elle sourit et lui sait gré d'avoir accepté si promptement son invitation. Elle lui réitère ses remerciements, consciente que, grâce à ses articles, le vent a tourné. Sa reconnaissance comble Winkler.

Anne Stillman parle avec fierté de son Bud. Depuis le début de cette épreuve, le jeune homme se tient vaillamment à ses côtés, toujours prêt à l'aider et à l'encourager. Alexander et Guy viennent saluer le visiteur. Spontanément, Guy tend les bras à Bud, qui le soulève de terre en imitant le bruit d'un avion. Winkler peut aisément ressentir l'affection de l'aîné pour son petit frère. L'enfant rit aux éclats. Silencieux, Alexander se presse contre sa mère et regarde timidement la scène. Puis, l'exubérant Guy retourne à ses jeux sous l'œil attentif d'Ida Oliver.

Deux jeunes gens entrent ensuite dans la pièce et Bud se charge de les présenter au reporter. Ce sont Muriel et Fowler McCormick, les enfants d'Harold McCormick, un ami de la famille. Leur grand-père paternel, Cyrus Hall, a inventé et commercialisé la moissonneuse-batteuse. Fondateur de la Standard Oil, le grand-père maternel n'est nul autre que John D. Rockefeller, reconnu comme l'homme le plus riche du monde. Muriel et Fowler sont donc les descendants directs de deux dynasties économiques parmi les plus importantes au pays. «De l'or coule dans leurs veines», se dit Winkler.

Anne Stillman salue Muriel et, par la suite, plus une seule fois elle ne lui adresse la parole. Winkler devine chez son hôtesse un manque d'intérêt flagrant pour la jeune fille. Il n'en est pas de même pour son frère, Fowler, qui capte toute son attention. La façon dont Anne Stillman enveloppe le jeune homme du regard fait naître chez Winkler un sentiment troublant. Surpris par l'instantanéité de sa réaction, John tente de camoufler au mieux la violence de son émotion. Serait-ce de la jalousie? À cause d'elle? Jusqu'à maintenant, il s'était refusé à analyser ce qu'il ressentait pour cette femme, ne savourant que l'instant présent. Sa réaction l'oblige à se questionner sur ses sentiments.

Au grand dam de Winkler, Anne Stillman parle de Fowler avec une admiration non voilée. Elle lui apprend qu'entouré de maîtres chevronnés il se familiarise avec les dernières théories de l'administration à l'université de Princeton.

Passionné de musique et de psychologie, cet étudiant de vingt-deux ans fait beaucoup plus vieux que son âge. Sérieux, raffiné, si réservé qu'on oublierait facilement sa présence, Fowler ne parle que si on lui adresse la parole et, dans ces cas-là, il s'exprime comme un érudit. Winkler est étonné, bien plus, agacé, par leurs échanges de propos complices.

Dans quelques minutes, tous les jeunes, sauf Guy, iront dîner à la salle à manger de l'hôtel. Même Alexander pourra se joindre aux «grands» ce soir. Quant à Anne Stillman, son repas lui sera servi ici même, dans ses appartements. Malgré l'assiduité de ses gardes du corps, la publicité s'est faite si intense ces derniers jours qu'elle ne peut plus mettre le pied hors de sa suite sans se buter à une âme charitable toujours prête à s'enquérir de sa situation. En soi, il n'y a rien de répréhensible à cela, mais, dans l'état actuel des choses, elle préfère demeurer hors de vue. De but en blanc, elle invite John à partager son repas.

Flatté, le journaliste accepte avec empressement et, dès que les jeunes prennent congé, il la suit dans la pièce voisine où une table est déjà dressée. La démarche de son hôtesse le trouble et sa proximité l'émeut. Deux couverts, un chandelier et un bouquet de fleurs odorantes les attendent; tout était prévu, un refus nullement envisagé.

Comme la fois précédente, Anne Stillman prie le journaliste de ne rien divulguer à la suite de cette rencontre. Winkler acquiesce, cela va de soi. Combien de fois John a-t-il imaginé ce scénario, cette conversation? Cette fois, pas de reprise possible. Il joue en direct.

Le reporter suit discrètement les gestes d'Anne Stillman qui, tout en parlant, emprisonne délicatement dans sa main soignée un camée pendu à son cou par une chaîne en or. John effleure du regard sa poitrine généreuse et une douce chaleur lui monte au visage. Craignant qu'elle ne surprenne la caresse de ses yeux, le journaliste la questionne :

– Tous vos enfants sont avec vous pour le congé pascal, sauf votre fille, n'est-ce pas?

– En effet, elle est présentement en visite chez une camarade dans la région de Chicago. Son absence sera sûrement mal interprétée ici. Certains journaux insinuent que ma fille a pris parti pour son père contre moi. L'un d'eux a même affirmé qu'elle accompagnerait mon mari en Europe prochainement, ce qui est absolument faux. À dire vrai, elle communique tout autant avec son père qu'avec moi. Notre situation la peine énormément. Toutefois, elle ne veut absolument pas nous juger.

– Est-il vrai, madame Stillman, que votre fille serait sur le point de se fiancer à Fowler McCormick? lui demande Winkler, anxieux de connaître son point de vue.

– Mais non! Ce sont de bons amis, sans plus, lui répond-elle, évasive.

Sa réflexion pique Winkler qui meurt d'envie de connaître les sentiments qu'éprouve Anne Stillman envers ce jeune homme. Il sait pertinemment qu'il ne peut l'interroger à ce sujet et, pourtant, son désir de savoir lui brûle les lèvres. Winkler poursuit plutôt avec une question moins compromettante, mais qui le hante depuis son entrevue de ce matin :

– Peut-on comparer la personnalité de votre mari à celle de son père ?

– Monsieur Winkler, mon beau-père était un chêne et, malheureusement, rien ne pousse sous un chêne.

Cette remarque cinglante surprend Winkler car, en dépit de toutes les attaques dont elle a été la cible, invariablement cette femme s'est exprimée avec respect lorsqu'elle parlait de son époux.

– Madame Stillman, craignez-vous le jugement du juge Morschauser ?

– Non, monsieur Winkler, j'ai confiance. Joseph Morschauser est un homme intègre que toute la puissance de Wall Street ne saurait ébranler.

Une servante pousse une desserte où s'étalent des plats fumants. D'un signe de tête à peine perceptible, Anne Stillman lui donne l'ordre de servir. L'aisance avec laquelle son hôtesse fait toute chose ne cesse de charmer le journaliste. Il se délecte avant même de porter une seule bouchée à ses lèvres. Winkler constate alors avec embarras qu'Anne Stillman semble lire ses pensées et s'en amuser. Un léger sourire illumine son beau visage. Le journaliste se ressaisit et lui pose la première question qui lui vient à l'esprit :

– Votre fille Anne est la seule parmi une bande de garçons. Comment s'en tire-t-elle ?

– Elle adore ses trois frères.

– Guy est trop petit pour prendre conscience de ce qui lui arrive. Qu'en est-il de vos deux autres fils, si je peux me permettre cette question ?

– Vous avez conversé avec Bud tantôt. Peut-être avez-vous été en mesure d'observer la passion qui anime cet enfant. Pour Buddy, il n'existe que deux couleurs : le blanc et le noir. Mon fils aîné se sent trahi, il n'a plus de père. Il ne peut comprendre les raisons qui motivent mon mari et souffre cruellement depuis le début de cette poursuite. Quant à Alexander, malgré sa timidité, il m'a confié dernièrement : «Mère, je vous aime plus que tout au monde.»

Ses enfants lui procurent amour et réconfort. Des appuis lui viennent de partout, autant d'amis que de purs étrangers. Anne Stillman ne peut plus compter les personnes qui lui ont manifesté leur sympathie et leur soutien.

Winkler se rappelle la conversation qu'il a eue avec le steward Murphy et demande à son hôtesse s'il l'a finalement contactée.

– Immédiatement après la publication de votre article dans lequel il se disait prêt à témoigner, mes avocats l'ont approché. Dans une longue déclaration écrite sous serment, il relate ce dont il a été témoin sur le *Modesty*, à New York comme en Floride. À cause de vous, nous avons recueilli une déposition d'une grande valeur. Oui, je sais, vous faites votre métier, mais vous êtes doué d'un talent considérable, vous ne devez pas l'ignorer.

Charmé, mais mal à l'aise, Winkler cherche à changer le cours de la conversation. Anne Stillman s'en charge et surprend le journaliste en lui confiant qu'elle connaît personnellement Carl Gustav Jung. Au moment où elle fut projetée au cœur de ce conflit, elle a cru sombrer. C'est alors que le jeune Fowler McCormick l'a convaincue des bienfaits d'une psychanalyse. Il a personnellement fait les démarches auprès du docteur Jung pour qu'il puisse lui obtenir une consultation. L'automne dernier, elle s'est finalement rendue à Zurich pour y rencontrer le docteur Baynes, l'un des collaborateurs et fidèle disciple du célèbre psychanalyste. Grâce à lui, elle a retrouvé le goût de vivre et l'énergie nécessaire pour mener son combat.

«Peut-être n'éprouve-t-elle que de la reconnaissance envers ce Fowler McCormick qui l'a incitée à vivre cette bénéfique expérience», pense John, plus détendu.

Agréablement surpris de leur intérêt commun pour la psychanalyse, ils prennent tous deux conscience de l'étendue des connaissances de l'autre. Puis, le journaliste apprend que la mère de Fowler McCormick a largement contribué à la mise sur pied de la clinique privée de Jung à Zurich. Fervente admiratrice du psychiatre, Edith Rockefeller McCormick eut personnellement recours à la science du grand homme, dès le début du siècle, à la suite de la mort accidentelle de son petit garçon, John Rockefeller McCormick. Dès son jeune âge, son fils Fowler séjourna fréquemment à Zurich où sa mère demeure maintenant en permanence.

Une main capture de nouveau le camée et attire le regard du journaliste. Anne Stillman esquisse un sourire et, après un bref silence, elle reprend :

– Je vous ai demandé plus tôt de ne pas faire allusion à notre conversation dans vos articles. Pourriez-vous néanmoins publier un renseignement très important pour Guy ? Il aurait pu vous être révélé par un ami ou par une relation… Accepteriez-vous de faire cela pour moi ?

Winkler ne pense même pas à s'objecter.

– Si mon mari reconnaissait Guy comme son fils, de mon côté, j'annulerais immédiatement toutes mes démarches judiciaires.

Ainsi, Anne Stillman lui a offert de partager sa table pour que soit publiée une phrase, une toute petite phrase capable de changer le cours des événements.

18

Le vendredi 1er avril 1921

Ce matin, Anna a préféré Yonkers à Poughkeepsie pour apprendre le jugement de Morschauser. Elle n'est pas la seule à avoir fait ce choix, puisque les gardes du corps d'Anne Stillman ont du mal à contenir la foule de journalistes qui la pressent de questions. Elle se contente de les saluer aimablement d'un signe de la main. Les photographes, eux, s'en donnent à cœur joie et les appareils crépitent de toutes parts pendant qu'Anne Stillman franchit la courte distance entre la maison de maître Brennan et son automobile.

En quelques semaines, les gens de la presse se sont laissés charmer par cette femme sophistiquée et simple à la fois. Menacée d'être mise au ban de la société si les accusations dont elle est la cible s'avèrent fondées, elle défend sa réputation et combat âprement pour préserver les droits de son enfant. Est-elle coupable ? Tous se posent la question. Tout comme ses collègues, Anna l'observe attentivement. Anne Stillman serait-elle capable de marcher dans la fange, tout en créant l'illusion qu'elle déambule sur un tapis de fleurs, et conserver sans faillir cette allure altière, comme en ce moment ?

Son chauffeur lui ouvre la portière arrière, révérencieux. L'un de ses gardes prend place à ses côtés, l'autre, à l'avant. Les portières se referment, les rideaux également. La voiture démarre lentement.

« Elle a des nerfs d'acier », se dit Anna. Si le verdict n'est pas en sa faveur, rien n'a transpiré et, s'il lui est favorable, elle a su habilement dissimuler sa satisfaction.

Impossible à maître Brennan de recevoir chez lui cette imposante assemblée. Il choisit donc d'utiliser son balcon comme estrade afin de renseigner les journalistes, impatients de connaître enfin le jugement de Morschauser. L'avocat tient dans ses mains un imposant document et il s'empresse de préciser qu'il en fera un résumé et non une lecture. Il n'a aucun mal à obtenir l'attention de tous.

– Afin que Mme Stillman puisse subvenir à ses besoins personnels et à ceux de sa famille, le juge Joseph Morschauser lui a alloué une pension alimentaire temporaire de sept mille cinq cents dollars par mois, soit quatre-vingt-dix mille dollars par année, et ce, pour toute la durée des procédures judiciaires.

Même si les journalistes connaissaient les enjeux, des réflexions étonnées parcourent l'assemblée. Maître Brennan s'arrête un court instant, puis poursuit :

– Cette somme peut paraître exagérée, mais rappelez-vous que Mme Stillman appartient à une riche famille et que son mari a les moyens et le devoir de la soutenir selon son rang. De plus, James Stillman sera contraint de verser trente-cinq mille dollars pour couvrir les frais de cour et douze mille cinq cents dollars pour payer les autres dépenses liées à la défense de la mère et de l'enfant. Je demeure disponible pour répondre à vos questions…

Maître Brennan donne d'abord la parole à James R. Kelly du *Chicago Daily Tribune*.

– Maître Brennan, qu'est-il advenu de la lettre d'aveux qu'aurait écrite Mme Stillman à son mari ?

– Elle fut rejetée, car il s'agit d'une communication personnelle entre une femme et son époux. Une lettre de cette nature ne pourrait servir à les incriminer, ni l'un ni l'autre.

L'avocat invite un journaliste du *New York Tribune* à poursuivre. Anna, surprise, constate que Walter Brown a été remplacé aujourd'hui.

– Qu'en est-il des autres lettres déposées par le plaignant ?

– En ce qui concerne les pièces « B » à « H », lettres qu'aurait écrites Frédéric Beauvais, personne d'autre que James Stillman n'a encore identifié l'écriture du co-intimé. Tant que d'autres témoins n'auront pas corroboré les dires de

M. Stillman, ces lettres ne pourront être acceptées en preuve. À White Plains, un peu plus tôt ce matin, les déclarations sous serment présentées par les deux parties ont aussi été mises sous scellés. Ces documents contiennent des assertions à propos desquelles aucune des parties n'a pu témoigner jusqu'à ce jour et il est important de les conserver intacts afin qu'ils soient encore valides lors d'audiences ultérieures. Tout comme les autres lettres et déclarations étudiées par le juge Morschauser, la lettre à laquelle vous faites allusion doit, dès aujourd'hui, prendre la route de Carmel où l'ensemble des documents étudiés seront conservés.

Un journaliste du *Daily News* demande ensuite à maître Brennan si le montant de la pension alimentaire décrété par le juge représente une première.

– Jusqu'à ce jour, jamais pareille somme n'a été allouée dans l'État de New York, si ce n'est dans tout le pays.

– Maître, qu'arrivera-t-il à Guy ? intervient Anna.

– Le demandeur a présenté des déclarations sous serment, des pièces et des témoignages visant à prouver l'illégitimité de l'enfant. La défenderesse a nié sa culpabilité, mais la cause est pendante et l'intimée n'a pas encore été soumise à un interrogatoire dans le cadre de ce procès. De plus, elle a présenté des pièces et des déclarations sous serment par lesquelles elle accuse le demandeur de fautes similaires à celles qui lui sont imputées. La légitimité de l'enfant est considérée par Son Honneur le juge Morschauser comme le point le plus important sur lequel statuer. Pour l'instant, rien n'a encore été décidé. Rappelez-vous que le juge avait tout d'abord le mandat de régler la question financière. Beaucoup de témoins devront être entendus avant que le statut de l'enfant ne soit définitivement établi.

– Quelles ont été les réactions de Mme Stillman lorsqu'elle a pris connaissance du jugement ce matin ? s'enquiert un journaliste du *Boston Sunday Advertiser*.

L'avocat a du mal à réprimer un sourire.

– Mme Stillman s'est montrée… satisfaite.

La parole est maintenant donnée au représentant du *New York Times*.

– Maître, quand auront lieu les prochaines audiences?

– Aucune date n'a encore été fixée, car il faut au préalable que la pension alimentaire soit versée. Par ailleurs, nous serions prêts à comparaître dès ce soir si le juge l'exigeait... Je crois bien vous avoir livré l'essentiel de ce jugement. Je vous remercie de votre attention.

* * *

Dès son retour à New York, Anna fait un saut au 61, Broadway afin d'y recueillir les commentaires de l'avocat de James Stillman, maître Cornelius Sullivan. L'entretien sera toutefois de courte durée, puisque dans un premier temps, ses explications tiennent en trois mots : «Nous interjetterons appel.» L'avocat refuse de répondre à toute autre question. Puis l'illustre homme de loi regarde Anna du haut de sa réputation et ajoute : «Si vos lecteurs connaissaient le contenu des lettres écrites par Frédéric Beauvais, ils comprendraient et appuieraient la démarche de mon client. Nous jugeons l'exclusion de ces lettres encore plus contestable que la pension alimentaire excessive allouée par le juge Morschauser.»

* * *

Après un déjeuner expédié à toute vitesse, Anna s'installe à son bureau et s'absorbe dans la rédaction de son reportage pour la dernière édition du journal. Son article sera suivi du texte intégral du jugement de Joseph Morschauser. Il y a quelques minutes à peine, Michael Bradford a reçu une copie de ce document tant convoité. Refusant encore une fois d'expliquer comment il s'y est pris, il le présente à sa journaliste avec un sourire narquois. Anna se plonge dans la lecture du document avec le même intérêt que si elle entamait un bon roman.

Par ce jugement, Anne Stillman gagne sans contredit la première manche. «Elle l'a échappé belle», se dit Anna. Qu'en sera-t-il à de prochaines audiences lorsque les témoins viendront appuyer ou contester les documents refusés ici par le juge ?

Jamais le procès des Stillman n'aurait pris une telle envergure s'il n'y avait eu qu'une demande de divorce ou si, comme dans tous les cas de contestation de légitimité étudiés par le juge Morschauser, seule la femme avait été poursuivie en justice. Cette affaire prend une tout autre dimension parce qu'un bambin de vingt-huit mois doit défendre sa lignée et que des millions sont en cause.

Le mardi 5 avril 1921

Quelle histoire pour pénétrer au 910 de la 5e Avenue ! Le portier d'abord, puis le gérant de l'édifice somment Winkler de s'identifier et, quand il leur présente sa carte de presse, on lui montre poliment mais fermement la sortie. Le journaliste explique qu'il est attendu et exige qu'on appelle sur-le-champ Anne Stillman. Intraitables, les deux hommes affirment qu'il est impossible de la joindre. Winkler évite de justesse l'engueulade grâce à l'intervention opportune de la secrétaire d'Anne Stillman. S'excusant de son retard, Estelle Klee explique à Winkler la nécessité des mesures de sécurité dont s'entoure sa patronne afin de se préserver un noyau d'intimité.

Guidé par la secrétaire, Winkler est conduit jusqu'au luxueux appartement d'Anne Stillman qui occupe tout le neuvième étage de l'édifice. L'imposant building s'élève à quelques pas de la résidence du père de son mari, là où elle a vécu ses premières années de mariage.

Estelle Klee invite le journaliste à s'asseoir au salon, une pièce immense dont le plancher de bois verni reflète des fauteuils recouverts de chintz. Sur le manteau de l'imposante cheminée, deux vases de l'époque Ming trônent bien en vue. D'autres porcelaines chinoises transformées en pieds de lampes électriques par un artiste talentueux rehaussent des tables de bois ouvré. Par les immenses fenêtres habillées de brocart, Winkler admire les arbres dénudés de Central Park, heureux qu'Anne Stillman ait accepté sa proposition de lui produire un compte rendu complet des entrevues qu'il a effectuées la veille avec le phrénologue Thomas Hyde, le photographe Nickolas Muray et le portraitiste Leftwich Dodge. Le journaliste a certes rédigé un bon article à la suite de ces entretiens, mais il n'a que résumé les propos des physionomistes.

Winkler leur avait présenté deux photographies, sans identifier l'homme et l'enfant y apparaissant. Après avoir comparé la forme de la tête, les traits du visage et l'expression du regard, tous ont été unanimes à reconnaître une étonnante ressemblance entre James et Guy Stillman, allant même jusqu'à affirmer que l'adulte et l'enfant devaient être intimement apparentés. Le journaliste est convaincu que la renommée des Hyde, Muray et Dodge confère une crédibilité considérable à leur conclusion et il est extrêmement fier de la présenter à Anne Stillman.

La visite du reporter coïncide avec l'heure du thé et, devant une tasse fumante, Anne Stillman écoute avec beaucoup d'intérêt son exposé. Elle lui exprime sa vive reconnaissance et lui fait alors une proposition qui le laisse bouche bée. Accepterait-il de devenir son conseiller personnel? Elle lui expose les avantages que chacun d'eux pourrait retirer d'un tel arrangement. Winkler serait continuellement au fait des développements du procès, qu'il couvre de toute façon, et elle, de son côté, jouirait de l'expérience d'un homme chevronné dans les relations avec le public et la presse. De nombreux hommes de loi la conseillent, mais elle se sent tout à fait démunie pour faire face à cette nouvelle réalité qu'est l'engouement journalistique dont elle est l'objet. Pour lui éviter de faire des faux pas pouvant être nuisibles à sa cause ou à celle de Guy, elle apprécierait fortement être guidée par un homme de sa trempe.

Déconcerté, mais séduit par cette idée, Winkler pèse le pour et le contre. Le journaliste doit d'abord consulter son supérieur, car cette fonction, même officieuse, risque de le placer dans des situations fort ambiguës.

Le mardi 12 avril 1921

Winkler est encore sous le choc ! Il a du mal à croire ce qui lui arrive ! Après de longues discussions avec Michael Bradford, il a finalement accepté le mandat qu'Anne Stillman voulait lui confier, à la condition que toutes ses interventions à titre de conseiller personnel se fassent dans la plus grande discrétion. Évidemment, Bradford se réserve le droit de trancher si Winkler se retrouve en situation de conflit d'intérêts.

En retour, elle lui a certifié qu'il pourrait assister à toutes les audiences à huis clos. À lui de définir les limites de chacune de ses fonctions. Winkler pourra contacter Estelle Klee sans contrainte et, autant que faire se peut, le journaliste assistera à toutes les rencontres qu'Anne Stillman jugera pertinentes.

Le mardi 3 mai 1921

En fin d'après-midi, Michael Bradford reçoit un bref communiqué en provenance de la National City Bank et il le lit avec une impression de déjà-vu.

À la réunion hebdomadaire du conseil d'administration de la National City Bank de New York, tenue aujourd'hui, James Stillman a de nouveau présenté sa démission, insistant pour qu'elle prenne effet immédiatement. En conséquence, les administrateurs présents ont donné leur accord à l'unanimité et ont élu comme président Charles E. Mitchell, actuel président de la National City Company. Au cours de la même réunion, E. P. Swenson, dirigeant de la firme bancaire S. M. Swenson & fils et administrateur de la National City Bank depuis 1912, a été nommé président du conseil d'administration de la banque. M. Swenson siégera également au comité exécutif avec John A. Garver et Percy A. Rockefeller. James Stillman demeurera au conseil à titre d'administrateur.

À la reprise des audiences, James Stillman ne sera donc plus président de la plus importante banque d'Amérique. La vague de publicité sans précédent engendrée par le combat que mène sa femme pour sauvegarder son honneur et les droits de son fils a eu raison de ce puissant magnat de la finance. Actionnaires et clients se sont unis pour forcer Stillman à démissionner de son poste prestigieux et lucratif. En effet, depuis plusieurs jours, la National City Bank était submergée par d'innombrables appels de protestation et par des centaines de lettres réclamant la tête du président.

Plusieurs croient que les Rockefeller ont fortement influencé la décision de Stillman. Puisqu'il n'a plus de comptes à rendre aux dirigeants de la banque, non plus qu'à ses actionnaires, James Stillman utilisera certainement toute son énergie pour mener à terme les actions qu'il a entreprises contre sa femme et son fils Guy. Il n'a plus rien à perdre désormais.

Michael Bradford ne cache pas sa satisfaction. Non pas qu'il se réjouisse des malheurs de Stillman, mais il jubile en se rappelant la perspicacité dont il a fait preuve, le 14 mars dernier, à peine quelques jours après la publication des premiers articles sur cette affaire, lorsqu'il a prédit la démission du président de la National City Bank en première page du *New York American*.

Son journal reçoit chaque jour des sacs de lettres en provenance des quatre coins du pays et beaucoup d'entre elles contiennent encore des messages de sympathie et d'encouragement à l'endroit de Mme Stillman. Hier, on lui a apporté quelques photographies d'enfants glissées dans une enveloppe estampillée à Los Angeles. Un court message signé par Ines Stillman les accompagnait. La dame, une cousine au deuxième degré de James Stillman, voulait attirer l'attention du public sur la ressemblance entre son fils Burdette, sa petite fille Edith et le jeune Guy.

Une espèce de folie a suivi la publication du jugement de Morschauser. Bon nombre de personnes se sont manifestées auprès des avocats de Stillman, alléguant que leur client leur devait de l'argent et qu'il serait poursuivi s'il ne les remboursait pas sur-le-champ.

Malgré les rumeurs répétées selon lesquelles James Stillman abandonnerait son action en désaveu de paternité, les procédures judiciaires suivent leur cours. Quant aux avocats d'Anne Stillman, après avoir impliqué publiquement Florence Leeds, ils ont brandi le spectre d'une troisième, puis d'une quatrième femme, dans l'espoir de voir fléchir le banquier. En vain.

Devant le juge Daniel Gleason, l'audience reprendra à la première heure demain matin dans l'édifice occupé par le barreau de New York, la New York Bar Association.

* * *

Dans toute cette histoire, de nombreuses questions hantent Anna. Où donc est passée Florence Leeds ? La rumeur voulant qu'elle soit sur le point d'intenter une poursuite pour faire valoir les droits de son fils est-elle fondée ? Si la femme du banquier réussit à prouver que Jay Ward est bien le fils de James Stillman, pourquoi Florence n'en tirerait-elle pas profit ?

Bertha Potter, la présumée compagne de voyage de Florence Leeds, accepterait-elle de lui parler des intentions de sa patronne ? Pour la trouver, Anna se rend d'abord sur Weverly Avenue à Newark, là où Bertha habitait avec sa mère avant son départ pour la Floride en novembre dernier. Personne n'a revu la jeune femme depuis et sa mère a emménagé chez son fils à Ashbury Park peu de temps après le départ de sa fille. Anna convient d'un rendez-vous avec elle.

Dès son retour de Floride le 24 mars dernier, Bertha s'est effectivement présentée à Ashbury Park. Quelques jours plus tard, elle est repartie pour New York dans l'espoir d'y trouver un emploi. La semaine passée, Bertha a informé sa mère qu'elle avait été embauchée dans un salon de beauté de la 5e Avenue.

Pendant deux bonnes heures, Anna visite les boutiques de coiffure et d'esthétique de cette avenue et, au moment où son courage est sur le point de l'abandonner, elle frappe enfin à la bonne porte. Bertha accepte de partager son heure de lunch avec la journaliste.

Les deux femmes marchent dans Central Park, protégées par l'anonymat de la foule. Respectant le ton confidentiel de Bertha, Anna lui chuchote ses questions, curieuse de connaître les circonstances dans lesquelles Bertha a été embauchée par Florence Leeds.

– Mais je n'ai pas travaillé pour elle ! J'étais coiffeuse dans un hôtel de Miami et Florence était ma cliente. Je la coiffais chaque semaine. Ainsi, petit à petit, elle m'a confié des bribes de son existence, se plaignant sans cesse de son isolement. Elle m'a dit être divorcée, mais jamais, au grand jamais elle ne m'avait parlé de sa relation avec M. Stillman jusqu'au jour où je lui ai laissé entendre que j'aimerais aller à Cuba. À ma grande surprise, elle m'a suggéré de l'accompagner à La Havane, et ce, dès le lendemain. Florence a tout arrangé : les billets, les passeports, tout ! Comment aurais-je pu refuser une telle occasion ? J'étais si contente de partir ! Je n'ai remarqué sa fébrilité qu'à bord du *City of Miami*.

En parlant de son voyage à Cuba, Bertha se transforme en un véritable moulin à paroles et Anna voit confidences et secrets divulgués sans retenue.

– Dites-moi, Bertha, est-ce que Florence avait peur ?

– Peur, dites-vous ? Elle était épouvantée ! Ses nerfs étaient sur le point de craquer. Son château s'était transformé en geôle, sa vie princière, en enfer. Depuis le mois de janvier, son amant était absent la plupart du temps et des détectives surveillaient ses moindres faits et gestes ! Elle était convaincue qu'Anne Stillman la ferait arrêter et l'obligerait à témoigner contre son mari. Pour tromper la vigilance d'éventuels poursuivants, Florence m'a demandé de jouer le rôle de la riche vacancière accompagnée de sa fidèle servante… Je l'ai sentie plus détendue pendant le reste de la traversée. L'accalmie fut de courte durée car, deux jours plus tard, elle décida de revenir à Miami. Florence était au bord de la crise de nerfs, affirmant qu'elle aussi poursuivrait Jimmie Stillman pour qu'il reconnaisse Jay comme son enfant.

– Êtes-vous allée à sa villa à votre retour ?

– Grand Dieu, non ! D'après Florence, cette maison était continuellement encerclée par des détectives. Elle a demandé qu'on lui amène Jay sans délai. À peine avions-nous récupéré le petit que nous avons pris le train en direction de Palm Beach. Après quelques jours, Florence était devenue tellement agitée, tellement irritable, que j'ai décidé de revenir à Miami afin d'y récupérer mes malles et de préparer mon retour définitif à New York.

– Où se trouve Florence présentement ?

– Franchement, je l'ignore. Certains m'ont dit qu'elle se terrait dans une auberge à Hartford au Connecticut, d'autres, dans la banlieue de New York. Tout ce que je peux vous affirmer, c'est que Jimmie Stillman a exigé qu'elle se fasse discrète.

Anna raccompagne Bertha Potter et monte ensuite dans un tramway à destination du *New York American*. Perdue dans ses pensées, le babillage de ses voisines l'atteint à peine. Si James Stillman reconnaissait la paternité de Jay Ward, celui-ci pourrait-il revendiquer une part du patrimoine Stillman ? Le juge Morschauser lui a déjà expliqué qu'un enfant légitimé à la suite d'un mariage jouissait des mêmes droits que les enfants nés dans les liens du mariage. Toutefois, quand il n'y a pas mariage, qu'en est-il ? Une vérification s'impose auprès de sa référence privilégiée, maître Joab Banton.

Dès son arrivée au journal, Anna lui téléphone et lui expose brièvement le sujet de son appel. Sans aucune hésitation, Banton lui affirme que Florence Leeds n'aurait aucun droit.

– Dans notre pays, un homme ne peut être marié qu'à une femme à la fois et, que je sache, James Stillman a toujours comme épouse Anne Stillman. En Utah, certains hommes avaient pris l'habitude d'avoir plus d'une femme, mais ils se sont bien vite retrouvés en prison pour cela ! Florence Leeds ne pourrait même pas poursuivre James Stillman pour violation de promesse de mariage puisque, de l'avis de tous, elle savait pertinemment depuis le début de leur relation qu'il était marié.

Pour mieux lui faire comprendre la situation du petit Jay Ward Leeds, le procureur lui relate un cas comparable à celui du couple. Récemment, une certaine Johnson, mieux connue sous son nom de scène de Peggy Marsh, a réclamé une part de la fortune du présumé père de son enfant, décédé peu de temps auparavant. Le procès s'est conclu en accordant une rente pour subvenir aux besoins du fils. Mais, la femme tout comme son fils ont été écartés de la succession.

Anna remercie chaleureusement maître Banton et, au moment où elle s'attable pour rédiger son article, Bradford la convoque à son bureau pour l'informer qu'elle devra couvrir l'audience du lendemain au cas où Winkler serait muselé par ses fonctions de conseiller d'Anne Stillman.

19

Le mercredi 4 mai 1921

Aux abords du 42 de la 44e Rue Ouest, photographes, journalistes et hommes de la rue jouent du coude afin de se poster le plus près possible de l'entrée du building abritant «*The Association of the Bar of the City of New York*». Dans les minutes qui vont suivre, un autre acte de la cause Stillman contre Stillman et Stillman se jouera dans la bibliothèque de cette imposante bâtisse de pierre grise. Toutes les personnes appelées à témoigner aujourd'hui ont été recrutées par les avocats de James Stillman. Une rumeur circule selon laquelle Anne Stillman et son fils Guy seront présents.

L'élite des hommes de loi de New York et des environs défile devant une rangée de journalistes qui tentent, sans succès, de recueillir leurs commentaires. Puis, le cordon de policiers se resserre soudainement afin de contenir une foule devenue exubérante. Anne Stillman, accompagnée de son fils Bud et de Fowler McCormick, descend de voiture. Souriant gentiment à ceux qui la saluent, elle disparaît rapidement derrière les portes de la New York Bar Association.

Les deux jeunes hommes reviennent sur leurs pas et, avant de remonter dans leur véhicule, Bud accepte de répondre à quelques questions des journalistes. James Sheean du *Daily News* prend les devants :

– Accepteriez-vous de témoigner en faveur de votre mère?

– Oui bien sûr! Je témoignerai dès qu'elle le jugera à propos.

Anna prend le relais :

– Guy ne devait-il pas être présent aujourd'hui?

– Tant et aussi longtemps que la présence de mon petit frère ne sera pas nécessaire, nous le tiendrons à l'écart.

Bud a vraiment insisté en prononçant les mots «petit frère». Joseph Davis du *New York Times* s'avance :

– Avez-vous vu votre père dernièrement ?

– Est-ce que j'ai un père ? répond Bud, les dents serrées.

Le chapeau rabattu sur l'oreille, désirant à tout prix passer inaperçu, Winkler profite de la diversion pour se faufiler à travers la foule compacte. Il présente son laissez-passer à un officiel posté à l'entrée de la New York Bar Association, heureux de profiter du traitement de faveur que lui confère son nouveau statut.

Anne Stillman est déjà installée à la bibliothèque. D'un signe discret de la tête, elle indique à Winkler un siège derrière elle. Peu après, un homme à la stature imposante prend place aux côtés du journaliste. Il s'agit de Norman Fitzsimmons, détective à l'emploi d'Anne Stillman depuis plusieurs mois et principal responsable de la collecte de renseignements visant à contrer les accusations portées en décembre dernier par les Canadiens français dans leur témoignage «de l'échelle et du trou de la serrure». Avec l'aide de Fred Beauvais, il aurait déjà recruté dans la vallée du Saint-Maurice plus d'une quarantaine de témoins favorables à la cause de la femme du banquier. Ils seront appelés à témoigner dès que la cour aura entendu tous les témoins du demandeur.

Les pièces de l'échiquier de la partie défenderesse sont en place. L'accusateur, quant à lui, ne viendra pas. Il laissera à ses représentants le soin de décrier celle qui fut son épouse pendant près de vingt ans.

Vêtue d'une robe noire bordée d'un collet de dentelle blanche, juste assez échancrée pour laisser miroiter un collier de perles nacrées, Anne Stillman garde la tête haute, le corps bien droit, le visage impassible. Ses mains sont sagement jointes sur ses cuisses et, comme toutes les femmes bien éduquées, ses jambes sont appuyées l'une contre l'autre, le pied gauche glissé derrière le droit. Lentement, elle parcourt la pièce du regard, jaugeant ceux qu'elle devra affronter dans les prochaines heures.

Le premier témoin à être appelé devant le juge Gleason a le visage buriné par ses longs séjours dans les forêts boréales. Planté comme un chêne, large d'épaules, alerte, personne ne lui donnerait ses soixante-quinze ans. Habilement questionné par maître Outerbridge Horsey, l'avocat de James Stillman, Georges Adams explique à la cour les raisons de sa présence à Grande-Anse en 1917. Accompagné de son fils et de quelques manœuvres, il a participé à la construction du premier camp de chasse et de pêche des Stillman sur les rives du lac Dawson. Chaque soir, les hommes descendaient dormir à la pension Blackburn, une des maisons du présent domaine des Stillman. Quand Fred Beauvais, Anne Stillman et ses aînés ne dormaient pas dans leurs tentes près du lac, ils occupaient eux aussi la maison Blackburn. Le vieux Georges explique avec moult détails comment, à trois reprises, il a observé, par un trou dans un rideau faisant office de porte, Fred Beauvais dans la chambre d'Anne Stillman. La première fois, il a vu Fred debout à côté du lit de sa patronne, tandis que les autres fois il a vu des vêtements étalés sur deux chaises côte à côte; il n'a aucun doute, précise-t-il, sur l'identité des propriétaires de ces vêtements.

Vient ensuite le contre-interrogatoire. Sous le feu roulant des questions des maîtres Smith et Mack, alimentés par les nombreuses informations que leur donne Anne Stillman à voix basse, le pauvre Adams passe un mauvais moment. Durant plus de deux heures, sous le regard vigilant de la défenderesse, le vieil homme a d'abord affirmé, puis douté et enfin s'est contredit à en faire pitié. Maître François Lajoie de Trois-Rivières n'a pas eu à traduire l'intervention d'Adams, car le vieil homme parle anglais couramment. Que Georges Adams et son fils Fred soient encore sur la liste de paye de James Stillman remplit d'aise les avocats d'Anne Stillman. Ils pourront encore mieux étayer leur thèse de «témoins achetés». Les déclarations de Georges Adams apparaissent maintenant beaucoup moins importantes qu'on ne l'avait cru lors de sa première comparution.

Winkler s'interroge sur le véritable rôle de l'avocat Lajoie tant sa nervosité est manifeste. Il allume ses cigarettes avec ses mégots, se racle sans cesse la gorge et, d'un geste répétitif, tire le bas de sa manche de veston.

Bernard Kelly, nouveau témoin à être appelé à la barre, a assumé l'intendance de la propriété des Stillman à Pleasantville pendant quelques années. Il affirme à maître Outerbridge Horsey très bien connaître Fred Beauvais. Ils ont correspondu à plusieurs reprises. Maître Horsey lui présente les lettres qu'auraient écrites Fred Beauvais à Anne Stillman et qui furent rejetées par le juge Morschauser. Sans hésitation, Kelly identifie la calligraphie de Fred Beauvais. Malgré les vives objections des avocats de la demanderesse, le juge Gleason admet en preuve les pièces sous les cotes «B» à «H».

La tension est palpable dans la salle d'audience. Winkler observe attentivement Anne Stillman dont les mâchoires serrées laissent deviner un grand stress.

Le juge Gleason ajourne la séance à quatorze heures, pour permettre à tous de se restaurer. Avant de quitter la salle, Anne Stillman s'assure que Winkler sera présent à son retour, soulignant que la prochaine partie sera très difficile pour elle.

Winkler marche jusqu'au vestibule, d'où il observe une foule de plus en plus dense qui déborde du trottoir pour envahir une partie de la rue, rendant la circulation encore plus difficile. Dès qu'Anne Stillman passe le seuil de la porte, la foule lui crie son soutien, son encouragement. Elle sourit aimablement à ces inconnus tout en franchissant les quelques pas qui la séparent de son automobile.

«Que pourrais-je bien lui conseiller? pense Winkler. Elle a l'aisance de ceux qui toute leur vie ont été adulés par le public.» À plusieurs reprises, il a discuté avec ses collègues du phénomène du soutien populaire à l'endroit d'Anne Stillman, et tous étaient convaincus que ces manifestations de sympathie ne dureraient qu'un court moment.

Winkler ne sait pas encore comment concilier son travail de journaliste avec son rôle de conseiller. Comment pourra-t-il aider cette femme ? Chose certaine, il ne sortira pas de cet immeuble à midi et les noisettes qu'il garde en réserve au fond de ses poches lui serviront de repas.

L'audience reprend avec trente minutes de retard. Tous regagnent les mêmes sièges. Absent ce matin, John Stanchfield se joint à l'équipe déjà impressionnante d'Anne Stillman.

Maître Outerbridge Horsey, avocat de James Stillman, se charge de l'interrogatoire du témoin suivant, un homme trapu, âgé d'une soixantaine d'années. Le docteur Hugh L. Russell pratique la médecine à Buffalo depuis 1906. Anne Stillman glisse alors à l'oreille de Winkler : « Il était totalement inconnu à New York avant que je ne le recommande à quatre-vingt-dix pour cent de sa clientèle actuelle, qui comprend plusieurs membres de la famille Rockefeller ! »

– Quelle est votre spécialité, docteur ?

– Je suis ostéopathe et je pratique également la chiropractie.

– Vous souvenez-vous d'avoir rencontré Mme Stillman à la fin de l'année 1916 ?

– Oui, je m'en souviens.

– Dites-nous qui l'accompagnait à ce moment ?

– Elle était avec Fred Beauvais et le petit Frankie.

– Qui est Frankie ?

– Le neveu de Fred Beauvais.

– Pourquoi vous ont-ils rendu visite ?

– Je leur ai donné à chacun un traitement.

– Quand avez-vous rencontré Mme Stillman par la suite ?

– Bien, j'ai… Écoutez, il m'est difficile de vous donner des dates précises, mais c'était quelques mois plus tard. J'ai également traité M. Stillman de même que plusieurs membres de sa famille.

– Avez-vous revu Mme Stillman en avril 1918 ?

– Oui, lors de son séjour à l'hôtel *Iroquois*, à Buffalo.

– Avez-vous conversé avec Mme Stillman ?

– Oui, nous avons parlé.

– De quoi avez-vous parlé, docteur ?

– Je ne sais pas si je peux… si j'en ai le droit…

Maître Stanchfield s'objecte énergiquement à ce que maître Outerbridge Horsey poursuive dans cette voie, alléguant qu'il s'agit de conversations confidentielles entre un médecin et sa patiente, qui sont protégées par le sceau de la confidentialité au même titre que les conversations avec un prêtre ou un avocat. Maître Outerbridge Horsey reprend différemment :

– Docteur, n'est-elle allée vous voir qu'une fois au cours de cette période ?

Visiblement soulagé que maître Horsey ait lâché prise, Hugh Russell reprend, plus loquace :

– Non, elle est venue deux fois. À sa première visite, Mme Stillman m'a confié vouloir aller à Boston pour consulter un autre médecin. Par la suite, j'ai reçu un télégramme de sa part en provenance de cette ville. Elle voulait que je lui réserve de nouveau un moment, ce que j'ai fait.

– Cette seconde fois, l'avez-vous aussi rencontrée à l'hôtel *Iroquois* ?

– Oui.

– Que vous a-t-elle dit de son voyage à Boston ?

– Qu'elle y avait consulté un individu qui ne lui inspirait aucune confiance. Elle n'aimait pas son attitude et ne voulait rien avoir à faire avec lui, professionnellement parlant.

– Saviez-vous pourquoi elle était allée consulter à Boston ?

– Objection, Votre Honneur, dit maître Stanchfield avec emphase. Cette façon de faire est inacceptable.

Montrant du doigt le docteur Russell, l'avocat d'Anne Stillman poursuit d'une voix lente, mordante :

– Vous avez ici un individu qui viole, avec une indécence inouïe, toutes les règles de la confidentialité clairement établies dans nos textes de loi. Vous ne pouvez permettre que les paroles de cet homme soient enregistrées officiellement. Ce médecin ne peut dévoiler ce qu'il a entendu sous le sceau de la confidentialité. De telles conversations sont sacrées et inviolables.

Le magistrat contient difficilement son agacement même si le ton de sa voix demeure posé. Chaque fois qu'il est contrarié, ses oreilles immenses s'enflamment violemment. Le juge Gleason rejette l'objection de maître Stanchfield et le docteur Russell est invité à poursuivre.

Le témoin se tourne à moitié vers le juge Gleason et lui dit :

– Je peux vous dire, Votre Honneur, que cette dame fait partie de mes relations tout en étant ma patiente. Elle m'a demandé mon avis à titre d'ami autant qu'elle a fait appel à mes services en tant que médecin.

Maître Outerbridge Horsey poursuit :

– Cette dame ne vous en a-t-elle pas dit un peu plus concernant sa rencontre avec le médecin de Boston ?

C'est au tour de maître John Mack, gardien des droits de Guy, d'intervenir avec beaucoup d'émotion dans la voix :

– Votre Honneur, vous ne pouvez permettre que ce témoignage se poursuive !

– Le docteur Russell témoigne à propos de confidences qui lui ont été faites par cette dame en tant qu'ami, maître Mack. Poursuivez, maître Horsey.

– Vous a-t-elle dit pourquoi elle désirait aller à Boston et pourquoi elle s'y est effectivement rendue ?

– Nous avons abordé le sujet, mais je ne m'en souviens pas exactement.

– S'adressait-elle à vous en tant que médecin ?

– Je ne pourrais pas dire. Elle m'a tout simplement dit qu'elle n'aimait pas l'allure du médecin. Et je lui ai dit : « Merci mon Dieu, vous êtes revenue en vie ! »

Se pourrait-il qu'elle ait consulté un avorteur ? Winkler a du mal à interpréter autrement cette affirmation de Russell.

– J'ai revu Mme Stillman les 21, 22 et 23 avril. Je lui ai donné des traitements en après-midi et en soirée.

Un nouveau venu dans le groupe des avocats de James Stillman, maître William Rand, prend le relais.

– Jusqu'à maintenant, docteur Russell, vous nous avez décrit une conversation entre amis, n'est-ce pas ?

Suit un tollé de protestations. Les avocats de la défense tentent par tous les moyens de faire reconnaître la nature confidentielle des propos de leur cliente lorsqu'elle a parlé avec Russell. Impassible jusqu'alors, Anne Stillman montre des signes de nervosité manifestes, glissant un mot à l'oreille de l'un, puis de l'autre. Pendant près d'une heure, une véritable bataille verbale fait rage.

Pendant ce temps, toujours assis face à l'assemblée, le docteur Russell enlève ses lunettes, les essuie, les remet, s'éponge le front avec son mouchoir, replace nerveusement ses vêtements. Il est loin du personnage imperturbable qui prit place quelques heures auparavant au banc des témoins.

Le juge doit menacer l'assistance d'évacuer la salle pour retrouver enfin un semblant d'ordre. D'un signe de la main, il redonne la parole à maître Rand.

– Vous était-il nécessaire, pour la poursuite du traitement, de connaître dans quel état précis se trouvait votre patiente ?

– Jusqu'à un certain point, oui.

– Mme Stillman était-elle nerveuse ?

– Oui, elle l'était. Elle m'a avoué être découragée, brisée.

– Ne vous a-t-elle rien dit d'autre ?

– Elle a parlé d'aller au Canada.

– Que lui avez-vous suggéré ?

– Je lui ai rappelé que son mari était son meilleur ami et elle m'a confié qu'il l'avait justement appelée au cours de la matinée parce qu'il venait de recevoir sa lettre et qu'il s'inquiétait à son sujet.

S'agirait-il, se demande Winkler, de la supposée lettre d'aveux dont l'existence lui fut révélée en Floride par Robert Scott ? Le juge Morschauser n'a-t-il pas déjà rejeté cette pièce ?

Infatigable, maître William Rand continue son interrogatoire.

– L'avez-vous revue par la suite ?

– Oui, le lendemain ou le surlendemain. Elle était en compagnie de son mari et de sa fille, Anne, et tous se sont rendus aux chutes Niagara pour quelques jours. À leur retour, ma femme et moi les avons reçus à dîner. Au moment du départ, M. Stillman m'a dit qu'il ramenait sa famille à la maison.

– Avez-vous revu Mme Stillman avant son départ ?

– Autant que je me souvienne, oui, je l'ai revue une dernière fois.

Le vieil homme semble désespéré. À maintes reprises, il regarde en direction d'Anne Stillman avec un air de condamné. Il passe et repasse sa main droite dans ses énormes favoris, puis dans sa moustache blanche striée de poils roux.

– Ne vous a-t-elle rien dit de particulier ?

– Ah ! Ça, je m'en souviens. Elle m'a dit textuellement : « Docteur, au cours des dernières semaines, je suis descendue aux enfers. » Puis…

Les défenseurs d'Anne Stillman, John F. Brennan, Abel I. White, Louis S. Levy, John B. Stanchfield, George Coggill, et John Mack se lèvent ensemble et s'objectent d'une seule voix. Au nom de ses confrères, maître Stanchfield prend la parole et il ne ménage pas ses propos :

– Votre Honneur, que cet homme soit autorisé à poursuivre dépasse l'entendement. Cette dame a consulté le docteur Russell en tant que médecin traitant. Il ne peut en aucun cas être autorisé à divulguer les propos de sa patiente.

– Peut-être pourrions-nous calmer la partie défenderesse en demandant à notre témoin si ce qu'il s'apprêtait à dire concernait un renseignement nécessaire pour le traitement de sa patiente ? intervient maître William Rand.

Malgré l'opposition encore plus marquée des avocats de la défense, le juge autorise Rand à poursuivre.

– Eh bien, docteur…

Après une longue hésitation, Russell murmure :

– Non. C'était important, mais non nécessaire.

Selon les textes de loi, le médecin a le pouvoir de déterminer ce qu'il considère comme confidentiel. Par sa réplique, le docteur Russell vient manifestement de s'octroyer l'autorisation de parler. On ne peut plus satisfait, maître Rand poursuit.

– Que vous a-t-elle dit ?

– Elle m'a dit que James Stillman n'était pas le père de l'enfant qu'elle portait.

Winkler observe Anne Stillman du coin de l'œil, jugeant indécent de la regarder franchement. Tout son corps est demeuré immobile. Son attitude est stoïque.

– Vous a-t-elle dit qui était le père de l'enfant?

– Dois-je répondre?

Même si les avocats d'Anne Stillman s'y opposent énergiquement, le magistrat, les oreilles en feu, l'autorise à poursuivre. La tête baissée, les traits tirés, Russell hésite encore. Ses dernières paroles sont à peine audibles :

– Elle m'a dit que c'était Fred Beauvais.

Ainsi prend fin la comparution du docteur Russell, qui quitte la salle sous le regard méprisant d'Anne Stillman. Ses lunettes cerclées d'or sont embuées. L'épuisement et le stress l'ont-ils amené à verser quelques larmes? Russell vient d'offrir le témoignage le plus accablant contre Anne Stillman et le plus dommageable pour Guy.

Le juge Daniel Gleason ajourne la séance au 18 mai prochain. Même si la partie défenderesse fulmine, elle devra attendre la prochaine audience pour procéder au contre-interrogatoire du docteur Russell. Comment, après un témoignage si dévastateur, Anne Stillman peut-elle se lever et paraître aussi sereine, aussi confiante qu'à son arrivée? Se tournant vers Winkler, elle lui dit à l'oreille :

– Je tenais à ce que vous assistiez en personne à ce témoignage. Vous avez été en mesure de constater que mes avocats sont suffisamment intervenus pour notifier au docteur Russell qu'il ne devait pas divulguer ce que les hommes de loi appellent des «communications confidentielles». Faites maintenant votre travail. Je suis convaincue que vous pourrez départager ce qui appartient au journaliste et ce qui revient au conseiller. Quant à moi, je vous donne carte blanche.

«Plus facile à dire qu'à faire!» songe Winkler qui l'observe, fasciné. Anne Stillman ne nie rien, n'affirme rien. Elle sort de la New York Bar Association parée de cet air de jeunesse qui l'avait dramatiquement quittée un bref instant. Le sourire aux lèvres, elle marche entre deux rangées de partisans. Quelle sera leur réaction lorsqu'ils connaîtront le témoignage de Russell ?

L'accusée monte dans sa voiture, encadrée de maîtres John Mack et John F. Brennan. Ses conseillers juridiques se réuniront dès ce soir pour préparer les prochaines audiences.

* * *

Au bureau de Michael Bradford, la surprise est à son comble. Dans son édition de quinze heures, le *Daily News* a publié intégralement la pièce « B » du procès, une des lettres écrites par Frédéric Beauvais à Anne Stillman et authentifiée par Kelly, à peine quelques heures auparavant. Intitulée par le quotidien « *Dearest Honey* », cette lettre est datée du 11 février 1919. Incrédules, Anna et John tentent tous deux de lire par-dessus l'épaule de Bradford. Winkler précise à son patron que cette lettre ne fut acceptée par le tribunal qu'en toute fin d'avant-midi. Il devait donc y avoir connivence entre une personne du cercle de Stillman et la salle des nouvelles du *Daily News*, sinon il leur aurait été quasi impossible de réaliser le montage de la lettre manuscrite, reproduite en photographie puis transcrite en caractères d'imprimerie, dans un si court laps de temps. À midi, un coup de téléphone aura suffi pour lancer toute l'opération.

– J'enrage ! tonne Bradford. Le *Daily News* avec un scoop pareil ! Un tabloïd publié depuis à peine deux ans ! Plutôt que de tenter de me monter sur le dos pour lire le contenu de cette lettre, tiens, Anna, prends ce journal et fais-nous-en la lecture…

Grande-Anse, le 11 février 1919

Ma chérie,

Je suis arrivé à la ferme dimanche après-midi. Samedi, j'étais à Montréal et j'ai vu P. Delisle et Frank Carikan au sujet de Frankie. Je ne suis pas allé voir ses parents. J'ai pensé que je ferais mieux de ne pas y aller et j'ai préféré déléguer P. D. pour qu'il voie ce qu'il y a à faire et me tienne au courant.

Winkler interrompt sa consœur pour préciser que le docteur Russell a mentionné qu'un enfant du nom de Frankie, un neveu de Fred Beauvais, était allé le consulter en compagnie d'Anne Stillman et de Fred Beauvais en 1916. Puis, il invite Anna à poursuivre.

Je suis allé chez Fraser et Viser pour acheter votre bacon et vos rouleaux de blé entier. J'espère que vous les avez déjà reçus. Comme j'aimerais être celui qui vous fait cuire ce bon bacon! Je crois que je pourrais m'organiser pour vous en procurer une fois par semaine, si vous le voulez. Je suis allé voir le directeur de la compagnie American Express et, paraît-il, il n'y a pas de frais de douane sur d'aussi petites sommes. J'ai moi-même préparé soigneusement le colis et je serais très peiné si vous ne l'aviez pas encore reçu.

J'espère que vous avez aussi reçu le sac garni de perles contenant les deux paires de petits mocassins et la broche pour le bébé. J'espère aussi que les vôtres vous font comme il faut. J'ai posté les petits mocassins de Lac-à-Beauce par courrier recommandé. J'espère que vous aurez reçu le tout quand cette lettre vous arrivera. Dites-moi ce que vous en pensez, chérie ?

– Vous vous rendez compte? intervient Bradford. Dans quelques heures, l'Amérique tout entière lira cette lettre. La pauvre femme est foutue !

– Les avocats de Mme Stillman auront du pain sur la planche, lance Winkler. J'observais ces hommes se débattre aujourd'hui et je ne suis pas d'accord, Michael, pour dire qu'elle est foutue. Disons que ça va moins bien…

– T'es optimiste, toi ! remarque Bradford. Allez, Anna…

Est-ce que je vous ai dit que j'avais écrit quelques mots sur la peau des mocassins ? La couture les cache presque totalement maintenant, mais si le petit peut les porter suffisamment, on les verra un jour. Dites-moi si j'ai bien estimé la grandeur. J'espère qu'il les aimera!

J'ai magasiné à Montréal pour trouver une robe, vous savez, celle que vous désiriez pour le petit, et la seule que j'ai trouvée était faite de peau de chevreau et n'était pas d'un blanc immaculé. Ce n'était pas assez bien, alors je ne l'ai pas prise.

Lundi, je me suis rendu à Lac-à-Beauce avec les chevaux pour prendre le bois de construction et je suis revenu à Grande-Anse à quinze heures. Depuis, les ouvriers n'ont pas encore commencé à le tirer, même si les routes ont été idéales toute la semaine, sur la glace vive, car il n'a pas neigé depuis le temps où j'étais ici avec vous. Alors maintenant, j'espère que le temps restera au beau fixe, mon cœur.

De toute ma vie, je n'ai jamais vu une aussi belle température pendant l'hiver, ici, dans le Haut-Saint-Maurice! Le soleil prend toute sa force vers les onze heures. Si vous voyiez comme c'est bon de sentir le soleil et de le voir briller ainsi, chérie.

Je peux vous assurer que je me hâterai afin que tout le travail soit fait comme il faut. Ainsi, je pourrai vous rejoindre bientôt, vous et le petit.

Je n'avais jamais su ce que l'on pouvait ressentir en étant père ou mère, mais maintenant je sais, je comprends. Je reviendrai bientôt prendre soin de mon tendre amour et de mon bébé.

Anna soupire, regarde ses collègues et leur dit :

– S'il est vrai que son mari la délaissait depuis tant d'années, s'il n'accourait même plus au chevet de ses enfants malades, comme on l'a laissé entendre, et qu'un beau jeune homme vous parle ainsi…

– Voyons, Anna, lui dit Bradford, vous êtes déjà prête à l'excuser? Continue, allez, continuez!

Il me semble que le temps s'est arrêté pendant votre absence, en attendant que je sois avec vous deux, ma chérie. J'adore tenir cet enfant dans mes bras, juste le sentir, le regarder. Vous êtes le fruit du ciel et de la terre. Oh! ma chérie, comme mes nuits sont froides sans vous!

Bonne nuit, mon cœur, et donnez un baiser de bonne nuit au bébé pour moi. La première chose que vous saurez, c'est que je serai près de vous deux.

Avec tout mon amour, jusqu'à la fin des temps.

Chacun tente de mettre de l'ordre dans ses idées. Anna se lance la première.

– Pourrait-il s'agir d'un faux?

– Difficile à croire, répond Bradford. Difficile également d'admettre la thèse de la falsification où quelques termes amoureux auraient été glissés dans un texte purement factuel d'un employé rendant des comptes à sa patronne.

– Depuis le témoignage du docteur Hugh Russell, j'ai la nette impression, ajoute Winkler, que nous assisterons dorénavant à une joute judiciaire où le rejet ou l'acceptation de pièces et de témoignages seront au centre des débats.

À la demande de Michael, John leur fait ensuite un topo sur ce qui s'est passé dans l'enceinte de la New York Bar Association au cours des dernières heures, et Anna y va également de ses observations quant à l'atmosphère régnant à l'extérieur de l'édifice.

Un commis de la salle de rédaction entre en trombe et tend à son patron un exemplaire de l'édition de dix-huit heures du *Daily News*. La colère de Bradford est à son comble lorsqu'il lit à la une un titre pleine page qui crève les yeux : «Le texte intégral des lettres de Beauvais». Il sait ce que tout New York fera ce soir! La nouvelle se répandra comme une traînée de poudre.

– On publie tout cela dans notre prochaine édition, mais je veux qu'on stipule que notre source est le *Chicago Daily Tribune* et non le *Daily News*, ce sera moins humiliant. Ces deux journaux font paraître simultanément les nouvelles relatives à la région de New York. Allez, les enfants, au travail, je veux du fumant, vous m'entendez! Si demain tu peux joindre quelqu'un de l'association des ostéopathes, Anna, je serais curieux de connaître leurs réactions. Et toi, John, te sens-tu en conflit d'intérêts si tu nous parles de ce qui s'est passé dans cette bibliothèque ?

– Pas du tout ! Les fuites ont toujours existé, n'est-ce pas ?

Anna sort la première et, au moment où Winkler s'apprête à quitter la pièce, Bradford le retient d'un signe de la main.

– Dis donc, John, quelles recommandations Anne Stillman recevra-t-elle de son conseiller ?

– Son conseiller n'en sait encore strictement rien !

20

Le vendredi 6 mai 1921

De New York à Montréal, Gene Fowler a voyagé en compagnie de maître Abel Smith et du détective Norman Fitzsimmons. Alors qu'il s'apprête à rencontrer Fred Beauvais de nouveau, eux poursuivront leur route jusque dans la vallée du Saint-Maurice où ils tenteront de recueillir des dépositions en faveur d'Anne Stillman. Ils photographieront également les pièces de la maison Blackburn afin de fournir à la défense les arguments nécessaires pour réfuter le témoignage «du trou de la serrure» de Georges Adams.

Dès son arrivée à la gare Windsor, le journaliste confirme par téléphone son rendez-vous avec Fred Beauvais. Il ne lui faut que quelques minutes en taxi pour faire le trajet jusqu'à son appartement du 22 de la rue Saint-Luc.

Une fois de plus, Gene s'étonne de l'importance des ressources financières de Beauvais. Une imposante bibliothèque couvre tout un mur du salon. La chaude voix d'Enrico Caruso remplit la pièce. Un phonographe dernier cri attire l'attention du journaliste. «*Pagliacci*, de Ruggero Leoncavallo», dit Beauvais en suivant le regard de Gene. La culture et l'étendue des connaissances de Fred continuent de surprendre le journaliste. Habituellement traité de haut, le jeune homme savoure visiblement l'effet qu'il produit sur le New-Yorkais.

Beauvais invite Gene à déguster un thé glacé légèrement citronné. Avec une fébrilité mal contenue, le guide lui explique que Bessie Love, l'actrice hollywoodienne bien connue, le harcèle depuis au moins deux semaines. La star le poursuit de ses assiduités par lettre, au téléphone et même en chair et en os! Fred est convaincu que James Stillman la paye pour qu'il baisse la garde et se commette avec cette femme.

Le concierge du *Windsor* lui a appris que l'arrivée de la blonde Bessie à l'hôtel avait été fort remarquée. Elle a demandé à encaisser une traite de la Second National Bank de New York d'une valeur de six cents dollars et à déposer dans le coffre de sûreté de l'hôtel un petit sac contenant, disait-elle, quatre diamants d'une taille assez imposante.

Mais Bessie Love n'est qu'un épisode parmi tant d'autres dans la vie mouvementée de Beauvais.

– J'ai de bonnes raisons de me méfier, monsieur Fowler ! Le mois dernier, j'ai reçu une lettre dans laquelle on me menaçait de mort ! J'ai été suivi, mon téléphone a été mis sur écoute et on a même tenté d'installer un magnétophone dans mon appartement. Qu'on essaie présentement de salir ma réputation ne me surprend pas du tout !

Gene aborde maintenant un sujet très délicat : la réaction du guide à la publication de ses soi-disant lettres d'amour. Beauvais se dit secoué, choqué, outré même ! Il nie énergiquement être l'auteur de ces lettres. Jamais il n'aurait osé dire, encore moins écrire à sa patronne, des termes comme « ma chérie » ou « mon cœur ». En réalité, il commençait toujours ses lettres par « Chère madame Stillman ». À son avis, le falsificateur de Grandes-Piles aurait retranscrit ses lettres en imitant son écriture et en y ajoutant toutes les expressions compromettantes publiées dernièrement. Le guide a toujours fait une copie carbone de ses lettres et les doubles sont présentement entre les mains des avocats d'Anne Stillman. Voilà qui fera taire bien des mauvaises langues en temps et lieu.

« Même si ces copies carbone existent, elles ne prouvent pas que Beauvais n'a pas écrit d'autres lettres comme celles qui ont été publiées dernièrement », se dit Gene. Mais plutôt que d'exprimer ses doutes, il se contente de hocher la tête, voulant à tout prix éviter d'interrompre le jeune homme.

– Écoutez, monsieur Fowler, je n'aurais jamais osé écrire une lettre d'amour à une femme de sa classe ! Et, comme moi, vous connaissez le français et l'anglais ; Mme Stillman de même. Si vous aviez à choisir une langue pour parler d'amour, laquelle utiliseriez-vous ? Laquelle permet un style chantant, fluide, coloré ? Pour les affaires, l'anglais est parfait. Pour l'amour, si on a le choix... Dans l'une des lettres dont on me dit l'auteur, celle du 20 mai 1919 plus précisément, il est question d'un trèfle à quatre feuilles. Eh bien, sachez qu'exceptionnellement, ce 20 mai, la neige recouvrait toujours le sol. Une belle preuve que ces lettres ont été forgées ! Il est vrai qu'un jour, au cours d'une randonnée à cheval, j'ai trouvé un trèfle à quatre feuilles que j'ai offert à Mme Stillman, mais on était alors en plein été ! Quant aux mots et expressions en langue iroquoise, il m'est très facile d'expliquer pourquoi on en retrouvait autant dans mes lettres. Saviez-vous que Madame adorait la poésie et qu'à ses heures elle écrivait de très beaux textes ? Elle aimait y insérer des mots ou des expressions iroquoises et, bien sûr, j'étais sa référence.

« Frédéric Beauvais a-t-il bien appris ses répliques ou dit-il la vérité ? » se demande Gene, perplexe.

Le jeune homme enchaîne, en lui exprimant l'ambivalence de ses sentiments envers le docteur Hugh Russell dont le témoignage fut décrié, tant par les autres ostéopathes que par les défenseurs d'Anne Stillman.

– Ce n'est pas la première fois que le docteur Russell trahit la confiance de quelqu'un. Mon frère Arthur en sait quelque chose ! Par contre, pendant plus de quatre ans, le docteur m'a enseigné l'a b c de l'ostéopathie et il m'a montré nombre de manipulations pouvant soulager ou guérir les malades. Il m'a aussi initié à l'hypnotisme, technique qui s'avère très efficace dans le traitement de certains patients. Je fus son élève, son protégé en quelque sorte... Jamais je ne l'aurais cru capable d'une telle bassesse !

Beauvais lui reproche sa déloyauté, mais à aucun moment il n'accuse Russell de s'être parjuré. Il poursuit, en affirmant qu'il y a quelques années le docteur Russell a soigné James Stillman, alors atteint d'une sévère pneumonie. Ses traitements furent couronnés de succès et le médecin aurait reçu de son patient plus de sept mille dollars.

Fred informe ensuite Gene que dès demain il quittera Montréal pour Grande-Anse afin d'aider l'avocat d'Anne Stillman, Abel Smith, et le détective Fitzsimmons dans leurs investigations. Depuis le début de l'enquête, Beauvais a été de toutes les recherches, tant pour rallier des témoins que pour trouver des indices pouvant aider la cause d'Anne Stillman.

– À l'aide de photographies, nous prouverons qu'il était impossible de distinguer quoi que ce soit à travers les épaisses moustiquaires de la maison Blackburn. Comment Adams a-t-il réussi à voir, par un trou dans un rideau, ce qu'il prétend avoir vu quand, pour arriver à la chambre de Madame, il lui aurait littéralement fallu traverser celles de Mlle Oliver, d'Alexander, de Bud, et enfin celle de la fille de Madame?

La sonnerie du téléphone les fait tous deux sursauter. Beauvais répond et, d'un signe de la main, invite le journaliste à s'approcher. Le guide met un doigt sur sa bouche et lui tend le combiné. Gene entend une voix de femme, mielleuse à souhait, proposer à Fred d'aller la rejoindre dans les plus brefs délais. Le reporter s'éloigne pour permettre à Beauvais de lui répondre tout en lui signifiant qu'il aimerait l'accompagner. Beauvais et Bessie Love s'entendent pour se rencontrer dans une maison de pension de la rue Notre-Dame. Sans perdre un instant, les deux hommes sortent dans la rue et Fred hèle un taxi.

Quelques minutes leur suffisent pour arriver à destination. Lorsque Fred frappe à la porte, Bessie Love lui lance d'une voix langoureuse: «C'est ouvert, mon chéri!» Voluptueusement étendue sur un lit, vêtue de lingerie suggestive, Bessie remonte vivement ses couvertures à la vue de Gene. Insultée, elle demande au jeune homme pourquoi il lui refuse un tête-à-tête.

Frédéric Beauvais est en colère. Il en a assez d'être mis à l'épreuve. Sous l'œil attentif de Gene Fowler, il bombarde de questions Bessie Love: «Qui êtes-vous? Que me voulez-vous? Ce journaliste de New York racontera à tous ce que vous me faites subir! Qui vous paie pour faire votre sale travail? Pourquoi voulez-vous à tout prix ruiner ma réputation?»

La pauvre Bessie s'effondre. Elle avoue se nommer Bessie Lewis et habiter le Kentucky. Fille d'un riche hôtelier de Louisville, elle a voulu exploiter sa ressemblance avec la célèbre actrice et tromper son ennui avec le beau guide indien dont tout le monde parle. Lorsqu'elle a vu la photographie de Fred dans les journaux, Bessie a imaginé combien excitante serait une aventure avec lui. Elle pleure maintenant à chaudes larmes. Jamais Bessie n'aurait imaginé que son fantasme lui causerait tous ces désagréments.

Gene vient d'être témoin d'une scène qui risque fort de se répéter. Combien de femmes, à l'image de Bessie Lewis, rêvent d'une aventure avec Frédéric Beauvais? Partout en Europe et en Amérique, sa photo a été publiée, ses paroles, rapportées. Au fil de ses entrevues, il a su se bâtir une image d'homme raffiné, de fidèle défenseur de l'honneur d'Anne Stillman, laissant toujours planer un voile d'exotisme à sa suite. «De plus, c'est un bon gars», se dit Gene.

Le journaliste doit retourner à New York par le train de nuit. Les deux hommes se séparent en face de la gare Windsor, une solide poignée de main en guise d'au revoir ou d'adieu. Qui sait si jamais ils se reverront?

Le samedi 7 mai 1921

Le «cas Russell» fait couler beaucoup d'encre. Selon des sources irréfutables, l'ostéopathe a rencontré à maintes reprises les avocats de James Stillman pendant les semaines précédant l'audience du 3 mai dernier. Selon ces mêmes sources, le contenu de son témoignage était prévisible, voire organisé. De leur côté, les avocats d'Anne Stillman ont révélé à Anna Dunlap que des détectives enquêtent présentement sur la vie privée de Russell autant à Stanhope qu'à Depew et à Lancaster où il vivait auparavant.

Siégeant à Niagara Falls, la Société des ostéopathes de l'État de New York a formé un comité afin de scruter à la loupe le mémorable témoignage du docteur Russell. Ce comité devra établir s'il a violé les règles de la déontologie médicale. Le président des ostéopathes a obtenu des avocats de la défenderesse les notes sténographiques du témoignage de leur confrère. Aucun des soixante-quinze membres présents ne s'est porté à la défense de Hugh Russell.

Dans un bref communiqué, le docteur Russell affirme aujourd'hui :

J'ai été sommé par la cour de témoigner au procès des Stillman. Je ne pouvais pas me soustraire à la Justice. Mon témoignage était requis par un ordre du juge Gleason. J'ai revendiqué mon privilège de me taire et j'ai refusé de répondre aux questions jusqu'à ce que la cour m'y oblige. Je n'ai rien d'autre à dire à ce sujet.

Les membres de la Société des ostéopathes du New Jersey ont entériné ce matin une proposition visant à condamner et à expulser de leur association le docteur Hugh Russell. Ils ont de plus recommandé qu'une enquête soit menée par l'Association nationale des ostéopathes. Si les charges contre Russell sont justifiées, ils proposent sa radiation à vie. Une action similaire devrait être entreprise par l'association de l'État de New York.

Le vendredi 13 mai 1921

Pour la première fois de sa vie, Anna débarque à Buffalo. Bradford l'a déléguée auprès de maître Joseph Morey, l'avocat du docteur Russell. Sans préambule, son temps étant compté, il prend la défense de son client en ces termes :

– Vous ne devez pas oublier, mademoiselle, que le docteur Hugh Russell fut cité à comparaître comme témoin au procès des Stillman. Autant que faire se peut, il a protégé les informations qu'il jugeait privilégiées en tant que médecin traitant. Il n'a rien révélé de son plein gré. Dans le témoignage qui lui est tant reproché, il a répondu à des questions directes et spécifiques. Si vous aviez lu les notes sténographiques de cette audience comme je l'ai fait, vous conviendriez qu'il a témoigné à contrecœur, avec la plus grande répugnance et seulement après que la cour l'y eut contraint.

– Maître, si le docteur Russell n'a rien révélé de son plein gré, de quelle façon les avocats du demandeur ont-ils obtenu les informations qui ont justifié son assignation? Qui leur a fourni les renseignements afin qu'ils puissent si bien formuler leurs questions?

– Nous serons bientôt en mesure d'expliquer tout cela. Pour l'instant, nous ne pouvons rien dire de plus, au risque de violer une confidence. Quand le temps sera venu, nous fournirons une explication à la satisfaction de tous.

Anna aimerait bien l'entendre maintenant, cette explication! Mais l'avocat se refuse à tout autre commentaire. Comme elle a encore trois heures devant elle avant le départ du prochain train pour New York, pourquoi ne profiterait-elle pas de son séjour à Buffalo pour rencontrer de nouveau Phelps Clawson?

Par l'intermédiaire de son père, John L. Clawson, elle le joint à son appartement et tous deux conviennent d'un rendez-vous dans le hall de l'hôtel *Iroquois*. Anna est curieuse de se retrouver dans un autre endroit où a déjà séjourné Anne Stillman.

Les formalités sont de courte durée. Anna veut savoir ce que le jeune homme pense du témoignage du docteur Russell.

– Je connais bien le docteur Russell et son intervention m'a tout simplement renversé. Je ne comprends absolument pas comment il a pu proférer de telles calomnies à l'endroit de Fred! Sans compter qu'il a toujours été l'un de ses fervents admirateurs... C'est à n'y rien comprendre!

– Comment le docteur Russell a-t-il été mis en contact avec les Stillman?

– Je leur ai moi-même présenté cet homme! Il a traité tous les membres de la famille à un moment ou à un autre, les parents comme les enfants. J'ai aussi profité de son savoir-faire et, croyez-moi, sa renommée n'est pas surfaite : il soigne merveilleusement... Et jamais, au grand jamais il n'a fait allusion à une possible relation entre Anne Stillman et Fred Beauvais, ni manifesté le moindre soupçon à leur égard... J'aimerais bien connaître les motifs qui l'ont poussé à parler ainsi !

– Que pensez-vous des lettres de Beauvais publiées dernièrement ?

– J'ai un sérieux doute, mademoiselle, quant à leur authenticité. J'ai en main plusieurs lettres écrites par Fred et toutes sont à l'image de l'homme bellement éduqué que je connais. J'ai peine à croire que Fred puisse être l'auteur de propos si peu raffinés, si grossièrement rédigés. Évidemment, Mme Stillman a reçu de nombreuses lettres de lui, mais à mon avis celles qui ont été remises au juge Gleason ont bel et bien été falsifiées.

– Monsieur Clawson, croyez-vous possible que Fred soit le père de Guy ?

– Jamais de la vie ! Stillman lui-même ne peut croire cela ! Toute personne sensée doit se rendre à l'évidence : Guy a les yeux bleus, les cheveux blonds et Fred, lui, a les cheveux noirs et le teint foncé ! Vraiment...

– La mère de Fred n'a-t-elle pas la peau laiteuse des Irlandaises, les cheveux et les yeux clairs ?

– Peut-être, mais Guy ressemble à Stillman en tous points !

* * *

Loin de pâlir, la faveur du public pour Anne et Guy Stillman semble plus vivante que jamais. Malgré le témoignage du docteur Russell et la publication intégrale des missives compromettantes de Beauvais, cette femme reçoit quotidiennement des centaines de lettres d'encouragement à son appartement de la 5e Avenue, chez ses avocats ou encore par l'entremise des principaux journaux new-yorkais. L'une de ces lettres sera particulièrement utile à maître John Mack. En effet, elle contient une liste de personnes qui furent témoins des nombreuses attentions dont Anne Stillman fut l'objet de la part de son mari au moment de son accouchement au Women's Hospital en 1918.

En pleine homélie dominicale, le révérend Christian Reisner, pasteur à l'Église méthodiste épiscopalienne de Chelsea, a prédit que le scandale et l'étalage des problèmes matrimoniaux des Stillman auront des effets désastreux sur le pays, particulièrement sur les nouveaux citoyens américains. Selon l'homme d'Église, l'importance accordée à ce divorce pourrait faire croire que les Stillman sont représentatifs de la nation. Il a qualifié l'affaire de choquante, de dégoûtante et de révoltante.

D'autre part, le plus sérieusement du monde, Michael Bradford a déclaré à Winkler, au cours de leur dernier entretien, que ce procès avait pris l'ampleur d'une cause patriotique et représentait un exutoire parfait pour les sentiments et les émotions des humbles gens, tout autant que pour ceux de la haute société.

Pendant tout le mois de mai, James Stillman a subi d'énormes pressions de la part de ses associés tout comme des membres de la famille Rockefeller afin d'en arriver à un règlement hors cour. Leur réprobation est palpable et ils ont fortement recommandé au banquier de faire toutes les concessions nécessaires pour en finir avec cette triste histoire et surtout avec la publicité dont il est l'objet.

John Mack a l'intention de procéder au contre-interrogatoire du banquier en présence du jeune Guy dès la prochaine audience. La deuxième apparition de Stillman devant la cour risque d'être beaucoup plus longue et beaucoup plus déplaisante que celle de décembre dernier.

Presque chaque jour, les avocats d'Anne Stillman ont laissé filtrer une ou deux informations, dans le but évident d'irriter la partie adverse. On a même menacé de révéler le nom d'une femme de la haute société qui aurait enflammé le banquier et consumé son cœur tout autant que ses dollars. On a donné un aperçu de la confrontation possible du couple Leeds-Stillman, où chacun témoignerait en présence de l'autre. On a également publié bon nombre de questions auxquelles ils pourraient être soumis.

Les avocats de James Stillman, quant à eux, ont diffusé certains renseignements visant à déstabiliser l'autre partie. Par exemple, si la défenderesse est reconnue coupable des accusations portées contre elle, leur client n'aurait pas à la soutenir financièrement. À cela, Anne Stillman a répliqué sans hésiter : «L'argent ne veut pas dire grand-chose pour moi. De toute façon, je suis armée pour tenir un siège, s'il le faut.» Quand l'aînée d'Anne Stillman et son frère Bud ont eu vent de cette menace, ils ont rapidement fait connaître leur position. Si la fortune personnelle de leur mère ne lui suffisait pas, tous deux se sont dits prêts à mettre à sa disposition jusqu'à leur dernier sou, si cela s'avérait nécessaire.

Au même moment, en première page du *New York American*, Winkler révèle qu'Anne Stillman est sur le point d'accepter une offre de cent mille dollars d'une compagnie cinématographique. Pas question toutefois d'exploiter le nom de Stillman, ni la triste situation dans laquelle sa famille est plongée. Elle a confié à Winkler : «Je dois me tenir debout! Je veux réaliser quelque chose de tangible, de vrai. Je veux expérimenter la sensation de gagner ma vie, par mes propres moyens. Cependant, avant de me lancer dans un tel projet, je m'assurerai auprès de gens compétents que mon talent d'actrice est authentique. J'ai du mal à supporter la médiocrité d'autrui et je suis encore plus sévère à mon égard.» Bien que Winkler ait vu défiler plusieurs représentants du septième art, il conserve tout de même un sérieux doute quant aux véritables intentions d'Anne Stillman. Il croit plutôt qu'il s'agit d'une feinte afin d'attiser chez le banquier sa hantise de la publicité.

Anna a été dépêchée par Bradford pour recueillir les commentaires d'un représentant de la National Association of the Motion Picture qui tenait sa réunion annuelle au *Delmonico*, quelques jours après la surprenante révélation d'Anne

Stillman. Cette association regroupe plus de quatre-vingt-quinze pour cent des producteurs de films du pays. William Brady a affirmé qu'à sa connaissance aucun de ses collègues n'a fait une telle proposition à Mme Stillman. Néanmoins, les amis de cette dernière soutiennent toujours qu'elle a bel et bien reçu une offre formelle d'un producteur bien connu. Sachant que le banquier a investi d'importants capitaux dans l'industrie du cinéma, aurait-on conseillé au producteur en question de ne pas se mêler de cette histoire? Anne Stillman joue-t-elle le grand jeu?

La réaction de James Stillman a été immédiate. On dit qu'il a reçu telle une gifle la nouvelle que sa femme songe à une carrière d'actrice.

D'un commun accord, les parties ont convenu de reporter à la mi-juin l'audience prévue pour le 18 mai, afin de donner plus de latitude aux négociateurs.

Plus les jours passent et plus les attaques de part et d'autre deviennent virulentes. Toutefois, quand la défense fait savoir qu'elle détient une série de lettres signées «Jimmie S.», accompagnées d'un mot de la destinataire qui célèbre le talent de poète du banquier, William Rockefeller demande sans tarder à John A. Garver, avocat chez Shearman et Sterling, la firme officielle de la National City Bank, de forcer les négociations entre les Stillman jusqu'à ce qu'ils parviennent à une solution. Maître Garver se rend en personne au 910 de la 5e Avenue pour proposer à la femme de Stillman un règlement rapide. Elle se verrait allouer un revenu annuel de cinquante mille dollars à vie, doublé d'une allocation substantielle pour subvenir aux besoins de ses enfants, à l'exception de Guy. En retour, son mari exige qu'elle s'expatrie pendant cinq ans.

Anne Stillman s'était dite prête à négocier à la condition expresse que Guy soit reconnu comme un Stillman. Dans la proposition de Garver, l'enfant est totalement exclu et, comble de l'impudence, on demande à la mère de s'exiler. Quelle honte! «Si quelqu'un doit quitter le pays, ce ne sera certes pas moi!» a-t-elle déclaré à Winkler. Le journaliste lui a suggéré de faire connaître les exigences de son mari par le truchement de son journal, confiant d'engendrer des retombées positives.

Le vendredi 3 juin 1921

Anne Stillman sirote un café en compagnie de Winkler tout en commentant son article en première page du *New York American*. S'excusant à peine, Estelle Klee entre précipitamment dans le boudoir et explique à sa patronne qu'une lettre exceptionnelle vient d'arriver par porteur. La signataire porte le même nom qu'elle! Surprise, puis incrédule, Anne Stillman ne comprend pas. Sa belle-mère, explique-t-elle, est décédée avant même qu'elle ne fasse la connaissance de son mari.

Le message est succinct : «N'acceptez jamais de vivre le cauchemar que j'ai personnellement vécu. L'enfer vous guette. De grâce, permettez-moi de vous rencontrer avant qu'il ne soit trop tard!» La signataire implore Anne Stillman de la recevoir le jour même.

Winkler est surpris de la rapidité avec laquelle son hôtesse prend ses décisions. Elle dicte une courte note à Estelle Klee. Le chauffeur ira remettre la missive en main propre à celle qui dit s'appeler «Madame James Stillman», au 102 de la 35e Rue Est, puis ramènera cette dernière sur-le-champ.

– Mieux vaut en avoir le cœur net, dit Anne Stillman, très calme.

Elle invite Winkler à assister à l'entretien, consciente qu'il pourrait s'agir d'une fumisterie.

Jamais son mari ne lui a spontanément parlé de sa mère et, quand elle le questionnait, il répondait évasivement qu'elle avait toujours eu une santé fragile, et qu'elle était morte au début de la quarantaine. Anne Stillman mettait sur le compte d'une blessure non cicatrisée la discrétion de son époux.

La thèse du canular est écartée dès que Sarah Elizabeth Rumrill Stillman fait son entrée, accompagnée de son amie et compagne de vie, Josephine Tucker. La dame de soixante-neuf ans prend les mains d'Anne Stillman et les tapote doucement en disant : «Mon enfant, ma pauvre enfant...» Elle enveloppe de son regard bleu une belle-fille qu'elle rencontre pour la première fois. Les deux femmes sont toutes deux grandes, élancées, chaleureuses et spontanées.

Depuis deux mois, précise la vieille Mme Stillman, depuis qu'elle voit étalés dans les journaux photographies et articles en rapport avec la demande de divorce de son fils «Jimmie», elle s'est maintes fois demandé si elle devait sortir de l'exclusion où elle fut plongée il y a vingt-sept ans, dans des circonstances semblables à celles qui menacent présentement sa belle-fille. Elle se dit scandalisée à la pensée que son fils puisse répéter la même horreur avec sa femme.

– Ce matin, quand j'ai lu que Jimmie vous menaçait d'exil, c'en fut trop pour moi, mon enfant! Je devais vous mettre en garde! Ce n'est pas un bannissement d'un an ou de cinq ans à l'étranger qui vous attend, mais bien de vingt ou trente ans, ou jusqu'à ce que mon fils meure, comme j'ai dû attendre la mort de son père pour revenir dans mon pays!

Ainsi, Sarah Elizabeth Rumrill est vivante! Durant vingt-sept ans, elle vécut simplement dans un petit appartement de la rue Galilée, à Paris, sa fidèle compagne Josephine à ses côtés. Au cours de cette période, son père, Alexander Rumrill, joaillier de Broadway, lui a versé une petite somme d'argent par l'intermédiaire de la Farmer's Loans and Trust Company. Cette allocation constituait son unique revenu. À quelques rues du domicile parisien de Sarah Rumrill, son ex-mari fit l'acquisition d'un palace, face au parc Monceau. Il y abritait des collections d'œuvres d'art valant des millions. De loin, Sarah et Josephine ont admiré cette superbe demeure où elles n'avaient ni le droit ni le goût d'entrer.

L'épouse du vieux Stillman raconte ensuite les faits marquants de sa vie avec l'un des banquiers les plus doués que l'Amérique ait engendré, mais aussi l'homme le plus rigide et le plus glacial que la terre ait porté. Leur lune de miel fut de courte durée. En cinq ans, elle donna naissance à quatre de leurs cinq enfants. Sarah est toujours reconnaissante à Dieu de lui avoir fait cadeau de ses petits. Grâce à eux, elle put supporter plus longtemps la compagnie de son austère mari. Pourtant, elle l'a aimé, cet homme ! Pendant des mois, elle se précipitait à la porte dès qu'il arrivait. Mais, jour après jour, la jeune femme était accueillie avec la même froideur, la même indifférence. Elle désirait tant le voir sourire ! Elle lui rapportait les bons mots des enfants, lui racontait les événements de la journée, mais rien n'arrivait à le dérider. Invariablement, James Stillman enlevait son chapeau, le tendait à son majordome, écoutait à peine sa femme, et se retirait dans sa bibliothèque personnelle où il sirotait seul son unique whisky de la journée. Chaque jour, le retour de son mari était suivi d'un moment de profonde détresse pour Sarah. Une heure après son arrivée, avec la précision d'un métronome, le mari réapparaissait, lavé et rasé de près. Parfois, il escortait sa femme jusqu'à la place qui lui était assignée à la table. Le repas se déroulait dans un silence absolu. Le banquier mangeait toujours frugalement, du bout des lèvres. Si le repas lui avait plu, le maître le signifiait par écrit au cuisinier par l'intermédiaire de son valet. Par contre, il pouvait exiger qu'on lui soumette des dizaines de plats avant d'en accepter un. Incapables de s'habituer à une telle pression, les chefs se succédaient.

Travailleur acharné, James Stillman passait plus de temps à sa banque que partout ailleurs. En 1891, il devint président de la National City Bank, alors au septième rang de sa catégorie au pays. En moins de deux ans, il réussit à faire de cette institution le plus grand réservoir d'argent comptant de tous les États-Unis d'Amérique.

Sarah Rumrill se souvient qu'à compter du mois de mai, et pendant les six mois suivants, elle vivait avec sa famille à Cornwall-on-Hudson, dans une coquette villa nommée « The Ridge ». Sarah préférait de beaucoup cette propriété, entourée de fleurs et de jardins, à leur gigantesque maison de pierre de la 40e Rue à New York.

Chaque matin, le départ de son mari prenait des allures de cauchemar. Il exigeait que soient alignés, de chaque côté du vestibule, sa femme d'abord, puis ses enfants par ordre de grandeur et enfin les serviteurs et les servantes selon leur rang. Impassible, le maître marchait entre cette haie humaine, en faisant un signe de tête à peine perceptible en guise de salutations. Il grimpait dans son carrosse pour se rendre jusqu'au quai où était amarré son luxueux yacht, le *Wanderer*. Le banquier remontait la rivière Hudson jusqu'à Manhattan où il gagnait la National City Bank, son royaume, sa passion.

Anne Stillman fait remarquer à sa belle-mère à quel point elle a elle-même souffert des manies de son beau-père durant les trois premières années de son mariage, alors qu'elle et Jimmie habitaient la maison paternelle. Comme elle comprend Sarah Rumrill ! Le comportement obsessionnel du père de Jimmie fut un vrai cauchemar pour tous ceux qui ont partagé son toit. Les repas interminables dans un silence monastique de même que la liste sans fin de règlements et d'interdictions ont miné le moral et la patience de la jeune femme, au point où elle a développé une réelle aversion pour Jimmie, soumis, complètement subjugué par un père qu'il voulait satisfaire à tout prix, un défi qu'il ne sut jamais relever. S'excusant de l'avoir interrompue, Anne Stillman invite sa belle-mère à poursuivre.

– Avec moi, vous avez droit de parole, mon enfant… Donc, le matin, quand mon mari quittait la maison, une sensation de légèreté m'envahissait peu à peu. Parfois, je courais chez une voisine simplement pour lui dire : « Vous n'avez pas besoin de me parler ! Je vous salue ! » Puis, je me sauvais… Je crois qu'elle savait ce que j'endurais, même si j'ai toujours voulu cacher mon désarroi. De retour à la maison, je me précipitais au piano et, sous mes doigts, naissait invariablement une morne mélodie. Puis, le rythme s'allégeait au fur et à mesure que je reprenais la maîtrise de mon âme… Cet homme était tellement envahissant ! Ou encore, quand le temps le permettait, je m'enfuyais dans la forêt avec le dernier essai de

Lafcadio Hearn sous le bras. Je m'adossais à un chêne et, pendant de longs moments, je me laissais bercer par la prose de mon écrivain préféré.

Plus les années passaient et plus le fardeau de Sarah Rumrill devenait oppressant. L'insupportable prit la forme d'une jeune et jolie jeune fille qui, un jour, monta à bord du *Wanderer* alors que, exceptionnellement, elle-même était à bord. Effrontément, cette fille fit des avances à son mari, qui ne les repoussa pas.

– Je n'en croyais pas mes yeux ! s'exclame Sarah Elizabeth Rumrill. Je pris mon courage à deux mains et lui dis ma façon de penser. Sans même me regarder, mon mari m'ordonna de me retirer dans ma cabine. Je réalisai, à ce moment-là, le peu d'estime qu'il avait pour moi. Je pleurai toutes les larmes de mon corps. J'étais désespérée. Peu de temps après, il m'informa que je n'avais pas les aptitudes voulues pour gérer ses propriétés. Il confia les clés de ses résidences à une intendante. Ce fut la goutte qui fit déborder le vase. Je ne pus tolérer un tel affront et le lui ai dit. Un représentant de la firme Shearman et Sterling est venu en son nom…

– Incroyable ! dit Anne Stillman. L'offre que m'a faite Jimmie il y a quelques jours à peine provenait de la même firme ! Comment l'histoire peut-elle se répéter à ce point ?… Et que vous a-t-on proposé ?

– Il ne s'agissait pas d'une proposition, mais d'un ultimatum. « Vous devez quitter cette contrée à jamais, m'a écrit mon mari. Vous ne serez plus autorisée à communiquer avec vos enfants. Vous ne recevrez plus un sou de moi. » Il avait signé cette courte note de son écriture fine et pointue comme une dague. L'avocat qui m'a présenté cette sommation crut bon de préciser que, si je résistais, je serais « placée » dans un asile d'aliénés à cause de mon comportement irrationnel. Quand je lui demandai des précisions, il n'a même pas daigné me répondre. En ce temps-là, mon enfant, une épouse n'avait rien à dire quand elle trouvait son mari dans les bras d'une autre femme, pas plus qu'elle n'avait le pouvoir d'aller à l'encontre de sa volonté. Accablée, j'ai envoyé un télégramme à mon amie de toujours, Josephine, la priant de quitter Syracuse pour me rejoindre, ce qu'elle fit sans hésiter. Je lui expliquai ma situation désespérée et, généreusement, elle accepta de m'accompagner outre-mer.

Un sourire illumine le visage ridé de Josephine Tucker, silencieuse depuis son arrivée. S'adressant à sa belle-fille, Sarah Rumrill ajoute, en plissant les yeux :

– Vous, ma fille, vous devez combattre afin que vos droits et ceux de votre enfant soient respectés. Jamais vous ne devez connaître les affres de l'exil ! Vous résistez énergiquement depuis le début, ne baissez pas les bras maintenant, je vous en prie.

– Vos encouragements me touchent au plus haut point, madame ! Vous mettez un baume sur mes souffrances.

Avant de prendre congé, Sarah Rumrill Stillman demande à sa belle-fille si elle peut voir ses petits-enfants. Les deux aînés sont présentement absents, mais Anne promet à sa belle-mère qu'à leur retour ils iront la visiter, si tel est son désir. La nurse Ida Oliver amène Guy et Alexander au salon. Le petit entre en sautillant, un cheval miniature à la main. Spontanément, il se dirige vers la vieille dame et lui présente Black Tail. Alexander, lui, la salue timidement et, sans mot dire, prend la main de sa mère. La grand-maman s'étonne qu'à deux ans et demi à peine Guy ait un vocabulaire aussi élaboré. Elle s'amuse de ses pitreries, de sa spontanéité et le prend dans ses bras.

– Quel enfant charmant, ma chère ! Si jeune, avec un destin si tragique ! J'ai du mal à réaliser que mon Jimmie vous fasse tant de mal.

Winkler observe la scène, troublé par l'émotion de Sarah au moment où elle prend congé. Assurant sa belle-fille de son appui, elle consent à ce que son secret soit révélé publiquement si cela peut empêcher la répétition d'un cauchemar.

Tôt en soirée, encore sous le coup de la surprise, Anne Stillman soupèse les avantages et les inconvénients de faire connaître maintenant le triste destin de l'épouse de son beau-père. Winkler, qui a passé toute la journée avec elle, lui conseille de ne pas tarder; lui n'attend qu'un signal de sa part pour transmettre son article.

Estelle Klee les interrompt, rappelant à sa patronne son rendez-vous avec le représentant de John Stanchfield, qui patiente déjà dans le hall d'entrée. Anne Stillman prie Winkler d'assister aussi à cet entretien.

Un parfait inconnu se présente devant Anne Stillman, un terne assistant de la firme Stanchfield & Levy. L'individu lui remet une offre finale de James Stillman, accompagnée d'un mot de son patron, John Stanchfield. Engagé en décembre dernier comme premier conseiller juridique d'Anne Stillman, maître Stanchfield encourage fortement sa cliente à accepter l'offre de son mari. Dans cette proposition, elle est poliment sommée d'admettre sa culpabilité, de permettre à son mari d'obtenir le divorce sans autres éclaboussures, de quitter au plus tôt l'Amérique pour l'Europe avec Guy et d'y rester pendant un temps indéterminé. L'allocation annuelle de quatre-vingt-dix mille dollars est maintenue.

Anne Stillman se lève et, d'une voix ne supportant aucune réplique, ordonne à l'homme de loi de quitter les lieux immédiatement.

Voilà que ses avocats l'abandonnent pour devenir les émissaires de son mari ! Jimmie s'est soumis aux pressions de Wall Street et, à leur tour, ses propres avocats ont ployé sous la pression des puissants. Jamais Anne Stillman n'aurait prévu un tel coup du sort ! «Les bolcheviques de Wall Street, ces ignobles personnages !» s'exclame-t-elle, la voix vibrante de colère.

Cette proposition la ramène à la case départ, sans aucune reconnaissance ni protection des droits de Guy. Pire, l'obligation de partir s'ajoute maintenant aux conditions initiales. Après un bref moment d'hésitation, Anne Stillman se redresse et lance à Winkler :

– Ça ne se passera pas comme cela !

Elle quitte momentanément la pièce pour y revenir vêtue d'une robe du soir qui met en évidence sa superbe silhouette.

Anne Stillman écrit un mot à ses avocats John Stanchfield et George Coggill pour leur signifier le licenciement de toute leur équipe. À quelques jours des audiences de Poughkeepsie, elle n'accepte pas d'être abandonnée : c'est donc elle qui les congédie.

Il fait nuit déjà. Au volant de son auto sport, l'élégante dame quitte la 5e Avenue en direction de Yonkers.

* * *

En moins d'une heure, Anne Stillman se retrouve chez maître Brennan. Révoltée par la trahison de ses avocats new-yorkais, elle offre au vieil homme de se charger de sa défense, ce qu'il accepte sans hésiter.

De Yonkers, elle téléphone à maître John Mack, lui décrit la situation et lui explique qu'il est urgent qu'ils se rencontrent le soir même. Bien après minuit, le gardien des droits de Guy voit arriver à sa résidence d'Arlington, en banlieue de Poughkeepsie, une femme plus insultée que blessée, irréductiblement décidée à se battre. La puissante équipe d'Anne Stillman n'existe plus. Il ne lui reste que deux avocats pour assurer sa défense et celle de son fils : John Brennan et John Mack. Maître Mack considère la situation, soupèse les risques et les conséquences de ce revirement. Puis ce père de quatre enfants se lève, glisse ses pouces sous ses bretelles, les soulève et, tout en regardant sa visiteuse droit dans les yeux, s'engage en ces termes :

– Je suis votre homme. Wall Street ne pourra pas acheter John Brennan, pas plus que votre humble serviteur. Madame, nous vaincrons.

21

Le lundi 6 juin 1921

Le public doit ignorer que les avocats d'Anne Stillman ne jugent plus sa cause défendable. Selon la version officielle, le nombre impressionnant de dossiers que doit traiter John Stanchfield et son état de santé précaire justifient son retrait. Néanmoins, tous les résultats des investigations réalisées au Canada afin de contrer les témoignages de «l'échelle et du trou de la serrure» seront gracieusement remis à maître Brennan, comme il est de mise lors d'une substitution de procureur.

Dans une entrevue accordée au *New York Times*, George Coggill se contente de dire : «Anne Stillman n'a aucun besoin d'une demi-douzaine d'avocats pour assurer sa défense. Comme les audiences se poursuivront à Poughkeepsie et non à New York, ce serait fastidieux pour nous de faire cette longue route on ne sait trop combien de fois. Je souhaite la meilleure des chances à maître Brennan et il peut être assuré de notre entière collaboration.» Maître Coggill lui a promis de mettre à sa disposition tous les éléments de preuve amassés par son équipe, principalement les déclarations sous serment relatives à Florence Leeds et aux nombreuses femmes associées à la vie parallèle de James Stillman.

Afin d'éviter tout camouflage préjudiciable à sa cause, Anne Stillman demande que les audiences se poursuivent publiquement. Cette requête soulève une vive opposition de la part des avocats du demandeur.

La chasse aux témoins se poursuit frénétiquement, tant du côté d'Anne que de celui de James Stillman. Autant que faire se peut, les deux parties tenteront de limiter les prochains témoignages à ceux des servantes, chauffeurs ou autres employés des Leeds et des Stillman. Cependant, l'épouse d'Howard Gardiner Cushing, figure bien connue de la haute société new-yorkaise, de même que John Prentice, un ami personnel de Jim Stillman, sont prêts à témoigner en faveur de la femme du banquier.

Le mardi 14 juin 1921

Maître John Mack a offert à sa cliente de partager son toit pendant toute la durée des audiences, lui évitant ainsi la fatigue de la route ou les inconvénients des hôtels de Poughkeepsie en cette période de canicule. La nouvelle de la présence d'Anne Stillman ici s'est répandue comme une traînée de poudre. Une cinquantaine de journalistes venus de partout en Amérique occupent le parterre de la spacieuse propriété de l'homme de loi, située rue Fulton, à quelques pas du réputé Vassar College.

George Goeller, le chauffeur d'Anne Stillman, astique les sièges de cuir de l'imposante Laudalet douze cylindres garée devant la maison du défenseur des droits de Guy. Il tente d'esquiver les questions des journalistes.

Winkler avait fortement conseillé à Anne Stillman d'alimenter l'affection que lui voue le public en acceptant de lui parler par l'entremise des journalistes. Maîtres Mack et Brennan se sont ralliés à la suggestion de Winkler, à la condition que ne soient pas abordées les procédures de la poursuite. Jusqu'à ce jour, les interventions de la presse ont indéniablement servi la cause de leur cliente.

Anne Stillman se présente sur la véranda, s'approche d'une berceuse de rotin et laisse planer son regard sur l'assistance. Durant cette pause, des mots s'alignent sur les blocs-notes des observateurs, grâce auxquels ils décriront cette femme : boucles noires émergeant d'un bandeau de soie rouge et bleu, gestuelle vive, assurance de la démarche, demi-douzaine de petits bracelets autour du poignet droit, apparente spontanéité, attitude avenante, jupe de *worsted* bleue… Puis elle s'assoit et lance :

– Que pourrais-je vous dire ?

– Dites-nous ce que vous pensez de votre mari ? lui suggère-t-on en guise d'introduction.

La dame soupire, réfléchit, puis explique d'un ton posé :

– Je pense qu'il a certes d'admirables qualités, mais j'estime son comportement anormal. Toutefois, le style de vie des gens de Wall Street, obsédés plus encore par le pouvoir que par l'argent, peut en partie l'expliquer. Subjugués par ce complexe du pouvoir, ces hommes cherchent souvent à se retrouver avec des êtres qu'ils jugent inférieurs quand ils veulent se relaxer. Ils n'ont rien à faire avec leurs égaux. C'est pour cette raison que M. Stillman s'est entiché de cette pauvre Mme Leeds, et qu'il a rempli son yacht de femmes du même acabit. Combien en avons-nous nommé déjà ?… Neuf ? Dix ?

Plusieurs s'étonnent d'entendre Anne Stillman épiloguer sur la conduite de son mari et sur ses relations comme on procède à l'autopsie d'un cas.

– Détestez-vous ces femmes ? lance un des journalistes.

– Les détester ? Non, je ne les déteste pas… Je pourrais néanmoins les comparer à des phonographes en ce sens qu'elles répètent ce que les hommes désirent entendre. Leurs discours sont farcis de fantômes, de diseuses de bonne aventure, de mesmérisme et de porte-bonheur. Elles pensent améliorer leur situation pécuniaire et sociale en s'acoquinant avec des hommes riches. Elles rêvent…

Elle s'arrête un moment, soupire, puis déclare :

– À bien y penser, personne n'est totalement bon ou totalement mauvais. M. Stillman aurait pu devenir quelqu'un de merveilleux s'il avait grandi dans un milieu différent du sien. Il a vécu dans un foyer sans affection, sans amour, avec des gens qui ne croient pas à la famille et à ses valeurs intrinsèques. Quand vous ignorez ces richesses, vous pouvez difficilement imaginer qu'elles puissent exister et comprendre ceux qui les chérissent tendrement… M. Stillman, comme beaucoup d'hommes de sa condition, est vulnérable à la flatterie. De fait, les hommes riches sont constamment exposés à l'encensement et leur vanité s'en trouve décuplée. Leur route croise souvent le chemin de femmes qui font commerce de leur personne et se laissent émouvoir par la taille d'une émeraude... M. Stillman serait-il aussi populaire s'il était sans le sou ?

Légèrement penchée vers ses interlocuteurs, Anne Stillman s'exprime avec détachement. Hésitante au départ, sa verve semble maintenant intarissable.

– M. Stillman est mal conseillé : il écoute un misogyne qui se ferait un plaisir de m'écraser. Il a du mal à accepter qu'en dépit de toutes leurs attaques je reste debout, comme vous en êtes témoins. Pendant longtemps, mes avocats m'ont déconseillé de parler à la presse. Pourtant, les journalistes sont parmi les personnes les plus gentilles, les plus compréhensives que j'aie rencontrées depuis le début de cette triste histoire ! Ils m'ont traitée de bien meilleure façon que d'autres...

L'opération charme se continue. La dame sourit, puis poursuit sur sa lancée.

– Je ne comprends pas M. Stillman ! Il tente de détruire son propre foyer ! Cet homme fortuné et puissant se dresse contre sa famille et essaie de réduire à l'état de ruines les fondations de sa maison. Si l'on permet que de telles valeurs soient ainsi écrasées, que deviendra notre pays ? Que deviendra notre civilisation ? Si je considère mon épreuve dans un sens élargi, je crois qu'elle servira de balise aux femmes et d'exemple à notre société tout entière. Ce que M. Stillman s'apprête à faire doit être condamné, sinon les communistes et les anarchistes du monde recevront un encouragement tacite à détruire nos valeurs. Déjà, les radicaux nous montrent du doigt. Je crois sincèrement que mon mari est pire qu'un bolchevique.

La petite Mary Ann Mack, âgée de cinq ou six ans, fait alors irruption sur la véranda. Anne Stillman regarde la petite, se penche un peu vers elle et discrètement lui fait un câlin.

– Pour qui menez-vous d'abord votre combat ? Pour votre enfant ou pour vous-même ?

Elle regarde intensément celui qui la questionne. La petite Mack lui tient maintenant la main.

– Voyez-vous, monsieur, j'ai toujours adoré les enfants et je crois qu'ils me le rendent bien. D'une certaine façon, nous avons divisé notre société en groupes d'âge, et les jeunes sont mes préférés. Tous les enfants ont besoin d'être appréciés, reconnus pour ce qu'ils sont. Points de mire, toujours épiés, les enfants de riches développent difficilement leur individualité. Ils sont souvent l'objet de moqueries dès qu'ils font un geste... Croyez-vous vraiment que les riches soient nécessairement plus heureux ?

Elle s'arrête de nouveau. Les crayons sont levés, les yeux, rivés sur elle.

– Vous savez comme moi qu'il ne suffit pas d'avoir de l'argent pour être heureux. Le bonheur ne se mesure pas au nombre de serviteurs qui vous entourent. Les gens de ma classe... Non ! Permettez-moi de retirer cette expression puisque je ne crois pas aux classes dans ce sens du terme... Je disais donc... les personnes de mon entourage qui se croient dans une classe à part ne réalisent même pas l'influence que ce procès peut avoir sur les esprits et les conséquences qui peuvent en découler. Quoi qu'il en soit, si jamais nous étions lapidés par des personnes outrées à la pensée qu'il est permis aux gens riches et puissants de transgresser impunément les lois, de se comporter comme M. Stillman le fait ou comme on dit que je l'ai fait, je ne les blâmerais pas.

– Comment entrevoyez-vous l'avenir ? lui demande-t-on.

– Je regarde l'avenir avec grand intérêt, espoir et confiance. Je ne suis pas pessimiste de nature. Si je n'étais pas dans mon droit, si je doutais de la légitimité de mon action, jamais je ne combattrais comme je le fais.

On lui demande ensuite si elle reçoit toujours des lettres d'encouragement. Son visage s'éclaire et, d'une voix enjouée, elle reprend :

– Oh oui ! Chaque jour ! Elles me proviennent de partout dans le monde. Hier, l'une d'elles m'est arrivée du Japon !

J'apprécie ces appuis et je remercie les nombreuses personnes qui m'ont écrit et qui croient en moi. Chacune de ces lettres m'a réconfortée, soutenue, vraiment! Dites-le à vos lecteurs, je vous en prie!

– Comment envisagez-vous les prochaines audiences?

Légèrement en retrait, maître Mack n'a pas manqué un mot de cette rencontre. Dès que cette dernière question a été formulée, il s'avance lentement vers Mme Stillman et lui suggère de ne pas discuter maintenant de son divorce. Elle lui sourit et répond tout de même, avant de se retirer :

– Ce sera comme un dur voyage en mer. Je serai ballottée, malmenée, mais j'arriverai au port saine et sauve. Je ne me laisserai pas démolir… et je gagnerai!

Le mercredi 15 juin 1921

Depuis l'aube, quelques centaines de visiteurs ont envahi Poughkeepsie, attirés par le fait que l'audience d'aujourd'hui puisse être publique. Simultanément, le Vassar College accueille parents et amis en vue des cérémonies de fin d'année organisées en l'honneur des jeunes filles qui le fréquentent, et qui appartiennent aux familles les plus fortunées de la côte Est.

Les journalistes et les curieux sont massés à l'entrée du Poughkeepsie Trust Company Building, abritant les bureaux du juge Gleason, où se poursuivra le procès des Stillman. Main Street, entre Washington et Market, est maintenant bloquée et, à la demande des marchands, le chef de police McCabe a réclamé des renforts afin de libérer l'entrée des commerces, obstruée par les curieux.

De nombreuses femmes, jeunes ou vieilles, ont grimpé sur les camions et les automobiles dans l'espoir de voir ou même d'entrevoir Anne Stillman. Joseph Mulvaney remplace Anna comme représentant du *New York American*, celle-ci couvrant présentement la visite aux États-Unis de la célèbre Marie Curie. Au milieu d'une foule impatiente, il attend l'arrivée d'Anne Stillman.

Winkler, quant à lui, est déjà installé dans une pièce minuscule réquisitionnée pour la troisième série d'audiences à huis clos consacrées aux témoins du demandeur. Attablés face à la petite tribune d'où le juge Daniel Gleason présidera, les avocats des deux parties feuillettent leur volumineux dossier : à gauche, maîtres John Mack et John Brennan pour Anne Stillman et son fils, à droite, maîtres Cornelius Sullivan et William Rand pour James Stillman.

Vêtue d'un costume clair dont la coupe originale rappelle les vêtements des gitanes, Anne Stillman se dirige droit vers le siège que lui ont réservé ses avocats. Un bandeau aux couleurs vives retient ses cheveux bouclés et lui donne une allure désinvolte, plus appropriée à une fête champêtre qu'à un procès. Si Winkler connaissait moins bien cette femme, il pourrait la croire malavisée. Mais il sait pertinemment que ses gestes sont étudiés, ses paroles réfléchies, son attitude composée. Il la soupçonne parfois de jouer un rôle dans le drame de sa propre vie.

À dix heures quarante-cinq, l'huissier déclare la séance de la cour ouverte : « Silence ! Tout le monde debout, Son Honneur le juge Daniel Gleason. » Le juge s'avance, osseux, pointu, anguleux. Son regard vif balaie la salle exiguë où, malgré la canicule, fenêtres et portes sont maintenues hermétiquement fermées afin d'éviter les indiscrétions. La journée s'annonce étouffante et déjà les gens suent à grosses gouttes.

Les parties s'identifient, déposent de nouvelles pièces, déclarations sous serment ou autres et, avant la comparution du premier témoin, maître John Brennan demande au juge de pouvoir procéder au contre-interrogatoire de James Stillman dès que possible. Maître Sullivan s'y oppose, alléguant que son client a déjà été questionné en décembre dernier. Maître Brennan insiste, expliquant au magistrat qu'à cette époque sa cliente n'avait pas encore déposé sa réponse amendée dans laquelle elle accuse son mari d'infidélité. La partie défenderesse requiert donc de Sa Seigneurie le privilège d'interroger le demandeur à ce sujet. Les parties finissent par s'entendre et le juge ordonne à James Stillman de se présenter devant la cour à la reprise des audiences, prévue pour le 29 juin prochain.

Le premier témoin de la journée est appelé à la barre. Une fois assermenté et identifié, le docteur Warren Hildreth, accoucheur au Woman's Hospital informe la cour qu'Anne Stillman a eu une période de gestation normale, d'une durée de deux cent quarante jours environ. Guy est né à trois heures du matin, le 7 novembre 1918. L'enfant jouissait d'une excellente santé, pesait plus de quatre kilogrammes et mesurait cinquante-trois centimètres.

Maître Sullivan remercie le médecin. De toute évidence, l'avocat du demandeur désirait uniquement que soient situés dans le temps la conception de l'enfant et le moment de sa naissance. Maître Brennan demande à interroger le témoin.

– Docteur, M. Stillman a-t-il rendu visite à son épouse à la naissance de Guy ?

– À ma connaissance, il est venu à quelques reprises à l'hôpital avant et après la naissance de l'enfant.

– Vous a-t-il semblé attentionné ?

– Oh oui ! Il m'a même téléphoné deux ou trois fois pour prendre des nouvelles de sa femme. À mon avis, M. Stillman fut un époux prévenant, un père affectueux, et son comportement m'a semblé tout à fait approprié dans les circonstances.

– Si j'ai bien compris, docteur, rien ne laissait supposer qu'il pouvait vivre séparé de sa femme ?

Maître William Rand s'objecte à la question, mais le juge Gleason invite tout de même Warren Hildreth à répondre.

– L'amabilité et l'empressement de M. Stillman m'ont au contraire réellement impressionné.

Anne Stillman ne peut réprimer un sourire. Comme Rand, Sullivan est abasourdi. Encore une fois, James Stillman semble leur avoir dissimulé un renseignement fort important.

Isabel Stillman, épouse de Percy Avery Rockefeller, prend ensuite place à la barre des témoins. Anne Stillman, quant à elle, s'avance sur le bord de sa chaise et penche légèrement le torse vers l'avant. Sa tenue décontractée contraste fort avec l'habillement sévère d'Isabel Stillman-Rockefeller. Toute de noire vêtue, celle-ci a gardé sur les épaules le voile dont elle s'était recouvert la tête pour traverser la foule.

Winkler a appris de la bouche même de Sarah Elizabeth Rumrill que sa fille Isabel a toujours été l'enfant préférée de son père, la seule femme pour qui le vieux Stillman ait eu quelque peu de respect dans sa vie. Elle a d'ailleurs hérité du célèbre banquier son regard froid, ses lèvres minces et droites, mal dessinées pour sourire.

Isabel Stillman-Rockefeller jure que son frère a habité la maison de leur père dans la 72e Rue, à New York, de décembre 1917 au 15 mars 1918, date à laquelle leur père est décédé. Le docteur Hildreth a précédemment informé la cour que Guy est né à terme en novembre 1918. Il a du même coup fixé sa conception en février. En affirmant que son frère ne cohabitait pas avec sa femme de décembre 1917 à mars 1918, Isabel Stillman-Rockefeller attaque donc de plein fouet la légitimité de Guy.

Maître William Rand la questionne en arpentant nerveusement la pièce minuscule.

– Votre belle-sœur a-t-elle rendu visite à votre père dans les semaines précédant sa mort ?

– Non. Pas une seule fois. Ils se s'entendaient pas du tout. L'agonie de mon père n'a rien changé à la situation. Un jour, par contre, elle a téléphoné chez mon père et c'est moi qui lui ai répondu.

– Que voulait-elle ?

– Objection, Votre Seigneurie ! lance le vieux Brennan.

Un long débat s'engage pour déterminer si une conversation téléphonique peut être admise dans ce type de procès. Le juge Gleason décide finalement de prendre l'objection sous réserve et ordonne au témoin de poursuivre.

– Elle était en colère, me disant que son mari délaissait sa famille et passait tout son temps à la banque ou à ses clubs. Je l'ai priée d'être patiente et lui ai rappelé que mon frère adorait ses enfants plus que tout au monde, mais qu'il ne pouvait quitter mon père maintenant, le médecin nous ayant confirmé sa mort imminente. «Jamais je n'accepterai d'être traitée comme un meuble», m'a-t-elle dit, convaincue que mon frère la négligeait intentionnellement. Elle m'informa ensuite qu'elle quittait Pleasantville pour le Canada, précisant que l'hiver là-haut était magnifique.

William Rand doit jubiler, se dit Winkler. En plus d'attester que son client était absent du foyer pendant la période probable de la conception de Guy, son témoin jure qu'au cours de cette même période l'épouse s'est rendue au Canada.

– Dès lors, pouvez-vous certifier devant cette cour que votre frère vivait séparé de sa femme entre décembre 1917 et la mi-mars 1918?

– Oui. Ils ne faisaient aucunement vie commune.

John Mack se lève et procède au contre-interrogatoire du témoin. Anne Stillman reprend alors sa posture initiale et, visiblement, se détend. À maintes reprises, elle a répété à Winkler à quel point maître Mack jouissait de sa pleine confiance. Elle admire l'adresse du défenseur des droits de son enfant, qu'elle considère comme un expert en contre-interrogatoire.

– Êtes-vous restée au chevet de votre père sans discontinuer entre décembre 1917 et mars 1918?

– Non, mais j'y suis allée régulièrement, très souvent.

– Où demeuriez-vous durant ladite période?

– Je résidais et je réside encore à Greenwich, au Connecticut.

– Madame Rockefeller, votre frère n'aurait-il pas quitté la maison de votre père durant cette période?

– Je crois, oui… pendant une fin de semaine…

– Expliquez à cette cour, madame Rockefeller, comment il vous est possible d'affirmer que votre frère est demeuré sans arrêt ou presque chez votre père alors que vous-même ne demeuriez pas là?

– Les serviteurs me l'ont certifié…

– Les serviteurs ? Bon… Votre père est décédé le 15 mars 1918. Où votre frère a-t-il résidé par la suite ?

– À la mort de mon père, James a immédiatement transféré ses effets à son appartement, au 270, Park Avenue.

Sans pitié, Mack poursuit son interrogatoire. Plus le temps passe et plus Isabel Stillman-Rockefeller manifeste nervosité et hésitation. Winkler la sent au bord des larmes.

– Madame Rockefeller, êtes-vous en mesure de jurer devant cette cour que votre frère, James, a réellement passé toutes ses nuits entre décembre 1917 et la mi-mars 1918 à la maison de votre père ?

Fusillée du regard par sa belle-sœur, mitraillée par les questions de Mack, dont le ton tranchant se situe aux antipodes de la déférence à laquelle on l'a habituée depuis toujours, Isabel Stillman-Rockefeller tente de garder son calme.

– Écoutez, vous me demandez de vous préciser des événements vieux de plus de trois ans et je devrais m'en souvenir comme s'ils dataient d'hier…

– Êtes-vous en mesure, madame Rockefeller, d'assurer à cette cour que votre frère a dormi tous les soirs à la maison de votre père durant la période que nous avons précédemment déterminée ? Pourriez-vous le jurer ?

– Non.

– Madame Rockefeller, avez-vous un intérêt particulier dans l'issue de ce procès ?

– Il est normal, n'est-ce pas, de défendre les intérêts de son frère !

Après plus d'une heure à la barre des témoins, Isabel Stillman-Rockefeller sort de la salle, accablée. Pas une seule fois elle n'a regardé sa belle-sœur qui, elle, ne l'a pas quittée des yeux.

Le juge Gleason ordonne l'arrêt de l'audience jusqu'à quatorze heures. Tout comme à la New York Bar Association en mai dernier, Winkler refuse de quitter l'immeuble pendant l'heure du lunch. Il accompagne cependant Anne Stillman jusqu'à la sortie. Elle a juste le temps de lui glisser à l'oreille :

«Mme Rockefeller est une femme intelligente et structurée. Jamais je n'aurais cru qu'elle puisse s'effondrer à ce point.»

Winkler se contente d'un léger goûter. Les portes et les fenêtres des nombreuses salles étant maintenant ouvertes, il perçoit une délicieuse brise et entend la clameur des badauds encore assemblés à l'entrée de l'édifice.

À la reprise de l'audience, quatre employés à l'appartement new-yorkais du père de James Stillman se succèdent à la barre. Tous sont unanimes : James Stillman vivait bien séparé de sa femme entre décembre 1917 et mars 1918.

Subissant un traitement semblable à celui d'Isabel Stillman-Rockefeller, Frank Lacey, qui figure parmi les quatre, finit lui aussi par avouer qu'il ne peut jurer que James Stillman a bien passé toutes ses nuits, sans exception, à la maison de son maître.

Par une série de questions lancées à la vitesse de l'éclair, maître Mack amène ensuite le témoin à expliquer comment, l'automne dernier, il a été informé de la démarche judiciaire de James Stillman alors qu'il séjournait en Irlande. Lacey révèle à la cour que les avocats du banquier l'ont invité à revenir à New York afin de faire une déposition en faveur du fils de son ancien patron. Une fois le document signé, Lacey a obtenu un poste de gardien à la National City Bank, poste qu'il occupe encore aujourd'hui.

Pour une seconde fois, Bernard Kelly se présente devant le juge Gleason et maître Mack le questionne au sujet d'une lettre que lui aurait remise Mary Kelly, femme de chambre d'Anne Stillman. Cette lettre aurait été écrite par Fred Beauvais.

– Monsieur Kelly, vous avez lu cette lettre et, par la suite, vous en avez révélé l'essentiel à James Stillman. Quel en était le contenu ?

– Je me souviens que Fred parlait de l'achat de cochonnets…

– Pourriez-vous nous préciser la date de cette lettre ?

– Non… mais je me souviens que je l'ai lue en mars… oui, en mars 1919.

Le gardien des droits de l'enfant se retire, visiblement satisfait de la brève intervention de Kelly.

Mary Kelly, qui n'a aucun lien de parenté avec Bernard, vient ensuite témoigner.

– Est-ce que Mme Stillman portait un anneau de mariage ? lui demande maître Rand.

– Son alliance était toujours dans sa boîte à bijoux, de même qu'un anneau gravé des initiales F. B., lui répond Mary Kelly avec assurance.

Madame Stillman s'avance de nouveau sur son siège.

– Est-il vrai que Fred Beauvais a fréquemment séjourné au cottage bleu du domaine des Stillman à Pleasantville ?

– Oui.

– Dans la lettre de Fred Beauvais datée du 11 février 1919, il était question de mocassins qu'il avait offerts au jeune Guy. Avez-vous déjà vu ce cadeau ?

– Oh oui ! À l'intérieur de chacun des petits mocassins, Beauvais avait écrit un message. On pouvait lire distinctement dans celui de gauche : « J'espère que Guy sera toujours bon pour sa maman » et, dans le droit : « J'espère qu'un jour Guy connaîtra son père. »

– Pendant le séjour de Beauvais au cottage bleu, avez-vous noté des irrégularités ?

– Beauvais a souvent servi le petit-déjeuner de Madame au lit. À plusieurs reprises, je l'ai vu également lui faire la lecture et lui faire jouer de la musique sur le Victrola.

Au tour du gardien des droits de l'enfant d'interroger le témoin.

– Comment avez-vous été en mesure de voir Frédéric Beauvais dans la chambre de Mme Stillman ?

– La porte de la chambre était ouverte.

– N'y avait-il pas d'autres personnes en compagnie de Beauvais et de Mme Stillman ?

– J'ai déjà vu monsieur Bud, le jeune Phelps Clawson et Alexander, répond-elle, après un moment d'hésitation.

– N'était-il pas dans les habitudes de votre maîtresse de recevoir des gens dans sa chambre ?

– Oui. Elle se levait tard et demandait souvent que les enfants la rejoignent là.

Maître Mack répète les dernières paroles de Mary Kelly, insistant sur chaque syllabe. Il veut ainsi libérer ce témoignage de toute intention vicieuse en rapport avec la présence de Beauvais dans la chambre d'Anne Stillman.

– À votre connaissance, quelle était la fréquence des visites de James Stillman à Pleasantville au cours de l'année 1919 ?

– Il me semble qu'il y venait toutes les fins de semaine.

Ainsi, pendant l'année qui suivit la naissance de Guy, alors que James Stillman devait soupçonner Fred d'être le père de cet enfant, il visita tout de même sa famille régulièrement. À cette époque, pouvait-il être à ce point indifférent pour rendre calmement visite à sa femme en la sachant la maîtresse de son guide ? Tantôt assuré de la culpabilité d'Anne Stillman, tantôt convaincu de son innocence, Winkler est de plus en plus perplexe. Il l'observe à la dérobée, mais, pour l'instant, il n'aperçoit que son visage impassible.

Maître Mack présente à Mary Kelly la pièce «C», une lettre reçue par Anne Stillman, soi-disant écrite par Frédéric Beauvais et contenant justement les détails de l'achat de dix cochonnets auxquels Bernard Kelly a fait allusion quelques instants auparavant.

– Mademoiselle Kelly, quelle est la date de cette lettre, je vous prie ?

– Le 20 mai 1919.

– Avez-vous déjà montré cette lettre à Bernard Kelly ?

– Non. Celle-là, je l'ai fait voir à la nurse, Ida Oliver.

– Quand lui avez-vous montré cette lettre ?

– À la fin de mai ou au début de juin 1919.

Ainsi, Bernard Kelly aurait lu en mars une lettre qui n'aurait été écrite qu'en mai ! Cette contradiction amènera certainement les avocats de la défenderesse à demander le retrait de cette partie du témoignage de l'enregistrement officiel.

– Comment pouvez-vous affirmer que cette lettre est bien de la main de Frédéric Beauvais ?

– Au cours de ses nombreux séjours à Pleasantville, Fred m'a demandé à plusieurs reprises de lui poster des lettres. Je connais bien son écriture.

– Avez-vous déjà montré à Bernard Kelly une de ses lettres destinées à Mme Stillman ?

– Oui.

– Quand avait-elle été écrite ?

– Beauvais l'avait datée du 11 février 1919.

– Comment avez-vous découvert ces lettres ? Où étaient-elles cachées ?

– Elles n'étaient pas cachées, mais rangées sur l'écritoire dans la chambre de Madame !

– La porte de cette chambre était-elle verrouillée ?

– Non.

– Ainsi, n'importe qui aurait pu pénétrer dans la pièce et lire ces lettres ?

– Euh... Oui.

Maître Brennan prend le relais. Malgré des questions bien documentées, jamais il ne réussit à ébranler le témoignage de Mary Kelly. À aucun moment elle ne se contredit quant aux dates ou au contenu des lettres, convaincue qu'elles ont été écrites par Beauvais à l'intention de sa patronne.

Le procureur de la défense a habilement questionné l'ancienne femme de chambre, qui a admis devant la cour qu'Anne Stillman n'avait rien à cacher, que son comportement était naturel et qu'elle ne devait pas juger sa correspondance compromettante puisqu'elle la laissait à la vue de tous.

Le visage tiré, les épaules un peu plus voûtées qu'à son arrivée, le juge Gleason ajourne l'audience jusqu'au lendemain. L'intense chaleur, décuplée par l'humidité ambiante, ajoute à la fatigue de la journée. Les gens quittent la salle lentement, incapables de se presser. Le regard d'Anne Stillman trahit sa lassitude. Winkler se penche vers elle et lui adresse quelques mots d'encouragement qu'elle accueille avec gratitude. Ce soir, elle ne donnera pas d'entrevue. Elle a besoin de refaire le plein d'énergie pour affronter la journée du lendemain qui s'annonce très pénible.

Comme maître John Mack n'a pas de serviteurs, chacun doit mettre l'épaule à la roue pour venir à bout des travaux ménagers et Anne Stillman compte bien faire sa part aujourd'hui. Elle explique à Winkler que, depuis sa plus tendre enfance, ce type de tâches lui a toujours permis d'évacuer son trop-plein de tensions. Cependant, elle admet que, le plus souvent, elle a le choix de faire ou non de telles tâches...

Un groupe impressionnant de curieux surveillent toujours l'entrée du Poughkeepsie Trust Company Building. Winkler sait bien qu'ils se disperseront immédiatement après le départ d'Anne Stillman. Le journaliste rejoint Joseph Mulvaney avec qui il partage une chambre dans un petit hôtel de Main Street.

Les témoins du banquier, quant à eux, sont logés au luxueux *Beckman Arms Hotel* à Rhinebeck, plusieurs kilomètres au nord de Poughkeepsie. Au volant d'une puissante automobile, un des chauffeurs de James Stillman a fait la navette toute la journée entre l'hôtel et la salle d'audience. Étonné et amusé à la fois, Mulvaney a observé les avocats richement payés du demandeur s'occuper, comme le feraient des serviteurs, des cuisinières, des femmes de chambre et des valets appelés à témoigner. Manifestement, ceux-ci se sont fort amusés de ce revirement dans l'échelle sociale.

Le jeudi 16 juin 1921

À son arrivée à la salle d'audience, Anne Stillman glisse dans les mains de Winkler un télégramme de son fils aîné : «Sois sans pitié, mère – Avec tout mon amour – Bud.» Rayonnante, elle avoue au journaliste :

– Ce télégramme m'a donné des ailes, ce matin, croyez-moi ! Jetez un coup d'œil à cette lettre maintenant !

Estampillée à Guernesey, la lettre est adressée à «F.» et signée «M.». Winkler lit la missive d'une mère à sa fille, affectueusement surnommée «Fifi» depuis sa plus tendre enfance.

Je m'inquiète pour toi! Quels sont tes plans maintenant? As-tu combattu énergiquement et déjà gagné haut la main? Ton Bud s'est taillé toute une renommée de par le monde! Il est considéré ici comme un véritable héros! Un héros à dix-sept ans! Tous parlent de lui!

J'espère que tu gardes la forme malgré cette rude épreuve. Pourrais-tu me faire parvenir la photographie publiée il y a quelques jours, celle où tu tiens le petit dans tes bras? Vous paraissez tous les deux tellement adorables. Chère Fifi, tes trois garçons constituent ton plus précieux trésor et cela me réconforte que tu puisses compter sur eux. Les journaux affirment que ta fille est fiancée au jeune Fowler McCormick. Est-ce vrai?

Je serai vraiment apaisée quand je saurai que tout est réglé et que tu as vraiment l'attention et les soins dont tu as besoin. Je peux t'assurer qu'ici tout le monde t'appuie et admire la façon dont tu affrontes la tempête. Depuis le début, je sens que tu sortiras grandie de cette épreuve et que tout reviendra dans l'ordre.

Ce n'est qu'un petit mot pour t'envoyer tout mon amour et mes tendres pensées. – Avec amour, de «M.»

– J'ai reçu ces mots comme des cadeaux du ciel! Croyez-vous qu'ils me porteront chance aujourd'hui?

Winkler hoche la tête et lui sourit. Il n'a pas le temps maintenant de la convaincre de publier cette lettre dans le *New York American*. La réaction du public est toujours positive quand une mère encourage son enfant, quel que soit son âge. Il le lui proposera en fin de journée, car le silence est maintenant requis et le cérémonial marquant le début de l'audience se répète, immuable.

Les avocats de James Stillman présentent à la cour le témoignage de Mary Olive Gilligan. Infirmière de métier, elle fut engagée pour assister Anne Stillman dans sa grossesse, d'abord à l'appartement des Stillman sur Park Avenue, puis au Woman's Hospital où l'enfant naquit. Au cours de la matinée suivant son accouchement, Anne Stillman demanda à l'infirmière d'envoyer un télégramme de trois mots à l'intention de Fred Beauvais : «Ourson noir arrivé.»

Maître John Mack intervient afin d'expliquer au juge que, l'été précédant la naissance de l'enfant, Anne Stillman, Fred Beauvais, Bud et sa sœur avaient convenu d'un code, à savoir «Ourson noir arrivé» pour annoncer la naissance d'un garçon et «Ourson blanc arrivé» s'il s'agissait d'une fille. Maître Mack insiste : plusieurs personnes, autres que Beauvais, ont reçu ce message. Au cours du contre-interrogatoire par Mack, l'infirmière Gilligan, à l'instar du docteur Hildreth, atteste de la sollicitude de James Stillman pour son épouse, précisant qu'il lui a envoyé des fleurs tous les jours durant son hospitalisation.

Accompagnée de son bébé et de l'infirmière, Anne Stillman retourna vivre à l'appartement de Park Avenue et, jusqu'à la mi-janvier 1919, date du départ de Mary Olive Gilligan, le comportement du mari envers son épouse et ses enfants lui a semblé normal en dépit de ses fréquentes absences.

Pour la deuxième fois en deux jours, la cour se voit confirmer de la bouche même d'un témoin de James Stillman que rien dans le comportement du demandeur ne laissait supposer qu'il doutait de sa paternité, avant comme après la naissance de l'enfant.

Depuis plus d'un mois, Anne Stillman et ses avocats préparent le contre-interrogatoire du docteur Russell, le dernier témoin à être entendu aujourd'hui. On l'attendait de pied ferme. À la suite du premier témoignage de Russell, le gardien des droits de l'enfant avait demandé au médecin de lui remettre son agenda médical afin de vérifier ses rendez-vous entre Noël 1917 et février 1918. D'abord, Russell refusa sous prétexte qu'il voulait à tout prix préserver l'anonymat de ses autres patients. Puis, maître Mack réussit à convaincre le juge de sommer le docteur d'apporter ses livres en cour afin qu'il puisse les consulter à des dates précises devant le magistrat.

– Docteur, est-ce exact que vous avez donné un traitement à James, puis à Anne Stillman, le 6 janvier 1918 à Pleasantville, dans l'État de New York?

À l'intention du juge, maître Mack ajoute :

– Votre Honneur, ces renseignements devraient être inscrits sur l'agenda du docteur.

Le docteur feuillette lentement son carnet de rendez-vous.

– Non, c'est une erreur, plaide le docteur.

Rubicond de nature, Russell vire à l'écarlate quand maître Mack indique du doigt la page où sont notés les rendez-vous du 6 janvier. Le gardien des droits de Guy élève la voix :

– Cette négation est inacceptable, Votre Seigneurie, car les rendez-vous que je viens de mentionner sont dûment inscrits à la date du 6 janvier. Je vous demande donc que soit rejetée de l'enregistrement officiel la dernière réponse du docteur Russell.

De nouveau, maître Mack s'adresse au docteur Russell.

– Rendez-vous, je vous prie, au 27 janvier 1918. N'y avez-vous pas inscrit une visite au domaine des Stillman à Pleasantville ? N'y auriez-vous pas traité M. et Mme Stillman ?

– C'est une erreur.

– J'aimerais vérifier votre agenda, docteur.

À contrecœur, Russell le remet à maître Mack.

– Pourtant, ce renseignement est bel et bien inscrit sur l'agenda du témoin. Je vous demande donc, Votre Honneur, de rejeter également cette réponse.

Le juge Gleason accepte la requête de Mack.

– Votre Honneur, le 6 janvier, sur quatre lignes différentes, je vois inscrit le nom de James Stillman et, entre parenthèses, les noms Mme James Stillman, Alexander Stillman et Frankie Beauvais. Le 27 janvier, Frédéric Beauvais s'ajoute à la liste du 6 janvier. Toutefois, deux lignes ont été gommées. Mack présente le livre à Russell.

– Qui a effacé ces informations, docteur ?

– Je l'ignore.

– Quand et où ont-elles été effacées ?

– Je ne me souviens pas.

Lentement, maître Mack scrute la page en question sous tous ses angles. Il exige une lampe, puis demande au docteur d'examiner à nouveau son livre. Pendant ce temps, maîtres Sullivan et Rand cachent à grand-peine leur agacement.

– N'y a-t-il pas un «P» majuscule au début de cette première ligne, docteur?

– Je ne vois absolument rien, répond Russell froidement.

– Ces lignes ont été effacées minutieusement et, à l'œil nu, il est impossible de voir quoi que ce soit. Mais grâce à cette lampe, je vois distinctement un «P». Ne s'agirait-il pas de Phelps Clawson, docteur?

Russell se penche à nouveau sur le livre, hoche la tête et dit :

– Non, je ne peux voir.

Le jeune Clawson avait affirmé à Anna que James Stillman était à Mondanne en janvier 1918, Winkler s'en souvient très bien. Russell nie catégoriquement ses visites au domaine des Stillman, puis il ose dire qu'il ignorait qu'une correction avait été faite à une date aussi importante.

– Lorsque la cour vous a demandé de témoigner, vous souveniez-vous, docteur, de vos visites à Pleasantville en janvier 1918?

Après quelques instants de réflexion, Russell répond par la négative. Maître Sullivan demande ensuite à questionner le témoin.

– Vous venez de déclarer devant cette cour que les inscriptions des 6 et 27 janvier 1918 étaient erronées. Pouvez-vous nous expliquer pourquoi?

– J'ai effectivement traité James Stillman à ces dates. Cependant, si je me souviens bien, ces traitements ont eu lieu à son appartement de New York et non à Pleasantville.

Le juge Gleason redonne la parole à maître Mack.

– Docteur Russell, pourriez-vous jurer devant cette cour que James Stillman ne vous a pas ramené dans son automobile de Pleasantville à New York les 6 et 27 janvier 1918?

– Je ne pourrais pas le jurer, mais, selon mes souvenirs, je vous dirais non.

– Comment se fait-il que vous ayez noté dans votre agenda que vous avez traité James Stillman à Mondanne les 6 et 27 janvier 1918?

– Il s'agissait d'une erreur !

– Votre Honneur, j'ai terminé avec ce témoin… Pour l'instant, ajoute Mack, ironique.

Maître Cornelius Sullivan s'adresse de nouveau à Russell.

– Docteur, a-t-on sollicité votre présence au Woman's Hospital à la naissance de Guy Stillman ?

– Oui, j'y suis allé les 7 et 8 novembre 1918.

– Est-ce que M. Stillman était présent ?

– Non.

– Avez-vous traité Anne Stillman en tant que médecin ?

– Oui.

– Vous a-t-elle parlé de son bébé ?

En un éclair, l'objection de maître Mack couvre la voix du docteur Russell. Il réussit enfin à convaincre le juge Gleason que tout ce qui fut dit à ce moment par la défenderesse devait être considéré par la cour comme une communication confidentielle entre un médecin et sa patiente.

À cet instant précis, la tension dans la salle est à trancher au couteau. Le juge Gleason demande à l'un des sténographes de relire tout le témoignage du docteur Russell, à qui il ordonne :

– Vous allez écouter attentivement ce qui suit et, si jamais vous trouvez une erreur, vous le signifierez immédiatement à la cour. Nous ne voulons pas voir ce témoignage contesté, comme le fut celui que vous avez fait à New York en mai dernier.

Finalement, le docteur approuve les notes du sténographe et le juge ajourne la séance pour permettre à tous de se restaurer. Au retour, le docteur Russell est de nouveau invité à la barre des témoins. Maître Brennan dirige maintenant le contre-interrogatoire.

Pendant près de deux heures, le vieil avocat bombarde le docteur Russell de ses questions et l'amène à décrire sa relation avec James Stillman et les Rockefeller. Le docteur admet avoir rencontré à plusieurs reprises maître Cornelius Sullivan, principal avocat du banquier, au Harvard Club de l'hôtel *Waldorf-Astoria* à New York de même qu'à son bureau de Buffalo. Plus maître Brennan avance dans son contre-interrogatoire, plus le témoignage choc du médecin s'effondre. L'avocat prend un malin plaisir à savourer cette déconfiture.

Maître Mack prend maintenant la relève.

– En avril 1918, Anne Stillman s'est-elle présentée à votre bureau de Buffalo ?

– Oui.

– Vous êtes-vous informé de sa condition ?

– Oui.

– Lui avez-vous suggéré de tout vous dire concernant son état physique et mental ?

– Oui.

– Croyez-vous qu'elle vous ait caché quelque chose ?

– Non.

– Une fois l'affection identifiée, n'aviez-vous pas l'intention de la traiter de votre mieux ?

– Oui.

John Mack s'adresse au juge Gleason avec une énergie surprenante car, encore plus que la veille, la chaleur et l'humidité de la petite salle accablent tout le monde.

– Votre Honneur, je vous demande expressément de retirer tout le témoignage du docteur Russell des notes de la cour. Non seulement s'est-il contredit à plusieurs reprises, mais il vient d'admettre la nature confidentielle de ses conversations avec Anne Stillman, dans le cadre d'une relation patient-médecin. Le contenu de telles conversations se doit d'être protégé en tout temps et en tous lieux.

– J'ai pris bonne note de votre requête et je l'étudierai avec soin, maître Mack. Nous ajournons l'audience au 29 juin prochain.

– Votre Honneur, intervient maître Cornelius Sullivan, notre client s'oppose à ce qu'il comparaisse comme prévu le 29 juin prochain. M. Stillman s'estime lésé, puisque tous les journaux ont publié la date de sa comparution. Notre client se dit profondément ennuyé de devoir affronter les badauds, les journalistes et les photographes, et demande à Sa Seigneurie d'être convoqué à une date connue exclusivement par la cour et par les avocats des deux parties.

Le juge accepte les doléances du demandeur et il le somme de se présenter devant la cour à une date qu'il fera connaître aux intéressés une semaine avant l'audition.

Maîtres Sullivan et Rand accusent ensuite la partie adverse de se servir de la presse pour faire mousser leur cause. Ils s'expliquent mal comment les journaux peuvent obtenir aussi rapidement le contenu des audiences, qui se déroulent pourtant à huis clos. Mack leur rappelle, sarcastique, avec quel empressement certains quotidiens ont publié le contenu intégral des lettres de Beauvais en mai dernier. La bataille verbale prend fin aussi soudainement qu'elle avait commencé.

Anne Stillman se tourne vers Winkler et lui dit en soupirant :

– Ce fut une dure mais merveilleuse journée pour moi.

Winkler la regarde, incrédule.

– Vous semblez perplexe… Vous savez pourtant que mon avenir ne dépend pas de cette cause. Celui de Guy, oui. Aujourd'hui, nous avons gagné de bons points pour lui.

– Je crois que nous devrions publier la lettre de votre mère…

– Vous croyez vraiment? M. Stillman n'aime pas la publicité… et ceux qui la font n'aiment pas M. Stillman non plus… Croyez-vous que les gens m'attendent en bas? Ils m'aident et nourrissent ma détermination… Le savent-ils?

Malgré le mauvais temps, la foule est encore plus dense que la veille aux portes du Poughkeepsie Trust Company Building. L'audience s'est terminée à l'heure où les écoles ferment leurs portes. Une vingtaine de jeunes filles se fraient un chemin et s'approchent d'Anne Stillman, un bouquet de fleurs à la main. Toutes ont caché leurs cheveux avec un bandeau semblable à celui que portait la femme du banquier la veille.

22

Le lundi 27 juin 1921

Depuis la visite inattendue de sa belle-mère, Anne Stillman invite régulièrement Winkler, soit à des rencontres informelles, comme ce matin, soit à des réunions organisées par ses conseillers juridiques. Ensemble, ils établissent des stratégies où les implications judiciaires et médiatiques sont prises en considération.

Elle vient de recevoir de son avocat copie d'une lettre datée du 25 juin et signée par le juge Daniel Gleason. Elle en fait la lecture à Winkler.

Objet : Stillman contre Stillman et Stillman

Monsieur,

Nous accédons à votre requête, consignée à la page 1123 de la transcription du procès, de retirer le témoignage du docteur Russell.

Nous acceptons également de retirer la pièce « B », la lettre décrite à la page 299 du procès-verbal, à cause des preuves qui nous ont été présentées a posteriori. *Par contre, nous réservons notre décision quant au retrait de la pièce « C », enregistrée à la page 835 de la transcription des témoignages. Nous attendons d'autres preuves du demandeur à ce sujet.*

À quelques jours de la reprise des audiences à Poughkeepsie, quelle belle surprise ! Anne Stillman et son conseiller se réjouissent de cette victoire. Cette décision peut incontestablement changer l'issue du procès.

Quand Winkler commente la mort récente de l'ancien procureur de la défense, John Stanchfield, il entend distinctement son hôtesse marmonner : «Il y a encore une justice en ce bas monde.» Depuis qu'il la fréquente assidûment, Winkler a constaté qu'il valait mieux être avec que contre cette femme, qui est souvent implacable envers ceux qui la contredisent ou s'opposent à ses décisions. Stanchfield a fait pire : il l'a abandonnée. Même mort, elle ne peut le lui pardonner !

Bud n'est pas sorti de sa chambre ce matin. Il se prépare pour ses examens de fin d'année, ou peut-être relit-il une lettre qui l'a fortement ébranlé. Sa mère est ennuyée. James Stillman a longuement écrit à son fils samedi, l'invitant à Long Island pour célébrer le 4 Juillet. Il a même joint à son invitation quelques catalogues des meilleurs fournisseurs de fusées. Depuis sa plus tendre enfance, Bud est fasciné par les pièces pyrotechniques, et les fameux feux d'artifice organisés par son père à l'occasion de la fête nationale sont devenus une tradition pour lui. Pour cette occasion, James Stillman se procure toujours les fusées les plus spectaculaires et, la nuit venue, mer et ciel se marient dans une féerie de couleurs, de lumières et de pétarades. Cette année, Bud n'y assistera pas et sa mère devine le poids de son renoncement. Par cette invitation, le père tente certainement de se réconcilier avec son fils, mais elle sait que Bud ne cédera pas. Une corde s'est brisée dans le cœur du jeune homme et Winkler sent bien que sa mère ne lèvera pas le petit doigt pour qu'il en soit autrement.

Le fils aîné des Stillman attire naturellement la sympathie. Évoquant les commentaires élogieux de Cora Urquhart à l'égard de Bud, Winkler propose à son hôtesse de réaliser le jour même une entrevue avec son fils.

Réticent au départ, ennuyé de rogner du temps à la préparation de son examen d'algèbre, il accepte finalement la requête de Winkler quand celui-ci lui explique à quel point il pourrait aider sa mère en l'appuyant publiquement.

Habilement guidé par le reporter, le jeune homme lui ouvre son cœur. L'étudiant admet ne pas être retourné à la Milton Academy à la suite du congé pascal, car il souhaitait ardemment assister sa mère dans son épreuve. Lui a-t-il été d'une quelconque utilité? Il l'ignore. Il se dit néanmoins heureux d'être demeuré à ses côtés. Et même si aujourd'hui ses examens de fin d'année l'obligent à se débattre comme un diable dans l'eau bénite, Bud n'a aucun regret. Le jeune homme avoue à Winkler son vif désir de se retrouver au cœur du combat, juste pour elle, pour l'aider à gagner encore plus vite.

– Où en êtes-vous avec votre père, Bud?

Pensif, le jeune homme se tait et Winkler suit son regard. Un grand nombre d'automobilistes et de piétons, enfants comme adultes, se promènent dans Central Park, profitant de cet espace vert au cœur de la cité. Nul doute que bien des jeunes de sa condition se prélassent aujourd'hui sur le pont d'un bateau de plaisance, se distraient en frappant une balle sur un terrain de golf ou encore se grisent de vitesse et de vent au volant de leur auto sport. Depuis le 1er avril, les seuls exercices de ce jeune homme, habituellement si sportif, se sont résumés à quelques marches dans Central Park. Pour demeurer aux côtés de sa mère, il a même sacrifié sa participation printanière à l'équipe de baseball du collège. Pendant plusieurs jours, mis à part la présence discrète de quelques serviteurs, Bud a vécu seul dans ce grand appartement, seul avec ses livres. Aux prises avec des problèmes d'adultes, il porte le poids de leurs différends. D'ordinaire empreint d'humour, ses yeux noisette se voilent de tristesse.

– C'est difficile à dire, monsieur Winkler, c'est comme si je n'avais plus de père. Aujourd'hui, je suis incapable de reconnaître celui qui tente de détruire ma mère. J'ai définitivement coupé les liens au moment où j'ai vraiment compris ses intentions. Présentement, nous sommes plus éloignés que nous ne l'avons jamais été. On dit souvent : «Tel père, tel fils.» Mais cela ne se produira jamais pour moi… du moins, je le souhaite vivement! Les gens de mon entourage affirment que je suis à l'opposé de mon père. J'espère qu'ils ont raison… Certaines choses sont très difficiles à exprimer. Pour l'instant, prendre soin de ma mère représente mon vœu le plus cher.

– Croyez-vous, comme votre mère, que le comportement de votre père est anormal ?

– Non, je le crois tout simplement minable…

« Blessure profonde, filiation répudiée, quel gâchis ! » se dit Winkler.

– Que voulez-vous faire de votre vie ? Vous n'avez pas besoin de travailler pour subvenir à vos besoins. Alors, pourquoi vous donner tant de mal à étudier ?

– Une fois mes années de collège terminées, j'obtiendrai un diplôme d'ingénieur, je travaillerai et ferai mon chemin par moi-même. Je gagnerai ma vie, toujours. Je ne compte pas sur le legs de mon grand-père, mais actuellement je serais heureux de l'avoir, car il pourrait servir à soutenir ma mère. Je n'ai peut-être pas la fortune de mon père, mais avec tout ce que je possède et ce que je gagnerai je pourrai prendre soin d'elle.

– Croyez-vous, comme plusieurs l'ont laissé entendre, que votre sœur serait plutôt loyale envers votre père ?

– Écoutez, je ne connais pas grand-chose aux femmes… et je ne comprends pas ma sœur. Je crois qu'elle refuse de prendre parti. Peut-être a-t-elle peur de devoir renoncer à son statut social. Peut-être craint-elle de perdre ses amies ou de ne pouvoir fréquenter en septembre la fameuse école d'Hélène Hayen à Paris. Peut-être croit-elle mon père innocent… Les filles sont étranges, vous ne croyez pas ? Nous avions toujours été très unis, elle et moi, comme des amis. Au cours de notre dernière rencontre, il y a environ un mois, j'ai tenté de lui expliquer les faits tels qu'ils sont, mais elle ne m'a prêté aucune attention. Une fille de dix-neuf ans n'aime sans doute pas être conseillée par son jeune frère !

– Votre mère éprouve-t-elle de la colère envers votre sœur ?

– Ma mère a beaucoup de peine, mais ne parle jamais contre elle. Ma sœur est vraiment brillante et, comme moi, elle lit tous les journaux. Elle sait ce qui se passe. Par ailleurs, je suis convaincu qu'elle a subi l'influence de Mlle Hilliard, la directrice de son école à Westover, et de ma tante Isabel

Rockefeller qui lui ont parlé à plusieurs reprises. Je sais que toutes les deux ont tenté de la détourner de mère. L'attitude de ma sœur est mystérieuse et celle de mon père, vraiment incompréhensible : comment peut-il être marié à une femme comme ma mère et ne pas être follement amoureux d'elle ?

* * *

Dans plusieurs quotidiens new-yorkais, la National City Bank publie aujourd'hui le premier d'une série d'articles à l'occasion, prétendent les dirigeants, de l'ouverture d'une succursale, coin Madison et 42e Rue. Les auteurs utilisent de pleines pages pour expliquer à leurs clients les multiples services de la banque tout en mettant bien en évidence des messages qui se veulent rassurants :

Il est erroné de croire que les fonds d'une banque puissent être utilisés arbitrairement ou servir les intérêts personnels de ses administrateurs. Les lois peuvent parfois être violées, mais les principes d'une saine gestion doivent être rigoureusement suivis dans l'intérêt général du public et du monde des affaires.

La publication des revenus de Stillman et de ses largesses à l'endroit de sa maîtresse a provoqué un véritable mouvement de panique à la National City Bank. Les petits comme les gros clients se sont demandé si l'ancien président n'avait pas puisé tous ses dollars à même leurs comptes d'épargnants. Devant les conséquences appréhendées à la suite du tollé soulevé par les clients apeurés, les administrateurs de la banque ont décrété l'état d'urgence à l'interne et plusieurs ont consacré quelques nuits blanches à mettre au point une stratégie réactive.

Un mot d'ordre les a ralliés : « Combattre le feu par le feu. » La calamité s'est abattue sur eux par l'entremise des journaux, les journaux leur apporteront la solution. À tous les endroits jugés opportuns, on diffuse l'information suivante :

En 1812, la National City Bank a démarré avec un capital de huit cent mille dollars. En 1921, son surplus en capital et en profits non partagés se chiffre maintenant à cent millions. Voilà les résultats d'une saine gestion.

Cette campagne réussira-t-elle à rassurer suffisamment leurs clients pour éviter la débâcle ?

Le mercredi 29 juin 1921

Sous un ciel partiellement couvert, Anne Stillman descend de sa Laudelet, ses cheveux toujours dissimulés sous un bandeau stylé appareillé à une robe de crêpe d'un chic fou. Une haie humaine chargée de sourires et de mots d'encouragement la porte jusqu'à l'entrée du Poughkeepsie Trust Company Building.

Des observateurs surveillent avec vigilance toutes les voitures circulant dans Main Street dans l'espoir d'y apercevoir le président déchu. Lorsque l'huissier déclare la séance ouverte en fin de matinée, il ne s'est toujours pas manifesté.

Le premier témoin à se présenter devant le juge Daniel Gleason, Isabel Armstrong, ancienne nurse d'Alexander Stillman, a fait le trajet depuis San Diego, en Californie, aux frais de James Stillman. Le but de sa comparution, tout comme celui des deux témoins suivants, employés à Pleasantville, consiste à préciser les allées et venues de Fred Beauvais au printemps 1918. Rien de bien spectaculaire ne ressort de ces interrogatoires.

À l'heure du lunch, une activité inhabituelle règne dans les couloirs et, intrigué, Winkler suit, jusqu'à une bibliothèque réservée aux hommes de loi, un groom vêtu du costume coloré du restaurant *Nelson House*, situé à proximité. Par la porte entrebâillée, Winkler aperçoit le jeune homme déposer un imposant plateau de victuailles, face à nul autre que James Stillman ! Depuis quand est-il arrivé ? Quelle a été la réaction du public ? Comment s'est-il comporté ?

N'y tenant plus, Winkler sort discrètement et repère dans la foule compacte son collègue, Joseph Mulvaney. Estomaqué de savoir James Stillman à l'intérieur, Mulvaney lui apprend qu'en aucun moment le banquier ne s'est présenté devant le Poughkeepsie Trust Company Building.

Comment a-t-il pénétré en ce lieu sans être vu ? D'un signe de tête, Winkler invite Mulvaney à le suivre. Les deux hommes partent à la recherche d'une autre entrée, invisible de Main Street. Ils contournent l'édifice, arrivent dans la rue Union et observent une allée reliant la rue à l'arrière du Poughkeepsie Trust Company Building. Tout au bout, des enfants jouent au ballon. Winkler repère celui qui semble le plus âgé et lui fait signe de s'approcher. A-t-il remarqué ce matin une belle voiture dans les parages ? lui demande-t-il. Oui ? Où s'est-elle arrêtée exactement ? L'enfant le conduit à une entrée de cave. Winkler tente d'ouvrir une porte inclinée à quarante-cinq degrés. Elle est verrouillée. Puis, le journaliste voit distinctement, au travers de la vitre sale, un homme debout, immobile. Winkler attire son attention et lui montre un billet de cinq dollars. Le type demeure impassible. Winkler frappe de nouveau dans la vitre, un dix dollars à la main. Cette fois, l'homme lui ouvre la porte.

Vêtu humblement, le gardien improvisé s'est vu remettre, à huit heures ce matin, une somme identique, simplement pour s'assurer que les enfants ne suivent pas les visiteurs qui ont emprunté le tunnel. Père d'une famille nombreuse, il n'éprouve aucun remords à recevoir encore dix dollars pour laisser passer ces hommes à l'allure distinguée.

Les deux journalistes suivent d'abord un passage bas, empruntent ensuite un couloir poussiéreux fait de terre battue, puis descendent un escalier d'à peine quatre-vingt centimètres de largeur, encombré de charbon servant à alimenter, pendant la saison froide, la fournaise du Poughkeepsie Trust Company Building. La seule façon de traverser la pièce suivante, occupée par deux énormes chaudières, consiste à marcher sur une planche branlante surmontant un tas de briques. Il leur faut finalement franchir une petite porte peinte en vert foncé, pareille à celle que doivent emprunter les prisonniers de Sing Sing au terme de leur dernier voyage. Souliers et vêtements empoussiérés, les deux journalistes parcourent un interminable corridor, montent au deuxième étage, puis aboutissent près des bureaux occupés par le juge Gleason et son équipe.

Les journalistes du *New York American* doivent se rendre à l'évidence : Stillman a accepté de se soumettre à tous ces désagréments simplement pour éviter les journalistes, alors que l'accusée, elle, entre toujours par la grande porte et n'omet jamais de gratifier la foule de son plus beau sourire. Chacun y va de ses commentaires, puis Mulvaney ressort par une porte secondaire, discrètement, afin de ne pas éveiller la suspicion de ses collègues montant toujours la garde dans la rue.

Quand l'audience reprend, le siège d'Anne Stillman est vide. Retard ou absence ?

À la demande de maître Brennan, les secrétaires des boutiques Cartier et Tiffany, les célèbres bijouteries de la 5e Avenue à New York, viennent déposer une série de factures signées par James Stillman et décrivant les achats qu'il destinait à Florence Leeds. Un employé du New York Trust Company remet ensuite au greffier une transcription de transactions liées à deux comptes ; les deux sont au nom de Mme F. H. Leeds, mais le second porte la mention « compte spécial » comme suffixe. Ces documents serviront ultérieurement, au moment du contre-interrogatoire du demandeur.

À quatorze heures quinze, James Stillman est appelé à la barre par maître Rand. Très droit, très digne, d'une voix posée, il décline les renseignements d'usage. Vêtu d'un costume de serge bleu nuit et d'une chemise d'un blanc immaculé, il porte une cravate assortie maintenue en place par une épingle surmontée d'une perle. Le banquier tient à la main un chapeau de paille. Maître Brennan s'approche de lui.

– Quel âge avez-vous ?

– Je suis né en août 1873.

– Quel est votre poids ?

– Quatre-vingt-huit kilos.
– Êtes-vous propriétaire d'un yacht nommé *Modesty* ?
– Objection, Votre Honneur, s'interpose maître Rand.
– Pour quelle raison, maître ?
– J'aimerais préciser que mon client est tenu de répondre aux questions de l'avocat de la défenderesse seulement si elles portent sur des sujets déjà traités dans le témoignage fait par mon client devant cette cour. S'ils veulent aborder de nouveaux sujets, je suggère donc que mes collègues demandent au préalable le droit de procéder en ce sens.
– J'ai déjà réclamé le droit d'interroger à fond le demandeur dans cette cause, intervient maître John Mack. Voilà pourquoi sa présence aujourd'hui était requise. J'ai l'intention de prouver à la cour que cet homme est, avec une certaine Florence Leeds, responsable d'une conspiration dans le but de léser la défenderesse, Anne Stillman, et l'enfant que je représente, Guy Stillman. Une fois leur vil dessein concrétisé, James Stillman aurait l'intention d'épouser Florence Leeds et de reconnaître comme sien l'enfant Jay Ward Leeds. Ainsi, Guy Stillman pourrait non seulement être privé de sa juste part du legs de son grand-père, mais également de son nom et de tous ses droits de naissance.

Sur ces entrefaites, Anne Stillman fait une entrée discrète. Seul le froissement de sa robe de crêpe est audible. Les yeux rivés sur son mari, elle reprend sa place. Le juge Gleason autorise finalement Brennan à poursuivre, quitte, par la suite, à retirer de la transcription des témoignages les questions jugées non pertinentes.

– Monsieur Stillman, êtes-vous propriétaire d'un yacht nommé *Modesty* ?
– Oui.
– Quand avez-vous acheté ce bateau ?
– Au début de 1919.
– Quand a été construit ce bateau et par qui ?
– Il y a plusieurs années de cela, par une entreprise de New York.

– Qui est président de cette entreprise ?
– Vous devriez le savoir puisque vous en êtes l'avocat !
– Pourriez-vous me donner le nom d'un des administrateurs ?
– Je refuse de répondre à cette question.
– Quel motif invoquez-vous ?
– Parce que je crois que cela pourrait m'incriminer.
– Vous croyez que répondre à cette question pourrait vous incriminer ?
– Oui.
L'avocat hausse le sourcil, hoche la tête, puis poursuit :
– Ce bateau a-t-il été baptisé ?
– Je refuse de répondre à cette question.
– Pour quelle raison ?
– Parce que je crois que cela pourrait m'incriminer.
Maître Brennan tente de convaincre le banquier qu'une réponse à cette question pourrait difficilement l'incriminer. L'avocat de la défenderesse modifie à plusieurs reprises la formulation de la question, mais James Stillman s'en tient à la même réplique.

– Dans sa réponse amendée, intervient maître Rand, Anne Stillman a accusé mon client d'adultère, d'utilisation de fausse identité, de faux et d'usage de faux, et maître Mack vient tout juste d'ajouter une accusation de conspiration. Il est tout à fait normal que mon client se protège comme la loi le lui permet.

Le témoin est tout de même invité à répondre à la question de maître Brennan et il admet que le bateau a été baptisé.
– Qui a baptisé le bateau ? poursuit l'avocat, tenace.
– Je refuse de répondre à cette question.
– Pour quel motif ?
– Parce que je crois que cela pourrait m'incriminer.
– Votre bateau, le *Modesty*, ne fut-il pas baptisé par Florence Leeds ?

Le banquier refuse de répondre à toute question se rapportant à Florence et à Jay Ward Leeds, de même qu'à Clara ou à Helen, d'autres supposées flammes. Il répète inlassablement la même réponse, telle une litanie. Plusieurs questions du procureur de la défense concernent des lettres, des photographies, un certificat d'immatriculation ou des factures qui, une fois présentés au témoin et aux avocats, sont remis au greffier pour enregistrement.

Puis, maître Brennan change de tactique. Il brandit les pièces les unes après les autres et hurle littéralement ses questions. Toujours sur le même ton posé, poli, énergique tout de même, James Stillman continue de répéter : « Je refuse de répondre à cette question… »

Soudain, l'attention de Winkler est attirée par un bruit insolite, un cliquetis rapide et régulier. Parcourant du regard la petite salle, le journaliste reste bouche bée. Anne Stillman tricote de ses mains agiles un chausson ou une moufle. Winkler a du mal à réprimer un fou rire. Il n'y a qu'elle au monde capable de tricoter dans un moment pareil ! L'incrédulité d'abord, l'amusement ensuite, se lisent sur plusieurs visages. À l'instar de ses avocats, James Stillman ne tient aucun compte de ce bruit si inusité en pareil endroit.

La présence du banquier à l'audience de même que la façon dont il est entré dans l'édifice ne sont pas restées secrètes bien longtemps. Quand, à dix-sept heures cinquante-cinq, l'audience est ajournée au lendemain, nombre de journalistes et de photographes se précipitent dans la rue Union pour entourer un taxi qui vient tout juste de se garer au bout d'une allée à l'arrière du Poughkeepsie Trust Company Building. Pendant ce temps, un autre taxi se présente devant le même édifice, dans lequel s'engouffrent James Stillman et maître Sullivan. La voiture se rue à la gare de Poughkeepsie.

Les gens de la presse n'ont pas été longs à comprendre le subterfuge et, rapidement, ils se précipitent également à la gare.

Le train accuse un retard inhabituel de quinze minutes, ce qui oblige les voyageurs à demeurer sur le quai. Maître Rand et son confrère, Horsey, rejoignent leur client. Les photographes les entourent et tous s'opposent violemment à être pris en photo. L'un des photographes s'approche un peu plus et dit :

– Allons, monsieur Stillman, soyez un peu plus coopératif !

Le banquier se tourne vers lui, sourit et, à la surprise générale, accède à sa requête d'un signe de tête. Tous les autres photographes profitent aussi de cette occasion inespérée et d'innombrables flashs éclatent soudainement. James Stillman ajoute d'un ton badin :

– Je suis heureux de vous aider, les gars ! J'espère que vous m'aiderez aussi !

Le jeudi 30 juin 1921

Ridiculisé, dépeint avec des épithètes peu flatteuses, le banquier fait la une de tous les journaux du matin. Les journalistes y décrivent avec un malin plaisir ses acrobaties et ses ruses de la veille pour échapper aux gens de la presse. Par ailleurs, personne n'a cité ses paroles amicales alors qu'il quittait la gare de Poughkeepsie.

Malgré la bruine, une foule imposante surveille encore les abords du Poughkeepsie Trust Company Building. James Stillman arrive de New York peu après dix heures, accompagné de maître Cornelius Sullivan. Le banquier a troqué son chapeau de paille pour un couvre-chef en feutre mais, pour le reste, il est vêtu comme la veille. Au passage, l'avocat fulmine contre les journalistes, leur reprochant leur attitude malveillante. James Stillman lui lance, suffisamment fort pour être entendu à la ronde :

– À quoi cela sert-il de s'adresser à eux ? De toute façon, ils n'impriment rien de ce que nous disons.

Son épouse, quant à elle, fait encore une fois une entrée remarquée quelques minutes plus tard.

Vers les onze heures, John Mack, plus énergique que jamais, mène l'interrogatoire de James Stillman. L'avocat lui pose en rafale une série de questions relatives à Florence Leeds : Depuis quand la connaissez-vous ? Où l'avez-vous rencontrée ?

Quelle était son occupation ? Quel métier exerce-t-elle actuellement ? Où est-elle présentement ? Récemment, n'avez-vous pas créé à son intention un fonds d'une valeur de cent cinquante mille dollars ? Auriez-vous également créé un fonds d'une valeur identique à l'intention de son fils, Jay Ward Leeds ? Qui lui a acheté l'automobile de marque Brewster de même que les autres automobiles en sa possession présentement ? Lui avez-vous donné de l'argent pour satisfaire ses besoins et ceux de son enfant ? Jay Ward est son premier enfant. Est-il vrai que son second était mort-né ? Qui est le père de Jay Ward ? Étiez-vous présent lorsqu'il a été baptisé ? N'a-t-on pas, à maintes reprises, amené cet enfant dans la chambre que vous partagiez avec Florence Leeds alors que tous deux vous étiez en petite tenue ?

À toutes les questions concernant Florence Leeds ou son enfant, le banquier refuse de répondre, froidement, calmement.

Mack lui montre au moins vingt-cinq factures provenant des bijouteries Cartier ou Tiffany. Toutes illustrent ses largesses à l'endroit de Florence Leeds, parmi lesquelles une perle d'une valeur de dix-huit mille dollars et un sac fait de pièces d'or et de platine, orné d'une série de diamants roses formant les initiales « F.H.L. » Depuis que Florence Leeds est devenue la maîtresse du banquier, les enquêteurs d'Anne Stillman ont relevé des factures de cadeaux pour un montant supérieur à un million de dollars. Il y a une semaine à peine, soit le 25 juin 1921, il lui aurait même acheté une bague en or montée d'un superbe diamant d'une valeur de quatre mille dollars.

Anne Stillman a-t-elle du mal à conserver son calme ? À plusieurs reprises, elle ouvre la bouche, donnant l'impression qu'elle ripostera, puis, stoïque, reste muette. Vers les quinze heures, le cliquetis de ses aiguilles à tricoter reprend de plus belle. Plus le stress est de taille, plus son besoin d'action grandit, avoue-t-elle à Winkler.

Par ses nombreuses questions, courtes et incisives, maître Mack passe en revue la liaison du banquier avec la fille de Broadway sous tous les angles possibles et imaginables.

L'avocat n'oublie surtout pas de mettre bien en évidence la conspiration échafaudée par le couple d'amants contre Anne Stillman et son fils Guy.

James Stillman admet avoir offert à son épouse, jusqu'à récemment, plusieurs cadeaux de prix, entre autres, le 14 novembre 1918, à peine une semaine après la naissance de Guy, une bague surmontée d'un rubis d'une valeur de trois mille dollars et, au Noël suivant, un magnifique tableau de Maxfield Parrish intitulé *La Beauté endormie*. Maître Mack démontrera au besoin que, si un homme offre de tels cadeaux à son épouse qu'il croit coupable d'adultère, c'est qu'il lui a assurément pardonné.

Après plus de quatre cents questions adressées au demandeur sans qu'à aucun moment il ne se départe de son impassibilité, l'audience est finalement ajournée à la mi-juillet. Les témoins cités par la défenderesse pourront être entendus à ce moment-là.

Anne Stillman confie à Winkler :

– Je pars avec mes enfants, probablement pour tout le reste de l'été. Mon bon ami Harold McCormick m'attend avec sa famille dans les Adirondacks. J'anticipe de merveilleux rêves remplis de forêts, de chants d'oiseaux, de grands espaces ! Quel contraste avec le cauchemar que je viens de vivre !

– Vous n'assisterez pas aux prochaines audiences ?

– Non ! Mes témoins défendront ma cause ! Nous avons préparé la suite avec tellement de minutie que je connais par cœur tout ce qui s'y dira. Par contre, je compte sur vous pour ne rien manquer, n'est-ce pas ? ajoute-t-elle avec son sourire le plus charmeur.

23

Le vendredi 30 décembre 1921

Dans le train qui les amène de New York à Québec, Anne Stillman et son fils Bud sommeillent. Winkler les observe du coin de l'œil, les soupçonnant plutôt de s'être retirés dans leurs pensées.

Au cours des cinq derniers mois, les audiences ont été reportées à plusieurs reprises en raison des graves problèmes de santé éprouvés par John Brennan. Comme son état s'est passablement amélioré avant Noël, il a prévu reprendre toutes ses activités dans les prochains jours. Le conseiller de Yonkers a délégué Phillip O'Brien, un de ses fidèles associés, pour accompagner sa cliente au Canada. Winkler partage d'ailleurs sa banquette avec l'homme de loi dont la moustache à la Hercule Poirot crée l'illusion d'un éternel sourire.

Le juge Morschauser a ordonné la tenue d'une commission rogatoire à Montréal afin d'entendre, le 11 janvier prochain, trente-trois témoins canadiens-français de la vallée du Saint-Maurice, mobilisés au cours des derniers mois par Norman Fitzsimmons et Fred Beauvais. Cette commission très spéciale évitera aux témoins de se déplacer jusqu'à New York. Ces gens seront autorisés à témoigner dans leur langue devant le commissaire désigné, Eugène Godin.

Depuis une semaine déjà, des hommes à la solde de James Stillman sillonneraient la vallée du Saint-Maurice afin de rencontrer les éventuels partisans d'Anne Stillman dans le but d'influencer leur témoignage. Des rumeurs de tromperies, de trahison et de corruption sont parvenues aux oreilles de cette dernière. Abasourdie par de telles manœuvres, elle a décidé de contrer l'influence inquiétante de la partie adverse en rencontrant personnellement tous ses témoins. Pendant ce temps, Ida Oliver veillera sur Guy et Alexander à New York.

Afin de lui éviter la fatigue du voyage, ses avocats lui ont vainement conseillé de s'en remettre à ses collaborateurs canadiens, dont Fred Beauvais, pour mener à bien ce qu'elle a nommé «opération fidélisation des témoins».

Sans vouloir renier l'aide que le guide lui a apportée depuis le début des procédures, Anne Stillman ne veut plus de lui dans son équipe. Pour cinq mille dollars, Fred a allègrement exploité sa renommée en tournant un long métrage intitulé *The Lonely Trail*. Il partageait la vedette avec la très jolie Christina McNulty. Ce film a attiré tout l'automne des foules considérables, d'abord à New York, puis un peu partout en Amérique. Tous voulaient voir le fameux guide indien. Anne Stillman a considéré la participation de Fred à ce film comme un acte de haute trahison, et l'intensité de son ressentiment a estomaqué Winkler. Il a constaté une fois de plus à quel point les explosions de colère de cette femme sont spectaculaires. Tout est excessif chez elle.

Anne Stillman a certes été charmante avec John, mais pas plus, pas moins qu'avec la plupart des hommes qu'elle côtoie. Même si sa proximité le trouble encore, Winkler sait qu'il ne peut rien espérer d'autre. Son charme est indéniable. La puissance de sa présence, toujours aussi fascinante. Mais à force de partager son espace, John a pris conscience que son désir pour elle ne demandait pas à se concrétiser. D'un côté, il a une ribambelle de liaisons sans lendemain et, de l'autre, il entretient presque continûment une relation platonique avec une personne inatteignable. Il vit ses fantasmes sexuels et, simultanément, il fantasme sur l'être qui comblerait son âme tout autant que son corps. Jamais il n'a abordé des sujets d'ordre personnel avec Anne Stillman mais, régulièrement, ils ont analysé des cas décrits par le psychanalyste Jung. Ces échanges d'opinion lui ont permis de mieux comprendre son ambivalence face au sexe opposé, même s'il n'en connaît ni la cause ni le remède.

Les yeux de Bud bougent sans arrêt sous ses paupières closes. Winkler le sait tourmenté. Malgré le travail scolaire auquel il s'astreint quotidiennement, Bud craint de ne pouvoir retourner en classe. Le scandale «Stillman» a pris une ampleur telle qu'il redoute la désapprobation de ses professeurs et le rejet par ses compagnons. Winkler comprend l'adolescent de vouloir protéger sa mère en demeurant à ses côtés, au même titre qu'il conçoit sa peur d'hypothéquer sa carrière.

Le matin même, sur le quai de la gare Grand Central, de nombreux journalistes ont assisté au départ du groupe, curieux de connaître les détails de ce voyage au Canada. Courageusement, Bud a répondu à toutes les questions qui lui étaient adressées.

À un journaliste qui lui demandait pourquoi elle se prêtait d'aussi bonne grâce aux entrevues sollicitées par les gens de la presse, Anne Stillman a répondu : «J'imagine que vous avez reçu la tâche de m'interviewer et je présume que, si vous revenez bredouilles, on pourrait vous en faire le reproche... Mon mari avait l'habitude de me traiter de socialiste, car j'ai toujours eu tendance à prendre le parti des travailleurs, à les protéger. Est-ce que cela répond à votre question?»

Au moment de s'embarquer, Anne Stillman a déclaré : «Bud et moi nous rendons sur cette terre que nous vénérons. Si tout se déroule comme prévu, nous serons de retour ici en moins d'une semaine. Sachez que notre périple en terre canadienne porte un nom, un seul : victoire!»

Pour réaliser son enquête, elle devra affronter les rigueurs de l'hiver québécois et parcourir en train des centaines de kilomètres entre Québec, Trois-Rivières et La Tuque. Finalement, une équipée en traîneau, tiré soit par des chevaux, soit par des chiens, sans compter les nombreux portages en raquettes, lui permettra d'atteindre sa résidence de Grande-Anse.

* * *

En pénétrant dans Québec, la seule ville d'Amérique encore fortifiée, le train ralentit sa course. De gros flocons enveloppent mollement la cité et ses passants. Les voyageurs débarquent à la gare du Palais, magnifique construction modelée sur les châteaux de la Renaissance. Deux bagagistes du *Château Frontenac*, hôtel où les New-Yorkais résideront pendant leur séjour dans la capitale québécoise, s'empressent de réunir malles et colis, puis disparaissent chargés comme des mules.

Les pas des quatre voyageurs silencieux résonnent sur les dalles en granit de la salle des pas perdus de cette magnifique gare calquée sur celle de la Grand Central de New York. La brique côtoie harmonieusement la pierre dans la pièce suivante, majestueuse telle une salle de bal, bordée de balcons perchés à mi-chemin entre toit et terre.

Dehors, malgré une faible luminosité, tout est blanc. Anne Stillman préfère la calèche au taxi pour atteindre le vieux *Château Frontenac*. Relevant leur couverture jusqu'au cou, les voyageurs protègent leurs yeux de la neige abondante et admirent une dernière fois les tours et tourelles de la gare où le lys de France, la rose des Tudor, le chardon d'Écosse et le trèfle d'Irlande illustrent les origines multiples des Canadiens.

Le cocher se dirige vers la côte du Palais, emprunte ensuite la rue Saint-Jean, puis l'ascension vers la haute ville se poursuit par la côte de la Fabrique. Enfin, la calèche grimpe littéralement la rue du Fort où le majestueux *Château Frontenac*, l'un des plus grands hôtels du monde, s'élève au sommet du cap Diamant.

La calèche pénètre dans la cour intérieure de l'hôtel. Un portier dirige les nouveaux venus vers «La Rotonde». Dans cette immense pièce, le mobilier, comme le comptoir de la réception, est fait de bois ouvré. Une douce lumière irradie des nombreuses lampes, en laiton et verre, fixées sur toutes les faces des sombres colonnes.

Une fois les formalités d'inscription à l'hôtel complétées, le groupe se dirige vers les ascenseurs, précédé de deux chasseurs. Pour indiquer l'étage, chacune des portes est surmontée d'un cadran gradué, encadré de deux nobles griffons dorés.

Un des chasseurs conduit Anne Stillman à sa suite tandis que l'autre accompagne les trois hommes à leur chambre respective. Baignant dans un univers peu familier, les visiteurs se laissent envelopper par l'atmosphère du lieu. Tentures lie de vin, lampes accrochées aux murs, pareilles aux lanternes d'antan, parquets de pierre et de bois, courbes des arcades, meubles de style importés d'Europe, tout leur rappelle une époque révolue.

Le samedi 31 décembre 1921

L'hôtel grouille de visiteurs bruyants, attirés par le faste des réceptions du Nouvel An organisées depuis son ouverture en 1893. Bud et Winkler se promènent dans les salles et corridors, curieux d'observer les préparatifs de la fête. Maître O'Brien et sa cliente, quant à eux, étudient les témoignages entendus à la New York Bar Association ou à Poughkeepsie dans le but de préparer les rencontres des prochains jours.

Vers le milieu de l'après-midi, Anne Stillman décide de prendre une bouffée d'air. Seule. Elle enfile un long manteau de castor rasé et chausse une paire de mocassins en peau d'orignal, accoutrement surprenant pour l'endroit. Choisissant chaleur et confort, elle se soucie peu d'être taxée d'excentrique.

Le vent s'engouffre dans le passage voûté entre la cour intérieure de l'hôtel et la rue Saint-Louis. Il en ressort tourbillonnant puis se perd tout au bout, sur la terrasse Dufferin. Anne contourne le monument élevé à la mémoire du fondateur de la ville, Samuel de Champlain.

Étrange, comme cet air vif la ragaillardit, au même titre que le difficile la motive. Comme elle exècre la mollesse… Jimmie est un mou, un faible. Il s'est laissé manipuler comme une poupée de chiffon par cette Florence Leeds.

Soudainement, une grande tristesse la submerge. Elle se souvient distinctement des nombreuses occasions où elle s'est payé la tête de son mari, incapable de taire son ressentiment.

Avant cette Leeds, Jimmie a continuellement vécu sous la coupe de son père. Comment celui-ci a-t-il réussi à conserver autant d'ascendant sur son fils ? Comment pouvait-il se faire si envahissant, si grand ? Par quel maléfice réussissait-il à faire baisser les yeux de tous ? De tous, mais non ceux d'Anne. Jamais il ne lui a pardonné ce qu'il qualifiait d'arrogance. Au-delà de la mort, cet homme la dérange encore. Sans lui, sans son influence néfaste sur Jimmie, leur belle histoire d'amour aurait peut-être traversé le temps !

Si grande, si forte, et si vulnérable... Anne Stillman a tellement besoin de compter sur des êtres sûrs, solides.

Une bourrasque inattendue la ramène sur les bords du Saint-Laurent. Ce géant enneigé l'émeut presque autant que son imprévisible Saint-Maurice. La lumière du jour est à ce point tamisée qu'elle a peine à voir la ville de Lévis sur l'autre rive. Un sentiment étrange l'envahit, comme si la terre tournait à l'envers. Mais non, elle ne rêve pas ! Les glaces remontent le fleuve à toute vitesse plutôt que de suivre leur chemin vers la mer ! Il lui faudra un bon moment avant de se rappeler que les marées à Québec sont suffisamment fortes pour renverser, deux fois par jour, le sens du courant. Quelle force pourrait lui permettre, à elle, de renverser le cours des événements cauchemardesques dans lesquels elle est plongée depuis près de deux ans ?

Arrivée au bout de la terrasse Dufferin, Anne Stillman observe la Citadelle et ses remparts. Puis, elle se penche au-dessus de la rambarde où, tout au bas de la falaise, la vieille ville, parée de ses atours trois fois centenaires, s'offre à ses yeux voilés.

Une neige abondante charriée par des vents violents lui fouette le visage. Elle pleure. Meurtrie par les abandons successifs qui ont si cruellement marqué son enfance, puis sa vie de femme, Anne se sent lasse, lasse de combattre, lasse de porter le monde à bout de bras, lasse d'être forte.

Les éléments semblent se liguer contre elle. Cette tempête, qui peut se prolonger des jours durant, risque de compromettre la suite de son voyage dans la vallée du Saint-Maurice. Il est pourtant impérieux de s'assurer que «ses» gens témoigneront en sa faveur!

Où donc sont passés sa belle assurance, son cri de victoire? Profondément déprimée, Anne Stillman revient au *Château Frontenac*, le visage enfoui dans son col de fourrure.

* * *

Dans le grand hall de l'hôtel, Winkler et Bud discutent avec nul autre que Frédéric Beauvais. Celui-ci leur explique qu'il a fait halte au *Château* afin d'y rencontrer son ami, J. E. Tremblay, avant de reprendre sa route vers La Tuque où il désire fêter le Nouvel An avec sa famille. Puis, au fil de la conversation, Fred avoue avoir appris la présence de son ancienne patronne au *Château Frontenac* en lisant le *New York Times* de ce matin, dans le train Montréal-Québec.

– J'aimerais parler à ta mère, demande Beauvais à Bud.

– Elle ne voudra pas, Fred, tu le sais bien.

– Et pourquoi ne voudrait-elle pas?

Bud demande à l'homme qu'il considère toujours comme son idole :

– Pourquoi as-tu accepté de tourner ce film, Fred?

– Pour de l'argent, tout simplement! J'avais désespérément besoin de cet argent. N'importe qui à ma place aurait accepté ce contrat.

Ne connaissant pas les sentiments d'Anne Stillman à son égard, Frédéric Beauvais a sillonné la vallée du Saint-Maurice de haut en bas et de bas en haut, en tant qu'agent officiel des avocats de la défenderesse. Jusqu'à ce matin, il ignorait totalement le projet de sa patronne de rendre visite elle-même aux témoins qu'il a recrutés avec tant de soin au cours des trois dernières semaines. Beauvais affirme connaître à fond les habitants de cette région, leurs peines, leurs joies, leurs inquiétudes. Croit-elle être en mesure de faire mieux que lui?

Au moment où Fred hausse désagréablement le ton, Anne Stillman pénètre dans le hall de l'hôtel et l'aperçoit. L'espace d'un instant, elle plonge son regard consterné dans celui du journaliste. Elle relève précipitamment son col de fourrure et presse le pas vers l'aile Riverview. Seul Winkler a pu observer sa dérobade.

Ne se doutant de rien, Beauvais reprend :

– Les habitants de la vallée ont eu vent des rumeurs de mensonges et de corruption dont on les accuse. Ces gens simples et sensibles à la critique craignent plus que tout les complications que leur apportent souvent les citadins. Au prix d'efforts considérables, j'ai réussi à en convaincre quelques-uns de se rendre témoigner à Montréal, en dépit du travail acharné des avocats de M. Stillman qui ont tout tenté pour contrer mes efforts. Que Madame veuille rencontrer elle-même ces gens est insensé et cette action pourrait compromettre l'avenir de son procès.

Winkler intervient brusquement :

– Monsieur Beauvais, je crois que dans votre colère vous faites erreur sur la personne.

Frédéric Beauvais réalise soudain que la responsabilité des événements malheureux dont il est la victime est loin d'être imputable à son cher Bud. Sans aller jusqu'à s'excuser, il assure le jeune homme de son amitié indéfectible malgré la situation désagréable dans laquelle tous deux se trouvent. Beauvais reconnaît que son aventure cinématographique n'a pas été aussi amusante qu'il l'avait espéré et il jure à Bud que plus jamais il ne répétera pareille expérience.

Puis, Fred met fin à l'entretien, se disant extrêmement offensé qu'Anne Stillman refuse de lui accorder un moment après tout ce qu'il a fait pour elle.

Bud est si triste. Jamais, au grand jamais, il n'a noté le moindre signe d'intimité entre sa mère et Fred. Et pourtant, il en a passé des jours et même des semaines en leur compagnie. Les accusations de son père lui semblent tellement injustifiées ! Il a toujours considéré Fred comme un ami, parfois même comme un père adoptif. Pendant cinq ans, le guide a été présent dans sa vie comme jamais son père ne l'a été.

Du plus loin qu'il se souvienne, il a toujours éprouvé une désagréable sensation d'invisibilité lorsque, les fins de semaine, son père visitait sa famille à Pleasantville. Entre sa partie de golf quotidienne et l'apéritif de fin de journée, James Stillman ne consacrait que quelques minutes à ses enfants. Bud se rappelle cette main distraite qui ébouriffait ses cheveux ou ce «Comment vas-tu?» auquel il répondait sans enthousiasme, car il n'avait jamais l'impression d'être vraiment écouté.

Fred, lui, s'est toujours intéressé à ce qu'il faisait, à ce qu'il disait, à son bien-être, à ses jeux. Hiver comme été, le guide lui a enseigné à apprivoiser les éléments, les bêtes et les bestioles. Avec une patience inouïe, Fred lui a montré comment survivre en ne comptant que sur les ressources de la forêt, des lacs et des rivières. À l'instar de Frédéric Kaientanoron Beauvais, lui aussi portera un jour le titre prestigieux de «maître des bois».

Jusqu'à sa rencontre avec le guide, jamais Bud n'avait connu une telle complicité avec un adulte. Que de fois il a imploré Dieu de le garder à ses côtés, toujours.

* * *

Adossée au mur de sa chambre, Anne Stillman garde les yeux fermés. Qui peut l'aider?

Un nom, un seul, s'impose à son esprit accablé : Jean Crête, son fidèle ami, maire de Grandes-Piles. Anne Stillman l'appellera à son secours. Outre Beauvais, lui seul a le pouvoir de convaincre les gens de la vallée de l'aider. Comment? Elle l'ignore encore, mais elle a un impérieux besoin de sa présence réconfortante, de ses avis judicieux. Osera-t-elle lui téléphoner en cette veille du Jour de l'An?

Évidemment, puisqu'elle a besoin de lui!

Lorsque Winkler et Bud montent à leur chambre, tous deux trouvent une courte note d'Anne Stillman glissée sous leur porte : «J'ai fait monter le couvert pour tous. Rendez-vous à ma suite à dix-neuf heures.»

Le dimanche 1er janvier 1922

À son arrivée au *Château Frontenac* en fin d'après-midi, Jean Crête a peine à reconnaître son amie, habituellement si énergique. Elle se présente à lui, pâle, fatiguée, minée par l'inquiétude et le découragement. Elle demande à ce qu'ils s'entretiennent en tête-à-tête.

Pendant plus de deux heures, ils discutent à l'abri des regards indiscrets. Le maire de Grandes-Piles tente de la convaincre qu'elle n'a pas à s'imposer ce fatigant voyage en carriole ou en traîneau à chiens pour rallier ses témoins. De Trois-Rivières à La Tuque, tous les habitants de la vallée savent qu'elle est ici pour préparer sa défense. Crête se veut rassurant :

– Je suis allé rencontrer de nombreux témoins potentiels et d'autres sont venus jusqu'à moi. Vos gens sont disposés à dire la vérité, même si pour cela ils doivent voyager jusqu'à Montréal. Ils sont même prêts à vous rencontrer chez vous, à Grande-Anse, pour vous éviter des déplacements à quarante sous zéro.

Lorsqu'elle lui manifeste son intention de congédier définitivement Beauvais, Jean Crête n'y va pas par quatre chemins :

– La décision vous appartient, madame, mais je crois que si vous mettez fin à la collaboration de Fred à ce moment-ci vous mettez une croix sur une bonne dizaine de témoins que lui seul peut convaincre de se déplacer à Montréal.

L'homme de Grandes-Piles passe alors sous silence la longue discussion téléphonique qu'il a eue avec Fred Beauvais la veille. Plutôt que de se rendre à La Tuque comme prévu pour le Nouvel An, Fred avait repris le chemin de Montréal, décidé à ne plus intervenir dans l'affaire des Stillman, révolté de se voir traité comme la cinquième roue du carrosse par son ancienne patronne. Crête a tenté de lui faire comprendre pourquoi Anne Stillman avait réagi comme elle l'a fait, pour finalement le persuader de marcher sur son orgueil et de revenir dans la vallée du Saint-Maurice afin d'y poursuivre son travail.

Aujourd'hui, Jean Crête vante les mérites de Beauvais et l'importance de sa participation actuelle. Il se montre à ce point persuasif qu'il parvient à ébranler Anne Stillman dans sa décision. Cela relève de l'exploit. Puis, il lui fait une révélation tout à fait inattendue :

– Chaque fois qu'un voyageur monte sur un de mes bateaux, la destination, la date et le prix du billet sont consignés dans mes registres de navigation. Les dates de votre arrivée et de votre départ de Grande-Anse à l'été 1919 ne correspondent pas du tout à ce que Grenon et Adams ont déclaré à New York.

Au cours de la même période, selon les deux Latuquois, Anne Stillman et Fred Beauvais auraient partagé la même chambre pendant quinze jours. Or, Crête est capable de prouver hors de tout doute qu'Anne Stillman a repris le chemin du retour trois jours après son arrivée. À l'aide de ces renseignements, les avocats de la défense pourront assurément réfuter les témoignages si accablants faits à la New York Bar Association. Les précieux registres sont conservés dans un coffre-fort de la résidence des Crête et il assure son amie qu'il les mettra à son entière disposition.

Quelle bonne surprise ! Plus Jean Crête parle, plus le courage d'Anne revient. Hier, elle ne voyait que la neige, le froid, la trahison et l'échec. Lorsque le maire de Grandes-Piles quitte sa suite, elle est de nouveau prête pour la bataille.

Le jeudi 5 janvier 1922

Malgré les vingt-cinq degrés sous zéro, Anne Stillman insiste pour se rendre à pied à l'hôtel *Saint-Louis*, situé à un kilomètre de la gare, rue Champflour. Chaussée de ses mocassins et emmitouflée dans son long manteau de fourrure, elle marche d'un pas vif, encadrée de maître O'Brien et de Jean Crête. Winkler et Bud, quant à eux, ont opté pour le taxi, qui se fraie péniblement un chemin dans les rues enneigées de Trois-Rivières.

La neige tombe sans arrêt depuis plusieurs jours. Habituellement, quand il neige, le froid faiblit. Mais, depuis l'avènement de cette nouvelle année, la nature fait mentir tout le monde.

Au grand dam de Winkler, Anne Stillman a proposé à la demi-douzaine de journalistes new-yorkais présents au *Château Frontenac* de l'accompagner tout au long de son périple, préférant contrôler la situation que la subir. Évidemment, il aurait préféré être le seul journaliste à couvrir les étapes de ce voyage au Canada, mais son rôle de conseiller ne lui permet pas d'imposer sa volonté !

À l'arrivée des marcheurs dans le hall du petit hôtel typiquement français, un grand jeune homme s'avance vers Anne Stillman. Frédéric Beauvais, très droit, compassé, voire empesé, lui tend la main et lui dit :

– *How do you do*, madame ?

D'un ton détaché, elle lui répond, en mettant sa main dans la sienne :

– *How do you do*, Fred ?

Pas un mot de plus ! Pour la première fois en deux ans, Frédéric Beauvais et Anne Stillman se retrouvent face à face. Ceux qui s'attendaient à une scène émouvante n'auront pas grand-chose à rapporter s'ils s'en tiennent aux faits : de la déférence de la part de Beauvais, un accueil poli pour ce qui est de la dame.

Le lendemain du Jour de l'An, Anne Stillman a finalement revu ses positions et écouté les conseils du maire de Grandes-Piles. Lorsque celui-ci a informé Fred qu'Anne Stillman désirait à nouveau son aide, Beauvais a prié Crête de lui transmettre le message suivant : « Dites-lui que je suis prêt à donner mon sang pour les aider, elle et Guy. » Jugeant cette déclaration un peu trop solennelle, Crête s'est contenté d'informer son amie que Fred se ferait un plaisir de poursuivre le travail déjà amorcé auprès des futurs témoins.

Pendant que maître O'Brien inscrit les membres du groupe à l'hôtel, Anne Stillman donne quelques instructions concernant ses bagages et s'assure auprès du propriétaire que la salle de réunion réservée préalablement a été préparée. Suivie de ses compagnons de voyage, puis des gens de la presse, elle monte jusqu'au quatrième étage, où le chasseur assigne à chacun une chambre. Le temps d'y déposer leurs bagages et tous se rejoignent ensuite au bout du corridor, transformé pour l'occasion en salle de conférences.

Un représentant du *Daily News* désire photographier Anne Stillman encadrée de ses conseillers. Trois autres photographes se mettent en position et les quatre flashs explosent simultanément, laissant échapper des gaz difficiles à respirer dans cet endroit clos. Les hommes tentent, sans grands résultats, de dissiper la désagréable fumée en secouant énergiquement leurs mains. L'un d'eux repère un puits de lumière au-dessus de leurs têtes, à plus de trois mètres du sol, et cherche du regard un moyen pour l'atteindre. Beauvais résout le problème en enroulant ses bras autour des jambes du photographe et, en le hissant aisément à bout de bras, il lui permet de soulever le carreau. Qui pourrait douter de sa robustesse maintenant?

Anne Stillman demande aux journalistes de se retirer. Elle et ses conseillers doivent poursuivre la planification de leur excursion à Grande-Anse, devant débuter au cours de l'après-midi du lendemain. Seul Bud ne sera pas des leurs. En effet, le jeune homme reprendra le train pour New York afin d'assister, comme promis, au départ de sa sœur qui s'embarquera sur le transatlantique *Finland* le surlendemain.

Pour assurer la défense de son ex-patronne à la commission rogatoire de Montréal, Fred a engagé maître Gonzalve Desaulniers. Jean Crête informe le groupe d'Anne Stillman que, pour cette occasion, le banquier a requis les services de maître Napoléon Laflamme. Membre du gouvernement canadien, Laflamme a la réputation d'être le meilleur avocat du pays. Anne Stillman craint que maître Desaulniers, malgré l'excellence de ses références, ne fasse pas le poids. Bien connu pour son apport au journal *Le National*, cet homme saurait-il exceller en droit autant qu'en littérature?

En dépit des nombreux prêts que lui a consentis Harold McCormick de Chicago, malgré son importante pension alimentaire et les ventes à répétition de ses bijoux, Anne Stillman manque de liquidités et craint de ne pouvoir se payer un avocat plus éminent. C'est alors que Bud lui présente une enveloppe contenant un chèque de mille dollars signé par James Stillman.

– Prenez ceci, mère, ne lésinez pas pour votre défense! C'est bien la meilleure chose que je puisse faire avec ce cadeau, que j'ai longtemps hésité à conserver.

Incrédule, elle demande à son fils :

– Quand t'a-t-il donné cela?

– Son chauffeur me l'a remis la veille de Noël. Gardez-le, mère, je l'ai endossé pour vous.

– Eh bien, mon garçon, ta générosité me touche au plus haut point! Voilà un présent qui arrive à point nommé! Il nous faut dénicher celui qui pourra le mieux affronter ce Laflamme. Maître Desaulniers secondera notre nouvelle recrue grâce à l'argent de James Stillman!

Bud prend congé, heureux de son apport, mais tellement désolé de quitter sa mère et ses conseillers maintenant. Comme il regrette de ne pouvoir les accompagner dans la vallée du Saint-Maurice et, plus que tout, d'être privé de la présence de Fred.

Devant les cartes étalées sur la table de la salle de réunion improvisée, Fred et Jean Crête révisent la répartition qu'ils ont faite du territoire afin que tous les témoins soient contactés une dernière fois avant les audiences. Jusqu'à trois heures du matin, l'opération se déroule sous le regard attentif de la principale intéressée.

Le vendredi 6 janvier 1922

En compagnie de maître O'Brien, Anne Stillman commence officiellement sa journée en s'assurant de la fidélité de Tina et de May Wilson. Les deux filles de Johnny Wilson et d'Elizabeth Skeen de Grande-Anse réaffirment qu'elles témoigneront en sa faveur à Montréal. Leur sœur, Anne, hospitalisée depuis quelques jours pour une mauvaise grippe, leur a également promis qu'elle ferait de même. Toutes trois ont travaillé comme domestiques à la propriété des Stillman à Grande-Anse. Approchées dernièrement par les agents du banquier, elles ont catégoriquement refusé de leur dire quoi que ce soit pouvant discréditer leur ancienne patronne.

Au milieu de la matinée, Anne Stillman et Jean Crête rendent visite à l'avocat trifluvien Jacques Bureau, actuellement ministre des Douanes et Accises dans le Cabinet du gouvernement nouvellement élu de Mackenzie King. Selon le maire de Grandes-Piles, Bureau serait le mieux placé pour suggérer un avocat capable d'affronter Laflamme. Sans hésiter, l'homme de loi leur remet les coordonnées de maître Aimé Geoffrion, bâtonnier de Montréal en 1918. Ses victoires retentissantes lui ont valu le surnom de «La lumière du barreau».

Ils vont ensuite à la succursale Notre-Dame de la Banque Hochelaga où Arthur Marchand, le directeur, accueille chaleureusement son client et la célèbre Anne Stillman dont on parle tant ici. Il les invite tous deux à partager son repas à la salle à manger du *Château de Blois*.

Jean Crête s'absente quelques instants et à son retour, atterré, il rapporte la conversation téléphonique qu'il vient d'avoir avec sa femme. Leur maison est en flammes et sa femme l'a imploré de revenir immédiatement chez lui. Tributaire des horaires des chemins de fer, Crête lui a promis de prendre le prochain train à destination de Grandes-Piles.

«Son coffre-fort est-il à l'épreuve du feu?» se demande soudain Anne Stillman. Qu'il serait malheureux que les registres de navigation sur lesquels elle compte tant soient bêtement détruits à un moment pareil. Elle espère sincèrement que la maison de son ami ne soit pas trop gravement endommagée, mais, spontanément, elle a d'abord pensé à sa preuve…

Jean Crête n'a jamais parlé ouvertement de sa situation matrimoniale. Toutefois, Anne Stillman pressent qu'il ne s'est jamais consolé de la perte de sa première femme. On dit qu'il en était follement amoureux, tandis que son second mariage en serait un de convenance.

Sachant que sa femme a tendance à dramatiser, Crête décide de la rappeler afin d'obtenir plus de détails. Il apprend d'un de ses commis que leur bonne a allumé le foyer d'une chambre à l'étage avec du bois très sec et qu'elle a négligé de replacer le pare-étincelles de sorte que des flammèches ont atteint le plafond. De la gare, un employé du Canadien Pacifique a remarqué ce début d'incendie et, sans perdre un instant, il a mobilisé une trentaine d'hommes qui ont réussi à le maîtriser aisément. Cependant, la fumée s'est répandue dans toute la maison. Sa femme aurait dû lui dire que sa maison était enfumée plutôt qu'en flammes ! Après de multiples recommandations, Crête l'informe qu'il continuera le voyage avec leur amie.

Tard dans l'après-midi, Louis Mailhot, un jeune huissier de Montréal, se joint au groupe juste à temps pour attraper avec eux le dernier train de la journée à destination de La Tuque, située à plus de deux cents kilomètres au nord-ouest de Trois-Rivières. Le train s'arrête deux longues heures à la gare de Garneau. C'est là que Jean Crête prend congé d'Anne Stillman, lui promettant son soutien et son aide. Les voyageurs font une autre escale à Hervey-Jonction. Anne Stillman est la seule femme parmi une bande de bruyants bûcherons, quelque peu éméchés à force de porter à leurs lèvres leur petite flasque de caribou. Vêtue d'un long manteau de fourrure serré à la taille par une ceinture fléchée, la même que portent les habitants d'ici lors des fêtes populaires, elle est le point de mire.

Winkler observe Beauvais, dont la rancœur semble complètement évanouie. Son empressement à transporter les bagages d'Anne Stillman contraste fort avec son attitude agressive de la veille du Jour de l'An. Le journaliste a beau scruter les regards et les gestes de la dame du grand monde et de son serviteur, aucune marque d'intimité n'est perceptible entre eux, pas même un relent de familiarité.

Fred a vraiment fière allure avec son original manteau de fourrure et son chapeau rappelant les héros d'Alexandre Dumas. Les photographes prennent plusieurs clichés des voyageurs tout au long du trajet.

Lorsque le train s'arrête enfin à la gare de la rue Saint-Louis à La Tuque, il est plus de vingt-trois heures. Frissonnant, les lunettes embuées, respirant bruyamment, la dizaine de personnes prend d'assaut le petit hôtel *Windsor*. Personne, sauf Anne Stillman et Fred Beauvais, n'est vêtu pour affronter une température de trente-cinq sous zéro.

Habitué à des arrivées tardives, le propriétaire de l'hôtel, Joe Lamarche, les accueille avec bonne humeur. Fervent défenseur de l'épouse du banquier, Lamarche se dit honoré de la recevoir sous son toit. Toujours emmitouflée dans son manteau de fourrure, elle l'informe qu'elle attend un important télégramme de son procureur. Le télégraphe est le seul moyen de communication direct avec La Tuque car, contrairement à Trois-Rivières ou à Grandes-Piles, il est encore impossible d'y faire des interurbains.

Juste avant qu'elle ne quitte l'hôtel *Saint-Louis*, à Trois-Rivières, Anne Stillman a reçu un appel de maître Brennan. Afin de couvrir les coûts de son enquête au Canada, elle avait réclamé du demandeur une somme supplémentaire de quatorze mille dollars. Malgré l'opposition de la partie demanderesse, le juge Morschauser lui a octroyé la somme de sept mille cinq cents dollars, mais les avocats du banquier contestent cette décision et portent la cause en appel. Maître Brennan l'a informée que l'audience du 11 janvier sera fort probablement reportée. Il doit le lui confirmer par câble avant la fin de la journée.

Maître Sullivan a exigé de la défenderesse qu'elle produise une déclaration sous serment certifiant que Frédéric Beauvais n'est pas le père de Guy. Ce démenti n'a jamais été fait par écrit. Morschauser n'a pas jugé cette exigence recevable. Par ailleurs, tant et aussi longtemps que le tribunal n'aura pas statué sur la nouvelle somme à octroyer pour soutenir sa défense, les audiences seront suspendues.

Anne Stillman soupçonne la partie adverse de vouloir miner sa détermination en refusant de lui consentir une allocation supplémentaire. Les avocats de son mari, quant à eux, estiment sa demande déraisonnable vu qu'elle a déjà obtenu, pour couvrir les frais de cour, une somme bien plus élevée que ce que la plupart des gens gagnent au cours d'une vie entière.

Juste avant de se retirer pour la nuit, elle déclare à maître O'Brien :

– Si on croit émousser mon désir de combattre en retardant les audiences, on me connaît bien mal. À mon avis, les avocats de mon mari reconnaissent maintenant que les gens d'ici me soutiennent et que j'ai en main des preuves capables de détruire tout le travail des agents à la solde de mon mari. Je crois sincèrement que ce délai supplémentaire aura plus de conséquences négatives pour lui que pour moi.

Le samedi 7 janvier 1922

À la première heure ce matin, maître O'Brien remet à sa cliente un télégramme en provenance de Yonkers, dans lequel maître John Brennan lui confirme le report de la commission rogatoire montréalaise à une date encore indéterminée. Même s'il n'y a plus d'urgence, Anne Stillman décide tout de même de se rendre dès lundi à sa propriété de Grande-Anse d'où elle pourra rayonner afin de rencontrer ses témoins. Beauvais est chargé d'acheter chandails et bas de laine, mocassins et foulards, sous-vêtements et manteaux pour les journalistes de New York, habillés de leurs élégants complets bien peu adaptés à une excursion sur la rivière gelée. Les marchands de La Tuque adorent les visites d'Anne Stillman dans leur contrée. Grâce à elle, leur chiffre d'affaires de plusieurs mois peut aisément être atteint en une seule journée.

Pour la première fois depuis le début de son procès, Anne Stillman envoie une communication à son mari, directement, sans intermédiaire. Elle en divulgue le contenu aux journalistes et prie maître O'Brien de la transmettre illico. L'avocat dicte au télégraphiste un message cornélien, adressé au 55 Wall Street : «Aujourd'hui, foulant les neiges du Canada, je comprends ce que tu as tenté contre moi. Je lance mon gant à tes pieds : l'or contre le courage, James, je suis prête. Anne U. Stillman.»

Le dimanche 8 janvier 1922

Le dimanche, jour du Seigneur, la plupart des habitants de La Tuque assistent à la messe. Immédiatement après l'office, les parents de Fred Beauvais arrivent à l'hôtel *Windsor* pour y saluer Anne Stillman. Puis, Harry se joint à ses parents et aussi, à la surprise générale, Eddie, le plus jeune frère de Fred. Le jeune homme de dix-huit ans ne devait pas sortir de son territoire de trappe avant deux bonnes semaines. Toutefois, quand il a appris qu'Anne Stillman et son frère étaient de passage à La Tuque, il a attelé ses six chiens huskies au lever du jour, ne voulant rater cette rencontre pour tout l'or du monde.

L'attitude d'Anne Stillman fait en sorte que chaque personne qui la côtoie se sent importante, particulièrement s'il s'agit d'un homme. Elle s'intéresse sincèrement à chacun d'eux, s'informant du travail des Beauvais au St. Maurice Fish and Game Club, de celui de Harry, commis à la société papetière des Brown, se régalant des descriptions imagées d'Eddie, l'aventureux. Elle ne cache pas sa fascination pour les rapports de force entre l'homme et la nature de même que son intérêt marqué pour le savoir-faire des Indiens.

Surnommée «la Suisse de la vallée du Saint-Maurice», La Tuque est une ville où les sports d'hiver sont à l'honneur : le ski, la raquette, la traîne sauvage et le traîneau à chiens distraient autant les enfants que les adultes. Mais le sport le plus populaire est sans conteste le hockey. Justement aujourd'hui, les Latuquois reçoivent une équipe de la ville de Québec. Pour l'occasion, les organisateurs de la partie ont réservé les meilleures places pour l'Américaine et ses invités.

Assise entre Fred et sa mère, bien au chaud dans sa peau de phoque, Anne Stillman sourit à tous ceux qui croisent son regard. En plus de son chaud manteau, Fred lui a soigneusement recouvert les épaules d'une cape de fourrure.

La foule estimée à plus de cinq cents personnes suit avec autant d'intérêt les mouvements de la riche Américaine que ceux des joueurs. Toutefois, à la première pause, celle-ci quitte l'estrade avec son groupe pour regagner l'hôtel où l'attendent une bonne douzaine de personnes susceptibles de témoigner pour elle. Toutes consentent à signer les déclarations que rédige maître O'Brien, ou à y apposer leur marque. L'huissier Louis Mailhot prend bonne note des coordonnées de chacun afin de leur acheminer une citation à comparaître dès que la nouvelle date de la commission rogatoire sera fixée.

Les parents de Fred Beauvais, trois membres de la famille Pagé et Joseph Lamarche, le propriétaire du *Windsor*, attestent la bonne conduite d'Anne Stillman. Pierre Grenier, Raoul Dupéré, Tom White et Basil Montour, qui ont tous, à un moment ou à un autre, travaillé à la construction de la grande maison de Grande-Anse, sont unanimes à contredire le témoignage du «trou de la serrure».

Anne Stillman s'assure ensuite que tout est prêt pour l'excursion du lendemain. Dès aujourd'hui, Oscar Fontaine et son aide, Raoul Dupéré, se rendront à Grande-Anse pour nettoyer et réchauffer la grande maison, ainsi que préparer les chambres destinées à ses invités.

Le lundi 9 janvier 1922

Le temps est exceptionnellement clément ce matin, le thermomètre indique à peine quinze degrés sous zéro. Quatre grands traîneaux sont alignés devant l'hôtel et Anne Stillman monte seule dans le premier. Aux gens qui l'entourent, elle explique comme il est important pour elle de se recueillir et d'accorder son âme au rythme de la nature. Anne Stillman donne le signal du départ en criant à son conducteur : «Partez, monsieur, je suis pressée ! Enfin, je reviens chez moi !»

À une demi-heure d'intervalle, les trois autres traîneaux prennent le départ. Maître O'Brien, John Winkler et Louis Mailhot occupent le deuxième, conduit par Fred. Les cinq autres journalistes s'entassent dans le troisième tandis que le dernier transporte une montagne de malles.

Winkler observe Beauvais, fasciné par sa tenue autant que par son allure. Il porte aujourd'hui une étrange pèlerine en cuir de veau sur une chemise de laine à carreaux. Des bandes molletières recouvrent ses mocassins en peau de caribou. Il stimule ses chevaux de sa belle voix grave. Puis, en route, Fred fredonne tour à tour des airs du folklore français et anglais, ou encore des chants iroquois, le tout accompagné par le tintement des grelots attachés aux chevaux. Régulièrement, Fred descend du traîneau et s'enfonce dans la neige jusqu'aux genoux, dans le seul but d'encourager ses bêtes à poursuivre leur pénible voyage. Il caresse à tour de rôle leur grosse tête tout en déglaçant leurs naseaux fumants.

À une trentaine de kilomètres de La Tuque, les passagers du deuxième traîneau descendent chez les Houle à Rivière-aux-Rats. Cette halte opportune leur permet de se dégourdir et de se restaurer. Beauvais dépose les briques refroidies dans le four du poêle à bois. Ainsi, lorsqu'ils repartiront, tous pourront de nouveau s'y réchauffer les pieds. Un copieux repas leur est servi, accompagné de thé bien chaud.

Fred presse un peu ses passagers, car il désire arriver à Grande-Anse avant la tombée de la nuit. Un spectacle grandiose s'offre au regard des voyageurs à chaque détour de la rivière. De longues stalactites de glace turquoise pendent des falaises et la vapeur s'échappant de l'eau à certains endroits donne au paysage une allure fantasmagorique. Winkler avait lu avec grand intérêt les descriptions de Gene Fowler, mais jamais il n'aurait imaginé autant de magnificences dans cette contrée nordique.

Peu après dix-huit heures, le groupe conduit par Fred atteint enfin le domaine des Stillman. Une demi-lune éclaire la montée assez abrupte où s'élève la grande maison, construite à une cinquantaine de mètres de la rive. On devine à l'arrière-plan les montagnes laurentiennes. D'immenses pins chargés de neige bordent le sentier entre la rivière et l'habitation.

Un chemin de lumière apparaît sur la neige blanche. Anne Stillman, une lampe à la main, invite les voyageurs à entrer. Elle porte le même bandeau de gitane dont on a tant parlé lors des audiences de Poughkeepsie. Un couteau de chasse est attaché à sa ceinture.

– Bienvenue dans ma maison ! Que pensez-vous de ce pays ? Comprenez-vous maintenant pourquoi j'y reviens toujours ?

Elle referme la porte derrière eux et leur remet un balai pour secouer la neige qui colle à leurs mocassins et à leurs vêtements. Les visiteurs sont invités à accrocher leur manteau au mur sur des chevilles de bois encastrées dans une planche d'un rouge éclatant.

– Suivez-moi, je vais vous conduire à vos chambres.

Tous, à l'exception de Fred qui logera finalement un peu plus en aval chez les Wilson, montent à l'étage. Cette énorme maison, éclairée par des lampes à huile ou au gaz, doit mesurer trente mètres de longueur et compter au moins vingt-cinq pièces.

– Nous n'avons pas d'eau courante en ce moment, mais je vous en ai fait verser dans vos pots à eau respectifs. Vous pourrez donc, si vous le désirez, faire un brin de toilette. Mais de grâce, hâtez-vous, le souper est prêt !

Winkler referme la porte de sa chambre, agréable et confortable. Il se sent bien, paisible ! Il a finalement accepté la présence de ses concurrents avec philosophie, tentant de profiter au maximum de ce singulier voyage. Cette contrée l'amène à respirer différemment. Il aspire à des instants comme ceux-ci depuis si longtemps !

Des doubles fenêtres l'isolent un peu du froid et de moelleuses couvertures de laine recouvrent son lit. Les planchers comme les murs sont faits de planches de pin aux couleurs vives. Les jaunes et les bleus sont à l'honneur, tout comme chez l'habitant du coin qui a les moyens de se payer de la peinture.

Le journaliste descend au salon, une immense pièce qui fait dans les soixante-dix mètres carrés. Il se joint aux membres du groupe près d'un énorme foyer. Quant à Fred, il a déjà attelé Oaken, le cheval des Stillman, pour ramener dès ce soir des gens susceptibles de témoigner en faveur d'Anne Stillman.

On invite les voyageurs à passer à la salle à manger adjacente à une cuisine très fonctionnelle faisant l'orgueil de la maîtresse de maison. Toutes les armoires ont été amenées des États-Unis. Habituellement, elle préfère rénover ou construire en employant des menuisiers de la place, mais ces armoires métalliques lui permettent de conserver les aliments à l'abri des mulots et des souris qui se faufilent si aisément dans les maisons d'ici. De belles porcelaines de Chine ornent sa table mise avec soin.

Anne Stillman présente à ses invités les neuf serviteurs engagés pour prendre soin d'eux. Winkler remarque plus particulièrement Johnny Wilson et Georges Giguère, deux jeunes hommes du village, de même que Belle Wilson, sœur de Johnny, mais également de May, Anne et Tina.

– Belle, Johnny et Georges ont préparé notre repas grâce aux provisions apportées par M. Fontaine. Bon appétit à tous ! clame l'hôtesse.

Il est important pour elle de se loger et de se nourrir à l'image de ses voisins, même si sa demeure est gigantesque et sa table, gargantuesque. Un mot d'ordre la suit partout : à Rome, on vit comme les Romains et on mange comme eux !

Tout le monde déguste le succulent repas composé de soupe, de poulet accompagné de pommes de terre et de pain maison, de gâteaux et de lait frais. Par la suite, les gens sont invités à revenir au salon où, par les immenses fenêtres, ils contemplent les rafales de neige tournoyant dans un rayon de lune. Les hommes allument leur pipe ou leur cigarette et tous discutent avec l'hôtesse dans une atmosphère de camp de vacances de luxe.

Vers les vingt heures, Anne Stillman et son avocat s'installent dans un petit vivoir à l'extrémité du large corridor où convergent le salon, la salle à manger et l'un des escaliers menant à l'étage. Bordés de larges fenêtres habillées par des couvertures de la Compagnie de la Baie d'Hudson, les murs de cette pièce sont joliment décorés d'appliques de bois peint. Les premières personnes ramenées par Fred Beauvais arrivent.

Pour la première fois, Rebecca et Auguste Chandonnet de Grande-Anse entrent dans le fameux «château». Impressionnés, presque paralysés, ils ne savent quelle attitude adopter. Anne Stillman les prie de s'asseoir, bien décidée à les apprivoiser. Rebecca Chandonnet raconte qu'elle a elle-même fabriqué les petits mocassins destinés à Guy, quelques mois après sa naissance. Aucune inscription n'y était visible.

Réputé autant pour son honnêteté que pour son adresse à travailler le bois, Ferdinand Germain se présente à la suite des Chandonnet. Le témoignage de cet autre résidant de Grande-Anse sera des plus précieux, car il est prêt à jurer que le papier utilisé pour écrire la fameuse lettre «*Dearest Honey*», soi-disant produite au printemps 1918, n'est pas arrivé à Grande-Anse avant août 1919.

Après un bon deux heures d'audition, maître O'Brien et l'huissier Mailhot ne peuvent plus cacher leur fatigue et c'est avec un extrême soulagement qu'ils accueillent la proposition de leur hôtesse de clore cette séance de travail.

Le mardi 10 janvier 1922

Après le petit-déjeuner, Anne Stillman invite tous les journalistes à suivre Georges Giguère jusqu'au lac Dawson. Ce gaillard de vingt-deux ans connaît la région comme sa poche et il les guidera sans risques à travers les bois, jusqu'en haut de la montagne. Sur la neige fraîchement tombée, bien au chaud dans leurs vêtements tout neufs, ils pourront s'initier à la raquette, puis à la pêche blanche.

De nombreux visiteurs se succèdent ensuite au «château». Un grand bonhomme d'origine irlandaise, employé de la

Compagnie de la Baie d'Hudson, arrive le premier. Johnny Wilson, le père du jeune Johnny, pourra à lui seul démolir le témoignage de l'échelle. En effet, il est prêt à attester que les échafauds ayant servi à la construction de l'aile où la châtelaine a sa chambre furent démolis dix jours avant son arrivée à Grande-Anse, en juillet 1919.

Inlassablement, Fred amène les futurs témoins devant Anne Stillman, l'avocat et l'huissier, puis les ramène chez eux. En plus de veiller à la production des déclarations sous serment, maître O'Brien collige tous les détails pouvant étoffer le discours de la défense.

Oscar Fontaine prend le relais auprès des journalistes pour leur faire visiter la ferme, car c'est au tour de Georges Giguère de présenter son témoignage. Rouge jusqu'à la racine de ses cheveux blonds, intimidé au point de ne pouvoir articuler un mot, Giguère se balance d'un pied à l'autre. Les yeux baissés, il regarde fixement le crayon levé de maître O'Brien. Il a accepté de venir devant cette imposante délégation à la condition expresse que Fred soit à ses côtés. En guise d'encouragement, Beauvais lui dit :

– Allons, Georges, dit à monsieur l'avocat ce que Lapointe t'a dit.

Giguère se tourne plutôt vers Anne Stillman et dit :

– Non. Madame, j'aimerais mieux pas…

Anne se demande s'il s'évanouira tant le sang afflue à son visage. Tentant de le réconforter, elle lui sourit. Fred l'encourage de nouveau. Finalement, Georges réussit à articuler :

– M. Lapointe m'a dit que je devais vous accuser de mauvaise conduite avec Fred. Il m'a demandé d'avouer qu'avec moi aussi vous aviez eu des gestes déplacés. Excusez-moi, madame, de vous dire cela, mais c'est ce qu'il voulait que je dise.

– Comment as-tu réagi ? lui demande Fred.

– Je lui ai dit qu'il mentait et que jamais je ne dirais de pareilles choses à Montréal ou n'importe où ailleurs ! Madame, je ne pourrais jamais dire autre chose que la vérité ! Pour moi, madame, vous êtes un ange !

Anne Stillman lève le sourcil, contient un sourire et remercie Georges. Au cours des trois derniers jours, elle a rencontré la plupart des quarante personnes qui avaient promis de l'aider. Elle a enfin amassé suffisamment de témoignages pour réfuter toutes les accusations portées contre elle.

Après le repas de midi, elle invite tous ceux qui le désirent, particulièrement ceux qui n'ont pu prendre l'air au cours de la matinée, à la suivre. Du regard, elle signifie à Winkler qu'elle apprécierait sa présence. Au cours des derniers mois, une certaine complicité s'est développée entre eux. Anne Stillman apprécie ses conseils tout autant que la qualité de son écoute.

De nombreuses raquettes sont empilées avec soin dans un petit hangar près de la maison. Aidée de Fred, Anne Stillman chausse ce qu'elle nomme ses «pattes d'ours» et les visiteurs l'imitent maladroitement. Puis, comme une gamine, elle se lance à la course vers la rivière. Deux hommes sur trois, dont Winkler, ont voulu faire de même, mais ils s'écroulent à plusieurs reprises dans la neige folle. Les rires fusent de toutes parts. Jamais ces journalistes n'auraient pensé, même dans leurs scénarios les plus fous, vivre un moment semblable, dans un tel endroit et en pareille compagnie.

Anne Stillman poursuit son rythme effréné sur plus de deux kilomètres. Puis épuisée, les bras écartés, elle se laisse tomber dans un banc de neige en riant. Elle attend que la majorité des hommes l'aient rejointe pour reprendre le chemin du retour, plus lentement cette fois. Winkler marche à ses côtés. Elle lui confie :

– J'adore le Canada, ses grands espaces, ses forêts et ses neiges. J'aimerais passer plus de temps ici, avec ces gens si gentils et que j'aime tant. J'apprécie leur simplicité et leur générosité autant que leur ingéniosité. Ils sont capables de tant de choses avec si peu. Vous savez, j'ai maintenant une grande confiance dans l'issue de mon procès. Je sais que ma cause sera soutenue. L'argent n'est pas tout! J'ai la preuve qu'en dépit des largesses de mon mari les gens d'ici ne se sont pas laissé acheter, du moins, la plupart d'entre eux. Le verdict du peuple représente à mes yeux le meilleur critère de justice. Depuis mon arrivée à La Tuque, des hommes et des femmes sont venus à moi et tous ont raffermi ma détermination à combattre. Ils m'ont également apporté la preuve que des sommes considérables ont été dépensées dans le but de ruiner ma réputation en m'accusant injustement de relations coupables non seulement avec Fred Beauvais, mais également avec au moins un autre homme. Nous saurons écarter ces charges aussi sûrement que nous nous sommes débarrassés des autres. En ce moment, je scelle les cercueils de James Stillman, de Cornelius Sullivan, d'Albert Lapointe et de tous ceux de la même engeance !

Le mercredi 11 janvier 1922

Resplendissante, Anne Stillman rejoint ses invités à la salle à manger vers les huit heures, chaussée de mocassins et vêtue d'une robe de ménagère recouverte d'un tablier, comme les femmes d'habitants.

Les Wilson sont au poste et remplissent copieusement les assiettes de chacun. Tous, sans exception, dégustent leur petit-déjeuner à la mode des Canadiens français. Composé de porc et de bœuf rôtis, de chou, de pain à peine sorti du four, ce repas est conçu pour leur permettre d'affronter les pires intempéries, les informe l'hôtesse.

Sa remarque est très opportune puisque, depuis les petites heures ce matin, une autre redoutable tempête fait rage dans la vallée. Néanmoins, grâce au meilleur des guides, les journalistes n'auront rien à craindre. Les derniers préparatifs se font bruyamment, sans trop de hâte toutefois, comme si chacun voulait prolonger son séjour ici.

La châtelaine restera à Grande-Anse quelques jours, peut-être même quelques semaines de plus. Bud devrait la rejoindre incessamment. Elle accompagne les hommes dehors et leur dit :

– Les odeurs de la cité agressent encore mes narines. Je resterai ici tant qu'elles ne se seront pas dissipées. De plus, j'ai grandement besoin de recharger mes réservoirs d'énergie et il n'y a rien de mieux que cette nature sauvage pour y parvenir.

Du haut du promontoire, Anne Stillman salue les voyageurs répartis dans deux carrioles, suivies d'une troisième pour les bagages. Fred conduit la première, Ferdinand Germain la deuxième et Paul Chandonnet, la dernière.

– Au revoir ! Bonne chance ! Bon voyage ! leur crie-t-elle.

Son message leur parvient hachuré par le vent. Avec force, il transforme la neige en aiguilles et le froid brûle les visages.

Dépassé le rapide La Cuisse, le groupe s'arrête chez les Mongrain pour s'y réchauffer et prendre un repas chaud. Au dessert, Fred leur apprend qu'il fête son vingt-huitième anniversaire de naissance en ce 11 janvier. En chœur, tout le monde se met à chanter en son honneur. Puis, à la demande générale, les trois Canadiens offrent à leurs compagnons un pot-pourri entraînant. Fern, Fred et Ti-Paul chantent d'abord *Alouette, gentille alouette*, que tous les Américains fredonnent sans y comprendre grand-chose. Les boute-en-train enchaînent ensuite avec *Ma chère, la vie est chère* et une bonne dizaine d'autres refrains aussi animés les uns que les autres. La famille Mongrain s'est jointe au groupe et tous tapent des mains. La bouteille de caribou passe allègrement de l'un à l'autre. Entre deux chansons, de petites histoires salées déclenchent l'hilarité générale.

Un peu inquiet, Winkler s'enquiert auprès de Fred s'il est prudent de reprendre la route jusqu'aux Piles maintenant. Le journaliste fait davantage référence à l'état des conducteurs, légèrement pompettes, qu'à la tempête toujours aussi puissante. Les chevaux, assure Fred, connaissent le chemin par cœur. Si les hommes défaillent, les bêtes, elles, sont fiables.

* * *

Bud n'a pas perdu de temps. Immédiatement après le départ de sa sœur pour l'Europe, il a pris le train à destination de Montréal, puis de Trois-Rivières, et enfin de Grandes-Piles. Il est obsédé. Doit-il ou non reprendre ses études maintenant ? Personne n'est là pour le guider, pour le conseiller. Comment pourrait-il se confier à sa mère sans lui faire de peine ? Bien entendu, elle est forte et elle a d'autres ressources. Mais pourrait-elle se passer de lui ?

Arrivé à Grandes-Piles, Bud se rend chez Jean Crête à qui il expose son plan de voyage. Pour le maire du village, il n'est pas question que ce jeune homme fasse seul une excursion aussi périlleuse. Il demande donc à deux de ses hommes de l'accompagner jusqu'à Grande-Anse et de lui ramener son attelage le lendemain.

La neige, transportée par des vents violents, fouette les visages. Le givre colle aux poils et au duvet, rendant la conversation difficile. D'une certaine façon, Bud est content. Il préfère le silence au verbiage.

Un tintement de clochettes se rapproche et trois traîneaux venant en sens inverse s'arrêtent à la hauteur de celui de Bud, qui lance, en reconnaissant les occupants :

– *Hello!* Comment est la route ? Comment est la glace ?

Puis, Bud regarde Fred avec joie et émotion. Ils n'ont pas besoin de se dire un seul mot, leurs yeux se parlent abondamment.

Tous les voyageurs sont si gelés que la halte est de courte durée. Le temps pour Bud de remettre à maître O'Brien plusieurs télégrammes et ils repartent chacun de leur côté après s'être mutuellement souhaité « bonne route ».

Pour éviter les engelures, les hommes de Crête font escale chez Aurélie Giguère, chez les Mongrain, puis chez les Wilson, et nulle part l'hospitalité de l'habitant ne faillit. Dans chaque maison, un petit coup de whisky les attend. Bud qui ne prend d'ordinaire jamais d'alcool se laisse convaincre. Il a froid jusqu'à la moelle des os.

Pendant la dernière partie du trajet, le jeune homme ressent soudain un immense soulagement. C'est décidé, il reprendra ses études. Dès ce soir, avant de perdre courage, il en parlera à sa mère et elle comprendra.

La porte de la grande maison s'ouvre. Muet, Bud s'effondre nez contre terre devant sa mère ahurie. L'alcool a fait son œuvre.

24

Le mercredi 26 avril 1922

Ida Oliver conduit Guy à l'avant de la salle d'audience où ses frères, Alexander et Bud, sont déjà installés aux côtés de maître Mack, qui a voulu présenter les jeunes Stillman au juge Gleason afin qu'il constate de visu leur étonnante ressemblance. De lui-même, Guy enlève son petit bonnet bleu, laissant échapper une cascade de boucles blondes. Alexander le soulève et l'assoit près de son grand frère, chuchotant à l'oreille de l'enfant des paroles qui le font sourire. Au moment où maître Rand demande au petit son nom, ce dernier lui tend la main avant de se présenter comme il se doit. Le magistrat penche la tête et tente de cacher une esquisse de sourire. Maître Mack s'entretient un instant avec lui, puis invite gentiment les garçons à se retirer avant l'ouverture officielle de la séance.

«Qu'il est habile», pense Winkler. Dorénavant, Gleason ne pourra plus considérer Guy comme un cas, désincarné. Impossible maintenant de ne tenir compte que de principes, d'articles de lois ou de millions. Quand il rendra son jugement, une petite frimousse s'imposera à lui.

Aujourd'hui, une grande partie de l'audience sera consacrée à la lecture des témoignages recueillis entre le 10 et le 14 avril par maître Eugène Godin lors de la commission rogatoire de Montréal. Les audiences canadiennes ont eu lieu à huis clos en l'absence du couple Stillman.

Maîtres Brennan et Mack affichent des mines réjouies et pour cause. Au cours de ces cinq jours, les nombreux témoins entendus ont complètement réfuté les fameux témoignages du «trou de la serrure» et de «l'échelle». De plus, nombre d'entre eux ont confirmé que des agents de James Stillman ont essayé de les «acheter», en leur promettant de l'argent ou de nouveaux vêtements. Un dénommé Simard de La Tuque a même déclaré qu'Albert Lapointe lui avait offert cinq mille dollars en argent sonnant s'il acceptait de dire devant la cour qu'Anne Stillman et Fred Beauvais s'étaient mal conduits. Simard lui aurait répondu qu'il ne dirait rien de tel, même s'il doublait cette somme déjà faramineuse, car rien de tout cela n'était vrai.

Toutes les interventions de cette commission rogatoire se sont déroulées en français. Le tout fut immédiatement traduit en anglais, puis dactylographié sur plus de cinq cents pages. Du lundi au vendredi, Fred Beauvais a fait la navette entre le palais de justice et l'*Hôtel de la Gare Viger* pour transporter les témoins.

Affligé d'une sévère extinction de voix à la suite d'une pneumonie dont il relève à peine, maître Brennan demande la parole. À voix basse, il invite la partie adverse à laisser à la discrétion du juge Gleason la lecture de cet imposant rapport pour leur éviter de prolonger indûment leur présence à tous. Maître Rand donne son accord et le juge Gleason consent à poursuivre les audiences à la mi-mai.

Le jeudi 11 mai 1922

Quelques centaines de personnes sont massées ce matin à l'entrée du Poughkeepsie Trust Company Building. Tout de noir vêtue, Anne Stillman traverse la foule, un pâle sourire aux lèvres. Elle porte le deuil de son père, James Brown Potter, mort d'un arrêt cardiaque le 22 février dernier. Son champion, son défenseur inconditionnel, celui qui fut à la fois son père et sa mère l'a quittée pour toujours. Elle se relève difficilement de cette épreuve.

Une journée pénible s'annonce pour la défenderesse. En effet, elle doit témoigner aujourd'hui, d'abord questionnée par le gardien des droits de son enfant, puis par maître William

Rand, un des avocats de son mari. Même s'il est encore affecté par les séquelles de sa pneumonie, maître Brennan se tient à ses côtés.

À dix heures précises, tous se lèvent à l'entrée du juge Daniel Gleason. Winkler participe toujours avec grand intérêt à toutes les audiences du procès des Stillman. L'entente entre la femme du banquier et le journaliste tient plus que jamais.

Le juge Gleason demande aux avocats s'ils s'objectent en tout ou en partie aux témoignages recueillis à Montréal. La discussion est de courte durée, car seul un petit paragraphe reste litigieux. Finalement, les parties se mettent d'accord et le texte est approuvé par tous.

Trois témoins du demandeur comparaîtront avant Anne Stillman. Octave Achille Neault, entrepreneur de Grandes-Piles, prend place dans le box des témoins. Responsable de la construction d'un agrandissement au domaine des Stillman de Grande-Anse pendant l'été de 1919, Neault présente à la cour une photographie sur laquelle on peut distinctement voir un échafaud devant la maison. Maître Rand veut évidemment relancer sa théorie de «l'échelle». Au cours du contre-interrogatoire, maître Mack amène le témoin à préciser que cette photographie fut prise le 14 juin, soit deux semaines avant l'arrivée d'Anne Stillman à Grande-Anse. L'avocat de Guy évoque alors le témoignage de Johnny Wilson à Montréal, dans lequel il affirme que les échafauds furent démolis au plus tard le 23 juin. Anne Stillman a séjourné à son domaine québécois du 2 au 5 juillet cet été-là. Donc, ledit échafaud n'a pu servir la curiosité des Grenon et Pagé. Les dates d'arrivée et de départ de la dame, consignées dans les registres de navigation de Jean Crête, furent officiellement enregistrées devant maître Godin. Comme les avocats des deux parties ont entériné le rapport de la commission rogatoire, maître Mack n'a aucun mal à invalider le témoignage de Neault.

Vêtu d'un complet dernière mode, nœud papillon et mouchoir de soie légèrement sorti de sa poche de veston, le chef de la réserve de Caughnawaga répond ensuite aux questions de maître Rand. Peter Delisle, instituteur de profession, s'exprime avec beaucoup d'aisance. Il soutient qu'une demande d'adhésion à la tribu des Iroquois a été faite au nom d'Anne Stillman, mais il ignore par qui. Cependant, le conseil n'a pu accéder à cette requête puisque, pour être membre de leur groupe, le candidat doit obligatoirement avoir du sang indien. Sollicité par maître Rand, il explique au juge Gleason la constitution de leur gouvernement.

– Les Mohawks sont une nation à l'intérieur de la grande famille iroquoise. À Caughnawaga, il existe trois clans : les Ours, les Loups et les Tortues. Chacun des clans a un chef nommé par les mères de clan. Guidées par leurs conseillers, ces femmes ont aussi le pouvoir de déposer les chefs. Dans les faits, les mères de clan jouent un rôle plus symbolique qu'actif.

– À quel clan appartient la famille de Fred Beauvais ?

– Louis, son père, est membre du clan des Ours. Ce clan est subdivisé en deux : les « Ours blancs » et les « Ours noirs ».

Maître Rand rappelle à la cour le message télégraphié à Beauvais à la naissance de Guy. Grâce au témoignage de Peter Delisle, l'avocat fait le lien entre le contenu du message d'Anne Stillman, les origines de Guy et la famille de Frédéric Beauvais. Fier de son coup, convaincu d'avoir marqué un bon point, maître Rand laisse le témoin à la discrétion de la défense, qui s'abstient de le questionner. Comme la défenderesse nie s'être rendue coupable d'adultère, alors que l'infidélité de James Stillman semble de plus en plus évidente, maître Mack ne veut pas risquer un faux pas en abordant maintenant la légitimité de Guy.

Peter Delisle est suivi à la barre des témoins par Harriet Hibbard. Autrefois servante à la propriété des Stillman à Pleasantville, elle identifie l'écriture de son ancienne patronne à partir des documents qui lui sont présentés. Puis, maître Rand ajoute à l'intention du juge :

– Votre Honneur, un de ces documents porte à croire qu'il s'agit d'une lettre écrite par Anne Stillman. Elle se termine ainsi : «Monsieur Stillman me dit que je devrais retourner au Canada avec toi. Avec tout mon amour.» Et c'est signé Kathithio, un mot iroquois signifiant «chère fleur».

Malgré les vives objections de la défense, le juge Gleason accepte cette pièce. Maître Rand n'a plus de témoins à présenter.

Ne portant aucun bijou mais tenant un petit sac recouvert d'or, Anne Stillman commence son témoignage en niant catégoriquement toutes les accusations portées contre elle. Puis, par une série de questions savamment préparées, maître Mack l'amène à décrire avec moult précisions ses rapports avec Beauvais en 1916.

Ainsi on apprend que, sur les recommandations de James Stillman, son épouse a fui New York pour le Canada afin de protéger ses enfants contre l'épidémie de paralysie infantile qui sévissait dans la métropole à l'automne 1916. Phelps Clawson accompagnait la famille. Ils se sont d'abord rendus au lac Dawson, où Anne Stillman a vite compris la nécessité de la présence d'un guide. Lors de son précédent passage à Montréal, le secrétaire du St. Maurice Fish and Game Club lui avait chaudement recommandé Fred Beauvais comme le meilleur de leurs guides. Dès que Beauvais fut disponible, soit trois jours après leur arrivée au Canada, Anne Stillman l'a engagé. Cette année-là, le guide les a accompagnés dans tous leurs déplacements, nommément au lac Du Chesne, au lac Dawson, au Petit et au Grand lac Wayagamack. Elle appréciait le savoir-faire de Fred et ses enfants l'adoraient.

Évoquant le témoignage de Georges Adams dans lequel il a certifié l'avoir épiée en novembre 1917 par un trou dans un rideau, Anne Stillman explique au juge que, dans le camp en question, il n'y avait pas de rideau comme celui qu'a décrit Adams. De plus, tout au long de ce séjour, Beauvais et Adams ont dormi dans la cuisine, alors qu'elle occupait la chambre tout au bout d'une série de pièces respectivement occupées par ses enfants et leur nurse.

Grenon et Pagé ont dit l'avoir espionnée en 1919 pendant quinze jours du haut d'un échafaud? Grâce aux registres de navigation de Jean Crête, elle peut prouver qu'elle n'est restée à Grande-Anse que trois jours et que l'échafaud en question fut démoli avant son arrivée.

Digne, posée, la défenderesse prétend que jamais, en aucun temps, elle ne s'est rendue coupable de gestes déplacés avec Beauvais, comme lui tenir la main, l'embrasser ou avoir tout autre comportement inconvenant pour une femme mariée. Elle répond spontanément et aisément à toutes les questions de son avocat.

– Est-il vrai qu'à la naissance de votre fils Guy vous avez télégraphié le message suivant à Fred Beauvais : « Ourson noir arrivé » ?

– Oui, répond-elle avec assurance.

– Un message similaire a-t-il été envoyé à quelqu'un d'autre ?

– J'ai demandé à ce que Bud et sa sœur, mon aînée, reçoivent un message identique. L'été précédant la naissance de mon bébé, pendant que nous étions tous réunis à Grande-Anse, je leur avais promis de leur faire parvenir ce message codé s'ils ne se trouvaient pas à mes côtés quand le bébé viendrait au monde. Si une fille était née, tous trois auraient lu : « Ourson blanc arrivé ».

Maître Mack lui demande alors :

– Au cours de la nuit du 26 janvier 1918, votre mari vous a-t-il rendu visite dans votre chambre à Pleasantville ?

Avec véhémence, maître Rand rappelle au juge Gleason qu'une telle question est inadmissible dans une cause comme celle-ci. Le magistrat acquiesce. Il doit également exclure la question suivante de maître Mack, qui demandait à la défenderesse si elle avait partagé la chambre de James Stillman à l'hôtel St. Regis à New York, entre le 12 et le 26 février 1918.

Maître Mack savait pertinemment que sa cliente ne pourrait répondre à ces deux questions, mais il a tout de même voulu évoquer le fait qu'à maintes occasions pendant la période présumée de la conception de Guy les époux Stillman avaient eu la possibilité d'avoir des rapports intimes.

Maître William Rand s'approche maintenant d'Anne Stillman et il l'invite à raconter encore une fois comment elle a fait la connaissance de Frédéric Beauvais.

Presque mot pour mot, la défenderesse reprend son récit. Puis, faisant sursauter les gens dans la salle, maître Rand lui lance :

– N'êtes-vous pas demeurée seule avec votre guide toute une nuit au camp du Petit lac Wayagamack ?

Nullement impressionnée, elle lui répond calmement :

– Non, monsieur. Comme plusieurs témoins à la commission rogatoire de Montréal l'ont déjà affirmé, pendant la nuit à laquelle vous faites référence, j'étais dans un train à destination de Trois-Rivières.

Malgré un examen minutieux, l'avocat ne peut relever aucune contradiction, aucune imprécision par rapport à sa première déposition.

– Est-ce que Fred Beauvais était rémunéré pour son travail à Grande-Anse ?

– Nous avons l'habitude de payer nos employés, maître, répond-elle en souriant.

Maître Rand lui montre un jonc en or.

– Madame Stillman, comment expliquez-vous la présence dans votre chambre de ce jonc gravé aux initiales de Frédéric Beauvais ?

À maintes reprises, il fut question de cet anneau qui lui aurait été offert par Beauvais en guise de promesse de mariage.

– Il s'agit effectivement d'un cadeau de Fred Beauvais. Cependant, il ne s'agit pas d'un jonc, mais d'une attache pour mon mouchoir. Cet objet avait si peu de valeur pour moi que je l'ai donné à mon fils Bud peu après. Quant aux initiales…

– Votre Seigneurie, intervient maître Mack, j'aimerais à ce moment-ci vous présenter l'avis d'un expert. M'y autorisez-vous ?

– Procédez, maître.

Anne Stillman est invitée à se retirer temporairement et un homme d'âge moyen s'avance, jure de dire toute la vérité, puis se nomme. Maître Mack poursuit :

– Quelle est votre profession, monsieur Kuhn?

– Je suis bijoutier de métier et je travaille depuis trente-trois ans pour la firme Hubert Zimmer Company, ici même à Poughkeepsie.

– Que signifient les initiales «F. B.» gravées à l'intérieur de cet anneau? lui demande maître Mack en lui présentant l'objet.

Peter A. Kuhn prend l'anneau entre ses doigts et, machinalement, sort de sa poche une loupe de joaillier qu'il ajuste sur son œil droit. Après un court silence, il donne un document à maître Mack en lui expliquant :

– Voici une liste énumérant les marques de commerce reconnues par la National Jewelers Association. La firme Farmer Brothers grave dans tous ses bijoux en or les initiales F. B., à côté du symbole «10 K» pour dix carats.

– À combien évaluez-vous cette pièce, monsieur Kuhn?

– Elle ne vaut pas plus de trois dollars.

Maître Mack invite la partie adverse à procéder au contre-interrogatoire de Kuhn, mais maître Rand décline son offre et propose plutôt de continuer celui d'Anne Stillman, qui reprend sa place au box des témoins.

L'avocat fait un brusque saut dans le temps et dans l'espace :

– Madame Stillman, rendons-nous maintenant à Buffalo, en avril 1918. Pourquoi y avez-vous consulté le docteur Russell?

– Je me sentais fatiguée, épuisée même. J'étais enceinte, souvenez-vous, et il me fallait prendre soin de mes trois autres enfants, tout en supervisant le roulement de deux immenses propriétés.

– Pourriez-vous écrire sur ce bout de papier les mots suivants : James Stillman, Québec, Fred Beauvais?

Anne Stillman cherche du regard maître Mack, qui baisse les yeux. L'homme de loi craint de plus en plus un certain David Carvalho, graphologue de métier, présent à Poughkeepsie depuis le début des audiences. Que manigance donc la partie adverse?

– Bien sûr, dit-elle, obtempérant.

Maître Rand lui dicte ensuite deux phrases : «Nous avons pris le train pour Trois-Rivières à quatre heures» et «Cela m'ennuie.» Puis, l'interrogatoire se poursuit inlassablement.

– Avez-vous parlé de votre état au docteur Russell ?

– Mais oui ! Je lui ai même dit que je me sentais hors jeu, que j'avais besoin de me retrouver seule pour faire le point.

– Le docteur Russell vous a-t-il mis en garde contre les médicaments ?

– Tous les ostéopathes vous font de telles remarques, maître, mais je ne prends jamais de médicament.

La voix d'Anne Stillman est calme, son débit, pondéré. Seul le mouvement de va-et-vient de ses mains sur son sac laisse deviner une certaine nervosité.

– Après votre rencontre avec le docteur Russell, vous êtes-vous rendue à Boston ?

– Oui. Je voulais poursuivre ma retraite. De fait, je ne suis restée que quelques heures à Boston, car j'ai continué mon périple jusqu'à Providence. Là, j'ai pris un taxi et je me suis promenée dans les environs. Nous avons fait une vingtaine de kilomètres. De retour à Providence, j'ai remercié le chauffeur et je suis revenue à Boston en train.

– Au cours de ce voyage, avez-vous rencontré un autre médecin ?

– Non, maître.

– À votre retour à Buffalo, le docteur Russell vous a dit : «Merci, mon Dieu, vous êtes revenue en vie.»

– Je n'ai aucune souvenance de ces paroles, assure-t-elle sans hésitation.

Maître Rand a du mal à cacher sa contrariété. Pour le juge, ce sera la parole du médecin contre celle de la demanderesse. Visiblement agacé, il poursuit :

– Admettez-vous avoir reçu un appel téléphonique de votre mari à l'hôtel *Iroquois* ?

– Évidemment.

– N'était-il pas inquiet à votre sujet ?

– Oui, en effet.

– N'était-il pas inquiet à cause du contenu d'une lettre que vous lui auriez envoyée de Buffalo, avant votre départ pour Boston?

– Je ne me souviens pas de cette lettre.

Pour la première fois depuis que le juge Morschauser a rejeté la pièce «A», il est fait mention en cour de cette fameuse lettre de confession. L'avocat montre ensuite à Anne Stillman une enveloppe adressée à sa fille, au 9 de la 72e Rue Est à New York, et il lui demande si l'écriture est la sienne, ce qu'elle confirme. Puis, maître Rand extirpe doucement une feuille de l'enveloppe et la prie d'authentifier le contenu avant qu'il n'en fasse la lecture.

D'une seule voix, maîtres Mack et Brennan s'opposent à cette façon de faire, clamant qu'il s'agit d'une communication privilégiée, ce qu'avait déjà reconnu le juge Morschauser. Son Honneur Gleason ordonne l'enregistrement officiel de la lettre, se réservant le privilège de juger ultérieurement si elle doit être lue ou non en cour.

Le vendredi 12 mai 1922

Le juge Gleason demande à chacune des parties si elles ont des pièces à déposer. Maître Rand s'approche et dit :

– Je soumets respectueusement à Sa Seigneurie les documents suivants.

L'avocat remet au greffier quatre pièces que celui-ci numérote de quatre-vingt-deux à quatre-vingt-cinq. Maîtres Brennan et Mack, qui n'ont pris connaissance de ces documents qu'hier, se regardent, suspicieux. La partie défenderesse n'a pas vu venir ce coup. L'improvisation est la pire ennemie dans une cause comme celle-ci et, au dernier acte, ils sont condamnés à composer avec cette terrible donnée.

La séance de ce vendredi devait être consacrée à l'audition des témoins du demandeur. Pourtant maître Rand obtient l'accord du juge Gleason afin d'interroger la défenderesse avant la comparution de ses témoins. Dès qu'elle arrive à la barre, maître Rand lui présente, sans autre préambule, les quatre documents enregistrés quelques minutes auparavant.

– Reconnaissez-vous votre écriture?

Apparemment détendue, Anne Stillman répond d'une voix assurée :

– Cela ressemble à mon écriture, mais je ne me souviens pas avoir vu ces documents auparavant.

– Vous pouvez vous retirer, madame. Votre Honneur, je sollicite de nouveau la présence d'Harriet Hibbard.

Maître Rand montre les mêmes documents au témoin.

– Reconnaissez-vous cette écriture?

Après un court moment de réflexion, Harriet Hibbard lui répond :

– Il s'agit bien de celle de Mme Stillman.

L'avocat Rand interroge ensuite Edmund Leigh. Cet imposant personnage dirige la National Intelligence Protection Service et fut engagé quelques jours plus tôt par James Stillman. Le vendredi 5 mai, Leigh s'est vu confier la délicate tâche d'aller à Montréal pour y «acheter» des lettres, à la condition qu'il les juge utiles à la cause de James Stillman.

En fin d'après-midi, le dimanche 7 mai, Leigh a donc quitté New York en compagnie de son assistant, un dénommé Purdy. Le lendemain matin, les deux hommes se sont rendus à l'hôtel *Ritz* pour y rencontrer James Sheean, journaliste au *Daily News*, et négociateur choisi par Frédéric Beauvais. Sheean a informé Leigh que Beauvais exigeait vingt-cinq mille dollars pour céder des lettres que lui aurait écrites Anne Stillman. Leigh l'a avisé qu'il n'était pas en mesure de payer maintenant une telle somme. De toute façon, aucune entente ne pourrait être conclue sans que le détective ait vu les lettres en question.

Leigh apprendra plus tard que, lors de ce premier contact, Fred Beauvais était caché dans les toilettes de la chambre de Sheean, suivant attentivement les négociations menées par le journaliste. Il voulait se rendre compte par lui-même s'il pouvait ou non faire confiance au détective.

À sa chambre de l'hôtel *Queen's*, à minuit le même soir, Leigh a reçu un appel de Sheean l'informant qu'il serait en mesure de lui montrer une lettre dès le lendemain matin. Les deux hommes se sont donné rendez-vous au restaurant *Child's*. Toutefois, lorsque Leigh a lu la lettre en question, il a avoué à Sheean qu'il ne donnerait pas un sou pour cela. Le journaliste l'a alors informé que Beauvais avait huit autres lettres dans un coffre à la banque. Sheean lui a affirmé qu'il ferait tout en son pouvoir pour qu'elles lui soient remises dès le lendemain. Ce qu'il fit. Leigh a donc lu les copies des lettres adressées à «Freddie» et truffées de termes fort affectueux.

Sûr de lui, Leigh explique à l'avocat :

– À ce moment, j'ai vraiment saisi l'importance de ces lettres pour M. Stillman.

– Avez-vous repris contact avec le journaliste?

– Oui, et nous avons convenu de conclure l'affaire à la Banque de Montréal à onze heures quarante-cinq, le même matin. Arrivés sur les lieux, mon assistant et moi avons exigé la présence de Beauvais, mais Sheean nous a dit qu'il nous attendait sur le trottoir en face de la banque. Beauvais craignait d'être arrêté. Sheean a suggéré que l'échange ait lieu en dehors de la ville, à l'abri des curieux. Mais j'ai insisté pour que la transaction se fasse sur-le-champ.

– Quand avez-vous rencontré Beauvais?

– Finalement, Beauvais, Sheean et moi nous sommes rendus au 1120 de la rue Saint-Jacques, dans le Transportation Building. Sheean m'a présenté le guide. Je me souviens fort bien de son entrée en matière : «Il y a quelques mois, j'ai informé les avocats de Mme Stillman qu'on m'avait volé une liasse de papiers contenant des lettres écrites de sa main. Promettez-moi que vous soutiendrez cette théorie de papiers volés, puis retrouvés par vous, détective. Jurez-moi que vous présenterez ainsi l'acquisition de ces lettres!»

– Vous avez menti à Beauvais! dit maître Rand.

– Oui, maître, pour accomplir mon devoir.

– Vous lui avez donc offert quinze mille dollars pour huit lettres?

– En effet, mais il insistait pour que je lui en remette vingt-cinq mille pour une seule d'entre elles. Finalement, j'ai obtenu quatre lettres pour quinze mille dollars. Beauvais voulait voir l'argent. Je l'ai compté devant lui. En colère, il m'a dit : «C'est de l'argent marqué, n'est-ce pas? Je vois des marques rouges, là! là!» Il me montrait quelques billets. Je lui ai expliqué que ces marques étaient tout à fait normales sur les billets de mille dollars. Il m'a alors menacé en ces termes : «Si vous tentez de me doubler, vous ne sortirez pas vivant de cette ville.» Il m'amena près d'une fenêtre et me montra trois hommes de l'autre côté de la rue, prêts à entrer en action à son signal. Habitué à ce genre de chantage, j'ai tout simplement remis l'argent à Sheean et lui m'a donné les lettres. Beauvais était dans un état d'extrême agitation. J'avais hâte d'en finir.

– Je vous remercie, monsieur Leigh. Votre Honneur, je n'ai plus de questions.

Torse bombé, maître Rand est manifestement très fier de dominer ainsi le débat en ce moment crucial du procès. Le vent a tourné, incontestablement.

Au tour maintenant de maître John Mack d'interroger le témoin.

– Saviez-vous que ces lettres seraient utilisées contre cette femme? lui lance l'avocat en désignant Anne Stillman de la main.

– Évidemment.

– Évidemment, répète maître Mack avec dédain. Saviez-vous qu'elles seraient également utilisées contre le jeune Guy?

– Je n'ai pas beaucoup pensé à cela.

– Vous n'y aviez pas pensé? Avez-vous réalisé que l'un des buts du plaignant est de faire déclarer Guy illégitime?

– Oui, mais j'avais cru comprendre que l'affaire de l'enfant était déjà réglée en sa faveur.

– Vous vous sentiez la conscience en règle lorsque vous avez témoigné tantôt? Cela vous faisait un baume sur la conscience de croire que vous ne pouviez nuire à un enfant?

Nullement impressionné par ces tentatives d'intimidation, le détective Leigh réplique froidement :

– Je n'ai besoin d'aucun baume, maître.

Pour la première fois en deux ans, Winkler voit le gardien des droits de l'enfant errer lamentablement. Jusqu'alors, le journaliste n'avait que des louanges quant aux interventions de maître Mack. Aujourd'hui, le reporter a hâte de quitter ce lieu tant l'atmosphère est lourde, tant l'issue du procès est douteuse. De sa voix fêlée, maître Brennan demande le rejet de ces lettres par le juge Gleason, mais sans succès. Maître Mack y va également de ses arguments, sans plus de résultat.

Finalement, Anne Stillman chuchote à ses avocats qu'elle désire voir la cour rendre son jugement. Les avocats du demandeur n'ont plus de témoins à faire entendre et ils désirent également que le juge statue.

Il est plus de dix-neuf heures quand Son Honneur Daniel J. Gleason clôt le débat en précisant que, bien entendu, personne ne s'attend à ce qu'il rende son jugement sur le banc. Il le produira dès qu'il aura relu les sept mille pages de notes colligées pendant ce procès.

Poursuivie par les journalistes à sa sortie du Poughkeepsie Trust Company Building, la femme du banquier accepte, sur le conseil de Winkler, de faire une courte déclaration :

– M. Stillman a de nouveau étalé ses récoltes payées à prix d'or, comme il l'a fait depuis le début de ce procès, comme il l'a fait depuis le début de sa vie. Je n'ai plus rien à dire. J'attends le verdict de la Justice.

* * *

Dès qu'il arrive à la gare de Poughkeepsie, Winkler téléphone à son patron afin de lui résumer les faits saillants de cette journée. Bradford l'informe qu'il envoie sur-le-champ Gene Fowler à Montréal afin d'y recueillir les commentaires de Frédéric Beauvais.

Lorsque Winkler rejoint Michael Bradford dans ses quartiers, il fait nuit depuis longtemps. Le directeur de la salle de rédaction tend à son journaliste un exemplaire de la dernière édition du *Daily News* où trois des quatre lettres vendues par Beauvais aux avocats de Stillman sont publiées intégralement.

(Sur papier à en-tête «270 Park Avenue»)
Lundi
Mon cher Freddie,

Comme j'aime les choses qui me rappellent ton être, comme la mer et ses vagues. Tout ce qui est vivant et tout ce qui est paix. Je me languissais de toi la nuit dernière. J'étais tellement fatiguée que j'ai pris ta petite tasse et, comme les enfants le font avec leur toutou, je l'ai serrée contre moi pour dormir. Je meurs d'envie de te voir.

J'en ai assez d'être seule dans le monde pourri des riches. Je veux que l'on partage avec moi et je veux partager avec toi. Je veux voir toutes les difficultés s'estomper. Il faut que l'on prenne un peu soin de moi, sinon je m'effondrerai. J'aimerais tant venir vers toi aujourd'hui et être réconfortée. Je veux être réconfortée!

P.-S. Écris-moi souvent. J'adore la couleur brune des timbres du Canada. Rends-toi loin dans les bois et rêve pour moi. Puis lève-toi et fais que cela devienne réalité. Ne sois pas désolé pour les mots, cher Freddie. Nous pouvons tous en être là. Pense plutôt à tout ce que tu as et pour lequel tu pourrais remercier Dieu. J'ai tant à faire avant de quitter cette terre... toute cette beauté qu'Il a mise dans mon âme, toute cette joie et tout cet espoir!

Cette lettre ne laisse aucun doute quant aux intentions de l'expéditrice. Winkler ne va pas plus loin et il dépose le journal sur le bureau de Bradford, qui voit là une affaire classée.

* * *

Écœuré, la mine basse, Winkler rentre chez lui. Il a peine à croire que tout soit fini. À la vingt-troisième heure, les avocats du demandeur ont fait éclater une bombe. Comment croire en une victoire, maintenant? Quel gâchis!

Pourquoi Beauvais a-t-il agi de la sorte? Comment le dévouement de cet homme s'est-il soudainement transformé en une telle félonie? Est-ce le fait d'un homme blessé? Et si Frédéric Beauvais avait réellement été amoureux d'Anne Stillman?... S'il avait cru être le père de Guy comme ses lettres en témoignent?...

Le journaliste a un impérieux besoin de mettre de l'ordre dans ses idées, dans ses projets. Il ne sait plus très bien si son malaise est dû à la trahison de Beauvais ou à la pensée qu'Anne Stillman ait pu écrire de telles missives à son serviteur. Les accusations de James Stillman seraient-elles fondées?

25

Le samedi 30 septembre 1922

– Vite, monsieur Fontaine, plus vite je vous en prie !

Anne Stillman crie pour couvrir le bruit du moteur horsbord.

– Madame, nous allons déjà à la vitesse maximale !

Au cours des deux dernières années, Anne Stillman a cru vivre les moments les plus pénibles de sa vie. Aujourd'hui, elle réalise qu'il n'en était rien.

Son fils Guy est en danger de mort ! Elle a fait tout ce qui était humainement possible pour venir à bout de cette terrible fièvre qui le cloue au lit, lui habituellement si actif, si enjoué. Elle est désespérée.

Alexander se blottit dans ses bras. Elle tente de réconforter cet enfant sensible et d'une touchante vulnérabilité. Comment pourrait-elle y arriver, alors qu'elle-même est rongée par l'anxiété ? Depuis deux ans, elle lutte pour sauvegarder la légitimité de son enfant et la voilà maintenant obligée de se battre pour sauver sa vie ! Quel mauvais tour le destin s'amuse-t-il encore à lui jouer ?

La veille, lorsqu'elle a réalisé que rien ne pouvait faire baisser la fièvre de Guy, elle s'est rendue à Grandes-Piles chez son précieux allié, Jean Crête. De là, elle a téléphoné à New York au docteur Charles Green en qui elle a une confiance à toute épreuve. Il doit arriver à midi aujourd'hui à la gare de Grand-Mère, accompagné de deux infirmières. Elle a choisi d'aller les chercher en personne afin de s'assurer que rien ne retarderait leur arrivée à Grande-Anse. Ida Oliver veille son petit.

Un des bateaux de la flotte de Jean Crête apparaît au détour de la rivière. Sur le pont du *Jacques II*, le capitaine gesticule comme un forcené. À ses côtés, on voit distinctement un grand homme mince agiter d'une main une liasse de papiers et, de l'autre, inviter les occupants du yacht à s'arrêter. Quelques minutes plus tard, les deux bateaux se retrouvent à l'épaule. Émile Jean, journaliste et rédacteur en chef du *Nouvelliste,* demande la permission de monter à bord du bateau d'Anne Stillman, impatientée de ce contretemps.

– Madame ! J'ai en main la preuve formelle que vous et votre fils avez gagné votre procès ! lui dit-il de sa voix grave, un peu sourde.

Émile Jean montre à l'Américaine une série de dépêches télégraphiques reçues à son journal la veille au soir. À la première heure ce matin, il a quitté Trois-Rivières pour venir en personne lui annoncer la bonne nouvelle, sachant pertinemment qu'on ne pouvait atteindre Grande-Anse autrement que par bateau.

Sidérée, Anne Stillman regarde le journaliste. Tout se bouscule dans sa tête. Elle demeure coite. Incapable de comprendre sa réaction, le journaliste demande enfin :

– Vous semblez mécontente, madame ! N'est-ce pas là une heureuse nouvelle ?

– Monsieur, le *Jacques II* est plus rapide que mon bateau. Vite, demandez au capitaine de changer de cap et amenez-moi à Grandes-Piles, mon enfant se meurt !

Au tour du journaliste de demeurer sans voix.

– Hâtons-nous, je vous en prie ! l'implore-t-elle.

Anne Stillman ordonne ensuite à Fontaine de retourner à Grande-Anse et, sans perdre un instant, elle grimpe sur le bateau de Crête à la suite d'Alexander. Émile Jean fait de même. Direction Grandes-Piles.

Pour le moment, elle ne peut rien faire de plus. Elle retrouve un semblant de sang-froid. Réalisant soudain la portée des révélations du journaliste, Anne Stillman répond avec émotion à la question qu'il lui a posée plus de dix minutes plus tôt :

– Non, monsieur, je ne puis être contente ! C'est une victoire, certes, mais une victoire de pleurs. Tant de peine pour tant de gens ! Mon père mort, ma famille blessée, mes enfants au nom marqué ! Non, monsieur, je suis incapable de me réjouir !

Déconcerté, mal à l'aise, le journaliste feuillette les dépêches.

– On dit ici, madame, que le juge Gleason vous a donné raison sur toute la ligne. Votre mari ne peut obtenir le divorce, alors que si vous en faites la demande il vous serait accordé sur-le-champ.

– Pourquoi souhaiterais-je un divorce ? Pour qu'il se marie avec cette Florence Leeds et puisse légitimer leur enfant ? D'autre part, je n'ai pas l'intention de me remarier. Je vivrai pour mes enfants, comme j'ai combattu pour eux. Si je n'avais regardé que mes intérêts, je vivrais très à l'aise aujourd'hui. Tout au long de ce procès, j'ai reçu un nombre incalculable d'offres de la part de mon mari par l'intermédiaire de ses avocats. Mais la lutte que je menais n'admettait aucun compromis.

Subitement, elle se dirige vers le poste de commande et implore le capitaine d'accélérer au maximum. Elle revient ensuite vers le journaliste qui, voyant l'inquiétude peinte sur son visage, hésite avant de la questionner encore, puis ajoute simplement :

– Vos enfants vous ont été d'un grand soutien, je crois...

– Mes enfants ont lutté avec moi. Mes deux aînés m'ont offert leurs avoirs pour m'aider à gagner cette cause. Toute leur vie, ils ont vécu dans la richesse, avec une armée de valets pour répondre à leurs moindres désirs. Mes enfants n'ont pas craint de tout sacrifier pour rester à mes côtés. Toutes ces souffrances, toutes ces privations, et pourtant ils n'étaient nullement responsables de la situation. Quand je pense à eux, je ressens encore davantage le besoin de pleurer sur cette victoire, comme le grand général Scipion l'a fait après avoir conquis Carthage. Lui aussi s'est mis à pleurer, car les sacrifices consentis pour vaincre avaient été si grands, le coût, si terrible !

Surpris par une telle analogie, le journaliste de Trois-Rivières hésite un moment, puis reprend :

– Croyez-vous à la possibilité d'une réconciliation entre vous et votre mari ?

D'une voix vibrante de colère, elle s'exclame :

– Jamais ! Jamais, monsieur ! Le père de mes enfants est mort pour moi, car un véritable père n'aurait pu leur causer autant de mal. Pourtant, je ne peux même pas dire qu'il était un méchant homme. Il a certainement des qualités, puisque autrement je ne l'aurais pas épousé. Il m'a choisie, comme je l'ai choisi. Mon mari a été mal conseillé, par de mauvais amis. Il était gentil et généreux, mais également faible et sans volonté. Il a été leurré par des gens attirés plus par sa fortune que par son amitié. À maintes reprises, j'ai essayé de le persuader de rompre avec cette Florence. J'ai tenté de lui faire comprendre combien il était indigne pour un homme de sa condition de se laisser conduire comme un enfant par cette fille. Il négligeait ses affaires autant que sa famille. J'ai tout fait pour que cette relation cesse. Finalement, j'ai voulu divorcer à Paris. Pour protéger mes enfants, je voulais un divorce discret. Il me donna son accord et je croyais tout réglé entre ses avocats et les miens. Sur ce, je décidai de partir en Europe et, juste avant que le bateau ne lève l'ancre, j'ai reçu l'avis qu'une procédure de divorce avait été engagée par mon mari. La malheureuse suite, vous la connaissez bien…

– Qu'entendez-vous faire contre les hommes de la région qui ont agi à titre d'agents pour le compte de votre mari ?

– Le vieux Québec a une plaque qui dit : « Je suis un chien qui ronge l'os/En le rongeant je prends repos/Un temps viendra qui n'est venu/Où je mordrai qui m'a mordu. » La devise des Canadiens français est *Je me souviens* ; c'est également la mienne, cher monsieur. Les hommes dont vous me parlez ont inventé des histoires invraisemblables sur mon compte. Ils n'ont rien épargné pour me compromettre et me blesser. Ils ont offert des milliers de piastres à de pauvres colons pour les amener à se parjurer, à témoigner contre moi.

Mais, Dieu merci, la brave et loyale population de la vallée du Saint-Maurice ne peut être achetée. Ces gens que j'aime ont refusé de conspirer contre une mère qui s'est levée avec toute l'énergie du désespoir pour défendre l'honneur de son fils. On a cru qu'en foulant aux pieds le corps de mon enfant on pourrait me museler et me bâillonner ! Mais l'amour maternel m'a donné la force d'affronter l'opprobre de paraître devant les tribunaux et de faire rendre gorge à mes persécuteurs. Les braves gens de cette région m'ont comprise et c'est pourquoi ils ont soutenu ma lutte. Ils se sont rendu compte que je combattais certes pour mon honneur, mais d'abord et avant tout pour protéger mon fils.

Comment pouvait-elle répondre aux questions du journaliste avec autant d'aplomb dans un moment pareil ? Depuis le début de leur rencontre, Émile Jean observe attentivement cette femme. Si elle est assurée que rien n'entrave le cours du voyage, son chagrin est mis entre parenthèses et elle est capable de livrer ses impressions. Toutefois, dès que sa course risque d'être ralentie, elle réagit énergiquement.

Grandes-Piles est en vue. Plusieurs personnes sont massées sur le quai. Anne Stillman requiert l'aide du journaliste pour trouver rapidement une voiture qui l'amènera sans tarder à Grand-Mère. Il n'y a plus une minute à perdre. Émile Jean l'assure de sa collaboration.

– Monsieur, je vous suis très reconnaissante d'être venu à ma rencontre. Non seulement vous m'avez permis d'atteindre Grandes-Piles plus rapidement, mais j'ai appris cette importante nouvelle de la bouche d'un journaliste de la vallée du Saint-Maurice, contrée qui m'a toujours procuré bonheur, santé et repos. Toute cette histoire a commencé au Canada et elle se termine au Canada… Que Dieu me vienne en aide maintenant plus que jamais !

Émile Jean tient parole et escorte Anne Stillman qui serre contre elle son fils Alexander. Celle-ci n'a qu'une idée en tête : ramener au plus vite le docteur Green au chevet de son enfant. Elle refuse de croire que l'intervention du médecin puisse être inutile.

* * *

La victoire d'Anne Stillman s'est répandue comme une traînée de poudre à New York, comme partout ailleurs. Si ce procès avait eu lieu devant des jurés, ils auraient probablement rendu un jugement semblable à celui de Gleason. Le juge Joseph Morschauser devrait entériner la décision de son collègue dans les prochains jours.

Les principaux intervenants dans la cause des Stillman sont sollicités de tous côtés. Maître Sullivan, outré, proclame que son client portera sa cause en appel. Maître Mack, quant à lui, est ravi de la décision du juge Gleason. «Ce jugement est irrévocable pour ce qui est de Guy. Je suis plus que satisfait de l'issue de ce procès.» Maître John Brennan déclare : «Cette victoire est extrêmement gratifiante, et si je me réfère aux commentaires qui m'arrivent de toutes parts, la population est avec nous.»

De son bureau au 55 Wall Street, James Stillman refuse de commenter le jugement. Il demeure également silencieux lorsqu'on tente de le questionner avant qu'il ne s'embarque sur son palais flottant, rebaptisé dernièrement *Wenonah II*.

Sa mère, Sarah Elizabeth Rumrill Stillman, désapprouve ouvertement le comportement de son fils. Elle se dit très heureuse du dénouement de cette poursuite.

Jamais encore Florence Leeds n'a été interviewée. Son amant lui avait ordonné de disparaître, ce qu'elle a fait. La jeune femme serait en train de préparer une action afin de légitimer son fils, Jay Ward.

À Montréal, l'avocat de Frédéric Beauvais, maître Sallustre Lavery, soutient que son client est présentement en voyage d'affaires dans l'Ouest canadien. Maître Lavery n'a aucune déclaration à faire.

John Winkler téléphone à Bud Stillman au Milton College. Depuis février dernier, le jeune homme a enfin rejoint ses compagnons de classe. Bud a déjà reçu plusieurs demandes d'entrevues, qu'il a catégoriquement refusées. Il fait cependant une exception pour John. Bud est aux anges. Il a toujours su que sa mère vaincrait, mais que ce soit enfin officiel le comble d'aise.

Winkler prend le temps de s'enquérir de la santé et des études du jeune homme de même que de ses projets d'avenir. Le journaliste lui demande s'il désire toujours devenir ingénieur et Bud lui répond avec assurance :

– Je serai médecin, médecin des pauvres.

* * *

Bradford remet à Anna le texte intégral du jugement de l'Honorable Daniel Gleason. Elle aura l'importante tâche d'écrire le dernier article de cette saga judiciaire.

Pour rendre sa décision, le juge s'est appuyé sur un document aussi volumineux que trois annuaires téléphoniques de la ville de New York. Anna donne d'abord le résumé du jugement : «Les charges contre la défenderesse n'ont pas été prouvées hors de tout doute; l'enfant défendeur est proclamé légitime; la preuve de la défense relative à la mauvaise conduite du demandeur est non seulement étayée, mais également concédée par la partie demanderesse. L'action du demandeur est donc rejetée.»

Tout comme ses confrères, Anna était convaincue, à la clôture du procès, que les lettres soi-disant écrites par Anne Stillman à Beauvais seraient suffisantes pour la condamner. Toutefois, le nombre de témoignages déboutés, la fabrication de preuves de même que les tentatives de corruption des témoins ont fait en sorte que les dernières pièces présentées par le demandeur n'ont pas eu l'effet escompté.

Le jeudi 5 octobre 1922

À son arrivée à Grande-Anse, le docteur Green a constaté chez Guy tous les symptômes de la fièvre typhoïde : frissons, forte fièvre, état de prostration, toux sévère, vomissements et diarrhées. Oui, on peut venir à bout de la maladie, mais le médecin a suffisamment vu cette sournoise évoluer en pneumonie ou en hémorragies intestinales pour craindre le pire.

Le médecin a immédiatement isolé le petit malade et l'a veillé jour et nuit, ne se permettant que quelques heures de sommeil pendant qu'Anne Stillman ou ses infirmières prenaient le relais. Son traitement s'est limité à le veiller, à l'empêcher de s'étouffer, à le frictionner, à lui administrer les médicaments qu'il jugeait les plus appropriés et à prier pour que l'enfant trouve la force de combattre le mal.

Enfin, aujourd'hui, vers les seize heures, le docteur Green déclare que Guy est hors de danger. Entouré des infirmières et de sa dévouée Ida Oliver, le petit sommeille. Réconfortée par ce diagnostic, Anne Stillman couvre son enfant d'un regard aimant. Maintenant qu'il est sauvé et qu'elle le sait entre bonnes mains, un impérieux besoin de solitude l'attire à la rivière.

En dépit de la fraîcheur de cette fin de jour automnal, elle s'assoit sur le quai. Son regard embrasse cette magnificence, ce miroir. La rivière Saint-Maurice est appelée Metaberoutin par les Attikameks, Black River par les Anglais, Fleuve de bronze par les poètes. Anne, elle, la nomme «ma beauté, mon témoin, ma mémoire, ma paix». Tantôt fougueuses, tantôt paresseuses, ces eaux noires refléteront toujours ses émotions les plus intenses, seront à jamais un témoin de sa renaissance.

Elle ferme les yeux, apaisée par cette nature bienfaisante, reconnaissante à la Vie d'avoir préservé la vie de son petit. Elle sourit…

«Mon enfant, mon bel enfant! Moi seule connais le secret de ta naissance. L'instant où tu fus conçu est gravé dans ma chair… Et toi, James, tu m'as mal aimée. Malgré ta puissance, malgré ta richesse, toujours tu douteras…»

Remerciements

Je tiens à remercier d'une façon toute spéciale «Compagnon», avec qui je partage ma vie depuis l'adolescence. Merci à toi, Pierre, pour ta patience, ton écoute, tes conseils, ton appui indéfectible, mais d'abord et avant tout pour ton amour.

À mes précieux lecteurs : Lise Beaulieu, Lise Blanchette, Bernard Boyer, Marie-Claude Brasseur, Claude Bruneau, Me Monique Dubois, Gisèle Fréchette, Jacques Lacoursière, Madeleine Lacoursière, Jean-Paul Major, Pierre Martel.

Pour leur collaboration : Judy Aubie, Lyne Beauvais, Betty Beggs-Giroux, René Bellemare, Omer et Réjean Boisvert, Alain Brouillette, Marie-Phé Caron, Ingrid et Stefan Cinkner, Mario Cossette, le père Louis Cyr, Robert et Roland Cyrenne, Josée Dallaire, André Drouin, Caroline Faucher, Lise Gagnon, France Gélinas, François Gélinas, Réjeanne Genesse, Gabrielle Hervieux, Jacqueline, Jacques, Madeleine et Pierrette Lacoursière, Gérald Laforme, Jacques Lemay, Jacques Martel, Jean-Claude, Jean-François, Lucie, Nicolas et Sonia Martel, Florian Olscamp, Marguerite Paquette, Viateur Perreault, Raymond Rivard, Natacha Tremblay, Denise Trottier.

Pour avoir partagé leurs souvenirs : Alice Adams, Georges Adams, Georgette Adams, Roger Alarie, Madeleine Allard, Béatrice Audy, Florence Beauvais-Splicer, Johnny Beauvais, Maurice Beauvais, Omer Bédard, Russel Blackburn, Léonidas Bouchard, Jean Bousquet, Estelle Crête, Georges Crête, Yvette Dauphinais, Dr Richard Davidson, Ovila Denommé, Annette

Dontigny, Angèle Dontigny-Bédard, Alice Ducharme, Raoul Ducharme, Gérard Dufour, Dr Louis-Philippe Frenette, Louise Garven, Alice Germain, Ferdinande Germain, Onil Germain, Mabel Gignac-Rodrigue, André Goyette, Diane Goyette, Florence Goyette, Gaston Goyette, Jacqueline Goyette, Marie-Paule Goyette, Arthur Hillier, Bertrand Jordan, Kanatakta, Charles Lafontaine, Louise-Anne Lafontaine, Paul Lafontaine, Roland Lafrenière, Pierre Larocque, Jean Lebrun, Clémence Lefebvre Marineau, Marianna Lefebvre et sa famille, Maurice Lessard, Pauline Lizé, Clément Marchand, Élizabeth McKenzie, Florence Normand Daugherty, Aurèle Ouellette, Eddy Pelletier, Fernand Pelletier, Yvette Pelletier, Dr André Poisson, Juliette Riberdy-Desmarais, Vincent Spain, Fowler Stillman, Guy Stillman, Dr James (Bud) Stillman, le curé Louis Trahan, René Trudel.

Je remercie également tout ceux qui m'ont accordé de leur temps pour me renseigner ou pour me permettre de rassembler la documentation de ce livre, mais qui ont tenu à garder l'anonymat.

Enfin, je veux remercier André Bastien qui m'a patiemment guidée du manuscrit à la publication.

Ce volume a été achevé d'imprimer
sur les presses de l'imprimerie Gagné
à Louiseville
en avril 2000

Imprimé au Canada